Vladimir Vertlib
Letzter Wunsch

Vladimir
Vertlib

Letzter Wunsch

Roman

Deuticke

Die Fertigstellung dieses Romans wurde durch ein Arbeitsstipendium der Robert Bosch Stiftung gefördert.

Wirklich?

Die Sonne scheint auf alles und sieht nichts.
Das Meer schreit gewaltig und hört nichts.
Der Wind jagt herum und weiß nichts.
Der Baum fällt um und fühlt nichts.
Der Stein liegt und ruht und denkt nichts.
– Wirklich? –
– Nein! –

Die Sonne scheint auf alles und sieht.
Das Meer schreit gewaltig und hört.
Der Wind jagt herum und weiß.
Der Baum fällt um und fühlt.
Der Stein liegt und ruht und denkt.
– Wirklich? –
– Nein! –

Es scheint keine Sonne.
Es schreit kein Meer.
Es jagt kein Wind.
Es fällt kein Baum.
Es liegt kein Stein.
– Wirklich? –
– Nein! –

(von A. Luzki, geb. 1884 in Dimidowka/Ukraine, gest. 1957 in New York.
Aus: *Jiddische Gedichte.* Übertragen von Hermann Hakel,
Verlag der Theodor Kramer Gesellschaft, Wien 2001, S. 83)

I

1

JEDE NACHT derselbe Traum: Vater steigt aus dem Wasser, durchquert schnellen Schrittes den von Unrat und Teerstreifen verunstalteten Sandstrand, klettert hinauf auf den Deich und setzt sich neben mich. Ich weiche seinem Blick aus, schaue den tiefen Wolken zu, die ins Landesinnere ziehen. Eine Möwenschar kreist über unseren Köpfen.

»Du bist tot«, sage ich.

»Ich weiß«, klingt es gepresst aus seinem Mund. Modriger Algengeruch schlägt mir entgegen.

»Du darfst hier nicht sein.«

Er streckt die Hände nach mir aus, aber ich weiche zurück.

»Du musst meine Lebensabschlussgenehmigung bestätigen lassen«, sagt er und beginnt, aufgeregt etwas zu erklären. Im Augenwinkel kann ich erkennen, wie er nervös die Hände reibt und am Bart zupft, der ihm nach seinem Tod gewachsen ist. Das Geschrei der Möwen übertönt seine Worte. Er reicht mir das ausgefüllte Formblatt und den Zahlschein. Ich lege beides in die Innentasche meines Sakkos.

»Warte hier auf mich«, sage ich und haste die Holzstufen hinunter, die vom Deich zum Hauptplatz des Ortes führen.

Neben der Kirche ist eine Filiale der Volksbank, wo ich die Gebühr in der Höhe von 25 Euro 30 Cent entrichten möchte.

»Lebensabschlussformulare sind nicht mehr gültig«, erklärt mir die junge Frau am Schalter. »Heute läuft alles über die Chip-Karte.«

»Aber mein Vater …«

»Es werden definitiv keine Ausnahmen mehr gemacht«, verkündet die Frau.

»Sind Sie sicher?«

»Sie können auf dem Meldeamt nachfragen.«

Die Frau ist schlank und hat langes, dunkelbraunes Haar, grüngraue Augen unter den schwarzen Pinselstrichen der Brauen und eine tiefe, etwas heisere Stimme. Vor allem faszinieren mich ihre Wimpern, so lang und dicht, dass sich mein Blick in ihnen verfängt.

»Die Gebühr müssen Sie übers Internet begleichen«, sagt sie und lächelt. »Unter www Punkt meldeamt Bindestrich ablebensbestätigungen Punkt de.«

Ich strecke die Hand aus und berühre mit den Fingerspitzen ihre Haare. Ein angenehmes Gefühl von Traurigkeit und Erleichterung überkommt mich. Ich möchte wissen, wie sich die Haut der Frau zwischen Hals und Schulter anfühlt, bewege meine Hand an ihren Haaren entlang.

»Meine Großmutter ist vor kurzem gestorben, deshalb kenne ich mich aus«, sagt sie und wirft die Haarsträhne, die ich berührt hatte, mit einer schnellen Bewegung des Kopfes über die linke Schulter auf den Rücken.

»Mein Vater hat nie eine Chip-Karte besessen«, erkläre ich. Es kostet mich einige Mühe, an meinen Vater zu denken.

»Das macht nichts, wir können Ihren Vater bei uns einscannen. Aber beeilen Sie sich, jeden Tag pünktlich um drei haben wir einen totalen Systemabsturz. Dann geht nichts mehr, weder hier noch im Meldeamt.«

»Virus?«, frage ich.

»Gezielte Sabotage! Unsere Polizei hat schon Verstärkung angefordert. In den Nächten wird sogar scharf geschossen.«

»Das ist albern«, sage ich und lache. Auch sie lacht. »Ich mag diesen Ort«, sagt sie in einem Tonfall, als wäre dies ein Witz. »Ich bin hier geboren.«

Sie schaut auf ihre Uhr. »Es ist zehn Minuten vor drei«, verkündet sie. Unschlüssig steige ich von einem Fuß auf den anderen. »Beeilen Sie sich!«, sagt sie und wirkt plötzlich ernst.

Ich laufe zurück zum Deich, haste die Stufen hinauf, stolpere, falle, suche nach einem Halt, greife ins feuchte Gras, von dem der Deich überwuchert ist. Oben angelangt, kann ich Vater nirgends sehen. Verzweifelt laufe ich hinunter zum Strand, dann zum Meer, bis ich knietief im Wasser stehe. Es ist so kalt, dass es mir den Atem verschlägt und ich bald kein Gefühl mehr in den Füßen habe. »Vater!«, rufe ich leise, in der vagen Hoffnung, dass er nun für immer gegangen ist.

Ich presse die Zähne zusammen und warte. Die Wolken haben sich verzogen, auch die Möwen sind verschwunden. Der diesige Himmel wird nur von den weißen Kondensstreifen der Flugzeuge durchzogen. Endlich höre ich die Kirchenuhr dreimal schlagen. Nun ist es vorbei.

Ich schleppe mich zurück zum Strand. So als gehörten sie nicht mehr zu mir, kleben die Füße an meinem Körper. Schließlich stehe ich auf dem Deich mit dem Rücken zum Meer. Die Sonne blendet mich, so dass ich das Städtchen kaum erkennen kann. Der Kirchturm zerschneidet mein Blickfeld wie ein schwarzes Schwert. Links davon gleitet ein orangefarbener Feuerball nach unten, so als hätte der Tag beschlossen, aus Stunden Minuten zu machen.

Ich überquere den Hauptplatz. Vor dem Eingang zur Volksbank stehen zwei gepanzerte Polizeiwagen. Einige Polizisten –

Helme mit heruntergeklapptem Augenschutz aus Plexiglas, kugelsichere Westen mit feldgrauem Überzug, schwarze Stiefel – mustern mich. Ich denke an die junge Frau in der Bank. Wie gerne würde ich hineingehen, um noch einmal ihr Lächeln zu sehen. Stattdessen beschleunige ich den Schritt, laufe an hässlichen zwei- bis dreigeschossigen Betonblöcken vorbei. Auf den Balkonen stehen Menschen. Sie beobachten mich. Ich habe das unangenehme Gefühl, als wüssten sie alles über mich.

Schließlich erreiche ich einen Parkplatz, der sich zwischen einem Fluss und einer alten Industrieanlage befindet. Ich wundere mich, dass hier außer meinem Wagen, einem alten Ford Fiesta, kein weiteres Fahrzeug steht. Ich steige ein, starte, möchte losfahren, aber mein Auto bewegt sich nicht von der Stelle. Ich versuche es einige Male, lege den ersten Gang ein, überprüfe, ob die Handbremse gelöst ist, betätige Kupplung und Gaspedal. Keine Reaktion, nur das Aufheulen des Motors, das Ausschlagen des Zeigers, der die Umdrehungszahl anzeigt. Das Fahrzeug vibriert, aber es scheint mit dem Asphalt, auf dem es steht, eine Einheit zu bilden. Verzweifelt hämmere ich mit den Fäusten gegen das Lenkrad. Ich bin müde, die nasse Hose klebt an meiner Haut, mir ist kalt, vor allem aber möchte ich so schnell wie möglich weg von hier. Schließlich steige ich wieder aus und gehe zurück in den Ort. Inzwischen ist es dunkel geworden. Die Menschen sind von den Balkonen verschwunden, auf der Straße ist niemand zu sehen, und da die Straßenbeleuchtung nicht funktioniert, kostet es mich einige Mühe, den Hauptplatz zu finden. Es ist gespenstisch still. Die Militärfahrzeuge sind nicht mehr da, die Soldaten – das spüre ich – verstecken sich in den Hauseingängen und hinter verbarrikadierten Türen. Die großen, vitrinenartigen Fenster der Bank sind durch Rolläden aus Stahl geschützt.

Wenn ich nur wüsste, wo das dunkelhaarige Mädchen wohnt! In ihrer Gegenwart hatte ich mich so geborgen gefühlt. Es würde schon genügen, wenn ich mich an die Mauer ihres Hauses pressen könnte, allein mit dem Wissen, sie befinde sich im Inneren des Gebäudes. Ein Lächeln wie das ihre kennt keine Hindernisse, denke ich. Es bietet mir Schutz. Und als mir dieser Satz durch den Kopf geht, fällt, fast auf die Sekunde genau, der erste Schuss. Danach herrscht einige Augenblicke wieder bedrückende Stille. Mir wird übel vor Angst. Ein zweiter Schuss fällt, ein dritter. Sekunden später dröhnt und knattert und pfeift es. Fensterläden springen auf, hinter jedem der Lauf eines Gewehrs und ein bleiches Gesicht im Mondschein, rollende Pferdeaugen und aufgerissene Mäuler, Eingänge zu den feuchten Kellergeschossen der Schlunde. Waffenwesen. Gewehre mit Bäuchen und Köpfen. Ich laufe zurück, finde sofort den Weg, denke nicht mehr nach. Kugeln durchsieben Fensterscheiben, Werbeplakate und Zäune, schlagen in Wände ein. Stuck und Ziegelsplitter fallen mir auf die Schultern. »Lasst mich in Ruhe!«, schreie ich und presse meine Hände gegen die Ohren. »Ihr seid hinter dem Falschen her! Ich bin keiner dieser Drei-Uhr-Saboteure! Ich habe nichts damit zu tun.«

Auf dem Parkplatz wird nicht geschossen. Als ich im Wagen sitze, zittern meine Hände so, dass mir der Schlüssel aus der Hand gleitet. Ich bücke mich, taste unter dem Sitz und vor zu den Pedalen, fürchte mich aber, nach unten zu schauen, möchte stattdessen das Seitenfenster im Auge behalten, die furchterregende Dunkelheit hinter den Blitzen der Mündungsfeuer. Und gleichzeitig werde ich den Gedanken nicht los, jemand sitze auf dem Rücksitz und beobachte mich. Zwei kalte, phosphoriszierende Lichtpunkte hinter meiner rechten Schulter. »Komm schon, wo bist du?«, flüstere ich dem Schlüssel zu. »Wo bist du?«, tönt es hinter meinem rechten Ohr. Ich schnelle hoch, schreie, greife ein weiteres Mal unter den Sitz und habe endlich den Schlüssel in der Hand. Die Schussgeräusche kommen näher. Ich starte und drücke das Gaspedal durch. Der Motor heult auf, der Wagen macht einen großen Satz nach vorne. »Er bewegt sich!«, schreie ich erleichtert. »Er bewegt sich!«, verkündet das Echo hinter meinem Ohr. Ich wage nicht, mich umzudrehen, starte ein weiteres Mal und fahre los, schalte in wenigen Sekunden hinauf in den vierten Gang. Nur weg von dieser Stimme, dieser Schießerei und diesem Ort. Ich kurve um den Parkplatz, kann aber die Ausfahrt nicht finden. Industrieanlage. Baumreihe. Fluss. Betonmauer. Industrieanlage. Wie, zum Teufel, komm ich da raus? Wie bin ich überhaupt hierher gekommen? Das Fahrzeug wird immer schneller. »Ich fahre hier noch in den Tod!«, schreie ich. »Du fährst hier noch in den Tod«, stellt die Stimme hinter meinem Rücken fest. Erschrocken verreiße ich das Lenkrad, spüre, wie die Reifen die Bodenhaftung verlieren und wie der Wagen unter mir wegzugleiten scheint. Dann spüre ich einen Aufprall und der Gurt nimmt mir den Atem. Wellen schwappen über die Windschutzscheibe. Für kurze Zeit dringt Wasser durch die Ritzen zwischen den Türen und der Karosserie ins Innere, bevor es wieder nach oben geht, und ich durch die Windschutzscheibe den Mond und die Sterne sehen kann.

»Warum bist du zurückgekommen?«, frage ich und drehe mich um.

»Ich hatte keine andere Wahl«, erklärt Vater.

»Und was jetzt?« Ich versuche, durch den Mund zu atmen, um den modrigen Algengeruch nicht einatmen zu müssen. Seesterne und Muscheln füllen das Wageninnere. Eine Wasserschlange windet sich um meine Füße.

»Zieh dich um«, sagt Vater und spuckt einen Wurm aus. »Du

bist ja völlig nass!« Jetzt erst merke ich, dass sein ganzer Körper von Würmern übersät ist.

»Mir ist nicht kalt«, sage ich, »weil ...«

»Lüg mich nicht an«, fällt er mir ins Wort. »Jetzt bin ich tot und kann deine Gedanken lesen, vergiss das nicht.«

»Dann ist ja ohnehin alles gesagt«, murmle ich. Vater reicht mir den Koffer mit den trockenen Sachen, und ich beginne mich umzuziehen.

Der Wagen treibt im Fluss. Die Scheinwerfer, die Innen- sowie die Armaturenbeleuchtung sind ausgefallen. Sogar Vaters Gesicht sehe ich nur schemenhaft. In einiger Entfernung kann ich den schwarzen Schatten des Ufers erkennen. Es scheint weiterhin kein elektrisches Licht zu geben. Allerdings kann ich im Mondschein die Turmspitze ausmachen. Langsam gleitet sie uns entgegen.

Von einem Augenblick auf den anderen hat das Schießen aufgehört. Es ist so still, dass ich die Kieselsteine am Grund des Flusses, die von der Strömung vorangetrieben werden, meinen eigenen Atem und das Rauschen des Meeres hören kann.

»Was sollen wir jetzt tun?«, frage ich meinen Vater.

»Ich kann dir nicht helfen«, sagt er. »Ich bin tot.«

Das Rauschen des Meeres wird stärker. Der Kirchturm ist an uns vorübergezogen, auch der Deich und das fahle Licht eines Leuchtturms am Horizont. Und während wir auf die hohe See hinaustreiben, zünde ich mir eine Zigarette an und denke an die weichen Haare und schönen Augen des Mädchens, die ich nie mehr sehen werde, weil wir inzwischen in völlige Dunkelheit eingetaucht sind und das Innere des Wagens sich mit Wasser füllt ...

Oft endet der Traum schon mit dem Sturz in den Fluss oder mit der Schießerei auf dem Hauptplatz. Ich wache zwischen vier und fünf Uhr morgens auf und kann danach nicht mehr schlafen. Baldriantropfen sind keine Hilfe, Meditationsübungen oder Spaziergänge noch weniger. Manchmal lasse ich in der Nacht die Deckenbeleuchtung und das Radio eingeschaltet, lege mich auf das Sofa im Wohnzimmer oder sogar auf den Teppich im Vorraum. Doch der Traum lässt sich nicht überlisten.

Mein Hausarzt hat mir ein Schlafmittel verschrieben. Auf dem Beipackzettel sind die möglichen Nebenwirkungen aufgezählt. Ich habe die Packung in den Abfalleimer geworfen. Auch die Ratschläge meiner Bekannten waren nicht besonders hilfreich. Zapf empfahl mir, ein Glas Schnaps zu trinken. Den ganzen Abend und die ganze Nacht war ich gut gelaunt und munter. Am Morgen hatte ich Kopfschmerzen und war müder als je zuvor.

Heute ist Samstag, der 7. Dezember 2002. Mein Radiowecker zeigt sechs Uhr zweiundfünfzig an. Seit etwa Viertel nach vier bin ich wach. Ich sitze vor meinem Computer. Ich habe Gliederschmerzen, vielleicht der Beginn einer Grippe, und meine Hände zittern, so dass ich oft auf die falschen Tasten drücke, immer wieder ganze Zeilen löschen und neu schreiben muss. Ich habe mich dennoch entschlossen, alles, was vorgefallen ist, so genau wie möglich zu dokumentieren. Das ist unvernünftig. Welche Strafe erwartet mich, wenn alles bekannt wird? Zwei Jahre, meint Hecht. Zapf spricht von fünf. Der größte Unsicherheitsfaktor ist natürlich Feistinger. Es ist unwahrscheinlich, dass der Schwätzer den Mund hält. Am Anfang hat der Gedanke an Feistinger meine Alpträume noch verstärkt. Inzwischen ist er mir egal. Wenn eines Tages Uniformierte vor der Tür stehen, um mich abzuführen, könnte das sogar eine Erleichterung sein.

Um halb fünf habe ich mit der Arbeit begonnen. Die Rollläden bleiben vorerst unten. So lenkt mich nichts ab. Erst um neun werde ich sie hochziehen, das Licht in die Wohnung lassen und die Datei, die ich für diese Aufzeichnungen angelegt habe, schließen, um sie morgen, nach dem nächsten Alptraum, wieder zu öffnen.

2

An dem Tag, als mein Vater starb, verlor der Gigrichter FC das Stadtderby gegen den SC Patsch mit zwei zu fünf. Ich hatte mir eine Eintrittskarte für die dritte Reihe hinter dem Tor gekauft, diese aber wenige Stunden vor dem Spiel meinem Kollegen Zapf geschenkt, weil Vater mich im Büro angerufen und gebeten hatte, ihn an diesem Abend zu besuchen. Einige Augenblicke hatte ich gezögert, mich aber dann doch entschlossen, ihm diesen Wunsch nicht abzuschlagen. Wäre ich damals zum Spiel gegangen, müsste ich heute diese Zeilen nicht schreiben. Aber ich hatte auf dem Weg zur Arbeit Andreas Voller wiedergesehen, das erste Mal nach achtundzwanzig Jahren, und wollte meinen Vater zwingen, endlich über jenen Vorfall zu sprechen, der mir seit meiner Kindheit nicht aus dem Kopf ging. Außerdem war die Niederlage unserer Amateurmannschaft gegen die Halbprofis von SC Patsch, den Spitzenreiter der Regionalliga, ohnehin absehbar.

Jener Montag Mitte Oktober beginnt für mich mit einem Summen im Kopf. Von innen heraus würgt und kratzt etwas die Speiseröhre hinauf. Ohne die Augen zu öffnen, taste ich an der Kante des Nachtkästchens entlang. Die Augen immer noch geschlossen, öffne ich den Verschluss der Schachtel, berühre jede einzelne Zigarette, bis ich zwischen Zeige- und Mittelfinger den Stummel zu fassen bekomme, den ich mir am Abend zuvor als Morgenration vorbereitet habe. Auch das Feuerzeug ist griffbereit. Erst nach dem dritten Zug, als das Summen aufgehört hat, öffne ich die Augen. Der Wecker zeigt Viertel nach sechs. Nach einem inneren Kampf, der nur wenige Augenblicke währt, zünde ich mir eine weitere Zigarette an, mache ein paar hastige Züge und danach sogleich drei oder vier längere, tiefere, so dass ein wohliges Gefühl in meine Beine strömt. Als ich die Zigarette ausdrücke, bin ich fit für den Tag. Heute Abend nach dem Fußballspiel höre ich auf, denke ich. Bis Ende dieses Jahres bleibe ich rauchfrei. Oder zumindest für die nächsten drei Wochen. Als ich die Zähne putze, beschließe ich, mir jeden dritten Tag ein Zigarillo zu genehmigen, nur ein einziges, eines von jenen parfümierten, cremefarbenen, die ich schon bei meinem letzten Versuch, mir das Zigarettenrauchen abzugewöhnen, geraucht habe und die man in flachen Blechschachteln mit golden glänzender Unterseite und der Abbildung eines Harlekinkopfes auf dem Deckel kaufen kann. Vielleicht rauche ich zwei, höchstens drei, dafür aber nur jeden fünften Tag, entscheide ich, als ich mir das Gesicht abtrockne. Hauptsache, es gelingt mir endlich, die aufgestellten Regeln tatsächlich einzuhalten. »Auf jeden Fall beginnt heute eine neue Lebensphase«, erkläre ich meinem Spiegelbild. »Das schwöre ich bei allem, was mir heilig ist.«

Als ich mich anziehe, komme ich zur Überzeugung, dass es nichts gibt, was mir wirklich heilig ist.

Um Viertel vor sieben gehe ich aus dem Haus. Bis zur Bushaltestelle sind es zehn Minuten zu Fuß. Als ich in die Bürgermeister-Flachs-Allee einbiege, sehe ich, wie ein dicker Mann um die sechzig aus einem silbergrauen BMW steigt und zur Apotheke hastet. Sein Bauch kommt mir monströs vor, wobei nicht seine tatsächliche Größe für diesen Eindruck verantwortlich ist, sondern der Kontrast zum zarten Körperbau. Arme und Beine sind dürr, das Gesicht schmal – ledrige, von Leberflecken übersäte, rissige Haut, aber kein Gramm Fett. Es scheint, als würde nicht der Mann den Bauch auf seinen wackligen Beinen vor sich hertragen, sondern als würde eine mit Intellekt ausgestattete Wampe den Mann hinter sich herziehen.

Er stößt beinahe mit einer Radfahrerin zusammen, und wenn ich nicht stehengeblieben wäre, hätte er mich umgerannt. Ich warte, bis er wieder aus der Apotheke herauskommt. Nun habe ich keinen Zweifel mehr. Es ist tatsächlich Andreas Voller.

Ich muss daran denken, wie mein Vater diesen Mann am Kragen gepackt und wie ihn dieser niedergeschlagen hatte, während ich unentwegt »Papa!« schrie. »Papa! Papa! Papa!« Oder hatte Vater zuerst zugeschlagen? Ich weiß es nicht mehr, ich war noch ein Kind. Jedenfalls erinnere ich mich an die Tränen in den Augen meines Vaters, danach, Stunden später … Voller hatte damals noch keine Glatze gehabt, und sein Gürtel spannte sich noch nicht an den Hüften und zwischen den beiden Bauchteilen, einem kleineren unteren und einem größeren oberen. Er hatte eine Lederjacke getragen und Jeans mit glockenförmigen Hosenbeinen. Ich schließe die Augen und sehe Blut auf dem Boden, aber ich weiß nicht mehr, ob es Vollers Blut ist oder das meines Vaters.

Als ich zwanzig Minuten später im Foyer der Gigrichter Filiale der Westmitteldeutschen Versicherungsgesellschaft meine Karte in den Schlitz des elektronischen Zeiterfassungsgerätes zu schieben versuche, gehorchen meine Hände nicht. Endlich leuchtet das grüne Lämpchen auf. Ich gehe in die Kantine, trinke zwei Tassen Kaffee und rauche eine Zigarette. Als ich das Büro betrete, habe ich mich wieder gefasst. Ich lächle sogar.

»Neunundsiebzig Jahre alt ist die Frau und im Besitz einer gültigen Krankenversicherungspolice, ausgestellt vor nicht einmal zehn Monaten!« Empört streckt Feistinger seinen Zeigefinger in die Höhe. »Ich habe die Auszahlung bewilligen müssen. Vertrag ist Vertrag.« Schadensreferent Feistinger macht auf dem Weg von der Toilette oft einen Abstecher zu uns in die Statistikabteilung. Manchmal bleibt er nur wenige Minuten, meist jedoch länger.

»Was war's denn?«, frage ich.

»Oberschenkelhalsbruch. Blöde Sache.«

»Das kann teuer werden«, meint Zapf, ohne von den Zahlen des Statistischen Monatskatalogs aufzuschauen. »Das heißt – in diesem Alter kann eigentlich alles tödlich enden.«

»Was für uns ja nicht ungünstig wäre«, wirft Hecht ein. »Es sei denn, im Paket ist eine Bestattungsvorsorge mit enthalten.«

»Ich frage mich, welcher Idiot aus dem Außendienst dieser Greisin eine Krankenversicherungspolice verkauft hat«, empört sich Feistinger. »Hat er denn keine Augen im Kopf?«

»Das war bestimmt eine dieser Massenaktionen mit den Pauschalpaketen«, mutmaße ich. »Sie verkaufen auf Teufel komm raus, weil da die meisten Bonuspunkte zu holen sind. Bei den Keilerseminaren reden sie von nichts anderem.«

»Ach ja, Gabriel, du sollst zum Chef«, sagt Hecht.

»Wieso das?«

»Ich glaube, du wirst entlassen«, sagt Zapf und schaut von den Zahlen auf. Seinem Blick ist nicht zu entnehmen, ob er es ernst meint. »Schade! Computergolf zu zweit ist so langweilig.«

Gerhard spricht mich plötzlich wieder mit »Herr Salzinger« an. Wir duzen einander zwar nicht, reden uns aber seit einiger Zeit mit den Vornamen an. Heute hat sich Gerhard offenbar vorgenommen, die Autoritätsperson zu mimen. Er wartet schweigend, bis ich mich gesetzt habe, und mustert mich so lange, dass es mich Mühe kostet, das Lachen zu unterdrücken. Sogar sein Sakko hat er angezogen.

Diplom-Volkswirt Gerhard Pongratz ist stolz darauf, ein »Chef neuen Stils« zu sein. Der aus Duisburg stammende sportliche Mittdreißiger hat Wirtschaft in Kalifornien studiert und danach einige Jahre in Lateinamerika und Australien gearbeitet, bevor er nach Deutschland zurückgekehrt ist. Er soll in Sydney bei einer Investitionsentscheidung einen fatalen Fehler gemacht haben, welcher der Royal Australian Ltd. Millionen gekostet hat. Die Westmitteldeutsche Versicherungsanstalt hat ihn trotzdem zum zweiten stellvertretenden Filialleiter in Gigricht ernannt.

Ich frage ihn, aus welchem Grund er mich zu sich bestellt hat.

Frau Lopatka aus der Buchhaltung behaupte, ich sei höflich und sympathisch, erklärt er mir. Es ist das erste Mal, dass es ihm gelingt, mich zu überraschen. Ich habe vieles erwartet, nur nicht, dass er auf die Buchhalterin zu sprechen kommt. Ich erinnere mich an den Tag, als der Zeigefinger der Frau in sanften Kreisbewegungen meinen Handrücken gestreichelt hat und ich vielleicht einen Augenblick zu lange gezögert habe, die Hand zurückzuziehen. »Höfflich und symmpattisch!«, wiederholt Gerhard mit spöttischem Unterton. Wenn er nervös ist, spricht er die langen Vokale kurz aus. Er starrt mich an, ohne den Kopf zu bewegen. Es kommt mir vor, als würde er nicht einmal blinzeln.

Frau Turner aus dem Zentralarchiv lobe meine bei Männern angeblich nur selten anzutreffende Fähigkeit, aufmerksam zuhören zu können. Frau Malitsch, die Leiterin des Sekretariats, behaupte, es gebe niemanden, mit dem sie sich in der Kaffeepause besser unterhalten könne als mit mir. »Auch ich kann mich gutt mit Ihnen unterhallten!« In den meisten Fällen kann Gerhard seinen Sprachfehler überspielen. Ich wundere mich, dass er jetzt die Fassung verloren hat.

»Für Zapf und Hecht sind Sie ein toller Bursche und guter Kumpel. Im Computergolf seien Sie einsame Spitze, meinen die beiden.«

»Das ist übertrieben. Bis jetzt hat Hecht die meisten Partien gewonnen.«

Jetzt blinzelt er wieder. Dann senkt er den Blick.

»Doktor Seefeld von der Rückversicherungsabteilung lobt Sie ebenfalls.« Diesmal achtet er auf die korrekte Länge der Vokale. »Sie haben bei der Einschulung vor einem Jahr viele Fragen gestellt, meint Doktor Seefeld. Insbesondere für die Versicherung und Rückversicherung von Überschallflugzeugen und Bohrinseln hätten Sie sich interessiert gezeigt und sogar um weiterführende Literatur zu diesem Thema gebeten …«

»Den versprochenen Artikel aus der Zeitschrift *Economist* hat mir der geschätzte Doktor Seefeld leider immer noch nicht zukommen lassen«, erkläre ich.

»Herr Salzinger«, unterbricht mich Gerhard, »Sie wissen genauso gut wie ich, dass wir keine Flugzeuge und schon gar keine Bohrinseln versichern. Wir haben sie nicht versichert, wir versichern sie nicht und wir werden sie nie versichern.«

»Wenn Sie es sagen.«

»Herr Salzinger, bitte beantworten Sie mir eine Frage. Was tun Sie eigentlich bei uns den ganzen Tag? So sympathisch Sie allen auch sein mögen, keiner, mit dem ich gesprochen habe, konnte mir auf diese Frage eine befriedigende Antwort geben.«

Ich schaue ihn an und schweige. Ich schweige auch, als er die Frage wiederholt. Was soll ich ihm denn antworten? Nach meiner Anstellung vor vierzehn Monaten hatte mich Gerhards Vorgänger, Diplomingenieur Ludwig Raps, der Statistikabteilung zugeteilt, weil ich nach den Ergebnissen des Einstufungstests angeblich im mathematischen Bereich brilliert hatte und mich bei Computern auskannte. Dass ich mein Wirtschaftsstudium nicht abgeschlossen hatte, spielte für ihn genauso wenig eine Rolle wie die Tatsache, dass ich in den Jahren davor keine fixe Anstellung gehabt und mein Geld hauptsächlich als Übersetzer aus dem Niederländischen und Englischen verdient hatte. Nachdem ich seit meiner Studienzeit in Wien gelebt hatte, war ich in meine Geburtsstadt zurückgekehrt.

»Ich vertraue Ihnen«, hatte Raps gesagt. »Der Eindruck, den ein Mensch macht, ist wichtiger als seine Zeugnisse. Ich weiß, dass ich damit nicht im Trend der Zeit liege, aber ich glaube, Fertigkeiten kann man erlernen, einen Charakter nicht.«

Außerdem teilte mir Herr Raps während des Einstellungsgesprächs mit, dass meine Mitarbeit in der Statistikabteilung »einen grundlegenden Innovationsschub in diesem Bereich« bewirken sollte und dass Doktor Grill aus der Zentrale in Frankfurt »hier ganz und gar derselben Ansicht« sei. »Ich glaube, in Ihnen steckt viel kreatives Potential«, stellte er abschließend fest.

Zapf und Hecht, die schon seit zehn Jahren die Statistikabteilung in Alleinregie geführt hatten, waren nicht der Meinung, Hilfe zu benötigen. Von einem Innovationsschub hielten sie genauso wenig wie ich. Diplomingenieur Raps erkrankte bald an einem Blasenleiden, in dessen Folge er von der Firmenleitung in den vorzeitigen Ruhestand verabschiedet wurde. In den folgenden Monaten spielte ich mit Zapf und Hecht in den Pausen zwischen der Herstellung von statistischen Wochen-, Monats- und Quartalskatalogen Computergolf und freute mich über mein Gehalt, das pünktlich auf mein Konto überwiesen wurde. Die wenigen Übersetzungsaufträge, die ich in dieser Zeit annahm, erledigte ich während meiner Arbeitszeit. Als Gerhard in Raps' verwaistes Büro einzog, änderte sich vorerst nichts. Der vielgereiste ehemalige Jungstar der Finanzbranche musste sich erst von seiner australischen Katastrophe erholen und sich mit den viel bescheideneren Möglichkeiten, die ihm die Tätigkeit bei einem deutschen Provinzbetrieb bot, abfinden. Das brauchte seine Zeit. Diese schien nun abgelaufen zu sein.

»Und? Wie war's? Erzähl!« Zapf spricht mit dem Tonfall eines Vierzehnjährigen, der einen Gleichaltrigen nach seinem ersten erotischen Abenteuer befragt.

»Trink erst mal einen Kaffee«, meint Hecht.

»Setz dich hin, ich mach dir einen«, erklärt Zapf. »Trink in Ruhe und erzähl alles der Reihe nach.«

»Oder von hinten nach vorn, wenn dir das lieber ist«, sagt Hecht. Ich beginne zu lachen, und die beiden lachen mit, und plötzlich wird mir klar, wie sehr ich diese beiden Dummköpfe vermissen werde. Zapf geht in die Ecke des Zimmers, wo ein Waschbecken, ein kleiner Schrank und eine Kaffeemaschine stehen. In diesem Augenblick läutet auf meinem Schreibtisch das Telephon.

»Hallo, hier spricht David Salzinger«, höre ich Vaters Stimme. »Kann ich bitte ...«

»Vater, wenn du meine Nummer wählst, ist es sehr wahrscheinlich, dass ich es bin, der ans Telephon geht.«

»Ja, ja, ich weiß. Aber das letzte Mal ...«

»... hatte ich das Telephon auf den Apparat des Kollegen umgeleitet.«

»Ich sage Hallo Gabriel, und man antwortet mir: Nein, hier Fisch.«

»Hecht, Vater, nicht Fisch.«

Kollege Hecht schaut in meine Richtung und lacht. »Wenn schon, dann Haifisch«, ruft er mir zu.

»Sei nicht größenwahnsinnig, sonst degradiere ich dich zum Butterfisch!«, sagt Zapf.

»Besuchst du mich nach der Arbeit?«, fragt Vater. »Ich werde für uns beide kochen. Eine Flasche Rotwein habe ich auch zu Hause.« Geht nicht, heute ist das Stadtderby, hätte ich fast gesagt, aber da ist ein Unterton in Vaters Stimme, der mich ein wenig beunruhigt.

»Ist etwas passiert?«, frage ich.

»Nicht direkt. Aber … Ich würde sagen … Komm einfach.«

Ich zögere.

»Wenn du nicht kannst, dann …«

»Also gut. Nach der Arbeit um halb fünf, fünf, vielleicht etwas später. Tschüss.« Ich lege auf und bereue sofort, dass ich so schroff zu ihm gewesen bin, und gleichzeitig, dass ich nachgegeben habe. Ich zünde mir eine Zigarette an.

»Was, du rauchst?«, fragt Hecht spöttisch. »Du hast doch am Freitag für immer aufgehört.«

»Also, jetzt komm erst mal zu dir. Trink!«, sagt Zapf und stellt die Kaffeetasse auf meinen Tisch. »Du bist ja ganz bleich. Scheint heute wirklich nicht dein Tag zu sein … Was hat er dir denn gesagt, der Känguru-Gerhard?«

»Möchtest du meine Karte für das Stadtderby haben?«, frage ich ihn. »Ich schenk sie dir.«

3

DER BUS NUMMER FÜNF steht fast zwanzig Minuten im Nachmittagsstau. Als ich in der Siedlung ankomme, ist es schon halb sechs. Die Blumenfeldsiedlung besteht aus etwa einem Dutzend acht- bis zehnstöckiger Wohnblöcke, die kreisförmig um einen Park angeordnet sind, in dessen Mitte sich ein Kaufhaus befindet. Das Haus, in dem Vater wohnt, liegt etwas abseits. Aus Vaters Wohnzimmerfenster blickt man auf die bewaldeten Hügel, die wie ein Kranz die Stadt umgeben. Als ich vor fünfundzwanzig Jahren mit meinem Vater aus der Innenstadt hierher übersiedelt bin, schien es mir, als wäre ich ans Ende der Welt verbannt worden. Meine Freunde und alle offensichtlichen Errungenschaften der Zivilisation, vor allem das beliebte Lokal Juicy Fruit am Kai waren plötzlich in weite Ferne gerückt. Der Bus in die Innenstadt fuhr nur viermal am Tag. Nach dem Abitur war ich froh, von hier wegzuziehen.

Nun wohne ich seit mehr als einem Jahr wieder in Gigricht. Jedes Mal, wenn ich in die Siedlung komme, freue ich mich darüber, wie schnell sie verfällt. Ende der Siebzigerjahre hatte sie als Musterbeispiel des sozialen Wohnbaus gegolten. Inzwischen scheinen die Häuser die Sorgen ihrer Bewohner nach außen zu kehren. Dadurch wirken sie irgendwie melancholisch und strahlen nicht mehr jene bedrückende Sterilität aus, die sie früher hatten.

»Komm, ich muss dir etwas zeigen!« Vater führt mich ins Wohnzimmer, wo ein dunkelbrauner Einbauschrank das spärliche Licht schluckt, das durch das niedrige Fenster fällt. Die Hälfte des Zimmers nimmt ein runder Tisch ein, ein abscheuliches Möbelstück, das noch in der alten Wohnung am Bischofskai gestanden hatte. Nun türmen sich darauf Papiere und Bücher.

»Arbeitest du weiterhin an deiner Autobiographie?«, frage ich, während ich mit Widerwillen Vaters speckige Hose betrachte. Er wirft mir einen Blick zu, der mich sofort das Thema wechseln lässt.

»Hast du gewusst, dass heute ein wichtiges Fußballspiel ist?«, frage ich.

»Ach ja?«, murmelt Vater, während er in seinen Papieren kramt. Sein cremefarbenes Hemd, das an den Ellbogen glänzt, ist bis zum Bauchnabel offen.

»Was wolltest du mir zeigen?«, frage ich.

»Er war doch die ganze Zeit … den ganzen Tag habe ich … wo ist denn nur der Brief?« Sein Gesicht läuft rot an. Gleich fängt er an zu schreien, denke ich.

»In der Küche!«, sage ich. »Wenn dich etwas aufregt, ziehst du dich doch immer in die Küche zurück.« Er geht Richtung Küche, dreht sich aber vor der Tür um und fragt: »Was, sagtest du, ist heute für ein Spiel?«

»Gigricht gegen Patsch.«

»Ach so …« Er macht eine wegwerfende Handbewegung.

Während Vater die Küche durchsucht – ich höre, wie etwas

mit metallischem Klang zu Boden fällt – betrachte ich das Chaos auf dem Tisch: zwei Bände des *Kleinen Brockhaus* aus dem Jahre 1950, scheinbar willkürlich aufgeschlagen, der erste Band unter den Stichwörtern *Ethik*, *Ethnographie*, *Ethos*, der zweite unter *Sonne*, *Sonneberg*, *Sonnenblume*, die Wochenendbeilagen des *Gigrichter Tagblattes* der letzten drei Monate, ein Heft mit hellblauem Umschlag, Jürgen Rühles *Literatur und Revolutionen* – eines von Vaters Lieblingsbüchern, eine Rororo Monographie über Spinoza, Isaiah Berlins Essays (etwas überraschend), Yoram Kaniuks *Der letzte Jude* im hebräischen Original (noch überraschender), ein verfaulender Apfelrest auf einer grauen Serviette (weniger überraschend).

Vater kommt mit einem eng beschriebenen Zettel in der einen und einem Briefumschlag in der anderen Hand wieder ins Wohnzimmer.

»Was glaubst du, von wem der ist?«, fragt er und schwenkt das Blatt Papier vor meinem Gesicht.

»Von Onkel Robert aus Dortmund.«

»Ach, du weißt also …«

»Wer sollte dir denn sonst schreiben, außer der Tante aus Argentinien? Aber auf dem Umschlag klebt eine deutsche Briefmarke.«

Ich nehme Vater den Brief aus der Hand. Nur mit Mühe gelingt es mir, Onkel Roberts krakelige Schrift zu entziffern. In ungelenken Sätzen beschreibt er die letzte Katastrophe seines Lebens. Onkel Robert, eigentlich Vaters Cousin, wurde schon immer vom Pech verfolgt. Wenn in Dortmund ein Brand ausbricht, kann man sicher sein, dass Onkel Roberts Haus zu Schaden kommt. Wenn ein Zug entgleist, ist bestimmt Onkel Robert einer der Fahrgäste. Zweimal ist Robert verheiratet gewesen, beide Ehen sind geschieden worden. Seine Tochter wohnt in Berlin und möchte nichts mehr mit ihm zu tun haben. Solange er noch gearbeitet hat, ist ein Großteil seines Gehalts den beiden Frauen in Form von Alimenten und Unterhaltszahlungen zugute gekommen. Nachdem die Elektronikfirma, in der er beschäftigt war, in Konkurs ging, war er jahrelang arbeitslos. Heute bekommt er eine Rente, die kaum zum Überleben reicht.

»Dieses armselige Individuum«, ereifert sich Vater. »Schon als Kind haben sie ihn immer verdroschen, damals im Kibbuz. Ich habe mich für ihn geprügelt. Unterdessen ist er auf Bäume geklettert. Im Bäumeklettern war er gut, bis er dann hinuntergefallen ist und die anderen zuschauten, wie er sich vor Schmerz am Boden krümmte.«

»Ich weiß«, murmle ich.

Und so fand ich also beim Heimkommen von meinem alltäglichen Spaziergang die Wohnungstür gewaltsam aufgebrochen vor. Der gesamte Inhalt meiner Wohnung war bis auf die Stehlampe mit dem geblümten Schirm die im Wohnzimmer steht gestohlen. Besonders schmerzvoll ist der unwiederbringliche Verlust meiner Sparbücher so daß mein gesamtes Geld weg ist obwohl ich natürlich alles habe sofort sperren lassen bei der Bank. Doch da war es schon zu spät …

»Ohne Punkt und Komma«, sagt Vater. »Den Schulabschluss hat er nie gemacht. Als er 1947 nach Deutschland zurückgekehrt ist, hatte er keine Zeit für so etwas. Außerdem wollte er nicht von Deutschen geprüft und beurteilt werden … Was ich verstehen kann.«

»Was wirst du tun?«, frage ich.

»Könntest du ihm etwas leihen? Zumindest bis zur Überweisung der nächsten Rentenzahlung.«

»Leihen heißt bei Onkel Robert schenken.«

»Jetzt tust du ihm unrecht.«

»Komm, sei ehrlich!«

Er nickt einige Male. »Willst du Spaghetti oder Bratkartoffeln mit Speck und Gemüse?«, fragt er.

»Bratkartoffeln.«

Es fällt mir auf, dass sich Vater sehr langsam bewegt, doch schenke ich diesem Umstand keine große Beachtung. Es überrascht mich jedoch, dass er die Bratpfanne aus einem Berg mit schmutzigem Geschirr holt und auf den Herd stellt, ohne sie vorher abzuwaschen. Vater vernachlässigt sein Äußeres, er räumt selten die Wohnung auf und lässt Lebensmittel verschimmeln, doch vor dem Kochen hat er bis jetzt immer das Geschirr abgewaschen.

»Was ist los mit dir?«, frage ich.

»Nichts«, sagt er und greift mit der rechten Hand an die linke Schulter. »Nur die üblichen Schmerzen.«

»Du solltest zum Arzt gehen«, erkläre ich. »Schau doch einmal in den Spiegel. Du siehst nicht gut aus – roter Hals, roter Kopf.«

»Warte … bis … du … alt … bist.« Er versucht, das Brutzeln des Specks in der Pfanne zu überschreien und holt nach jedem Wort tief Luft. »Du … wirst … merken … dass sich die schlechten Tage häufen … und … deshalb nicht jedes Mal zum Arzt laufen. Jeder Arzt entdeckt etwas anderes in deinem Innersten und beginnt, an dir herumzupfuschen. Schließlich hängst du im Krankenhaus an irgendwelchen Schläuchen, von oben tropft es in dich hinein und unten wieder heraus, du kannst dich nicht mehr bewegen, nicht einmal mehr protestieren, und bist nur ein stummer Zeuge, wie dir jeder ein Stück Fleisch aus dem Körper schneidet.«

»Unsinn!«

»Jeder von denen erhebt gleich den Anspruch auf sein Pfund

Fleisch«, sagt Vater und lacht. »Sie werden nur darüber streiten, wer zuerst das Messer ansetzen darf.«

Wir tragen die Teller, das Besteck, die Gläser und eine Rotweinflasche ins Wohnzimmer. Vater scheint plötzlich die Orientierung verloren zu haben. Er geht nicht auf direktem Wege von der Tür zum Tisch, sondern an der Wand und am Fenster entlang, stößt mit der Schulter gegen die Schrankkante an und streift mit dem Ellbogen am Fernsehschirm entlang. Ich wundere mich, dass er dabei nichts fallen lässt.

»Fühlst du dich nicht wohl?«, frage ich, aber er gibt mir keine Antwort.

»Schau, dass du dein eigenes Leben in den Griff bekommst, sonst ergeht es dir über kurz oder lang wie Onkel Robert«, erklärt er mir stattdessen. Mit schnellen, regelmäßigen Bewegungen führt er die Gabel zum Mund. Das Tempo, mit dem er isst, bleibt stets das gleiche, unabhängig davon, wie viel er spricht, was er sagt oder wie erregt er auch sein mag.

»Seit zehn Jahren frage ich dich immer wieder, warum du dein Wirtschaftsstudium abgebrochen hast. Ich habe noch nie eine vernünftige Erklärung von dir bekommen. Du kannst ja nicht dein Leben lang Übersetzungen für einen Hungerlohn machen!«

»Ich habe meinen Job bei der Versicherung«, sage ich und beschließe, ihm an diesem Abend nichts von dem unangenehmen Gespräch mit Gerhard zu erzählen.

»Ein Provisorium«, meint er. »Du tappst von einem Provisorium zum nächsten. Mit sechsunddreißig hast du immer noch keine Linie in deinem Leben gefunden. Du fährst einen immerwährenden Zickzackkurs. Ich hingegen habe immer eine Linie im Leben gehabt, auch jetzt im Alter. Vielleicht habe ich Fehler gemacht, aber zumindest weiß ich genau, was morgen kommt!«

Es ist dunkel geworden. Im Halbschatten wirkt Vaters Gesicht grau und mager, und plötzlich habe ich den Eindruck, als kämen seine Worte dumpf und verzerrt wie aus dem Mund eines anderen. Beim Wort Morgen denke ich an den Husten und die Zigaretten, die ich vor dem Aufstehen im Bett geraucht habe, und an die Gestalt aus der Vergangenheit, fett und unförmig, wie eine zum Alptraum aufgeblähte Erinnerung. »Da ist etwas«, sage ich, »das mich seit meiner Kindheit beschäftigt.«

»So?«

»Als ich heute Morgen an der Apotheke vorbeiging, sah ich …«

Auf einmal springt Vater auf und hastet zur Toilette. Ich höre, wie er dreimal die Spülung betätigt. Auf dem Weg zurück zum Wohnzimmer schwankt er, bleibt stehen, hält sich am Türrahmen fest.

»Ich habe mir offenbar den Magen verdorben«, murmelt er und schnappt nach Luft. Sein Gesicht mit dem spitzen Kinn und der langen, gebogenen Nase erinnert an einen Scherenschnitt.

»Du solltest endlich ernsthaft mit einer Diät beginnen«, sage ich.

»Mir ist schlecht!« Vater macht einige Schritte auf mich zu und bleibt in der Mitte des Raumes stehen. Er räuspert sich und hustet.

»Dein Cholesterinspiegel! Haben wir nicht das letzte Mal schon darüber gesprochen? Kein Fett, keine Süßigkeiten!«

»Mir ist schlecht!«, flüstert Vater. »Mir …«

»Und wenn dir dann schlecht ist …«, unterbreche ich ihn, »spülst du alles mit Alkohol runter.«

Vater dreht sich um und läuft wieder Richtung Toilette.

Als er eine Minute später an mir vorbeigeht, habe ich den Eindruck, als nehme er mich nicht wahr.

»Soll ich dir einen Kräutertee machen?«, frage ich. »Das beruhigt den Magen.«

Ich bin verärgert. Wäre ich auf den Fußballplatz gegangen, hätte ich für ein paar Stunden die Erinnerung an das Gespräch mit Gerhard wegschieben können. Stattdessen werde ich wahrscheinlich den Abend und die Nacht hier in Vaters Wohnung verbringen, Tee kochen, zur Apotheke gehen, vielleicht sogar einen Arzt rufen müssen.

»Ich lege mich kurz hin«, erklärt Vater.

»Soll ich …?«

»Nur für zehn Minuten«, sagt er keuchend. »Auf das Sofa. Dann reden wir weiter. Mach du dir einen Tee, wenn du willst.«

Einen Augenblick lang zweifle ich, ob er es überhaupt noch bis zum Sofa schafft. Als er schließlich davor steht, dreht er sich um, beugt sich langsam vor und lässt sich wie in Zeitlupe nieder. Seine Bewegungen wirken unnatürlich, mechanisch, wie bei einem Roboter aus einem Science-Fiction-Film. Als er sich auf den Rücken gedreht hat, fällt sein Unterkiefer herab. An seinen Mundwinkeln bilden sich Speichelbläschen.

Der Gang zur Nachtapotheke bleibt mir wohl nicht erspart, denke ich, während ich in der Küche den Tee zubereite. Ich trage das Stövchen ins Wohnzimmer, stelle es auf den Tisch und zünde die Kerze an.

»Soll ich ihn drei oder fünf Minuten ziehen lassen?«, frage ich.

»Ich sterbe«, sagt er. Seine Stimme ist klar und fest.

Mit einem Satz bin ich bei ihm. »Was?!«

»Es ist aus«, flüstert er.

»Ich rufe die Rettung!«

Er schüttelt vehement den Kopf. Als ich den Telephonhörer abhebe, höre ich ein deutliches »Nein!« hinter meinem Rücken. Fünf-, sechsmal tönt das Freizeichen und Vaters »Nein!« hinter meinem Rücken. Die Frauenstimme am anderen Ende der Leitung wiederholt die Adresse. »Nein!«, rufe ich. »Rotkehlchenallee, nicht Rotkehlchenstraße!«

»Nein!« Vaters Stimme wird schwächer. »Nein«, verlischt sie.

»Der Wagen ist in fünf bis sieben Minuten bei Ihnen.« Als hätte ich ein Taxi bestellt.

Auf einmal muss ich an Vaters Hand am Lenkrad seines Volkswagens denken, an die Uhr mit den goldfarbenen Ziffern auf seinem behaarten Unterarm und an die Zipfel seines weißen Hemdes mit den fehlenden Manschettenknöpfen. Die Zipfel schaukeln hin und her, während Vater das Lenkrad dreht. Ich kann meinen Blick nicht vom Ziffernblatt losreißen und frage alle zehn Sekunden nach der Uhrzeit. Vater antwortet geduldig mit ruhiger Stimme. Ich bin vier Jahre alt und habe seit kurzem einen neuen Namen. Er lautet Halbwaise. Mit derselben Geduld hat mir Vater erklärt, warum ich Mutter nie mehr sehen werde, und auf meine Fragen immer wieder dieselben Antworten gegeben.

Vaters Augen sind halb geschlossen. Seine Pupillen kann ich nicht erkennen, nur ein mattes Grau, der Schatten, den die Wimpern im spärlichen Licht werfen. Ich halte Vaters Hand und schweige. Ich weiß nicht, wie viel Zeit vergeht, bevor seine Lippen plötzlich zu zittern beginnen. Jetzt rede ich auf ihn ein. Sätze, die ich sofort wieder vergesse. Vater spuckt das Wasser aus, das ich ihm einzuflößen versuche. Schließlich beuge ich mich zu ihm hinunter. Der scharfe Geruch von Magensäure und Bratkartoffeln streift mein Gesicht. Mir wird übel. Ein ungeheuerlicher Gedanke kommt mir in den Sinn: dass diese Bratkartoffeln Vaters Körper nie mehr auf natürlichem Wege verlassen werden. »Er lebt doch noch!«, schreie ich stumm. »Er wird nicht sterben!« Doch ich kann das Bild der verwesenden Kartoffeln nicht aus meinem Kopf verbannen. Wie sehr ich mich in diesem

Augenblick doch hassen möchte. Aber ich hasse mich nicht, und ich weiß, dass Vater stirbt.

Vater stöhnt leise. Ich halte mein Ohr an seine Lippen. Unsere Wangen berühren sich. »Auf den jüdischen Friedhof«, flüstert er. »Nach Oberpatsch. In Mutters Grab.« Sein Unterkiefer macht ein paar Kreisbewegungen. Dann rutscht er seitlich nach unten ab, zuckt und erstarrt.

Ich sitze auf einem Stuhl neben dem Sofa und beobachte Vaters Finger. Es kommt mir vor, als bewegten sie sich. Dann summt die Gegensprechanlage. Einmal. Zweimal. Immer wieder. Ich möchte aufstehen, doch es gelingt mir nicht. Sogar das Blinzeln fällt mir schwer. Endlich kann ich meinen Blick von Vater losreißen.

Ich drücke mehrere Male auf den Knopf, öffne die Wohnungstür und laufe zurück ins Zimmer. Um Vaters Mundwinkel haben sich wieder Schaumbläschen gebildet. Das Kinn, wie von einer unsichtbaren Kraft nach unten gezogen, berührt die Brusthaare. Ich höre Stimmen und Schritte. Sie kommen näher.

In den fünf Minuten, die ich in der Küche verbringen muss, während der Arzt mit dem persischen oder arabischen Akzent und dem weißen Oberlippenbärtchen Reanimationsversuche durchführt, fürchte ich, das Bewusstsein zu verlieren. Es scheint mir, als müsste ich ebenfalls sterben. »Das darfst du jetzt nicht!«, sage ich mir. »Das wäre ungehörig, unpassend, pietätlos. Später! Nach dem Begräbnis! Wenn alles vorbei ist, aber doch nicht …« Wütend schlage ich gegen meine Brust, so als wollte ich damit mein rasendes Herz bremsen.

An den Namen des Arztes kann ich mich nicht mehr genau erinnern: Alquatawi oder so ähnlich. Er kommt zu mir in die Küche, seufzt, fasst mich sanft an den Schultern, führt mich ins

Wohnzimmer, verstellt mir aber mit seinem Körper den Blick auf das Sofa. Er ist einen halben Kopf größer als ich. »Herr Salzinger, Sie müssen jetzt stark sein«, verkündet er. Verzerrt durch seinen schweren Akzent und die falsche Satzmelodie klingt die Floskel weniger hohl als in den zahlreichen Fernsehserien, in denen ich sie schon hunderte Male gehört habe. Während er spricht, kneift er die Augen zusammen, wobei sein linkes Augenlid fast zuklappt, während das rechte sich verschiebt und zu zittern beginnt. Ich stelle mir vor, er sei kurzsichtig und farbenblind.

»Schon als wir gekommen sind, war die Lage aussichtslos ... Wir haben trotzdem alles versucht, was in diesen Fällen ... sogar mehr ... weil es zu meinen Grundsätzen gehört, dass ...« Er fuchtelt mit den Händen vor meinem Gesicht. Mein Blick folgt seinen gespreizten Fingern und den drahtigen schwarzen Härchen auf seinem Handrücken.

Ich habe den Eindruck, als würde Doktor Alquatawi nie mehr aufhören zu reden, auch wenn es höchstens eine Minute dauert, bis er endlich verstummt. Nur die Worte »schwerer Herzinfarkt« und »gnadenvoller Tod« bleiben mir in Erinnerung. Wäre nicht mein eigener Vater, sondern jemand anderer gestorben, hätte ich vielleicht nachgedacht, ob ich über die Formulierung »gnadenvoll« lachen soll.

Über Alquatawis Schultern schaue ich Richtung Sofa, sehe aber nur die beiden Sanitäter mitten im Zimmer stehen. Ihre Gesichter spiegeln eingeübte Betroffenheit wider.

»Möchten Sie jemanden anrufen?«, fragt der Arzt und beugt sich zu mir herunter, so dass ich sein süßliches Rasierwasser riechen kann. »Ihre Frau?«

Ich schüttle den Kopf. »Ich bin nicht verheiratet.«

»Einen Freund? Einen Verwandten? Haben Sie Geschwister? Sie sollten jetzt nicht allein bleiben ... Eine Freundin?«

Ich denke an Christine, an ihre Schminkrituale am Morgen, die flüchtig gehauchten Abschiedsworte, das kussfeste Rot ihrer Lippen und das hastige Ordnen des Inhalts ihrer mattgrünen Handtasche mit dem Namen einer Markenfirma über dem Verschluss.

»Es muss Ihnen jemand beistehen«, schnurrt die Baritonstimme des Arztes.

»Ich brauche niemanden«, flüstere ich. »Bitte lassen Sie mich allein … Mit meinem Vater.«

Alquatawi schüttelt den Kopf.

Die Sanitäter packen ihre Geräte zusammen, einen Kasten mit Knöpfen, Drähte und Kabeln, die sie in einem weißen Koffer verstauen, Laken und Tücher.

»Herr Salzinger, ich lasse Ihnen ein Fläschchen für den Notfall hier, ich stelle es auf den Tisch«, sagt Alquatawi.

»Ja gut.«

»Wenn Sie sich nicht wohl fühlen, nehmen Sie zehn Tropfen davon.«

»Ja gut.«

Aus seiner schwarzen Ledertasche holt Alquatawi ein Formular heraus. Die Buchstaben und Linien haben eine schmutzig graue Farbe, an manchen Stellen sind sie kaum lesbar. Alquatawi beugt sich über den Tisch, ohne sich hinzusetzen, und beginnt, etwas in das Formular einzutragen.

»Ich muss die Todesbescheinigung auszustellen«, sagt er. »Das ist Vorschrift.«

»Ja gut.«

»Herzinfarkt. Mit an Sicherheit grenzender Wahrscheinlichkeit. Um die genaue Todesursache bestimmen zu können, müssen wir aber eine Autopsie machen«, erklärt er. »Bitte unterschreiben Sie.«

Ich greife mechanisch nach dem Stift, überfliege die Todesbescheinigung, weitere Formulare, registriere nur die Worte »koronale Dysfunktion« – sie kommen zweimal vor.

»Bitte hier unten.« Doktor Alquatawi weist mit dem Finger auf die schraffierte Fläche in der rechten unteren Ecke eines Formulars. Ich habe schon das »G«, den ersten Buchstaben meines Vornamens, geschrieben, als ich an Vaters letzte Worte denken muss.

»Es geht nicht«, sage ich und lege den Stift weg. »Wir sind Juden. Verstehen Sie!«

Der Arzt runzelt die Stirn und sieht mich so erschrocken an, als hätte ich ihm mitgeteilt, dass ich meinen Vater ermordet habe.

»Nach jüdischem Gesetz dürfen keine Obduktionen vorgenommen werden.«

Alquatawis Gesicht glättet sich wieder.

»Mein Vater möchte nach jüdischem Ritus auf dem jüdischen Friedhof begraben werden«, erkläre ich und denke sofort, dass es absurd ist, zu behaupten, er »möchte« etwas, und dass man auf dem jüdischen Friedhof wohl nach keinem anderen Ritus als dem jüdischen begraben werden könne.

»Gut, Herr Salzinger«, sagt der Arzt nach einem Augenblick des Zögerns. Er umklammert meine rechte Hand, drückt sie fest, möchte sie lange nicht loslassen. »Wissen Sie, Herr Salzinger«, sagt er. »Auch wenn wir zwanzig Minuten früher gekommen wären … die Wahrscheinlichkeit wäre gering gewesen … es war ein irreversibler körperlicher Prozess … Manchmal ist einfach die Zeit eines Menschen gekommen.«

Ich stelle mir vor, wie ich dem Arzt seine Worte mit Blumenkohl, Kartoffeln und Karotten zurück ins Maul stopfe.

4

Er war hellrosa und hatte rote, unregelmäßige Flecken. Wie Blutflecken auf einem Hemd. Sonst war er von den anderen, den himmelblauen, nicht zu unterscheiden. Das Wappen der Stadt mit der stilisierten Darstellung der Burg von Patsch und dem Krummschwert der Grafen von Gigricht war unter der ovalen Öffnung angebracht. Vielleicht war die Farbe dieses Mülleimers auf einen Produktionsfehler zurückzuführen, vielleicht war er für eine andere Stadt vorgesehen gewesen und beim Transport auf den falschen LKW geraten. Der Plastikeimer befand sich am Eingang zu einem kleinen Park, den ich auf dem Weg zur Busstation durchqueren musste. Da ich bis dahin nie direkt von der Arbeit zu meinem Vater gefahren war, hatte ich diesen Weg noch nie genommen.

Ich hatte meine letzten Zigarettenschachteln in himmelblaue Mülleimer entsorgt, ich hatte sie in silbergraue Container für Restmüll, in grüne für Biomüll und weinrote für Altpapier geworfen. Ich ließ sie zwischen den gusseisernen Stäben verschwinden, welche die einsame Unterwelt des Kanalisationssystems von der Geschäftigkeit der Straßen trennen, ich legte sie auf fremde Fenstersimse oder beobachtete, über ein Geländer gebeugt, wie sie in den Wasserstrudeln rund um den Brückenpfeiler untergingen. Nie waren die letzten Zigarettenschachteln wirklich die letzten gewesen, egal ob sie leer waren oder ob sieben (die Glückszahl), dreizehn (die Unglückszahl) oder eine andere Anzahl von Zigaretten noch drinnen lagen. Werde ich mit dem Mülleimer in Hellrosa vielleicht Glück haben?, hatte ich gedacht. Der Mülleimer war einmalig in seiner Art und so musste auch dieser Augenblick sein.

Einige Stunden später betrachte ich Vaters Gesicht, dessen Ausdruck so friedlich ist wie nie zuvor. An den Mundwinkeln bildet sich immer wieder Schaum, den ich in regelmäßigen Abständen mit einem Taschentuch wegwische. Bald nachdem Alquatawi und die Sanitäter gegangen sind, verspüre ich den starken Drang, eine Zigarette zu rauchen. Hätte ich doch die halbvolle Packung nicht in den rosaroten Mülleimer geworfen! Ich fülle mein Weinglas und trinke es in einem Zug leer. Vater hätte nie geduldet, dass in seiner Wohnung geraucht wird. »Es wäre besser, wenn du dich hin und wieder besäufst, anstatt zu rauchen. Dein Urgroßvater hat dreißig Jahre lang keinen Tropfen Alkohol getrunken und ist trotzdem an Kehlkopfkrebs gestorben, weil er starker Zigarrenraucher war«, hatte mir Vater oft erklärt und mich jedes Mal mit einem erwartungsvollen Gesichtsausdruck angeschaut, aber ich hatte ihm dennoch nie das Versprechen gegeben, mit dem Rauchen aufzuhören und mit dem Trinken zu beginnen, auch dann nicht, wenn ich es mir tatsächlich vornahm.

Ich wische den Schaum von Vaters Mundwinkeln, denke an bunte Mülleimer, Zigarettenschachteln und an den braunen Lederkoffer, mit dem Vater 1949 aus Israel nach Deutschland zurückgekehrt war. Neben wenigen Kleidungsstücken hatte er darin hauptsächlich Kinderbücher mitgebracht, Vorkriegsausgaben, die ihn ins Heilige Land begleitet hatten und mit ihm zurückgekehrt waren. Die Bücher stehen immer noch im Regal, während der Koffer schon seit Jahrzehnten im Keller verstaubt. Ich stelle mir vor, wie ich mit dem Finger über die verrosteten Schließen streiche.

Ich stehe am Fenster und starre auf die Straße. Ich werde Vaters alte Bücher in seinen alten Koffer legen, um mich damit auf dem Weg zum jüdischen Friedhof in Oberpatsch zu machen, wo meine Mutter begraben ist. Ich werde den Koffer auf Vaters Sarg stellen.

Der Leichenwagen werde in etwa einer Stunde eintreffen, hat mir Doktor Alquatawi versichert. Es könne aber auch länger dauern. »Wir haben eine sehr ungünstige Großwetterlage. Ihr Vater ist leider nur einer von vielen, die heute gestorben sind.«

Den Grabstein mit der nüchternen Aufschrift kann ich genauso wenig mit meiner Mutter in Verbindung bringen wie die Schwarz-Weiß-Photographien einer korpulenten Frau mit Doppelkinn und bemühtem Lächeln. Manchmal bilde ich mir ein, dass sie schemenhaft in meinen frühesten Erinnerungen auftaucht.

Ich schaue auf die Uhr. Seit Doktor Alquatawi gegangen ist, sind keine fünfzehn Minuten vergangen. Ich betrachte Vaters Gesicht. Es macht den Eindruck, als habe er einen angenehmen Traum. Vielleicht sollte ich wieder seine Hand halten, denke ich. Ich weiß, dass nach jüdischem Brauch jemand – wenn möglich der älteste Sohn – dem Verstorbenen die Augen zudrücken und sein Gesicht mit einem Tuch bedecken muss. Aber ich wage es nicht, den Toten zu berühren. »Gelobt seist Du, Gott, unser Herr«, flüstere ich, »König der Welt, der ein Richter der Wahrheit ist.« Ich kenne dieses Gebet aus einem Buch über jüdische

Riten und Symbole, das von einem holländischen Rabbiner verfasst wurde. Ich habe es vor einigen Jahren ins Deutsche übersetzt. »Denn an diesem Tage geschieht eure Entsühnung, dass ihr gereinigt werdet.«

Über religiöse Menschen hat sich Vater immer lustig gemacht. Über niemanden hat er mit einer so großen Verachtung gesprochen wie über die orthodoxen Fanatiker, die aus Israel einen fundamentalistischen Staat machen wollen. Jene, die glaubten, das Judentum sei eine Religionsgemeinschaft, wären verblendet. Sie hätten nichts aus der Geschichte gelernt, nichts verstanden.

»Du aber geh hin, bis das Ende kommt, und ruhe, bis du auferstehst zu deinem Erbteil am Ende der Tage!«

Vielleicht sollte ich Vater den Rücken zukehren, damit der Tod nicht zwischen mir und meinen Erinnerungen steht, und auf die Tränen warten. Doch ich vermag nicht einmal den Flügelschlag des Todesengels Mal'ach ha-Mawet zu hören.

Ich habe weder meine Jacke noch mein Sakko angezogen. Es geschieht mir recht, wenn ich friere, denke ich. Auf der anderen Seite der Parkanlage muss ein Tabakladen sein. Er befindet sich in einem einstöckigen Betonbau, in dem außerdem eine Kneipe, ein Gemischtwarenladen und eine Bankfiliale untergebracht sind. Rechts neben dem Eingang zum Laden ist ein Zigarettenautomat an der Mauer befestigt. Als ich vierzehn war, habe ich dort meine erste Zigarettenpackung gekauft. Es hatte einige Minuten gedauert, bis ich sie endlich in der Hand hielt, denn ich hatte die Münzen zu schnell hintereinander in den Schlitz geworfen, den Mechanismus blockiert, verzweifelt einen Knopf nach dem anderen gedrückt und war jedes Mal zusammengezuckt, wenn ich hinter meinem Rücken die Schritte eines Passanten hörte. Die erste Zigarette habe ich auf einer Wiese hinter der Siedlung geraucht und danach die Schachtel in unserem Kellerabteil, in Vaters altem Koffer, versteckt.

Ich kann den Tabakladen nicht mehr finden. Auch die Kneipe, den Gemischtwarenladen und die Bankfiliale gibt es nicht mehr. Sie haben einem postmodernen Wohnhaus mit runden Fenstern im Erdgeschoss Platz gemacht. Es erinnert an einen Ozeandampfer, den jemand aus einer Laune heraus hierher transportiert hat.

Ich bleibe unschlüssig stehen. Der Boden schwankt unter meinen Füßen. Der Schatten des Hauses schiebt sich in mein Blickfeld und löscht das Licht der Straßenlaternen aus. Ich höre ein Dröhnen, das anschwillt, alles ausfüllt, und plötzlich sehe ich Andreas Vollers Gesicht vor mir, das aus der Apothekentür wie eine Plastilinfigur hervorquillt. Voller öffnet den Mund, aus dessen Innerem ein fahles Licht strahlt, und bellt mich an. Die Tür öffnet sich und schlägt schmerzhaft gegen meine Schulter.

»Geht es Ihnen nicht gut? Soll ich einen Arzt holen?« Der alte Mann beugt sich zu mir herunter. Sein Gesicht sehe ich in der Dunkelheit nicht, erkenne nur, dass sein Hut ein grünes Band hat. Das Bellen hallt immer noch in meinen Ohren wider. »Kusch, Hadrian!«, schreit der Mann. »Halt's Maul!« Der Hund beäugt mich immer noch misstrauisch, ist aber plötzlich still.

»Hätten Sie vielleicht eine Zigarette für mich?«, frage ich, während ich aufstehe und mir den Straßenstaub von den Hosen klopfe.

»Sind Sie betrunken?«

»Mein Vater ist vor einer Stunde gestorben«, sage ich.

»Das ist ja furchtbar!«, murmelt der Alte und senkt den Blick.

»Ja«, sage ich.

»Still, Hadrian!«, herrscht der Alte den Hund an, obwohl dieser ohnehin nicht mehr bellt.

»Vielleicht könnten Sie mir …«, flüstere ich und mache ein

paar unsichere Schritte. Mir ist kalt. Ich presse die Ellbogen gegen den Körper und die Hände gegen die Brust.

»Ich rauche nicht«, sagt der Alte. »In Rosis Eck, da finden Sie viele Raucher, da ist es immer total verraucht. Ist gleich um die Ecke.«

Ich wundere mich, wie schnell ich mich von meinem Schwächeanfall erholt habe.

»Vielleicht doch einen Arzt!?«, ruft mir der Mann nach, während ich an der Mauer des Ozeandampfers entlanggehe.

Hunderte Male bin ich an Rosis Eck vorbeigegangen. Ein Blick durch eines der Fenster genügte, um mich von einem Besuch abzuhalten. Doch an diesem Abend schrecken mich weder die Gäste ab noch der Wirt oder der Kellner mit der Tätowierung einer Kobra auf der rechten Wange. Der Raum ist voll. Sogar die Hocker an der Theke sind besetzt. Manche Gäste stehen mit Bierkrügen in den Händen und blockieren den schmalen Gang zwischen der Theke und den Tischen. Ein Mann mit spärlichen Haarbüscheln, einer fleischigen, von roten Äderchen durchzogenen Nase und einem Bauch, der Unterleib und Hosengürtel unter seiner prallen Fülle zu begraben scheint, hat sich auf den Flipper gesetzt. »Macht sie fertig!«, schreit er. »Macht sie fertig!« Alle starren auf den Fernseher, der auf einem Brett zwischen der Espressomaschine und dem Schrank mit den Getränken steht. Der Bildschirm ist so klein, dass die auf einem Feld hin und her laufenden Figuren in bunten Trikots wie Spielzeugsoldaten aussehen. Der Lokalsender überträgt das Spitzenspiel der Regionalliga.

Ich zwänge mich zwischen den Leibern durch und laufe zur Toilette. Nachdem ich uriniert habe, wasche ich mir das Gesicht. Ich bin froh, dass über dem winzigen Waschbecken kein Spiegel hängt. Als ich mich zur Theke dränge, fällt mir auf, dass ich meine Geldbörse in Vaters Wohnung liegen gelassen habe.

Mit wachsender Unruhe durchsuche ich meine Hosen- und Hemdtaschen, finde aber nur eine Zehncentmünze. Ich frage den Kellner, ob er mir für zehn Cent eine Zigarette geben könne. »Ich rauche nicht, aber warten Sie, ich frage …« Jubelschreie ertönen. Die Gigrichter Amateurmannschaft hat gerade das Zwei zu Null geschossen. Eine Sensation kündigt sich an. Man sieht die karikaturhafte Ekstase des Torschützen. Danach verschmilzt die halbe Mannschaft in gruppensexartiger Verzückung zu einem Haufen. In diesem Moment hätte ich eine der zahlreichen auf der Theke liegenden Zigarettenschachteln nehmen und davongehen können, denn auch die Gäste von Rosis Eck liegen einander in den Armen. Aber ich habe in meinem Leben noch nie etwas gestohlen. Nicht einmal in einen Bus bin ich jemals ohne Fahrausweis eingestiegen.

Der Kellner hat mich wieder vergessen und unterhält sich mit jemandem am anderen Ende der Bar. Wenn er spricht, scheint es, als würde die tätowierte Schlange aus seinem Mund kriechen.

Der Mann links von mir raucht HB, eine Marke, die ich nicht ausstehen kann, jener rechts von mir Gauloises blondes, die ich auch nicht mag, doch sind sie mir immer noch lieber als HB.

»Aber sicher kannste 'ne Zigarette haben.« Der Gauloises-Raucher beugt sich zu mir herüber, haucht mir eine Erinnerung an getrunkene Biere entgegen und hält mir seine offene Zigarettenschachtel hin. Schon greife ich danach, als ein neuerlicher Aufschrei den Raum erschüttert. Der Mann richtet sich auf und hebt die Arme. Die Zigarettenschachtel entschwindet in unerreichbare Höhe. Auf dem Bildschirm ballt ein Spieler der gegnerischen Mannschaft die Faust und verzieht das Gesicht zu einem triumphierenden Grinsen. »Weniger als eine Minute nach dem sensationellen Zwei zu Null also postwendend der Anschlusstreffer«, schreit der Fernsehkommentator.

Der Gauloises-Raucher schwankt zur Toilette. Mein anderer Nachbar zündet sich eine HB an und wendet sich mir zu. »Das war nie im Leben ein reguläres Tor«, ereifert er sich. »Der Schiedsrichter ist eine richtige Sau, den haben sie gekauft.«

»Eine richtige Sau!«, pflichte ich ihm bei. »Hättest du eine Zigarette für mich?«

»Da nimm!« Endlich!

»Feuer?« Ich schüttle den Kopf und lasse die Zigarette in meiner Hemdtasche verschwinden. »Du hast Recht«, murmle ich und kann plötzlich nichts mehr sehen, weil mir die Tränen die Sicht nehmen. »Eine richtige Sau, der Schiedsrichter. Eine richtige Sau … Ich …«

Es kommt mir vor, als ob ich laufen würde, doch mit jedem Schritt scheint der Weg zum Ausgang länger zu werden, und als ich ihn schließlich mit Mühe überwunden habe, höre ich hinter meinem Rücken böse, gehässige Phrasen. Ein Bierglas geht zu Bruch. Jemand droht, die Polizei zu rufen. Der SC Patsch hat gerade den Ausgleich geschossen.

Ich bin froh, wieder auf der Straße zu sein. Ich atme die frische Luft ein und betaste erleichtert die Zigarette in meiner Brusttasche. Ich beschließe, sie erst in der Wohnung zu rauchen. Ich beschleunige den Schritt, versuche, gegen die steigende Unruhe und das sich verstärkende Gefühl der Beklemmung anzukämpfen, und merke erst, als ich in unserer Straße bin, dass ich rund um die Siedlung gegangen bin, anstatt den direkten Weg durch den Park und am Supermarkt vorbei zu nehmen.

Vor dem Haus parkt ein dunkler Lieferwagen, dessen Frachtraum auf drei Seiten große Fenster hat. Das getönte Glas reflektiert das Licht der Straßenlaternen. Zwei Männer in schwarzen Mänteln stehen an die Hausmauer gelehnt. Auf den ersten Blick könnte man ihre Mäntel für Richterroben halten. Zwei rote

Punkte flimmern vor ihren Gesichtern. Hinter dem gespenstischen blauen Rauchschleier erkenne ich nur Umrisse – Zeichentrickfiguren, mit wenigen Strichen schnell in den Raum skizziert: ein Mondgesicht mit Stupsnase, ein Doppelkinn mit Brille und einer schwarzen Schirmmütze, keck in die Stirn geschoben.

»Atmen Sie erst mal tief durch«, sagt der Mann mit der Stupsnase. Die letzten hundert Meter bin ich gesprintet. Ich beuge meinen Oberkörper nach vor und schnappe nach Luft.

»Sind Sie Herr Salzinger?«, fragt der andere. »Wir haben geläutet, aber es hat uns niemand aufgemacht.«

»Ich musste kurz …«, stammle ich. »Ich musste hinaus, ich konnte nicht in der Wohnung …«

»Schon gut«, sagt der Mann mit dem Doppelkinn und zupft an seinem Oberlippenbart. »Wir haben's nicht so eilig.«

»Wollen Sie eine Zigarette?«, fragt der andere und hält mir eine Packung meiner Lieblingsmarke entgegen.

»Danke! Hab schon selbst!«, flüstere ich. Plötzlich wird mir heiß und gleichzeitig kalt und schwindlig, und ich bekomme Angst, wieder umzufallen wie vorhin. Während ich das Haustor aufsperre, holen die beiden Männer einen Kunststoffsarg aus dem Wagen. Er ist dunkelblau und erinnert an eine Badewanne.

Noch bevor ich den Lichtknopf gedrückt habe, geht die Flurbeleuchtung an. Der Hausmeister steht vor mir. Er streckt mir die Arme entgegen. Ich weiche zurück, doch schon hat er meine Hand ergriffen, hält sie in fester Umklammerung gefangen. »Mein tiefstes Beileid, Herr Salzinger. Was für ein furchtbares Unglück! Ihr Vater! So ein netter Mensch! Ich habe noch gestern mit ihm gesprochen, da wirkte er noch so gesund, so, so …«

»… lebendig«, beende ich den Satz und befreie mit Mühe meine Hand.

»Wenn ich etwas für Sie tun kann, Herr Salzinger …«

»Danke!« Ich schüttle den Kopf.

»Ich werde morgen in der Kirche eine Kerze für Ihren Herrn Vater anzünden.«

Ich flüchte die Stufen hinauf und überlege mir, wie der Hausmeister so schnell vom Tod meines Vaters erfahren konnte, doch ich finde keine Antwort. Es kostet mich Überwindung, die Wohnung wieder zu betreten. Die beiden Männer gehen an mir vorbei und zielstrebig ins Wohnzimmer, so als folgten sie einem berufsbedingten Instinkt, der ihnen den richtigen Weg zu den Toten weist.

An Vaters Brust haben sich, offenbar als Folge der Wiederbelebungsversuche, Blutergüsse gebildet. Der Speichel bildet einen Kranz um seinen Mund. Er sieht wie Zuckerwatte aus. Ich säubere Vaters Gesicht mit dem Taschentuch.

»Können wir? Oder sollen wir noch einen Augenblick warten?«, fragt der Mann mit dem Doppelkinn. Er steht an der Kopfseite des Sofas und schaut mich an. Sein Kollege streift gerade weiße Gummihandschuhe über. Ich beobachte, wie er die Finger spreizt und dann zu einer Faust ballt.

»Jetzt?«, fragt der Mann mit dem Doppelkinn noch einmal. Ich nicke langsam.

Die beiden legen Vater in den Sarg und schließen den Deckel, ehe ich sagen kann, dass sie damit doch noch etwas warten sollen. Das Aufsetzen eines Plastikdeckels auf einen Plastikbehälter – ein Schlussstrich unter dreiundsiebzig Jahre Leben. Aber ich schweige und schaue den beiden Männern nach, als sie den Sarg aus der Wohnung tragen.

Ich weiß nicht, wie lange ich im Wohnzimmer gestanden und auf das Sofa gestarrt habe. Irgendwo draußen grölen Betrunkene. Ich denke an meinen Ausflug in Rosis Eck, hole die Zigarette aus der Brusttasche, drehe sie zwischen den Fingern, stecke sie in den Mund, zögere, lege sie schließlich wieder in die Brusttasche zurück und beginne zu weinen.

»Was ich dir eigentlich erzählen wollte«, sage ich dem Sofa und wische mir die Tränen aus dem Gesicht, »war, dass ich heute auf der Straße Andreas Voller gesehen habe. Er schaut krank aus und ist fett wie eine Sau. Es gibt Gesichter, die vergisst man nicht.«

Ich höre das Heulen einer Polizeisirene. Sie kommt näher.

»Ich weiß immer noch nicht, was damals wirklich passiert ist. Wer hat wen geschlagen? Wer hat angefangen? Wie ist es dazu gekommen? Warum wolltest du nie darüber reden?«

Das Folgetonhorn der Sirene jagt vorbei und verhallt in der Ferne. Ich mache das Licht aus, setze mich auf das Sofa und schließe die Augen. Eine Szene kommt mir in den Sinn, die mehr als zwanzig Jahre zurück liegt. Vater kommt in mein Zimmer, gibt mir eine Ohrfeige, packt mich, schleppt mich in die Küche und drückt mich auf die Eckbank am Fenster. Mit der linken Hand hält er mich fest, mit der rechten zerdrückt er vor meinen Augen die Packung Zigaretten, die er im Keller gefunden hat. »Ich lasse nicht zu, dass du dich umbringst!«, brüllt er. »Willst du, dass ich dich begraben muss? Willst du sterben? Aber ich begrab dich nicht, nicht dich. Es reicht schon, dass ich deine Mutter …« Ich stoße seine Hand weg und stehe auf. Ich bin fast so groß wie er. Er habe mir nichts zu sagen, schreie ich ihn an und versuche eine lässige Haltung einzunehmen, so wie ich es bei Marlon Brando in einem Film gesehen habe. Warum er denn immer Mutter ins Spiel bringen müsse? Wäre Mutter am Leben geblieben, hätte ich nicht rauchen müssen, um das Leben mit ihm, dem Vater, ertragen zu können. In allem sei er ein Versager. Ob es tatsächlich ein Unfall gewesen sei, als Mutter damals an der Ecke Steinmetz- und Mohrenstraße von einer Straßenbahn überfahren wurde oder ob sie auf die Gleise gesprungen sei, weil sie das Leben mit ihrem Ehemann, dem Versager, nicht mehr ertragen habe. Noch bevor ich den Satz beendet habe, weiß ich, dass ich zu weit gegangen bin. Ich verstumme und senke den Kopf. Ich schäme mich und wünsche, Vater würde mich wieder schlagen. Stattdessen drückt er mir die Zigarettenschachtel in die Hand und geht hinaus. Ich höre, wie er die Seiten einer Zeitung umblättert und dabei immer schneller wird, so als würde er den Inhalt eines ganzen Artikels durch einmaliges Hinschauen erfassen. Ich werfe die Schachtel in den Müll, schleiche in mein Zimmer und lasse mich aufs Bett fallen. Als Kind habe ich mich vor unangenehmen Situationen oft in den Schlaf geflüchtet. Auch diesmal schlafe ich ein und wache erst auf, als ich spüre, dass jemand meine Füße bewegt. Ich öffne die Augen einen Spalt und beobachte, wie Vater behutsam die Schnürsenkel meiner Turnschuhe öffnet. Offenbar ist er bemüht, mich nicht zu wecken. Nachdem er mir die Schuhe ausgezogen hat, schiebt er sie unter das Bett, deckt mich zu und geht auf Zehenspitzen wieder aus dem Zimmer. Am liebsten würde ich ihm nachlaufen, ihn umarmen und um Verzeihung bitten. Aber ich bleibe liegen und stelle mich schlafend, bis ich tatsächlich wieder einschlafe.

Kurz vor Mitternacht fahre ich mit dem Taxi in meine Wohnung zurück. Ich schaue die Post durch, werfe die Werbeprospekte zum Altpapier, höre den Anrufbeantworter ab, öffne das Schlafzimmerfenster, trinke ein Glas Wasser. Als ich das Hemd ausziehe, fällt die Zigarette aus Rosis Eck auf den Teppichboden. Ich hebe sie auf und lege sie in ein silbernes Zigarettenetui. Es ist mir klar, dass ich sie nie rauchen werde.

5

DIE SYNAGOGE von Gigricht ist ein Backsteinbau mit vier Türmen und einer vergoldeten Kuppel. Sie wurde im Jahre 1887 in der Patscher Vorstadt errichtet. Heute ist dies eine dicht verbaute Gegend, in der hauptsächlich Ausländer, türkische und jugoslawische Zuwanderer, aber auch jüdische Kontingentflüchtlinge aus Russland wohnen. Die Synagoge wurde während der Kristallnacht nur deshalb nicht zerstört, weil der Fluss Anfang November 1938 diesen Teil der Stadt überschwemmt hatte. Die SA-Leute wollten offenbar nicht durch das Wasser waten.

Bevor mein Vater starb, bin ich nur ein einziges Mal in der Synagoge gewesen, und zwar mit einer Schülergruppe. Damals war ich fünfzehn. Man zeigte uns den Prunksaal mit dem dunkelblauen Gewölbe, in dem seit den Dreißigerjahren keine Gottesdienste mehr abgehalten wurden, und den ehemaligen Archivraum der Synagoge, der den wenigen Gemeindemitgliedern nun als Betraum diente. In meiner Jugend gab es in Gigricht nur mehr wenige Juden, in den Achtzigerjahren waren es kaum zwanzig.

»In den vorderen Reihen sitzen die Männer und hinter diesem hölzernen Ziergitter die Frauen«, erklärte uns Herr Mautner, ein alter Mann mit faltigem Gesicht und faltigem Sakko. Dies sei jedoch nicht als Diskriminierung zu verstehen. Das Judentum schätze die Frau nicht geringer als den Mann. Die Frau sei »die Herrin des Hauses«, die häuslichen Pflichten seien für sie wichtiger als die Teilnahme am Gottesdienst.

Das erkläre aber nicht, weswegen die Frauen von den Männern getrennt sitzen müssen, bemerkte eine Schülerin der zwölften Klasse. Ob sich denn die jüdischen Männer vor den Frauen fürchteten? Ob sie ihren Sexualtrieb so wenig unter Kontrolle hätten, dass sie befürchteten, allein die Gegenwart von Frauen lenke sie vom Gedanken an Gott ab?

Die Falten des Mannes vertieften sich. Er schüttelte den Kopf. Der katholische Religionslehrer, der unsere Schülergruppe begleitete, warf dem Mädchen einen strengen Blick zu. »Haben wir uns vor der Führung nicht etwas ausgemacht, Jutta?«

»Wir müssen uns an die Traditionen halten«, erklärte Herr Mautner, wobei sein polnischer Akzent immer deutlicher wurde. »Das hat nichts mit Ablenkung zu tun.« Der Tonfall des alten Mannes berührte mich unangenehm. Ich hatte plötzlich den Eindruck, als würde er absichtlich jüdeln. »Ich persönlich ...« Herr Mautner stockte. »Meine Frau wurde damals in jener dunklen Zeit ...« Das Schütteln seines Kopfes wurde stärker. »Also meine Frau lebt nicht mehr«, sagte er und wechselte das Thema. Er berichtete vom Ablauf des jüdischen Gottesdienstes und der Bedeutung der Rituale. Danach führte uns Herr Mautner in den Clubraum der Synagoge, der mich an die Wartehalle eines Provinzbahnhofs erinnerte. An der Wand hing eine große Reliefkarte Israels. Herr Mautner deutete mit dem Zeigefinger auf einzelne Orte und erklärte deren Bedeutung für die jüdische Geschichte. Schließlich wies er auf eine Stadt neben

Tel Aviv. »Das ist Petah Tikva, ebenfalls eine sehr wichtige Stätte. Dort wohnt meine Schwester.« Ein leises Kichern ging durch die Runde.

Herr Mautner lächelte. Lächelnd erzählte er, dass seine Schwester in Israel einen Mann geheiratet habe, der drei Konzentrationslager überlebt hatte und 1946 trotz britischer Blockade illegal nach Palästina eingewandert sei. Einige Jahre später sei er bei einem Anschlag arabischer Terroristen ums Leben gekommen. »Die Araber werden nie Frieden mit uns schließen«, sagte er. »Für sie gibt es nur Tod oder Leben, totalen Sieg oder totale Niederlage, Schwarz oder Weiß, Wahrheit oder Lüge. Übrigens ist es bestimmt kein Zufall, dass die arabische Sprache keinen Konjunktiv besitzt. Die Araber haben ein anderes kulturelles Niveau als wir. Aber wir können uns die Nachbarn nicht aussuchen.« Mit diesen Worten beendete er seinen Vortrag und wollte wissen, ob jemand noch Fragen habe. Die Schüler schwiegen. Sogar in den hinteren Reihen wurde nicht mehr getuschelt, und der Religionslehrer schaute plötzlich mich an.

Ich schämte mich für den alten Mann, für seinen speckigen Anzug, die graugelben Haarbüschel unter der Kippa, die Tränensäcke, die Leberflecken auf der Stirn, die gebeugte Haltung, für den polnischen Akzent, den langweiligen Vortrag und die araberfeindliche Äußerung. Am liebsten wäre ich vor meine Klassenkameraden getreten und hätte ihnen erklärt, dass nicht alle Juden so seien wie dieser Mann. Einstein war Jude! Stefan Zweig, Moshe Dayan, Burt Lancaster und Woody Allen waren Juden. Aber in Gigricht gab es offenbar nur Juden wie Mautner oder meinen Vater. Doch nicht ich, sondern der Religionslehrer hatte das Wort ergriffen. Es sei die Pflicht jedes Menschen, für das Andersartige und Fremde Verständnis aufzubringen, sagte er. Die Idee von der Gleichwertigkeit aller Menschen gehöre zu den obersten Prinzipien des Christentums. Das Judentum, die

Religion des Alten Bundes, verhalte sich zum Christentum wie die ältere zur jüngeren Schwester.

Der Religionslehrer sprach von den gemeinsamen ethischen Wurzeln des Judentums und des Christentums, von der Schuld, die das deutsche Volk auf sich geladen habe, und der Verantwortung, die es gegenüber den jüdischen Überlebenden des Holocaust und deren Nachkommen trage. Die Schüler tuschelten. Eine Schultasche fiel zu Boden. Herr Mautner nickte in regelmäßigen Abständen. Ich hatte nicht den Eindruck, dass er zuhörte.

Es freue ihn ganz besonders, erklärte der Lehrer, dass Gabriel Salzinger aus der Klasse 10A an dieser Exkursion teilgenommen habe. Bedauerlicherweise sei er zurzeit der einzige jüdische Schüler des Heinrich-Heine-Gymnasiums, das vor dem Krieg viele jüdische Abiturienten, unter anderem einen später berühmt gewordenen Historiker und Religionsphilosophen, aufzuweisen hatte. Die meisten Nachkommen der Gigrichter Juden lebten heute in Israel, einem Land, das er schon mehrere Male besucht habe und dem er große Sympathie entgegenbringe. Der Religionslehrer lächelte mich an und nickte. Vierzig Augenpaare waren nun auf mich gerichtet. Mein Blick wanderte vom kaugummikauenden Mund meines Klassenkameraden Fritz zum imposanten Busen von Veronika aus der Parallelklasse. Ihre Brüste wogten hin und her, während sie von einem Fuß auf den anderen trat.

»Bei uns in Grodno hat es viele Salzingers gegeben«, meinte Herr Mautner. »Einer davon war mein Schwager. Seine Tochter lebt heute in Jerusalem.«

Verzweifelt suchte ich nach einem klugen, der Situation angemessenen Satz, aber meine Phantasie ließ mich im Stich. Ich betrachtete Veronikas Bluse, stellte mir vor, wie der Stoff aus grünem Polyester nachgab, wie danach auch der Büstenhalter platzte, so dass die milchigweiße Haut und die rosafarbenen Brustwarzen zum Vorschein kamen.

»Sie heißt jetzt Toledano, so wie ihr zweiter Ehemann, ein Jude aus Marokko.«

Ich schaute zu Boden und wurde, wie mir schien, feuerrot, weil ich überzeugt war, dass alle vierzig Augenpaare auf meine Hose starrten.

»Ich bereue es immer noch«, sagte Herr Mautner, »dass ich nach dem Krieg nicht nach Palästina ausgewandert bin. Aber ich bin jahrelang im DP-Lager geblieben, weil ich immer noch gehofft habe, meine Frau sei am Leben und ich könne sie irgendwie ausfindig machen. Schließlich habe ich in Gigricht ein Geschäft eröffnet. Es war zu spät für die Emigration.«

Hätte ich von der Frau erzählen sollen, die einige Wochen zuvor im Bus gegen »Juden, Türken und das ganze linke Pack« gehetzt hatte? Aber ich spürte, dass eine solche Geschichte niemand hören wollte. Schließlich stammelte ich nur: »Mein Vater ist 1939 nach Palästina ausgewandert, aber es hat ihm dort nicht gefallen.«

»Warum denn?«, fragte der Lehrer.

»Israel ist kein Land für Deutsche, hat er einmal gesagt.«

Zwanzig Jahre später stehe ich wieder vor dem Eingang zur Synagoge. Ich hatte die Synagogen von Berlin, Amsterdam, Wien, Prag, Toledo und Jerusalem besichtigt, doch jene von Gigricht gemieden. Es fällt mir auf, dass das schöne Portal mit dem verzierten Tor aus Eichenholz um einen kleinen Vorbau aus Metall ergänzt worden ist. Schaut man durch die schmale Tür aus Panzerglas, kann man die Umrisse von zwei Personen erkennen, die an einem Tisch sitzen. Vor dem Eingang wacht ein Polizist. An seiner Schulter hängt eine Maschinenpistole, deren Lauf nach unten, auf einen Kanaldeckel, gerichtet ist, so als lauere die terroristische Gefahr im Dunkeln des unterirdischen Abwassersystems.

Ich drücke den Knopf neben dem Schild mit der Aufschrift *Israelitische Kultusgemeinde.* »Sie wünschen?«, tönt es dumpf aus dem Mikrophon der Gegensprechanlage.

»Ich heiße Salzinger. Mein Vater ist gestern gestorben«, sage ich. Die Gegensprechanlage surrt ungeduldig. »Ich habe vor einer Stunde angerufen. Frau Tobin erwartet mich, um die Begräbnisformalitäten zu besprechen.« Die Anlage surrt unerbittlich weiter. »Ich habe einen Termin! Um zehn Uhr dreißig! Wenn Sie doch so freundlich wären, mir die Tür zu öffnen!«

»Kennen Sie jemanden aus der Kultusgemeinde?«, werde ich gefragt.

»Wie bitte?«

»Können Sie mir Namen von Mitgliedern der Kultusgemeinde nennen, die Sie kennen?«

»Frau Tobin«, lüge ich, denn ich kenne diese Dame nur von dem kurzen Telephongespräch, das ich an diesem Morgen mit ihr geführt habe. Ein weiterer Name fällt mir nicht ein. Da ich aber überzeugt bin, dass von mir die Nennung eines zweiten Namens erwartet wird, sage ich: »Außerdem kenne ich Herrn Rabinowitsch, ich bin sogar mit ihm befreundet.« Jede jüdische Gemeinde hat zumindest einen Rabinowitsch.

Fünf Sekunden später darf ich eintreten.

Die beiden Männer sind Ende zwanzig und erinnern mich an Rausschmeißer vor Diskotheken. Unter ihren Anzügen glaube ich die Umrisse von Revolverhalftern zu erkennen. Einer von ihnen ist ein Rothaariger mit kräftigem Körperbau. Der andere ist schlanker, hat einen dunklen Teint und gekraustes Haar. Er trägt eine Sonnenbrille. Beide sprechen korrektes Deutsch mit hebräischem Akzent. Sie sitzen hinter einem Tisch, der quer zur Tür steht.

Der Rothaarige prüft meinen Personalausweis, dreht ihn, hält ihn gegen das Licht, kneift die Augen zusammen, während er mir ins Gesicht schaut. Der andere bittet mich, die Taschen meiner Hose und meines Sakkos auszuleeren, meine Aktenmappe zu öffnen und den Inhalt auf den Tisch zu legen. Ein Schlüsselbund. Eine Geldbörse. Ein Handy. Ein Kugelschreiber. Ein Bleistift mit abgebrochener Mine. Eine Zigarettenschachtel. Ein Feuerzeug. Ein gebrauchter Busfahrschein. Eine dünne Broschüre mit dem Kultur- und Veranstaltungsprogramm der Stadt Gigricht für den Monat Oktober. Der Ausweis und der Meldezettel meines Vaters. Seine Geburtsurkunde und die Todesbescheinigung des Arztes. Seine Heiratsurkunde und die Sterbeurkunde meiner Mutter.

Der Mann mit der Sonnenbrille nimmt alles in die Hand, betrachtet es, legt es zurück auf den Tisch.

»Haben Sie Waffen zur Selbstverteidigung mit?«, fragt er mich.

»Nein«, antworte ich.

»Wir müssen leider diese Fragen stellen. Es dient Ihrer eigenen Sicherheit.«

»Ich weiß.«

»Woher kommen Sie?«

»Aus Gigricht. Mein Vater …«

»Nein, nein. Ich meine, jetzt gerade. Kommen Sie von der Arbeit?«

»Von zu Hause.«

»Auf direktem Weg?«

»Nein, ich war auf dem Standesamt, um den Tod meines Vaters zu melden. Deshalb die vielen Dokumente. Danach war ich noch kurz in einem Tabakladen.«

»Hat Ihnen jemand etwas mitgegeben?«

»Mitgegeben?«

»Ein Paket, das Sie hier abliefern sollen. Hat Sie jemand angesprochen? Hat Ihnen vielleicht jemand auf der Straße etwas in die Hand gedrückt?«

»Nein. So dumm bin ich nicht.«

»Wir haben Terrordrohungen erhalten.«

»Ich verstehe.«

»Könnten Sie bitte die Beine spreizen und die Arme heben ... Es muss leider sein ...«

»Was sind Sie von Beruf, Herr Salzinger?«, fragt der Rothaarige, während der andere mein Sakko und meine Hose abklopft.

»Ich arbeite in einer Versicherung.«

»Bei welcher Versicherung? Wie lange? In welcher Position?«

Die Stimme ist nicht unfreundlich, eher gleichgültig wie die eines Beamten am Post- oder Bahnschalter.

»In der Westmitteldeutschen Versicherungsanstalt. Ich bin seit einem Jahr Sachbearbeiter in der Statistikabteilung.«

»Danke, das genügt.«

Ich packe meine Sachen wieder ein. Der Rothaarige drückt auf einen weißen Knopf, von dem ein an der Wand befestigtes Kabel zur Innentür führt. Ich darf eintreten.

Frau Tobin hat eine junge Stimme, die schlecht zu ihrem matronenhaften Aussehen passt. Als ich in ihr Büro eintrete, kommt sie mir entgegen und schüttelt meine Hand.

»Ich habe Ihren Vater leider nie persönlich kennen gelernt, aber ich weiß einiges über Ihren Großvater Isidor Salzinger.« Sie streichelt meine Hand und neigt den Kopf zu Seite. »Sie schauen Ihrem Großvater ähnlich. Ich kenne die alten Photos.«

Ich widerspreche nicht, obwohl mein Großvater nicht Isidor, sondern Benjamin hieß und in den Erzählungen meines Vaters weder ein Isidor Salzinger noch eine Familie Tobin jemals vorgekommen waren.

»Warum war Ihr Vater kein Mitglied der Kultusgemeinde?«, fragt mich die Frau.

»Mein Vater hatte eine Abneigung gegen Institutionen. Während meiner Schulzeit war er nicht einmal Mitglied im Elternverein.«

»Schade. Dadurch wird das Begräbnis teurer. Es ist nämlich eine Art Eintrittsgebühr zu entrichten... Ich meine...« Sie stockt und drückt meine Hand noch fester. »Das klingt jetzt alles furchtbar, nicht wahr?«

»Dann kostet es eben mehr«, sage ich trocken.

»Neunhundertfünfzig Euro.«

»Wenn das der Preis ist...«

»Bitte, Herr Salzinger! Glauben Sie mir, wenn's nur nach mir ginge...« Sie drückt und zerrt an meinen Fingern.

»Und das eigentliche Begräbnis?«

»Zwischen tausend und zweitausend, je nach Kategorie. Dann kommen noch die fünfunddreißig Mark, das heißt, ich meine, das kostet jetzt achtzehn Euro pro Person für die Männer, die zum Begräbnis kommen müssen, damit wir einen Minjan zusammenbekommen. Oder sind unter Ihren Trauergästen ohnehin genügend Männer dabei?«

Der Minjan ist die erforderliche Anzahl von zehn jüdischen Männern, ohne die kein jüdischer Gottesdienst abgehalten werden kann. Diese Regel gilt auch für Begräbnisse. Frauen, Kinder und Nichtjuden werden nicht gerechnet. Doch ich kenne in Gigricht keine Juden. Ich bin mir nicht einmal sicher, ob ich zehn nichtjüdische Freunde, Männer wie Frauen, zum Begräbnis einladen werde.

»Machen wir gleich zwanzig Euro pro Person«, sage ich. »Damit sie zumindest so tun, als würden sie trauern.«

Das Begräbnis werde am Donnerstag um elf Uhr dreißig vormittags stattfinden, erklärt Frau Tobin. Die Kultusgemeinde kümmere sich um die Überstellung der Leiche zum Friedhof. Ein Kantor werde die Zeremonie leiten. »Wenn Sie aber darauf bestehen, dass unser Rabbiner anwesend ist, müssen wir leider einen Zuschlag verrechnen. Aber ich glaube, in Ihrem Fall… Oder sind Sie sehr religiös?«

Ein Kantor reiche aus, versichere ich.

»Herr Salzinger, ich möchte Sie etwas fragen…« Frau Tobins Stimme bekommt plötzlich eine weiche Note. »Es ist vielleicht der falsche Augenblick, darüber zu sprechen, aber möchten Sie nicht unserer Kultusgemeinde beitreten? Das erleichtert vieles. Und gerade Sie als Nachkomme einer jüdischen Familie aus Gigricht, die noch vor dem Krieg hier gelebt hat, sind…«

»… natürlich mehr wert als die Russen«, falle ich ihr ins Wort.

»Ach, Herr Salzinger«, seufzt sie. »Sie können sich nicht vorstellen, wie froh wir über die Zuwanderung der Juden aus den Ländern der GUS sind. Dennoch bemühen wir uns darum, dass die Gemeinde ihre Identität nicht ganz verliert.« Mir ist, als ob der Stuhl, auf dem ich sitze, nach hinten ins Leere kippt.

Als ich das Büro verlassen habe, schmerzt meine Hand. Ich muss gegen die unangenehme Vorstellung ankämpfen, sie rieche nach fremdem Schweiß. Trotzdem kehre ich noch einmal um. Bevor ich den Raum wieder betrete, stecke ich beide Hände in die Hosentaschen.

»Entschuldigen Sie, Frau Tobin, aber wissen Sie, ob Herr Mautner noch lebt?«, frage ich.

»Mautner?«

»Ich war vor zwanzig Jahren als Jugendlicher schon einmal mit der Schule hier. Herr Mautner hat uns durch das Gebäude geführt.«

»Also, das haben damals immer verschiedene ältere Herren gemacht. Die meisten von ihnen sind schon tot. Die Gemeinde war ja überaltert. Wären nicht die vielen russischen Juden zugewandert, gäbe es die Gemeinde ohnehin nicht mehr … Aber ein Herr Mautner? Mautner … Nein.«

6

*O*BERPATSCH ist eine Villengegend auf einem Hügel, der über eine kurvenreiche Straße zu erreichen ist. Von einem Aussichtspunkt, der sich in einem englischen Park mit Schloss und künstlichem Teich befindet, kann man den ganzen Talkessel überblicken. Hinter dieser Parkanlage liegen die Friedhöfe. Der katholische Teil hat ein imposantes, weiß gestrichenes Tor, über dem zwei rundbäuchige Engel thronen. Der evangelische wirkt kleiner und bescheidener, der jüdische ist mit einer zwei Meter hohen Steinmauer umgeben. Der Großteil meiner Verwandten ist dort begraben. Die Familie meines Vaters ist seit drei, die meiner Mutter seit vier Generationen in Gigricht ansässig. Die Namen jener Großeltern, Onkel und Tanten, die von den Nazis ermordet wurden, kann man auf einer Gedenktafel aus dunklem Granit nachlesen.

Durch das Tor gelangt man in einen weitläufigen, nicht asphaltierten Hof. Auf dem rötlichen Sand steht ein Bagger. Seine Schaufel ist nach oben gerichtet, so als wolle er den Himmel aufgraben. Den Zugang zum Friedhofsgebäude versperrt ein Lastwagen, dessen Ladefläche leer ist. Die Räder sind im Sand eingesunken. Vom Friedhofsgebäude selbst stehen nur noch die

Außenmauern aus grauem Beton. Eine himmelstürmende Baumaschine, die Rost ansetzt, vor einer leeren Fassade. Kein Künstler der Welt hätte ein passenderes Denkmal für meinen Vater erschaffen können. Ein angemessener Ort für seine letzte Ruhestätte.

Der Friedhofsbeamte hat mir am Telephon erklärt, die Verwaltung sei bis zur Errichtung eines neuen Gebäudes in den katholischen Teil umgezogen. Er würde am Tor auf mich warten, um mir den Umweg zu ersparen. Ich bin wohl zu früh gekommen, denn es ist niemand zu sehen. Nachdem ich einige Male auf und ab gegangen bin, setze ich mich auf die mit Mörtel und Staub bedeckten Stufen vor dem Eingang zur Baustelle, befestige meine Kippa mit einer Krawattennadel an den Haaren und warte. Ich habe das Gefühl, dass Vater von oben auf mich hinunterschaut. Du bist zerfressen von schlechtem Gewissen und möchtest doch nur eines – dir eine Zigarette anzünden, höre ich seine Stimme. Wann bekommst du dein Leben endlich in den Griff?! Ich habe nicht mehr die Zeit, die Zigarettenpackung aus der Tasche zu holen, denn ein Mann eilt durch das Tor und auf mich zu.

Der Friedhofsbeamte ist ein grauer Mensch. Er trägt einen grauen Regenmantel und eine graue Baskenmütze, seine Hose und seine Schuhe sind ebenfalls grau. Er hat eine Aktentasche aus dunkelgrauem Kunststoff bei sich. Mein erster Eindruck von ihm ändert sich, als er zu sprechen beginnt. Er hat eine kraftvolle Stimme und redet mit einer Aufdringlichkeit und Unbekümmertheit auf mich ein, als sei es seine Aufgabe, Lebensversicherungen zu verkaufen und nicht den Tod abzuwickeln.

»Eisenfeld ist mein Name, Tobias Eisenfeld«, sagt der Mann und nickt mir zu. Mit einem Tonfall, als würde er mir zum Geburtstag gratulieren, spricht er mir sein Beileid aus.

»Schauen Sie sich dieses Chaos an.« Er deutet auf das ausgehöhlte Gebäude. »Seit einem halben Jahr geht nichts mehr weiter. Sie möchten die alten Mauern stehen lassen, weil diese angeblich einen architektonischen Wert haben, und den Innenraum modern wieder aufbauen. Das treibt die Kosten in die Höhe. Die Gemeinde hat sich verschuldet. Die zuständigen Herren halten sich bedeckt… Aber das wird Sie jetzt nicht wirklich interessieren, schätze ich …«

»Nein.«

»Wenn's mich nicht interessieren müsste, würde es mich auch nicht interessieren«, meint er. »Gut. Gehen wir.«

Über einen mit Kies ausgelegten, von Platanen gesäumten Weg gelangen wir auf den Friedhof. Eigentlich mag ich Friedhöfe, besonders die alten jüdischen mit ihren in den Boden eingesunkenen Grabsteinen und überwachsenen Pfaden. Am meisten hat mich der in Prag beeindruckt. Dicht aneinander gereiht ragen die Grabsteine wie Zähne aus dem Boden. Oft tragen sie Symbole für den Beruf des Verstorbenen, eine Lanzette für den Arzt, einen Mörser für den Apotheker oder eine Schere für den Schneider. Die Salzingers waren über mehrere Generationen Schneider, später Uhrmacher. Allerdings stammten sie nicht aus Böhmen, sondern aus Ostschlesien. Dennoch fühlte ich mich in Prag der Welt meiner Vorfahren sehr nahe.

In Gigricht hatte es seit den Pogromen und Vertreibungen im Spätmittelalter bis Mitte des neunzehnten Jahrhunderts keine Juden gegeben. Der Friedhof in Oberpatsch ist um 1870 angelegt und zu Beginn des zwanzigsten Jahrhunderts erweitert worden. Er erinnert an eine gepflegte Parkanlage. Der Kies auf den Alleen ist strahlend weiß, die polierten Marmorplatten glänzen. Sogar die von den Angehörigen der Verstorbenen als Zeichen der Erinnerung und der Trauer auf die Gräber gelegten Steine sind so sauber, als wären sie vorher gewaschen worden.

Mein Begleiter zeigt auf eine Grabplatte, auf der sein Name steht, und auf eine Sitzbank aus schwarzem Marmor. »Das hat die Gemeinde für mich kostenlos anfertigen lassen«, erklärt er stolz. »Man braucht nur noch das Todesdatum einzutragen. Die Bank ist für meine Frau, damit sie nicht die ganze Zeit stehen muss, wenn sie mich besucht. Sie hat mehrere Knieoperationen hinter sich.«

»Haben Sie eigentlich keine Angst vor dem Tod?«, frage ich.

Er zuckt mit den Achseln. »Über solche Dinge denke ich schon lange nicht mehr nach. Dafür ist die wenige Zeit, die mir noch bleibt, zu kostbar.«

Der Weg führt in einer leichten Rechtskurve den Hügel hinunter. Hinter dem Grab eines in den Zwanzigerjahren verstorbenen Industriellen kann man zwischen zwei Platanen einen Ausschnitt des Stadtpanoramas sehen – die gelben Türme des Schlosses von Patsch, die grüne Kuppel des Doms von Gigricht, die schwarze Drachenbrücke mit ihren acht Bögen. Die Dächer der Innenstadt scheinen sich unter der Dunstglocke, die sich über das Talbecken gelegt hat, aufzulösen.

Mutters Grab befindet sich in der Nähe eines hölzernen Zauns, der den Hauptteil von der Parzelle für getaufte Juden trennt. Während der NS-Zeit durften diese als »Rassejuden« geltenden Christen auf keinem nichtjüdischen Friedhof mehr begraben werden. So fanden deren Begräbnisse bis 1943 in diesem christlich-jüdischen Zwischenland statt. Dann waren auch die letzten christlichen Juden deportiert, so dass keiner mehr in Gigricht sterben konnte.

»Nach dem Krieg haben sich die jüdische Gemeinde und die katholische Kirche jahrelang gestritten, wer für die Pflege des Grundstücks zuständig ist«, berichtet Eisenfeld.

»Wie schade, dass Tote nicht mehr auswandern können«, sage ich.

Mein Begleiter lächelt. »Ich stelle mir das Jenseits sowieso wie ein großes Internierungslager vor, in dem man auf das Jüngste Gericht wartet. Ein ewiges Provisorium.«

Ich denke daran, dass sich Vater weder in Deutschland noch in Palästina wohl gefühlt hat. Am schönsten sei die Überfahrt gewesen, hatte er mir erzählt. An der Reling stehen und das Meer betrachten, die schäumenden Wellen, die Möwen im Sturzflug, den Nebel am Horizont. Konnte es etwas Erhabeneres geben als diese zeitlose Wasserfläche? Stundenlang war er an Deck geblieben, während sich Großmutter im finsteren Toilettengang zwischen den Kojen und dem Laderaum die Seele aus dem Leib kotzte. Zehn Tage, vielleicht auch länger, hatte der altersschwache Frachtdampfer im Jahre 1939 von Sulina an der Donaumündung in Rumänien nach Haifa gebraucht. Mein Vater konnte sich später an die genaue Länge der Seereise nicht mehr erinnern.

Viele illegale Transporte hatten mit Katastrophen geendet. Die Schiffe sanken, wurden von deutschen U-Booten torpediert oder von den Briten nach Mauritius umgeleitet. Vor der Küste Palästinas wurde das Schiff, auf dem Vater und Großmutter unterwegs waren, von der britischen Marine entdeckt, doch diesmal hatten die Flüchtlinge Glück. Sie durften in Palästina an Land gehen. Nach mehreren Wochen in einem Internierungslager wurden sie in die Freiheit entlassen.

Im Friedensjahr 1949 benötigte die Propellermaschine nur wenige Stunden von Tel Aviv bis Athen und noch ein paar weitere bis nach Frankfurt. Da war für meinen Vater das Meer nichts als eine blaue Leinwand mit weißen Klecksen der Wolken.

Herr Eisenfeld öffnet seine Aktentasche, holt eine Mappe aus blauem Hartkarton heraus, in dessen obere linke Ecke eine Nummer gestanzt ist, klappt sie auf und reicht mir ein vergilbtes Blatt Papier, ein Formular, in das teils mit Schreibmaschine teils mit Kugelschreiber etwas eingetragen ist.

»Es hat alles seine Ordnung«, sagt er. »Ihr Vater hat vorgesorgt.«

Ich erkenne Vaters Unterschrift und das Ausstellungsdatum – den 23. September 1969, zwei Tage nach Mutters Tod.

»Ihr Vater hat sich diesen Platz reserviert. Die beiden Leichen werden übereinander liegen, so hat Ihr Vater damals entschieden, man braucht also das Grab nicht breiter zu machen und kann dieselbe Grabplatte und denselben Grabstein verwenden. So ist es natürlich billiger.«

»Ein schmaler Grabstein ist außerdem eleganter als ein breiter«, sage ich. »Diese breiten Dinger wirken protzig.«

»Wenn Sie meinen«, murmelt er und schüttelt den Kopf.

»Kann ich mir ebenfalls gleich einen Platz reservieren?«, frage ich. »Am besten über meinem Vater und nicht daneben. Ist das möglich?«

»Natürlich ist das möglich … Ich müsste nur in meinen Unterlagen nachsehen, wie tief wir Ihre Mutter damals … eh … warten Sie mal … ach, da steht's ja … Hm, hmm … na gut … obwohl es natürlich vertretbar wäre, schon diesmal etwas tiefer zu graben. Ich hoffe, Sie verzeihen mir, wenn ich das sage, aber nach dreißig Jahren ist ein Mensch zu seinen Ursprüngen zurückgekehrt. Erde zu Erde.«

»Solche Details überlasse ich Ihnen«, sage ich. »Bereiten Sie alle nötigen Papiere vor, so dass ich nur mehr zu unterschreiben habe. Über den reservierten Platz möchte ich außerdem eine Bestätigung haben.«

»Die Reservierung wird in unseren Akten vermerkt. Sobald wir in das neue Gebäude übersiedelt sind, wird auch bei uns endlich alles computerisiert«, erklärt Eisenfeld.

»Herzlichen Glückwunsch.«

»Eine bayerische Softwarefirma hat ein eigenes Programm für Friedhofsverwaltungen entwickelt. Aber damit wird sich schon mein Nachfolger herumschlagen müssen. Ich gehe nächstes Jahr in Rente.«

»Umso dringender brauche ich eine Bestätigung. Bei der Erfassung von Daten geht erfahrungsgemäß einiges verloren.«

Ich fahre mit dem Bus hinunter in die Stadt. Die Müdigkeit und das Schaukeln des Fahrzeuges versetzen mich in einen eigentümlichen Zustand der Gleichgültigkeit. Ich strecke die Beine aus und lehne mich zurück. Wenn nicht dichter Nebel aufgezogen wäre, würde ich durch das Busfenster das eindrucksvolle Panorama der Stadt betrachten können. Als ich noch ein Kind war, ging Vater mit mir einmal im Monat zu Fuß hinauf zum Friedhof. An einer besonders kurvigen Stelle, wo der Gehsteig so eng war, dass zwei Personen nebeneinander keinen Platz hatten, blieb Vater jedes Mal stehen und zeigte mit dem Finger auf das Dach jenes Hauses am Fluss, in dem Mutter bei einem älteren Ehepaar den Krieg in einem Versteck überlebt hatte, während ihre Eltern deportiert und ermordet wurden. Er zeigte es mir immer nur aus der Ferne. Nie war er mit mir in der Nähe dieses Hauses gewesen, hatte niemals die Adresse erwähnt oder den Namen des Ehepaares preisgegeben.

Manchmal berichtete Vater von Ereignissen, die andere verschwiegen hätten, gab Episoden aus seinem Intimleben preis oder erzählte, wie Mutters entstellter Körper ausgesehen hatte, nachdem die Räder der Straßenbahn ihn zerstückelt hatten. Er zeigte mir ein Stück Seife, das er ein paar Jahre nach dem Krieg auf dem Markt gekauft hatte – der Verkäufer habe sie als »echte Judenseife« bezeichnet –, und meinte, dies sei vielleicht das Fett meines Großvaters. Aber er machte immer einen Bogen um das Haus, in dem Mutter den Krieg überlebt hatte. Vater habe ein schlechtes Gewissen, weil er die »schlimme Zeit« in der relativen Sicherheit Palästinas verbringen hatte dürfen, meinte Onkel

Robert. Aber der Onkel war ein Schwätzer, der schamlos genug war, die Dinge auf den banalen Punkt zu bringen, anstatt darüber zu schweigen.

Natürlich war ich mehrmals an dem Haus – einem zweigeschossigen Gebäude mit Erkern und stilisierten Fachwerkelementen – vorbeigangen, und es war mir nicht schwer gefallen, den Namen der Lebensretter meiner Mutter ausfindig zu machen. Beide waren kurz nach dem Krieg gestorben, jedenfalls noch bevor sie in Jerusalem in der »Allee der Gerechten« einen Baum hatten pflanzen können. Ich hatte immer Scheu gehabt, mit ihren Nachkommen Kontakt aufzunehmen. Kennen gelernt habe ich sie erst, als sich die Stadt Gigricht fünfzig Jahre nach Kriegsende endlich ihrer stillen Helden erinnerte und im Innenhof des Rathauses eine Gedenktafel an der Wand anbrachte. Die ehemals Verfolgten und ihre Retter sowie deren Angehörige wurden zu einem Festakt geladen. Ich war eigens aus Wien angereist, um daran teilzunehmen.

Alles lief ab, wie es sich gehörte. Bürgermeister Notscher fand deutliche Worte für das Unrecht vergangener Zeiten und vergaß nicht zu erwähnen, dass die Ehrung für die meisten Betroffenen zu spät komme. Dann sprachen die anderen Honoratioren – der Präsident des Stadtsenats, ein Vertreter der Landesregierung, ein Bischof und der Vorsitzende der Israelitischen Kultusgemeinde. Im Wesentlichen sagten sie alle dasselbe. Endlich wurde das Tuch von der Tafel gezogen. Sie war aus Kupfer und leuchtete wie eine frisch geprägte Münze. Die Gäste applaudierten und begaben sich, nachdem sie eine Dreiviertelstunde im Nieselregen ausgeharrt hatten, in den Rathauskeller. Nur Vater wollte nicht mitgehen. Es hatte mich Mühe gekostet, ihn überhaupt zur Teilnahme an der Zeremonie zu bewegen.

Im Restaurant bestellte ich mir ein dreigängiges Menü. Da die Stadt alle Kosten übernommen hatte, hielten sich auch die anderen nicht zurück. In den zwei Stunden, die ich im Rathauskeller zubrachte, hatte ich Gelegenheit, mit den Enkeln des Paares, dem meine Mutter ihr Überleben verdankte, ins Gespräch zu kommen. Ich erfuhr, dass es zwei Kinder gehabt hatte, einen Sohn, der bei der Eroberung Kretas 1941 gefallen war, und eine Tochter, die Ende der Siebzigerjahre verstorben war. Die drei Enkel, zwei Männer und eine Frau, waren aus verschiedenen Großstädten Deutschlands nach Gigricht angereist. Die Frau war Ärztin, ihr jüngerer Bruder Grundschullehrer, der ältere war Notar oder Rechtsanwalt. In gewählten Worten sagten sie mir alles, was zum gegebenen Anlass gesagt werden sollte: dass sie stolz auf ihre mutigen Großeltern seien, dass keiner, der die Zeit nicht selbst erlebt habe, wissen könne, ob er so viel Mut aufgebracht hätte oder wie Millionen andere stattdessen zum Mitläufer und somit Mittäter geworden wäre, dass nach dem Krieg ehemalige Soldaten geehrt, die stillen Helden des Widerstandes aber totgeschwiegen und sogar geächtet worden seien. »Deutschland hat eine große Schuld auf sich geladen«, sagte der Grundschullehrer, »und der Faschismus war 1945 noch lange nicht besiegt.« Und sein Bruder, der Jurist, zitierte einen jüdischen Weisen: »Wer ein Menschenleben rettet, rettet die ganze Welt.« Ich nickte, schlug die Augen nieder und nippte an meinem Wein.

Allerdings konnte sich keiner der Enkel – alle waren erst während oder nach dem Krieg geboren worden – an die Großeltern erinnern. Ihre Mutter, erklärte mir die Ärztin, habe 1938 einen Wehrmachtsoffizier geheiratet, der in Gigricht stationiert gewesen, aber noch im selben Jahr nach Köln versetzt worden sei. Ihr Vater, »Parteimitglied und ein typischer Mitläufer«, habe nach 1945 mehrere Monate in britischer Kriegsgefangenschaft verbringen müssen, um danach »entnazifiziert« nach Köln zurückzukehren. Dass die Großeltern zwei Jahre lang ein jüdisches

Kind versteckt hatten, war später nur selten ein Thema gewesen. Allenfalls sprach man über ihre »tollkühne Unvernunft«. Schließlich hätten sie nicht nur sich selbst, sondern die ganze Familie in Gefahr gebracht.

Der Grundschullehrer widersprach. Der Vater sei nicht Mitläufer, sondern »schwerer Nazi« gewesen, zudem ein Patriarch, der nie gelernt habe, zwischen den eigenen vier Wänden und dem Kasernenhof zu unterscheiden. Seine Kinder habe er »nach Lust und Laune grün und blau geschlagen«. Er, der Sohn, versuche sich gar nicht vorzustellen, in welche Verbrechen sein Vater an der Front verwickelt gewesen sei.

Dem setzte der andere Bruder, der Jurist, entgegen, man solle »nicht das Kind mit dem Bade ausschütten«. Er sei zwar der letzte, der die dunklen Seiten im Charakter seines Vaters leugnen wollte, aber Nazi oder Antisemit sei er keiner gewesen, sondern ein völlig unpolitischer, pflichtbewusster Offizier, auch wenn sein Ehrenkodex und seine bedingungslose Loyalität gegenüber dem Staat aus heutiger Sicht fragwürdig erscheinen mochten. Im Übrigen sei er ein strenger, aber dennoch liebevoller Vater gewesen. Geprügelt habe er nur selten, niemals willkürlich, schon gar nicht aus Lust oder einer Laune heraus. Man habe immer gewusst, woran man bei ihm sei. Natürlich sei die körperliche Züchtigung von Kindern unter allen Umständen abzulehnen, doch sei dies in den Fünfzigerjahren noch keine allgemein anerkannte pädagogische Sichtweise gewesen.

Nun ergriff die Schwester wieder das Wort. Sie entgegnete ihrem älteren Bruder, dieser sei das Lieblingskind des Vaters gewesen. Zu ihm habe er immer ein besonderes Verhältnis gehabt. Daraufhin meinte der andere Bruder, das Lieblingskind der Mutter sei die Tochter gewesen – was diese »so nicht in Erinnerung« haben wollte –, aber gegen den Vater habe sich Mutter nie durchsetzen können …

Die Geschwister schenkten mir bald keine Beachtung mehr. Ich hatte den Eindruck, dass dieses Gespräch nicht zum ersten Mal geführt wurde.

»Und? Wie war's mit unseren lieben Gutmenschen und Vergangenheitsbewältigern?«, fragte mich Vater an diesem Abend.

»Es war nett.«

»Bist du zufrieden?«

»Ja«, sagte ich leise.

»Warum wirkst du dann so niedergeschlagen?«, fragte er und hatte dabei dieses typische Grinsen im Gesicht, das ich nicht ausstehen konnte.

»Fünfzig Jahre zu spät ist eben fünfzig Jahre zu spät«, brummte ich.

»Es war immer zu spät«, meinte er.

II

1

ICH RUFE IM Büro an. Es läutet mehrere Male, bevor Zapf endlich an den Apparat geht. Computergolf!, denke ich. Man kann das Spiel nur unterbrechen, wenn man den Schlag ausgeführt hat und die Punktezahl auf dem Bildschirm erscheint.

»Hallo, hier Gabriel«, sage ich. »Ich komme heute nicht ins Büro. Mein Vater ist gestern gestorben.«

Ich höre, wie Zapfs Atem schneller wird.

»Das Begräbnis findet übermorgen statt. Ich glaube, ich bleibe die ganze Woche weg.«

»Das ist ja entsetzlich. Das tut mir Leid, Gabriel.«

»Mir auch.«

»Ähm … äääh … Wenn ich fragen darf, was war denn die Todes … ich meine, woran ist er denn … und … wie.«

»An gebrochenem Herzen«, antworte ich und ärgere mich sogleich über diesen unpassenden Ausspruch.

»Aha.«

»Es ging sehr schnell. Ein Todeskampf von einer Viertelstunde, nicht länger.«

»Das ist furchtbar!«

»Es war ein schneller Tod, und er ist zu Hause gestorben. So etwas wünscht sich jeder, nicht wahr? Eigentlich war's eine Gnade.«

»Ja, ja, sicher«, murmelt er.

»Mein Vater wird auf dem jüdischen Friedhof beerdigt, neben meiner Mutter.«

»Herzliches Beileid.«

»Es war sein letzter Wunsch. Er wollte neben meiner Mutter liegen.«

»Da-das ist auch gut so«, stammelt Zapf.

»Das ist keine Frage von gut oder nicht gut«, erwidere ich. »Das Wichtigste ist, dass er es so wollte.«

»Meine Großeltern liegen auch im selben Grab, nebeneinander. Das ist sehr schön, weil, weil ...« Er stockt.

»Weil man gleich beide auf einmal auf dem Friedhof besuchen kann«, helfe ich ihm aus der gedanklichen Sackgasse.

Kurzes Schweigen.

»Ich würde dich gerne zum Begräbnis einladen«, sage ich.

»Mich?«

»Eigentlich euch beide.«

»Ja, wenn du meinst ...«

»Übermorgen um elf Uhr dreißig in der Aufbahrungshalle des katholischen Friedhofs ... Die Halle des jüdischen Friedhofs ist wegen Renovierungsarbeiten geschlossen. Bitte keine Blumen. Ach ja, eine Kopfbedeckung ist bei jüdischen Zeremonien Pflicht.«

Ich drücke den roten Knopf meines Handys, bevor Zapf einen weiteren Kommentar abgibt. Im Café Baum herrscht Handyverbot. Der Kellner wirft mir schon strenge Blicke zu.

Ich lächle bei dem Gedanken, wie überrascht Zapf über die Einladung zum Begräbnis gewesen ist. Kein Wunder. Mit meinen Kollegen habe ich mich zwar immer gut verstanden, doch befreundet bin ich mit ihnen nicht. Eigentlich habe ich mit den beiden bis jetzt kein einziges persönliches Gespräch geführt. Nach der Arbeit sind wir einige Male miteinander in eine Kneipe gegangen, haben dabei aber die ganze Zeit nur dumme Sprüche geklopft.

Hecht erzählt manchmal von seiner drei Jahre alten Tochter. Jeden zweiten Sonntagnachmittag holt er sie für einige Stunden bei ihrer Mutter ab. Seit wann und weshalb er geschieden ist, weiß ich nicht. Zapfs Lieblingsthema ist Fußball. Ich kenne seine Lieblingsvereine, seine Lieblingsspieler und die Psychogramme seiner Lieblingstrainer, doch von seiner Freundin weiß ich nur den Vornamen. Sie heißt Monika. Einige Male hat er sie erwähnt, meist in Sätzen wie »Meine Freundin ist auch dieser Meinung« oder »Da hast du Recht, Monika hat auch mal Ähnliches gesagt«.

Dennoch lege ich Wert auf Zapfs und Hechts Teilnahme am Begräbnis. Ich mag die beiden. Mein Vater hat immer den Misanthropen und Zyniker gespielt, nur wenige Freunde gehabt und sich in Opposition zur Welt gesehen. Ist es da nicht stimmig, wenn am Begräbnis neben den zehn jüdischen Männern, denen man für ihr Kommen Geld bezahlt, zwei weitere Menschen teilnehmen, denen Vater nichts bedeutet hat?

Als einzigen Verwandten habe ich Onkel Robert eingeladen. Ich habe erfolglos versucht, ihn telephonisch zu erreichen, und mindestens fünf Nachrichten auf seinem Anrufbeantworter hinterlassen.

Das Café Baum ist in einem der drei Häuser am Hauptplatz untergebracht, die den Krieg überstanden haben. Es ist das einzige Kaffeehaus der Stadt, das ein stilvolles Interieur aus der Kaiserzeit besitzt. Ich habe an einem runden Tisch mit dem Rücken zum großen Wandspiegel Platz genommen. Es ist vier Uhr

Nachmittag. Um diese Zeit herrscht ein ständiges Kommen und Gehen. Die Gespräche im Raum erzeugen ein gleichmäßiges, gedämpftes Summen. Ich bin allein mit meinen Gedanken und Gefühlen und gleichzeitig doch unter Menschen.

Seit einem Jahr komme ich mindestens dreimal in der Woche in dieses Kaffeehaus. Ansonsten lebe ich sehr zurückgezogen. Meinen gegenwärtigen Aufenthalt in Gigricht sehe ich als eine Zeit des Übergangs an. Natürlich habe ich nicht vor, mich wieder auf Dauer hier niederzulassen. Ich möchte einfach über einige Dinge in meinem Leben Klarheit gewinnen. Dafür brauche ich Ruhe. Den meisten Freunden und Bekannten aus meiner Kindheit und Jugend gehe ich aus dem Weg. Zu den wenigen Ausnahmen gehört Michael, den ich schon seit der Grundschule kenne. Er ist der ideale Mensch, mit dem man schweigen kann. Man verbringt mit ihm zwei Stunden in einer Kneipe, ohne mehr als ein paar Worte zu wechseln, und fühlt sich dennoch nicht einsam. Michael ist ein Eigenbrötler, der in einer winzigen Wohnung im sechsten Stock eines Hauses ohne Lift lebt. Er ist unverheiratet. Ich befürchte sogar, dass er in seinem Leben noch nie mit einer Frau zusammen gewesen ist. Auf Äußerlichkeiten legt er keinen Wert. Manchmal kleidet er sich so nachlässig, dass man ihn für einen Penner halten könnte. Das meiste Geld, das er in seinem Beruf als Tischler verdient, gibt er für Segelboote und das entsprechende Zubehör aus. Hin und wieder erzählt er mir von seinen Segeltouren, und ich versuche, mich für seine Geschichten zu interessieren.

Außer Michael hat auch Ute ihr Kommen zum Begräbnis zugesagt. Ute und ich waren zusammen in der Oberstufe des Gymnasiums. Als Sechzehnjährige ist sie in mich verliebt gewesen. Leider konnte ich ihre Gefühle nicht erwidern. Außerdem ist sie die Enkelin von Gauleiterstellvertreter Stübler, dem bekanntesten Nazi von Gigricht. Sie verabscheue ihren Großvater, hatte sie mir erklärt, und halte den Mord an den Juden für das größte Verbrechen der Menschheit. Sie beteuerte dies so oft, dass ich zu zweifeln begann, ob sie in mich als Mensch oder in meine jüdische Herkunft verliebt war. Als ich ihr vor ein paar Jahren im Gigrichter Stadtpark zufällig begegnete, fand ich sie viel sympathischer und interessanter als in unserer Schulzeit.

Nach Ute rufe ich Christine in ihrem Geschäft an. Ob sie am Begräbnis meines Vaters teilnehmen könne, wisse sie leider nicht, sagt sie. Ihr Sohn sei krank. Doch sie trauere mit mir.

»Aber ich brauche dich!«, beharre ich.

Sie zögert.

»Ich werde schauen, was sich machen lässt«, sagt sie und legt auf.

Meine Freundin Christine ist dreiundvierzig Jahre alt. Sie investiert viel Geld und Zeit in Massagen, Kosmetik und Kleidung. Dadurch sieht sie zwar nicht jünger aus, aber das stört mich nicht. Mit ihrem Outfit gelingt es ihr immer wieder, mich zu überraschen. Ich finde es erregend, wenn sie die teuren Sachen langsam auszieht, bis nur mehr die Perlenkette, der Armreifen und das Fußkettchen übrig bleiben.

Christine ist geschieden, hat das Sorgerecht für ihren zehnjährigen Sohn und ist in Oberschweffla zu Hause, einer kleinen Stadt zwanzig Kilometer von Gigricht entfernt. Sie besucht mich jeden zweiten Montag. Ihr Geschäft, ein Frisiersalon, ist an diesem Tag geschlossen. Sie kommt gegen Mittag und fährt um vier Uhr wieder zurück, weil sie ihren Sohn aus dem Kindertagesheim abholen muss. Mir war es nie ein Problem, für diese vier Stunden Zeitausgleich zu nehmen. Meine Abwesenheit in der Firma war den meisten gar nicht aufgefallen.

Ich habe Christine noch nie in Oberschweffla besucht. Das ist ihre Welt. Sie geht mich nichts an. Bald nachdem wir uns vor einem halben Jahr kennen gelernt hatten, beschlossen wir, unsere Beziehung auf die erwähnten Montage zu beschränken.

Sonst gibt es niemanden mehr, auf dessen Gegenwart ich bei Vaters Beerdigung Wert lege, schon gar nicht auf die meiner Wiener Freunde. Zu unseren Verwandten in Israel, Kanada und Argentinien hatte Vater seit Jahrzehnten keinen Kontakt mehr gehabt. Seine Cousine in Buenos Aires, verheiratete Fontana-Montanari, hatte uns vor zwanzig Jahren in Gigricht besucht. Danach sprach Vater von ihr nur mehr als von der »dümmsten Pute der südlichen Hemisphäre«. Meine Großmutter Hermine, Vaters Mutter, ist 1977 in einem Jerusalemer Altersheim gestorben. Manchmal hatte Vater ihr Briefe geschrieben, auf die er meist keine Antwort erhielt. Hermine hatte ihrem Sohn nie verziehen, dass er 1949, nach dem Ende des israelischen Unabhängigkeitskrieges, nach Deutschland zurückgekehrt war. Sie selbst hatte geschworen, nie mehr den Fuß ins »Land der Mörder« zu setzen, und mein Vater war nie mehr nach Israel gefahren. In den Sechzigerjahren hatten Mutter und Sohn einander wiedergesehen. In Straßburg. Meine Großmutter hatte mich, den Zweijährigen, in den Armen gehalten. »Es ist eine Schande, dass aus diesem Kind ein Deutscher wird«, soll sie gesagt haben.

Von der Familie meiner Mutter kenne ich die meisten nicht einmal namentlich. Von ihnen lebt, soweit ich weiß, keiner mehr in Deutschland. Einen Großonkel in Neuseeland hatte Vater einmal erwähnt. Oder war es Australien?

Mutter war ein geselliger Mensch gewesen, aber Vater hatte ihre Freundinnen nie gemocht und nach ihrem Tod jeden Kontakt zu ihnen abgebrochen. Warum sollte ich sie also zu seinem Begräbnis einladen? Mit siebzehn hatte ich den Keller durchstöbert und dabei Mutters Tagebuch gefunden. Es waren Aufzeichnungen über Ereignisse des Alltags. Ich erfuhr, wann ich meine ersten Zähne bekommen und welche Krankheiten ich als Kleinkind überstanden hatte, was meine Lieblingsspeisen gewesen waren und was ein Kilo Rindfleisch im Jahre 1967 gekostet hatte, aber kaum etwas über den Charakter der Verfasserin, über ihre Sehnsüchte oder Ängste. Doch beim Lesen stieß ich auf die Namen ihrer Freundinnen. Ich nahm Kontakt mit ihnen auf. Ihre Erinnerungen an Mutter waren widersprüchlich. Sie sei streng, herzlich, distanziert, ausgelassen und unnahbar gewesen. Über die Kriegszeit habe sie nie gesprochen. Ihre jüdische Herkunft sei kein Thema gewesen. Ich konnte diese Gedankensplitter und Anekdoten zu keinem einheitlichen Bild zusammenzufügen. In einem Punkt schienen sich aber alle einig zu sein: Mutters Heirat sei der Fehler ihres Lebens gewesen. Nie wurde so viel Unrat über meinen Vater ausgeschüttet wie bei den Gesprächen, die ich damals führte. Zynisch. Komplexbehaftet. Lebensfeindlich. Feigling. Hauspascha. Sonderling. Es wunderte mich, dass sie mir, dem Sohn, solche Sachen erzählten.

Die Berichte von Mutters Freundinnen verglich ich mit jenen von Großtante Elfriede. Sie war die einzige aus Mutters Familie gewesen, die nach dem Krieg in ihre Heimatstadt Gigricht zurückgekehrt war. 1945 hatte sie Mutter zu sich genommen und aufgezogen. Als sie starb, war ich achtzehn.

»Man hat deiner Mutter angesehen, dass sie Jüdin ist«, erzählte mir die Großtante. »Das hat sie aber nie gestört. Wenn sie jemand auf ihre Herkunft ansprach, hat sie immer geantwortet, das schlechte Gewissen der Deutschen sei deren Problem. Sie hat das Leben in vollen Zügen genossen, ist in ihrer Jugend jeden Abend ausgegangen, hat viel getrunken und geraucht. Sie hat eine gute Stimme gehabt, ist in Bars aufgetreten, einmal sogar in einem Varieté als Königin von Saba in einer Operette. Sie hätte nach Frankfurt, München oder Berlin gehen sollen, anstatt in der Provinz zu versauern und einen Misanthropen zu heiraten. Aber sie hat immer behauptet, es sei aufregender, eine Provinzstadt auf den Kopf zu stellen, anstatt in der Metropole ins Mittelmaß zurückzufallen. Während des Krieges hat sie bei Bombenangriffen durch einen Spalt zwischen den Brettern ihres Verstecks auf die Straße hinausgeschaut und die Menschen zu den Luftschutzkellern eilen gesehen. Damals hat sie geschworen, sich einmal an diesen Ariern und Herrenmenschen zu rächen, was sie auch getan hat, wenn man an die zahlreichen gebrochenen Männerherzen denkt. Sie hat Männer verführt und deren Frauen Briefe geschrieben, in denen sie von den Details ihrer Liebesabenteuer berichtete. Sie hat die Männer zur Scheidung gezwungen und sie danach verlassen. Geheiratet hat sie natürlich einen Juden. Sie hätte nie was Ernsthaftes mit einem Goj angefangen. Mit diesen Hunden vergnügt man sich, erklärte sie, aber man heiratet sie nicht.«

Das sei alles Unsinn, meinte Vater. Er habe meine Mutter geheiratet, weil sie schwanger von ihm gewesen sei. Im Übrigen sei er der erste und, wie er glaube, der einzige Mann in ihrem Leben gewesen. Sie habe als junges Mädchen viele Verehrer gehabt und sei einige Male in einem Nachtlokal als Sängerin aufgetreten. Von gebrochenen Herzen, zerstörten Ehen oder einem Rachefeldzug wisse er aber nichts.

Ich war enttäuscht. Meine Mutter – eine Femme fatale. Das hätte ich mir gewünscht!

Mutters Freundinnen konnten weder die eine noch die andere Version bestätigen. Angeblich habe es wirklich einen verheirateten Mann im Leben meiner Mutter gegeben, einen »umwerfend schönen Realschullehrer«, mit dem sie sich einige Male getroffen habe. Über einen harmlosen Flirt wäre diese Beziehung aber nie hinausgegangen, behauptete eine Freundin, während eine andere augenzwinkernd meinte, die beiden hätten bestimmt nicht nur Händchen gehalten. Später habe sich dieser Lehrer scheiden lassen. Zu diesem Zeitpunkt sei aber meine Mutter schon tot gewesen. Warum sie meinen Vater geheiratet habe? Hunderte Male hätten sie ihr diese Frage gestellt und nie eine befriedigende Antwort erhalten.

Als Kind war es für mich nicht immer ein Nachteil, keine Mutter zu haben. In den Siebzigerjahren waren die Familien meiner Klassenkameraden und Freunde noch intakt, zumindest nach außen hin. Bei einigen wenigen waren die Eltern geschieden. »Der Apfel fällt nicht weit vom Stamm«, bekamen diese Kinder zu hören, wenn sie den Erwartungen der Erwachsenen nicht entsprachen. »Ein solches Benehmen ist kein Wunder bei dieser Problemfamilie.«

Ich war nie aufmüpfig. Ich zog mich zurück. Ich konnte stundenlang reglos vor mich hinstarren. Ich spielte nicht mit anderen Kindern. In der Zeichenstunde wählte ich Motive, vor denen ein Hieronymus Bosch erblasst wäre. Solange ich höflich grüßte und sauber gekleidet war, wurde mir alles verziehen.

Ich hängte meine Bilder an die Wand des Klassenzimmers zu all den Papierblumen, Urlaubsimpressionen mit Stränden und Palmen, zu Kirchtürmen, Autobahnen und Häuschen mit rauchenden Schloten. Bei mir walzten Straßenbahnen mit Raubtiergesichtern Menschenmassen platt. Blut spritzte. Gliedmaßen flogen durch die Luft. Menschen brannten in Öfen oder wurden am Spieß gebraten. Besonders gern zeichnete ich Hexen, die, auf Besenstielen reitend, hoch über den Dächern dem Mond entgegenflogen.

Die Grundschullehrerin lobte mich für meine Phantasie und nahm die Bilder sofort wieder ab. »Man muss das verstehen«, sagte sie. »Er ist ein armes Kind, er hat keine Mutter.«

»Er wird von seinem Vater aufgezogen«, erklärte später mein

Klassenlehrer im Gymnasium. »Ein Mann, der allein ein Kind aufzieht! Eigentlich bewundernswert.«

Warum mein Vater nicht wieder heirate, wollten die anderen Kinder von mir wissen.

»Wir wollen keine Weiber im Haus«, antwortete ich stolz. »Ich brauche niemanden, der meckert und mich herumkommandiert.«

»Und dein Vater?«, fragten sie.

»Mein Vater und ich sind die besten Freunde. Ich kann tun und lassen, was ich will.«

Mutters Porträt hing in Vaters Wohnung über dem Küchentisch. Meine Eltern hatten die Mahlzeiten immer in der Küche eingenommen. An jenem Samstag, als Mutter starb, hatte sie mit Vater und mir zu Mittag gegessen. Sie war gegangen, während Vater und ich in der Küche sitzen geblieben waren, weil ich meinen Brei noch nicht aufgegessen hatte. So blieb Vaters Erinnerung an Mutter für immer mit der Küche verbunden. Einmal, ich muss acht oder neun Jahre alt gewesen sein, fragte ich ihn, worüber er mit Mutter bei diesem letzten Zusammensein gesprochen hatte. »Über das Essen«, bekam ich zur Antwort. »Sie hatte gemeint, die Kartoffeln wären versalzen. Ich erwiderte darauf, dies stimme nicht, sie schmeckten mir vorzüglich. Dann kam der Unfall. Übrigens waren die Kartoffeln wirklich versalzen, aber ich wollte nicht, dass sie sich wegen einer solchen Kleinigkeit ärgert.«

Diese Geschichte machte mich traurig. Immer öfter fragte ich meinen Vater, ob er sich nicht vielleicht an mehr erinnere, und erhielt jedes Mal die Antwort, dass der Rest des Gesprächs noch belangloser gewesen sei.

Warum er Mutters Bild nicht wenigstens im Schlafzimmer aufgehängt habe, wollte ich als Jugendlicher wissen. Schließlich müsse es vor dem letzten Essen auch eine letzte Liebesnacht gegeben haben. Vater brummte, dass mich das nichts angehe, und ließ das Bild dort, wo es war. »Deine Mutter beherrscht meine Erinnerungen, aber nicht meine Träume«, erklärte er. »Ein Schlafzimmer ist ein Ort der Gegenwart.«

»Was denn für eine Gegenwart?«, höhnte ich. »Du lebst doch wie ein Mönch. Hat nach Mutters Tod jemals ein weibliches Wesen dein Schlafzimmer betreten?«

»Mir scheint, du hast nicht richtig verstanden, was ich sagen wollte«, erwiderte Vater. »Und was deine Bemerkung betrifft, so kann ich dich auf das elfte Gebot verweisen.«

»Das elfte Gebot?«

»Du sollst dich nicht täuschen.« Mehr wollte er nicht verraten. »Das Leben macht oft seltsame Kapriolen.« Sein Gesicht drückte melancholische Unnahbarkeit aus. »Du glaubst zu fliegen und machst doch nur Purzelbäume.« Wenn er solche Weisheiten von sich gab, wusste ich, dass es an der Zeit war, das Thema zu wechseln.

Der Hinweis auf das elfte Gebot ist bestimmt nur einer von Vaters Scherzen, dachte ich. In seinem sehr fortgeschrittenen Alter wird er doch wohl keine Liebesbeziehung mehr haben! Erst als ich älter wurde, begann ich mir Gedanken darüber zu machen, was Vater mit seiner Andeutung gemeint haben könnte.

Während meiner Studienzeit verbrachte ich einmal wie jedes Jahr einige Tage des Sommers in Gigricht. Ich war damals einundzwanzig. Kurz zuvor hatte ich Manuela, meine spätere Frau, von der ich inzwischen geschieden bin, kennen gelernt. Ich zeigte Vater ein Photo von ihr. Zu meinem nächsten Besuch in Gigricht werde sie mich begleiten. »Sie wird dir bestimmt gefallen«, sagte ich.

»Das freut mich«, meinte Vater. »Ich habe schon gedacht, du bist schwul oder interessierst dich überhaupt nicht für Erotik.«

»Und wenn ich schwul wäre?«, fragte ich.

»Der Mensch braucht einen Partner. Weiblich, männlich, alt, jung, hässlich oder schön ist einerlei. Hauptsache, es ist ein Mensch fürs Leben oder wenigstens für einen Lebensabschnitt.«

»Das sagst ausgerechnet du?«

»Wieso? Ich hatte Mutter.«

»Und nach Mutters Tod?«

»Dann hatte ich Elisabeth.«

»Wen?«

»Du kennst doch das Puff in der Immanuel-Kant-Straße …«

»Was?«, schrie ich verblüfft. »Eine Nutte?« Ich hatte mir alles erwartet, nur nicht das.

»Dein Gesicht solltest du sehen«, sagte er und kicherte vergnügt. »Du wirkst so, als habe ich dir gerade mitgeteilt, dein Vater sei ein Massenmörder. Eine stockkonservative Jugend ist das heutzutage.«

Seit Beginn der Siebzigerjahre hatte Vater regelmäßig eine Prostituierte in der Immanuel-Kant-Straße besucht. Einige Male war sie für ein Sonderentgelt sogar bei ihm zu Hause, doch waren dies Ausnahmen von der Regel gewesen.

»Elisabeth … und … wie weiter?«, stammelte ich.

»Ich weiß nicht, ob das ihr richtiger Name war. Höchstwahrscheinlich nicht. Mein Pseudonym war Ovid.«

»Das ist ja wie bei einer Burschenschaft«, bemerkte ich.

Vater erzählte, dass er in den zwölf Jahren, die er das Bordell besuchte, nie eine andere Frau als Elisabeth akzeptiert hätte. Wenn sie einmal krank war oder aus anderen Gründen nicht zur Verfügung stand, schlug er alle diesbezüglichen Angebote von »Madame«, der Verwalterin des Etablissements, aus. Mit der Zeit, erinnerte sich Vater, habe sich zwischen ihm und Elisabeth sogar so etwas wie Vertrautheit eingestellt. Manchmal hätten sie gar nicht miteinander geschlafen, sondern seien nur im Bett gelegen oder hätten ferngesehen.

Ich wollte wissen, worüber er mit ihr gesprochen habe.

»Sie wollte nichts über sich erzählen und hat auch nie versucht, mich auszufragen. Solche Frauen haben ihre eigene Ethik. Mir war das recht. Manchmal ist es angenehm, über Belanglosigkeiten zu plaudern. Es gibt einen Unterschied zwischen Plauderei und sinnlosem Geplappere. Die meisten Menschen glauben, Gewichtiges von sich zu geben, und plappern doch nur sinnlos daher … Nur einmal, ganz am Anfang, hat sie mich einmal gefragt: Sag mal, bist du ein Jud? Ja, habe ich geantwortet. Ist das ein Problem für dich? Überhaupt nicht, hat sie gesagt. Ich habe schon Kunden aus aller Welt gehabt: Schweden, Amerikaner, Israelis, Russen, Japaner, Inder, Neger, Chinesen. Glaub mir, sie sind alle verschieden und dann doch wieder gleich. Ich habe keine Vorurteile. Ich bin eine Professionelle.«

Eines Tages war Elisabeth verschwunden. Vater wusste nicht, ob sie sich zur Ruhe gesetzt hatte, ob sie weggezogen oder ob ihr etwas zugestoßen war. »Madame« hatte sich geweigert, ihm darüber Auskunft zu geben.

Eigentlich schade, denke ich. Ich hätte Elisabeth gerne zum Begräbnis eingeladen.

2

Ich bestelle mir einen zweiten Cappuccino und zünde mir eine Zigarette an. Als der Kellner den Kaffee auf meinen Tisch stellt, habe ich die dritte schon fertig geraucht. Soll doch Vater, der von oben auf mich herunterschaut, denken, was er will. Vielleicht ist mein Schicksal längst eingetragen in das große Buch. Es steht geschrieben, dass ich an Lungenkrebs sterben werde. Ich stelle mir Vaters bitteres Lächeln über eine solche Bemerkung vor. Gerade in seinem Leben hat das »große Buch« eine entscheidende Rolle gespielt. Er hat oft darüber gesprochen. Wie die meisten Atheisten war er abergläubisch.

Ich lasse mir ein Apfeltörtchen mit Sahne bringen. Die Zigarettenasche fällt auf die Sahne, hinterlässt schwarze und graue Punkte. Ich denke an ein Ereignis vor mehr als fünfzig Jahren, das Vater mit dem »großen Buch« in Verbindung brachte. Das erste Mal erzählte er mir davon, als ich zehn war, und danach immer wieder, jedes Mal mit neuen Details, bis ich die Geschichte so gut kannte, als sei ich selbst dabei gewesen. Offenbar konnte er die Bilder von damals nur bannen, indem er sie von einem Mal auf das andere zum Leben erweckte. Als ich 1984 das erste Mal nach Israel fuhr, suchte ich den Ort auf, den Vater so oft beschrieben hatte, und fand alles – die Orangenplantagen, die Kakteen, den kleinen Hügel und den Bach. Nur aus dem Kibbuz mit seinen Holzbaracken war inzwischen eine größere Siedlung geworden. Ich machte Photos, die ich Vater nach meiner Rückkehr zeigte.

»Hier war es!«, rief er aus. »Genau hier!« Er zeigte auf eine Stelle, an der ich überhaupt nichts entdecken konnte, nur Erde und Stein …

Im März 1948 wehte in Jerusalem noch der Union Jack. Die britische Marine machte im Mittelmeer Jagd auf Schiffe, die illegale Einwanderer nach Palästina brachten. Doch über das Land hatte die Kolonialmacht die Kontrolle schon verloren. Das jüdische Viertel in Jerusalem wurde belagert. Palästinensische Freischärler überfielen Konvois der Haganah, die mit Nachschub zu den Belagerten unterwegs waren, sie verübten Überfälle und Anschläge. Auf Terror folgte Gegenterror. Der Krieg hatte längst begonnen. Die Vertreibung und Flucht der arabischen Bevölkerung sollte später folgen.

Vater hatte ein Gewehr, zwei Handgranaten und ein Messer. Zusammen mit anderen jungen Männern verteidigte er seinen Kibbuz. Er habe, versicherte er mir später, in jenen Wochen nicht viel nachgedacht. Mit achtzehn Jahren denke man entweder zu viel oder zu wenig nach, und wenn man zu viel nachdenke, dann meistens über die falschen Dinge.

Mein Vater dachte über das ekelhafte Melken von Kühen nach. Er hasste den Stallgeruch, die Fliegen und den Kot. Er konnte Tiere nicht leiden. Am liebsten wäre er in der Kibbuztischlerei geblieben, wo er bis vor einem halben Jahr an den Nachmittagen nach dem Schulunterricht gearbeitet hatte. Berl, Leiter der Tischlerei, ein Gründungsmitglied des Kibbuz, stammte aus Rumänien und war schon in den Zwanzigerjahren nach Palästina gekommen. Er war ein umgänglicher Mensch, doch meinen Vater wollte er in seinem Betrieb nicht haben. Der Junge habe zwar eine Begabung für das Handwerk, erklärte der Tischler, aber er sei schnippisch, aufsässig, unberechenbar. Berl war es zu verdanken, dass Vater zu den Kühen versetzt wurde. Da nützten die Proteste meiner Großmutter nichts. Der Tischler hatte das Kollektiv auf seiner Seite.

Vater fühlte sich ungerecht behandelt und beklagte sein »viehisches Schicksal«. Seinen Freunden erklärte er, der alte Rumäne beneide ihn um seine höhere Kultur, die er als deutscher Zuwanderer »zweifelsohne« besitze.

Erst als Vater das Gewehr ausgehändigt wurde, die Älteren, allen voran der Tischler, ihm die Hand drückten, in die Augen schauten und Sätze voller Pathos auf den Weg mitgaben, war er geneigt, die erlittene Kränkung zu vergessen. Wie die meisten Burschen und Mädchen über siebzehn wurde Vater Mitglied der Haganah, der jüdischen Untergrundarmee, die nach der Unabhängigkeit wenige Monate später in die israelischen Streitkräfte umgewandelt wurde.

Vater war stolz auf seine Aufgabe. Er erinnerte sich, wie er als jüdisches Kind in Deutschland beschimpft und misshandelt worden war, an die Ermordung seines Vaters und an die Demütigungen, die seine Mutter erlitten hatte. Doch auch hier im Kibbuz, in dem hauptsächlich Zuwanderer aus Osteuropa lebten, war er ein Außenseiter. Nun, da er ein Gewehr tragen und mit den anderen marschieren durfte, fühlte er sich der Gemeinschaft zugehörig. Auf einmal war er stolz darauf, Jude zu sein, und bedauerte seinen Cousin Robert, der mit seinen Eltern ein Jahr zuvor nach Deutschland zurückgekehrt war. Roberts Mutter hatte Verwandte in Dortmund, Überlebende der Schoa, die sich in dieser fast vollständig zerstörten Stadt eine neue Existenz aufbauen wollten. Nur Juden können so viel Masochismus entwickeln, dachte mein Vater.

Im Januar war der Kibbuz das erste Mal Ziel eines Angriffs gewesen. In einer regnerischen Nacht waren Schüsse gefallen. Die Patrouillen schlugen Alarm. Alle stürmten ins Freie. Nur eine Frau blieb in ihrem Bett liegen. Eine Kugel hatte die Wand der Wohnbaracke durchschlagen und sie im Schlaf getötet. Bei dem folgenden Feuergefecht starben ein weiterer Bewohner der Siedlung und ein arabischer Angreifer. Er stammte aus einem drei Kilometer entfernten Dorf, dessen Minarett man vom Aussichtsturm des Kibbuz sehen konnte. Im Mai würde die Haganah das Dorf stürmen und zerstören. Doch bis dahin sollten noch viele Menschen sterben.

Seitdem hatte es keine Nacht gegeben, in der es nicht zu einem Zwischenfall gekommen wäre. Als Anfang Februar der Regen schräg an die Mauern peitschte und die sandigen Wege zwischen den Häusern nur mit Gummistiefeln zu passieren waren, meinte Vater im Schein der Blitze Feinde zu erkennen und schoss auf jeden Schatten, der sich bewegte. Meist war der Feind ein Hase oder ein Orangenbaum, der im Wind schaukelte. Vater schoss, und seine Begleiter, kaum älter als er selbst, schossen ebenfalls, und immer öfter wurde tatsächlich zurückgeschossen.

Manchmal war das Durcheinander so groß, dass die Verteidiger einander aus den Augen verloren. Niemand hatte gesehen, wie Izchak getötet wurde. Izchak Gold, der illegale Einwanderer, der Flüchtling aus Polen, davor Stadtstreicher in den Ruinen von Warschau, noch früher Häftling in Groß-Rosen und Auschwitz, lag mit dem Gesicht in einer Pfütze aus eigenem Blut.

»Die Tage im März konnten schön sein, der süßliche Duft der Orangenblüten wirkte auf das Gemüt wie schwerer Wein, und aus dem Süden brachte ein warmer Wind den Hauch des Sommers«, erzählte mir Vater in einem jener Sätze, bei denen ich mir nie sicher war, ob er sie selbst erfunden oder irgendwo gelesen hatte, weil er bei seinen Erzählungen oft Formulierungen verwendete, die er aus Büchern kannte. »Die Temperatur stieg bis zu zwanzig Grad an. Auf den Hängen blühten rote Anemonen und Mohnblumen und in den Gärten die Obstbäume.« Ein solcher Tag kündigte sich an, als Vater im Morgengrauen auf Patrouille ging.

Sie waren zu viert. Der Älteste, Yaron Javetz, war der Führer der Gruppe. Der Fünfundzwanzigjährige war ein »Sabra«, also schon in Palästina geboren worden. Vater beschrieb ihn als »groß gewachsen, gut aussehend, wortkarg, etwas verwegen manchmal, aber nie tollkühn oder verantwortungslos«. Er sei, erzählte Vater, für die Jüngeren ein Vorbild gewesen, »denn, um einen dummen, manchmal aber dennoch zutreffenden amerikanischen Ausdruck zu verwenden: er war ein born leader«.

Im Kibbuz waren alle der Meinung, dass Yaron nach der Unabhängigkeit Kaderoffizier werden solle. Er selbst jedoch gab seine Vorstellungen über die Zukunft nicht preis. Wenn ihn jemand darauf ansprach, sagte er mit leiser Stimme: »Die Menschen planen für Jahrzehnte und haben nicht einmal die Herrschaft über den heutigen Tag.« In Yarons Zimmer befanden sich außer seinem Bett, einem Tisch, einem Stuhl, einer Truhe und ein paar Büchern ein Grammophon und eine Bratsche. Wenn er darauf spielte, konnte jeder hören, dass ihm keine große Karriere als Musiker bevorstand.

Seine Aufgaben im Kibbuz erfüllte Yaron lustlos, aber gewissenhaft. »Melde dich nie zu einer Arbeit freiwillig, lehne aber nie eine dir übertragene Aufgabe ab«, erklärte er.

Zwi Chaimowitsch war zwei Jahre jünger als Yaron und dessen bester Freund. Niemand verstand, was die beiden miteinander verband. Yaron galt als intelligent, während Zvis Dummheit sprichwörtlich war. In der Schule war der dickliche Knabe durch oberflächliche Scherze und störende Zwischenrufe aufgefallen. Dies und sein Unvermögen, dem Unterricht zu folgen, führte zum frühzeitigen Ende seiner Ausbildung. Man wies ihm eine Arbeit in der Orangenplantage zu, die ihn völlig zufrieden stellte. Nach einiger Zeit bezeichnete er sich selbst als »Orangenbruder«. So nannten ihn bald auch die anderen.

Schlomo Kirschenzweig war kaum älter als mein Vater. 1944 war er aus Westungarn nach Auschwitz deportiert worden, hatte als Einziger seiner Familie überlebt und sich nach dem Krieg nach Palästina durchgeschlagen. Die Verantwortlichen im Kibbuz gingen behutsam mit ihm um. Schließlich habe er Entsetzliches durchmachen müssen. Manchmal sprach er über das Leben und den Tod im Konzentrationslager, jedoch nie über seine eigenen Erfahrungen. In nur einem Jahr hatte er Hebräisch gelernt. Er erfüllte alles, was man ihm auftrug, war stets freundlich und lächelte seine Mitmenschen an, als erfülle ihn deren bloße Existenz mit unermesslichem Glück.

»Während der Patrouillen behielt mich Yaron immer im Auge«, erzählte mir Vater. »Wenn du Dummheiten machst, schieß ich dir die Nase ab, hatte er mir gedroht. Im Kibbuz galt ich als Querulant. Ich habe oft mit den Leuten gestritten und Anweisungen in Frage gestellt.«

An jenem Morgen Anfang März 1948 machten sich die vier jungen Männer auf den Weg zu ihrem Kontrollgang. Die Stimmung war schlecht. Eigentlich lief von der ersten Minute an alles schief. Sie hatten den Kibbuz schon verlassen, als Zwi bemerkte, dass er sein Gewehr vergessen hatte.

»Verdammte Scheiße«, schimpfte Yaron mit gedämpfter Stimme. »Wenn wir alle solche Krieger wären wie du, würden wir längst am Strand des Mittelmeers auf Schiffe warten, die uns dorthin bringen, wo Juden keine Feinde haben. In die Antarktis. Mit den Antisemiten unter den Pinguinen werden vielleicht sogar solche wie du fertig. Na gut, lauf schnell zurück.«

Vater erinnerte sich, wie Zwi zu den Gebäuden des Kibbuz zurückwatschelte. Dieser groteske Erpel, meinte er, habe durchaus dem Bild entsprochen, das sich viele Nazis von den Juden gemacht hatten. Dicklich, ängstlich, desorganisiert.

»Ich gehe voraus«, meinte Schlomo. »Sonst bleibt unser Abschnitt ungeschützt, während wir hier warten.«

»Kommt nicht in Frage«, entgegnete Yaron. »Niemand darf sich von der Gruppe entfernen.«

»Ich werde oben auf dem Hügel warten«, erklärte Schlomo. »Von dort überblicke ich das Gelände, und ihr habt mich ebenfalls im Auge.« Er lächelte und klopfte Yaron auf die Schulter. »Vertraue mir. Ich bin wie eine Katze. Ich habe sieben Leben, von denen sind erst fünf verbraucht.«

»Es ist noch zu dunkel«, sagte mein Vater. »Wir werden dich nicht sehen können.«

»Du bleibst hier!«, befahl Yaron.

»Ich bin den Nazis entkommen, da können mich ein paar Fellachen nicht schrecken«, sagte Schlomo. Er lächelte immer noch, doch seine Augen strahlten einen harten Glanz aus. »Vertrau mir einfach!« Er schulterte sein Gewehr und machte sich auf den Weg.

Der Patrouillenführer lief Schlomo nach, fasste ihn am Ärmel, zerrte ihn zurück. »Du bleibst!«, keuchte er. »Du bleibst! Ich befehle es!« Dann holte er aus und hätte Schlomo ins Gesicht geschlagen, wenn ihn dieser nicht mit einer schnellen Bewegung am Handgelenk gefasst hätte.

»Keiner schlägt mich mehr«, erklärte er ruhig. »Weder du noch sonst jemand.«

»Hört doch auf mit dem Blödsinn«, sagte mein Vater.

»Wir müssen verrückt sein«, sagte Yaron schließlich mit gedämpfter Stimme und ließ Schlomos Ärmel los. »Wir sind hier wie auf einer Bühne. Frei zum Abschießen.«

»Stimmt. Und du atmest wie nach einem Boxkampf«, meinte Schlomo. Er hob beide Handflächen zu einer abwehrenden und gleichzeitig versöhnlichen Geste. »Alles in Ordnung. Du bist der Chef. Wenn du es für richtig hältst, bleibe ich hier.«

Die Sonne war noch nicht aufgegangen, doch am Horizont des dunkelblauen Himmels konnte man einen gelblichen Schimmer erkennen. Man sah kleine Zypressen, die Kakteen zwischen den Steinen, Büsche, die flachen Dächer der Siedlung und das Wasserreservoir auf Betonpfeilern. Nur der Hügel hob sich undeutlich von der Dunkelheit ab.

Als Zwi endlich zurückkam, klebten die Haarsträhnen auf seiner schweißnassen Stirn. Auch mit dem Gewehr in der Hand sah er nicht wie ein Soldat aus.

»Was rennst du so, Orange?«, fragte Yaron. »Du wirst dich noch erkälten.«

»Ich weiß«, stammelte Zwi und schnappte nach Luft.

»Wozu rennst du dann? Wir haben durch dein Laufen keine Zeit gewonnen.«

»Ja, ja«, sagte Zwi. »Du hast Recht. Aber jetzt muss ich dringend pinkeln.«

»Mach schnell!« Verärgert ging Yaron ein paar Schritte auf und ab, spuckte aus, stieß mit der Spitze seines Stiefels nach einem Stein, blieb schließlich stehen und verschränkte die Arme. »Gut, dass unsere Feinde noch armseliger sind als wir«, brummte er.

Während Zwi seine Blase entleerte, beobachtete mein Vater den Hügel. Später erklärte er seinen Fehler damit, dass die Steine im Mondlicht an bleiche Gesichter erinnerten und die Kakteen an eine Armee buckliger Gnome. Es schien, als würden sie langsam den Hügel hinabsteigen. Aber Vater war in der vergangenen Wochen schon so oft ein Opfer seiner Irrtümer gewesen, dass er die tanzenden Schatten für Einbildung hielt. Yaron hatte ihn ermahnt, er solle erst Alarm schlagen, wenn er »die feucht glänzenden Augen der Araber« deutlich erkennen könne.

»Ich bin so weit« verkündete Zwi mit fröhlicher Stimme.

»Nicht so laut!«, zischte Yaron. »Man hört dich ja bis nach Mekka.« In diesem Augenblick fiel der erste Schuss.

Gefechte, erklärte mir Vater, sehe man später manchmal wie in Zeitlupe. Eine andere Variante der Erinnerung sei der schnell geschnittene Film. Die Bilder kommen scheinbar beliebig und in kurzen Sequenzen. Stilisierte Gestalten in einer irreal anmutenden Umgebung.

Vaters Erinnerung an das Gefecht war eine Mischung aus beiden Varianten. Den Übergang von der ersten zur zweiten bildete die Explosion einer Handgranate, die Schlomo gegen die Angreifer geworfen hatte. Sie war zu früh, noch in der Luft, explodiert.

Vater wusste nicht mehr, wie viele Angreifer es gewesen waren, sieben, acht, vielleicht zehn. Der Schock über den »plötzlichen Lärm der Schüsse mitten in eine absolute Stille hinein, die pfeifenden Kugeln und die buchstäblich aus dem Nichts aufgetauchten Feinde keine fünfzig Meter entfernt« habe seine Sinne getrübt, so dass er womöglich eine kleine Gruppe mit sechs Mann für eine ganze Division gehalten habe. Einen seiner Feinde konnte er jedoch gut beschreiben: ein groß gewachsener Mittdreißiger mit »kultiviertem Gesicht und einem intelligenten Ausdruck«, Brille und Oberlippenbart. Er lief den anderen voraus, gestikulierte und schrie. Offenbar führte er die Gruppe an. Er trug ein Palästinensertuch, Patronengürtel um beide Schultern, Gamaschen und Halbschuhe. Auffallend waren die rote Rose im obersten Knopfloch seiner Jacke und seine weißen Handschuhe. Wie ein Dorfbewohner habe er jedenfalls nicht ausgesehen, meinte Vater. Ob er wohl einer der angesehenen Jerusalemer Familien entstammte oder aus Syrien, Ägypten oder dem Libanon gekommen sei, um seinen palästinensischen Brüdern im Kampf gegen die Juden beizustehen? Das sollte Vater nie erfahren. »Ich habe«, berichtete er, »weder überlegt noch gezielt. Ich schoss, und er fiel, so als wäre er gestolpert. Wenn man Todesangst hat, ist es leicht zu töten. Erst als alles vorbei war, erkannte ich, dass er tot war, während ich weiterleben, aber nie mehr derselbe sein würde.«

An dieser Stelle pflegte Vater zu sagen, dass dies eigentlich der ideale Schlusspunkt der Geschichte sein müsste. Hätte Zwi nach dem Aufwachen nicht so viel Kaffee getrunken, hätte er nicht pinkeln müssen. Sie wären rechtzeitig oben auf dem Hügel gewesen und hätten ihre Gegner vielleicht allein durch ihre Präsenz an dieser strategisch wichtigen Stelle von einem Angriff abgehalten. Vielleicht wäre alles anders gelaufen, wenn Yaron und Schlomo sich nicht gestritten hätten oder wenn Vater die Schatten der Feinde nicht mit den Schatten von Gewächsen verwechselt und seine Kameraden rechtzeitig gewarnt hätte. »Jeder menschlichen Tragödie«, erklärte Vater, »wohnt eine Zwangsläufigkeit inne. Unsere Fehler zwingen uns in Situationen, in denen sich bestimmte Zufälle verketten müssen, und wenn wir ihnen das eine oder andere Mal entgehen können, geschehen sie zu einem späteren Zeitpunkt trotzdem. Insofern dürfen wir den Zufall nie mit Beliebigkeit verwechseln. Nichts im Leben ist beliebig.«

Das Gefecht hatte höchstens eine Minute gedauert. Noch bevor die Patrouille Unterstützung aus dem Kibbuz erhalten konnte, war alles vorbei. Vater und Schlomo hatten sich auf den Boden fallen lassen, und Yaron hatte hinter einem Stein Deckung bezogen. Nur Zwi war stehen geblieben. Es war ein Wunder, dass er unverletzt geblieben war, und es war mehr als ein Wunder, dass der Angriff abgewehrt werden konnte.

Yaron war ein guter Schütze. Während des Zweiten Weltkriegs hatte er als Soldat der Jüdischen Brigade in Italien gegen die Deutschen gekämpft. Die Angreifer hingegen waren keine geübten Kämpfer. Sie gehörten lose organisierten paramilitärischen Verbänden an. Dieser Umstand, etwas Glück, der abschreckende Effekt der gezündeten Handgranate und die Tatsache, dass mein Vater den arabischen Anführer erschossen hatte, schlug die Freischärler in die Flucht. Außer dem Toten blieben zwei Verletzte zurück.

Die Verletzten lagen auf halbem Weg zwischen der Stelle, an der sich Vater und seine Kameraden verteidigt hatten, und dem Hügel. Einer von ihnen war sehr jung, sechzehn, vielleicht siebzehn. Er lag auf der Seite, die Hände gegen den Bauch gepresst, die Knie angezogen, und schrie vor Schmerzen. Den anderen erkannte Vater an seiner schiefen Nase, der ledrigen Haut und dem großen Mund. Es war der Friseur aus dem arabischen Dorf. Als Araber und Juden noch nicht aufeinander schossen und Vater das Dorf besuchen konnte, hatte er den Mann durch die Scheibe seines Geschäfts bei der Arbeit beobachtet. Manchmal hatte er auf der Straße vor dem Eingang zu seinem Haus gesessen und mit anderen Männern Tee getrunken. Die Tassen hatten auf einem runden Tischchen gestanden, dessen bunte Glasplatte mit stilisierten Schriftzeichen verziert war.

Jetzt kauerte der Friseur auf der steinigen Erde zwischen Sträuchern und Kakteen. Sein Gewehr lag einige Meter entfernt. Er streckte beide Arme in die Höhe, spreizte die Finger und sagte etwas. Kehlige, abgehackte Sätze. Er wiederholte sie einige Male, bevor er verstummte. Als Vater näher gekommen war, sah er, dass die Hose des Verwundeten zerfetzt war und sich rot gefärbt hatte und dass Fliegen um die Wunde kreisten. Es roch nach Urin und rohem Fleisch.

Es herrschte wieder Stille, die nur vom Stöhnen der Verletzten unterbrochen wurde. Langsam ging Yaron auf die Liegenden zu. Er hatte sein Gewehr auf sie gerichtet, den Finger am Abzug. Einige Male blieb er stehen und schaute sich um.

»Wir hatten große Angst«, erzählte Vater. »Trau keinem, der am Boden liegt und dich um Hilfe anfleht. Das gilt nicht nur in Zeiten des Krieges.«

Schlomo, Zwi und Vater folgten Yaron in einem Abstand von einigen Metern. Sie machten einen Bogen um den Toten, der mit dem Gesicht nach unten lag, die Arme ausgebreitet, als wäre er vom Himmel gefallen. Der junge Mann winselte und wälzte sich hin und her. Der Friseur streckte weiterhin die Arme in die Höhe. Er begann wieder zu sprechen, wurde immer schneller und lauter, schnappte nach Luft, hustete.

Yaron drehte den Jüngeren mit dem Fuß auf die andere Seite. »Water!«, bettelte dieser, rollte die Augen und stöhnte. »Water! Please!«

»Keine Waffen«, sagte Yaron und wandte sich dem Friseur zu, zog ihm das Tuch vom Kopf, beugte sich zu ihm hinunter und durchsuchte seine Jacke. Der Friseur warf ihm einen bangen Blick zu und hörte nicht auf, etwas auf Arabisch zu erklären.

Der Schuss fiel, als Yaron sich wieder aufgerichtet hatte und verkündete: »Die einzige Waffe, die der hat, ist sein Mundwerk.«

Vater sah, wie Yaron sich blitzschnell auf die Erde warf, während der Friseur mit einem ängstlichen Schrei die Arme sinken ließ. »Um Himmels Willen!«, hörte Vater Zwis Stimme. »Was in Teufels Namen …«

Vater drehte sich um. Schlomo stand neben dem verletzten jungen Mann. Der Lauf seines Gewehrs war nach unten gerichtet. Blutige Gehirmasse klebte an seinen Schuhen.

Vater erzählte mir, dass er sich in diesem Augenblick ganz langsam auf einen Stein setzte und das Gewehr auf die Erde legte. Er konnte seinen Blick nicht vom zerfetzten Kopf des Arabers losreißen. Währenddessen erhob sich Yaron wieder und lief zum Erschossenen. »Warum hast du das getan?«, schrie er.

»Entweder sie oder wir«, sagte Schlomo ruhig.

»Aber …«

»Ich habe mit dem Tod noch eine Rechnung offen.«

Schlomo wirkte sehr gefasst. Er lächelte sogar. Er wandte sich vom Toten ab, richtete sein Gewehr auf den Kopf des Friseurs und ging auf ihn zu. Der Araber hob die Arme zu einer abwehrenden Geste und erstarrte. »No, no, no, do not, please!«, winselte er. Die englischen Worte sprach er falsch und undeutlich aus. »Please no! Please! No!«

In all den folgenden Jahren mutmaßte Vater, weshalb Yaron damals geschwiegen hatte. Befürwortete er die Ermordung des Friseurs, weil damit ein unliebsamer Zeuge für den ersten Mord beseitigt wurde? Hatte er von jemandem die »Empfehlung« erhalten, keine Gefangenen zu machen? Jedenfalls beobachtete der Leiter der Patrouille die nachfolgende Szene ruhig und scheinbar unbeteiligt. »Wir waren unter Schock«, erzählte Vater. »Und alles geschah so schnell. Das Gefecht dauerte keine Minute, die nachfolgenden Morde samt Auseinandersetzung nicht wesentlich länger, eineinhalb, höchstens zwei Minuten, genau die Zeit, bis eine bewaffnete Gruppe von Kibbuzniks bei uns auftauchte.«

Zwi stellte sich Schlomo in den Weg und ergriff den Lauf seines Gewehrs. »Bist du verrückt?«, schrie er. »Tu's nicht! Sonst wirst du's dein Leben lang bereuen. Der Mann ist unbewaffnet! Er ist verletzt!«

»Heute ist er verletzt, morgen ist er wieder gesund«, sagte Schlomo und stieß Zwi beiseite. »Wenn ich ihn heute nicht töte, tötet er morgen dich. Denk daran, was Izchak passiert ist.«

»Sei ein Mensch!«, schrie Zwi und umklammerte Schlomos Hüfte. »Sei ein Mensch!«

»Das Menschsein wurde mir ausgetrieben«, sagte Schlomo leise und stieß Zwi mit solcher Kraft von sich, dass dieser hinfiel.

Der Lauf von Schlomos Gewehr berührte die Stirn des Friseurs, der zu winseln aufgehört hatte und nur noch stumm seine Lippen bewegte. Sein Oberkörper zitterte.

»Haltet ihn zurück!«, hörte Vater Zwis Stimme. »Um Gottes Willen!«

Aber weder Yaron noch Vater unternahmen etwas.

»Ich saß auf diesem Stein und hatte jegliche Kontrolle über mich verloren«, erklärte Vater. »Wie oft habe ich es später bereut, nicht wenigstens einen Satz, nein, nur ein Wort herausgebracht zu haben, ein einziges Nein! Mein Leben wäre anders verlaufen, wenn ich nur ein simples Nein geflüstert hätte. Aber ich war achtzehn Jahre alt, hatte kurz zuvor einen Menschen erschossen und mit angesehen, wie ein anderer ermordet wurde. Ich war wie gelähmt.«

Jedes Mal, wenn Vater diese Geschichte erzählte, beteuerte er, dass ihn die Ermordung des Friseurs – die zerborstene Stirn, das spritzende Blut, der weggerissene Hinterkopf – weniger erschütterte als der Ausdruck in Schlomos Gesicht. Wenn er zornig gewirkt hätte, verbittert, brutal oder sadistisch, wäre es Vater später leichter gefallen, die Bilder aus seinem Gedächtnis zu bannen.

Nachdem er den Friseur erschossen hatte, drehte sich Schlomo um und schaute meinen Vater an. »Glotz nicht so«, sagte er. »Wir müssen so werden wie alle Völker. Sonst bleiben wir für immer das auserwählte Volk, das Opfervolk, und sie werden das von den Nazis begonnene Vernichtungswerk vollenden.«

Ich konnte nicht glauben, dass Schlomo damals diesen Satz wirklich gesagt hat. Auch heute fällt mir die Vorstellung schwer, ein Mörder kommentiere seine Untat unmittelbar danach mit einem ideologischen Postulat. Vater entgegnete mir, Ideologie sei nun einmal Teil des Kibbuzlebens gewesen. Man pflanzte nicht einfach ein Kornfeld, sondern erschloss Neuland für das jüdische Volk, das nach zweitausend Jahren der Verfolgung wieder »ins Gelobte Land aufstieg«. Man erzog nicht die Jugend, sondern schuf einen »neuen Menschen«. Inspiriert vom Gedanken der kollektiven Befreiung und Wiedergeburt ihrer Kultur, war die Sprache der Juden in Palästina deklamatorisch, unpersönlich und von Schlagworten durchsetzt. In der Schule lernte man, seine Gedanken in getragene Sätze eines biblischen Hebräisch zu fassen. Schlomos Ausspruch hatte Vater nicht überrascht. Aber es schien ihm – und das entsetzte ihn viel mehr –, Schlomo glaube kein Wort von dem, was er eben gesagt hatte, denn seine Augen waren ausdruckslos. Aufrecht und starr stand er neben dem toten Friseur. Konnte dieser Mensch überhaupt noch an etwas glauben?

Während Zwi weinte, lächelte Schlomo wieder, nickte einige Male und wiederholte: »Du hast Recht.«

Zwi lag noch immer auf der Erde. Sein dicker Körper schien in sich zusammengefallen zu sein. Das Gesicht mit dem Babyspeck um die Wangen und der Stupsnase war gerötet. Yaron machte einige Schritte auf Schlomo zu, blieb aber neben Vater stehen, griff in die Außentasche seiner khakifarbenen Jacke, holte eine Zigarettenschachtel heraus und hielt sie Vater entgegen. »Rauch!«, sagte er. »Dann geht es dir besser. Sonst fällst du noch in Ohnmacht.« Es klang wie ein Befehl, und Vater gehorchte. Er habe damals, versicherte er mir, die erste und letzte Zigarette seines Lebens geraucht. Vom Tabak wurde ihm schwindlig und ein wenig übel, aber auf einmal kam es ihm vor, als habe sich eine Wand zwischen ihn und die Außenwelt geschoben. Er sah, wie ein Dutzend Männer und Frauen aus dem Kibbuz am Ort des Geschehens auftauchten, wie sie aufgeregt hin und her liefen und durcheinander redeten. Aber das interessierte ihn nicht. Es interessierte ihn überhaupt nichts in diesem Augenblick.

»Nach dem Krieg hätte ich am Technion in Haifa Maschinenbau studiert«, erklärte Vater, »danach Karriere gemacht, viel Geld verdient und mir auf dem Karmel ein Häuschen mit Garten und Blick aufs Meer gebaut. Vielleicht hätte ich mich politisch engagiert oder für eine Zeitung gearbeitet. Ich hatte einen guten Stil im Hebräischen. Mein Lehrer war der Meinung, ich solle Journalist werden. Ich sei sein bester Schüler und hätte einen scharfen Verstand. In zehn oder zwanzig Jahren, prophezeite er mir, werde man im Lande Israel bestimmt viel über mich reden. Das alles wäre möglich gewesen, wenn ich an jenem Morgen im März 1948 nicht auf Patrouille gegangen wäre. Ich hätte den Entschluss nicht gefasst, Erez Israel zu verlassen und nach Deutschland, ins Land der Mörder, zurückzukehren. Aber es war auch mein Lehrer im Kibbuz, der gemeint hatte, unser aller Schicksal sei in einem großen Buch eingeschrieben. Niemand von uns habe die Macht, es umzuschreiben. Wir können nur Kommentare an die Seitenränder kritzeln und manchmal zwischen den Zeilen etwas einfügen.«

3

In der folgenden Nacht habe ich einen Alptraum: Mein Arbeitskollege Feistinger umarmt mich. Wie die Tatzen eines Bären umschlingen mich seine dicken Arme. Je stärker ich mich wehre, umso fester drückt er mich an sich und raunt mir tröstliche Worte ins Ohr. Nein, ich bin nicht körperfeindlich. Aber gibt es einen schamloseren Eingriff in die Privatsphäre als die Berührungen eines Menschen, der einem nicht nahesteht? Ich erinnere mich an das von Akne angegriffene Gesicht Angelas, einer Studienkollegin in Wien, die mit Leidenschaft »Begrüßungsbussis« an ihre Bekannten verschenkte, und daran, wie diese bei der Berührung mit der unreinen Haut zusammenzuckten. Stefan, ein Freund von mir, erzählte eines Tages, er habe mit Angela geschlafen. »Ich wollte ihre dankbaren Augen sehen«, erklärte er mir. »Schließlich war es einer der Höhepunkte in ihrem Leben, dass ein Mann wie ich mit einem Ekelpaket wie sie geschlafen hat.« Damals beneidete ich Stefan dafür, dass er die Dreistigkeit besaß, etwas Derartiges ohne jegliches Gefühl von Scham zu sagen. Ich hätte nach einer solchen »Liebesnacht« jahrelang ein schlechtes Gewissen gehabt. Da rauchte ich schon lieber drei Zigaretten mehr am Tag.

Es war Angela zu verdanken, dass ich mich der weit verbreiteten Unsitte des Küsschengebens entziehen konnte. Meine Abneigung vor Angela war so offensichtlich, dass sie mich eines Tages – es war auf einer Party und sie schon ziemlich betrunken – direkt darauf ansprach. Ob es mich vor ihr ekle, wollte sie wissen. Ich erzählte etwas von einer Grippe, von hartnäckigen Viren, die sich in meinem Körper eingenistet hätten und nur darauf warteten, auf ein weiteres Opfer überzuspringen. Sie glaube mir kein Wort, schrie sie. Ich solle endlich zugeben, dass ich sie hässlich und abstoßend finde. Plötzlich wurde es still. Alle schauten uns an. Dann hörte ich meine Stimme, zuerst heiser, stammelnd, dann lauter. Ich hätte beschlossen, nur mehr Frauen zu küssen, mit denen ich geschlafen hatte oder zu schlafen beabsichtige, sagte ich. Daraufhin schüttete mir Angela den Inhalt ihres Weinglases ins Gesicht.

Zapf starrt auf den Bildschirm. Hecht blättert im Statistischen Monatskatalog. Hinter seinem Rücken steht Feistinger mit einer Kaffeetasse in der Hand. Er stellt die Tasse auf den Tisch, stürzt auf mich zu und umarmt mich. Es ist schlimmer als im Traum, denn diesmal kann ich Feistingers Schweiß und sein After Shave riechen. Im Traum ist er wenigstens geruchlos gewesen. Neben dem After Shave gelangt eine leichte Duftnote Naphtalin in meine Nase. Ich versuche, meine Zigarettenschachtel aus der Sakkoinnentasche zu fischen.

»Es gibt nichts Schlimmeres als den Tod eines lieben Menschen«, flüstert mir Feistinger ins Ohr. »Ich fühle mit dir!«

»Danke!« sage ich.

Ich reiße mich los und flüchte in eine Ecke, wo ich mich zwischen dem Tisch mit der Kaffeemaschine und dem Waschbecken auf einen Stuhl fallen lasse. Feistinger folgt mir dicht auf den Fersen. Zapf schüttelt den Kopf. Hecht senkt den Blick. Ich wünsche beiden das größte schlechte Gewissen ihres Lebens. Aber ich bin selbst schuld. Ich hätte ihnen verbieten sollen, den Tod meines Vaters zum Gesprächsthema in der Firma zu machen.

»Ich weiß, was du durchmachst«, erklärt Feistinger und beugt sich zu mir herunter. »Letztes Jahr ist meine Mutter gestorben.« Hoffentlich rührt er mich nicht wieder an, denke ich. Aber Feistinger hat die Hände hinter seinem Rücken verschränkt. Sein Gesicht ist zwanzig Zentimeter über meinem Kopf. In dieser gebeugten, starren Haltung sieht er wie ein Fragezeichen aus.

Ich erfahre, dass Feistingers Mutter an Brustkrebs gestorben ist. Kein Detail des Krankheitsverlaufs und der Todesagonie wird ausgespart. Nicht einmal der Zigarettenrauch, den ich dem Nichtraucher Feistinger ins Gesicht blase, kann seinen Redefluss bremsen. »Es war ein schönes und würdiges Begräbnis«, beschließt er seine Erzählung. »Erst da habe ich erfahren, wie wichtig Rituale sein können.«

Es folgt eine halbe Minute Schweigen. Ich wünsche mir, dass Zapf und Hecht ein paar von ihren dümmlichen Bemerkungen fallen lassen.

»Tut mir ehrlich Leid, Karl-Heinz«, sage ich schließlich. »Das muss eine schlimme Zeit für dich gewesen sein.«

»O ja. Und das in doppelter Hinsicht, denn kurz vor Mutters Tod habe ich mich von meiner Frau getrennt.«

»Das Unglück ist ein Zwillingswesen«, sagt Hecht.

»Ich hoffe, es wird morgen eine schöne Zeremonie. Ein jüdisches Begräbnis muss auf eine besondere Weise berührend sein«, meint Feistinger. »Der Gesang des Kantors. Diese archaischen Klänge und Worte. Das Judentum bildet das Fundament unserer Kultur. Für mich gibt es nichts Bewegenderes als den Besuch eines jüdischen Friedhofs.«

»Die bewegen sich nicht mehr«, murmle ich.

»Nicht einmal nach Mitternacht«, beteuert Zapf.

»Als Jugendlicher bin ich einmal mit Freunden kurz nach Mitternacht und mit Taschenlampen ausgerüstet über eine Friedhofsmauer gestiegen«, erzählt Hecht. »Und da hat sich schon was bewegt.«

»Ach?« Zapf hebt die Augenbrauen.

»Ein Marder.«

Feistinger macht mir eine Tasse Kaffee. »Mit Milch und Zucker wie immer?«, fragt er.

»Nein, heute schwarz. Das ist ein jüdischer Brauch, von dem mir einmal ein Israeli erzählt hat. Wenn jemand in der Familie stirbt, trinkt man den Kaffee schwarz.«

»Dann trinke ich ihn heute auch schwarz«, erklärt Feistinger.

»Hab gar nicht gewusst, dass du auch Jude bist«, sagt Hecht.

Darauf erwidert Feistinger nichts, sondern presst ein etwas säuerliches Kichern hervor.

»Das macht nichts«, meine ich. »Ich habe Karl-Heinz adoptiert.«

»Herzlichen Glückwunsch!« Zapf zwinkert mir zu. »Aber er ist ein schwieriger Junge. Vielleicht überlegst du's dir noch und bittest ihn, Milch in seinen Kaffee zu geben.«

Ich genieße die Verwirrung des Kollegen Feistinger.

»Habt ihr gewusst, dass in Deutschland jeden dritten Tag ein jüdischer Friedhof geschändet wird?«, frage ich.

»Aber doch nicht bei uns!«, murmelt Feistinger. »Nicht in Gigricht.«

»Nein, aber gegen Vandalismus ist er trotzdem nicht versichert. Keine Versicherungsgesellschaft in Deutschland wäre bereit, einen jüdischen Friedhof zu versichern.«

»Diese Versicherungsfritzen!«, zischt Hecht. »Man sollte sie teeren und federn und auf einem Mistkarren durch die Straßen fahren.«

»Ich hätte meinen Kindertraum verwirklichen und Lokomotivführer werden sollen«, erklärt Zapf.

»Ich wollte Trapezkünstler werden«, sagt Hecht. »Ich mag den Zirkus. Heute hätte ich vielleicht die Möglichkeit, als Tanzbär aufzutreten.«

»Was wolltest du denn werden, Karl-Heinz?«, frage ich.

»Bestimmt Versicherungsvertreter«, meint Zapf. »Manche Menschen wurden so geboren. Zuerst die Police, dann der Rechenschieber, dann das Baby.«

»Macht euch nur lustig über mich. Aber auch ich habe mich zu Höherem berufen gefühlt.«

»Kosmonaut?«, mutmaßt Hecht.

»Nein, Kardinal.«

»Dann solltest du vielleicht wirklich Milch in deinen Kaffee geben«, sage ich.

Zapf und Hecht überreden mich, nach Hause zu gehen. Warum ich an diesem Tag überhaupt ins Büro gekommen sei? Ich solle einen langen Spaziergang machen oder ins Kino gehen, um auf andere Gedanken zu kommen. Die beiden reden so lange auf mich ein, bis ich nachgebe. Dabei hätte ich gern eine Partie Computergolf mit ihnen gespielt. Auf dem Weg zum Ausgang bleibe ich vor Gerhards Bürotür stehen. Nach kurzem Zögern gehe ich weiter. Ich werde meine Kündigung telephonisch bekanntgeben.

Zu Hause schlucke ich eine Beruhigungstablette. Danach rufe ich Dieter in Berlin an. Dieter leitet eine Agentur, die mir Übersetzungsaufträge verschafft. Wir arbeiten seit zehn Jahren zusammen, sind uns aber noch nie persönlich begegnet. Ich unterrichte Dieter von meinem Entschluss, bei der Versicherungsgesellschaft zu kündigen.

»Das heißt, dass ich dich wieder mit Arbeit zudecken kann«, verkündet er in seinem unnachahmlich phlegmatischen Tonfall. »Wird nicht einfach sein. Inzwischen haben andere deinen Platz eingenommen. In unserer Branche kannst du dir eben keine Ausfälle leisten. Aber du kennst ja meine Haltung: Quality first! Und da stehst du auf meiner Liste ganz oben. Ich verstehe immer noch nicht, warum du diesen Versicherungsjob überhaupt angenommen hast.«

»Ich wollte wissen, wie das ist: Aufstehen um sieben, Dienstschluss um vier. Samstag, Sonntag mit dem Bauch nach oben in der Sonne liegen.«

»Nun weißt du's also.«

»Vorgestern ist mein Vater gestorben«, sage ich.

»Oh! Herzliches Beileid.« Kurze Pause. »Dann aber«, sinniert er, »glaube ich, wäre es sinnvoll, mit dem ersten größeren Auftrag ein paar Wochen zu warten … Ich habe schon etwas Geeignetes im Auge. Ein längerer Wirtschaftstext.«

»Ist mir recht. Danke.«

»Wunderbar. Ich melde mich bei dir. Erhol dich erst mal. Also dann. Tschüss.«

Ach, ich liebe ihn, denke ich.

Die Beruhigungstablette beginnt zu wirken. Ich lege mich ins Bett und schlafe sofort ein, wache aber schon nach zwei Stunden wieder auf.

Ich nehme mir ein Taxi und fahre zur Ecke Steinmetz- und Mohrenstraße. Die Kneipe in einem der Eckhäuser heißt Fridolin. Sie besteht aus einem länglichen Raum, vier dunkelbraunen Tischen aus Kunststoff und einer Bar. Ich setze mich ans Fenster mit Blick auf die Kreuzung, an der vor dreiunddreißig Jahren Mutter von einer Straßenbahn überfahren wurde. In der Steinmetzstraße haben die Gleise, die Verkehrsinsel mit der Haltestelle und der grüne Mittelstreifen einer sechsspurigen Fahrbahn Platz gemacht. Nur Asphalt und Blech. In den Siebzigerjahren hatte man hier eine Stadtteilsanierung durchgeführt, die Hälfte aller Gebäude abgerissen und durch neue ersetzt. Das Haus, in dem Großtante Elfriede in der Mohrenstraße gewohnt hatte, steht aber noch. Die Wohnungen sind renoviert und an junge Aufsteiger vermietet worden.

Großtante Elfriede war es auch, die an jenem Sommertag des Jahres 1969 Mutter als Letzte lebend gesehen hatte. Bis zu ihrem Tod hatte sie behauptet, jemand habe ihre Nichte vor die Straßenbahn gestoßen, obwohl der Polizeibericht von einem Unfall sprach und Fremdverschulden ausschloss.

Tante Elfriede, wie immer im rosafarbenen Nachthemd mit Rüschen – sie ging nur selten aus dem Haus, vorzugsweise am späten Abend, wenn wenige Menschen auf der Straße waren –, serviert im Wohnzimmer Kaffee, einen starken Mokka. Er halte den Geist wach, meint sie. Ein gedankenloser Augenblick, eine Unaufmerksamkeit – schon ist man tot. Die Mörder lauern an jeder Straßenecke. Das Schicksal meiner Mutter solle mir eine Lehre sein.

Als Jugendlicher habe ich oft mit meiner Tante gestritten.

»Wer soll denn Mutter ermordet haben?«

»Du bist zu jung, um das zu verstehen. Du kennst sie nicht.«

»Wen?«

»Als ich nach dem Krieg zurückgekommen bin, waren sie immer noch da. Einige haben so getan, als hätten sie sich geändert, aber ihren Augen habe ich es angesehen.«

»Was?«

»Kannst du's dir nicht denken? Sie planen immer noch unsere Vernichtung.«

»Also Tante, das glaubst du doch nicht wirklich!«

Tante Elfriede schaut sich ängstlich um, so als könnte uns jemand belauschen. »Hast du nicht gesehen, wie der Hausmeister mich anschaut? Dieser finstere und höhnische Blick. Glaubst du, ich kenne diesen Blick nicht? Drei Jahre war ich im Lager!«

»Mutter ist ausgerutscht und hingefallen. Das haben doch mehrere Zeugen bestätigt.«

»Hast du schon von jemandem gehört, der an einer Haltestelle nach vorne kippt und vor die einfahrende Straßenbahn fällt? Einfach so?!«

»Wer soll sie gestoßen haben?«

»Hast du ihn nicht gesehen?«, flüstert mir Tante Elfriede ins Ohr. »Er geht jeden Tag vor dem Haus auf und ab, hat ein schiefes Gesicht und trägt eine dieser widerlichen karierten Mützen. Hat immer eine riesengroße Bulldogge dabei.«

»Ach so! Der alte Mann mit dem Boxer. Der schaut aber ganz harmlos aus. Wohnt sicher irgendwo in der Nähe. Soll ich mich nach ihm erkundigen?«

»Du verstehst nichts.« Tante Elfriede hat Tränen in den Augen. »Du wirst es nie verstehen.«

Ich verstand und hätte gerne meiner Tante Glauben geschenkt. Wäre Mutter Opfer einer antisemitischen Verschwörung alter Nazis geworden, dann hätte es zumindest jemanden gegeben, dem ich die Schuld an ihrem Tod hätte geben können.

Heute habe ich keine Sehnsucht mehr nach Hass. Ich hasse nicht einmal mich selbst, wenn ich an die versäumten Gelegenheiten meines Lebens denke. Vielleicht fällt es mir leichter als in meiner Jugend, mit Gelassenheit durchs Leben zu gehen. Ich bin siebenunddreißig Jahre alt. Manche behaupten, dies sei das beste Alter, weil man die Unreife der Jugend hinter sich gelassen hat, sich aber mit den Nachteilen des Alters noch nicht herumschlagen muss. Es ist mir jedoch immer schwer gefallen, ein halb leeres Glas als halb voll anzusehen. Ein Siebenunddreißigjähriger ist ein Neunundzwanzigjähriger mit einem Defekt von acht Jahren. Inzwischen habe ich mich damit abgefunden, dass ich nicht eine Packung Zigaretten am Tag rauchen und mich am nächsten Morgen fit und munter fühlen kann. Mit Mitte zwanzig hätte ich jeden ausgelacht, der mir prophezeit hätte, es würde mir einmal schwer fallen, in den Morgenstunden aus dem Bett hoch zu kommen. Und es gibt noch etwas, das ich hingenommen habe, ja, das mir sogar eine gewisse Befriedigung verschafft. Ich werde Vater nicht nur äußerlich immer ähnlicher, dieses Aussehen, das gemeinhin als jüdisch bezeichnet wird, Gesichtszüge, die ein wenig an die des israelischen Außenministers Shimon Peres erinnern. Darüber hinaus beginne ich, Vaters Gehabe und seine Redeweise zu kopieren. Ich sitze wie er im Stuhl, das heißt wie ein nicht zur Gänze gefüllter Mehlsack, den man irgendwie gegen eine Stuhlkante gelehnt hat. Ich spreche wie er, derselbe leichte Singsang in der Stimme, dieselbe Verachtung für alles Schnoddrige, Bundesdeutsche, für Ausdrücke wie »außen vor«, »Dufte!« oder »Mensch, guck doch mal«, die unsere regionalen sprachlichen Eigentümlichkeiten ruiniert haben. Ich bestelle sogar den Kaffee wie er – mit erhobener Hand und ausgestrecktem Zeigefinger, wie in der Schule. Früher waren mir diese Gesten zuwider. Jetzt bin ich froh, dass so viel von ihm in mir weiterlebt. Ich bin der letzte Salzinger. Vaters Eigenheiten und die Erinnerung an ihn werden mit mir sterben. Ich starre aus dem Fenster auf die Kreuzung und warte, bis es dunkel wird, trinke ein Mineralwasser, esse ein Käsebrot, rauche sieben Zigaretten, zahle, gebe der Kellnerin ein Trinkgeld von zwei Euro fünfundsiebzig. Sie schaut mich erstaunt an, bedankt sich mit einer übertriebenen Verbeugung und einem verächtlichen Grinsen. Ich bestelle mir noch eine Mohntorte mit Sahne, esse alle fünf Minuten einen Bissen, so vergeht die Zeit. Je dunkler es wird, desto deutlicher kann ich mein Spiegelbild in der Fensterscheibe erkennen. Je länger ich es anschaue, desto klarer treten Vaters Gesichtszüge hervor. Ich spüre seine Gegenwart, als säße er neben mir.

4

Ein würfelförmiges Betonhäuschen von der Größe einer Garage. Ein schmaler Kiesweg, der es mit dem Hauptgebäude verbindet, rechts und links Schuppen, in denen Schaufel, Spaten, Heckenscheren, Schubkarren und andere Geräte aufbewahrt werden. Christine hält meine rechte Hand, während Ute meinen linken Ellbogen stützt.

»Wir machen diesen Weg gemeinsam«, sagt Ute.

»Vielleicht möchte er allein sein«, meint Christine. »Mit ihm«, fügt sie nach einer Pause hinzu.

»Ich wäre in einem solchen Augenblick nicht gern allein«, entgegnet Ute.

Die anderen Gäste halten sich im Hintergrund. Zapf mit seinem albernen Cowboyhut und dem schwarzen Anzug, der ihm zu groß ist, Hecht mit der Baseballkappe und der braunen Lederjacke. Michael, der einen Strohhut und eine rote Krawatte trägt, ist in der Halle geblieben. Nur Onkel Robert ist immer noch nicht eingetroffen.

Vor dem Eingang zum Gebäude wacht eine Gestalt wie aus dem Photoband von Roman Vishniac: *Leben im Shtetl. Die letz-*

ten Bilder aus der ostjüdischen Vergangenheit. Ich überlege, ob er mich mehr an den Gemeindeältesten von Slonim oder an den Talmudgelehrten aus einer Krakauer Straßenszene erinnert.

Der Mann wartet schweigend, bis wir einige Schritte vor ihm stehen bleiben. Ich bemerke, dass die Haare auf seinen Armen von einem noch grelleren Rot sind als seine rotblonden Pejes. Sogar seine Wimpern glänzen rostfarben im Sonnenlicht.

»Sind Sie der Sohn?« Seine Stimme klingt abweisend.

»Ja.«

»Ist das die Frau des Verstorbenen?«, fragt er mit einer Bewegung des Kopfes Richtung Christine.

»Nein, aber eine gute Freundin.«

»Ihre Schwester?« Er wirft Ute einen kurzen Blick zu.

»Eine ehemalige Schulkollegin. Sie ist trotzdem ...«

»Treten Sie ein«, unterbricht er mich. »Aber diese Frauen bleiben draußen.«

»Diese Frauen sind mir wichtiger als jeder Blutsverwandte.«

»Nichts, junger Mann, ist wichtiger als das Blut«, erklärt der talmudgelehrte Gemeinde-Älteste von Slonim in einem Tonfall, als würde er ein Gebot verkünden, und tritt zur Seite.

Es dauert einige Zeit, bis sich meine Augen an die Dunkelheit im Inneren der Kammer gewöhnt haben. Was ich jedoch sofort sehen kann, ist das Gesicht meines Vaters im Lichtkegel, der von einem schmalen Fenster unter der Decke in die Mitte des Raumes fällt. Vaters Wangen sind aufgedunsen und weiß. Mit den geschlossenen Augen, aufeinander gepressten Lippen und geglätteten Falten sieht sein Gesicht friedlich, aber unnatürlich aus, so als wäre er eine Gestalt aus einem Wachsfigurenkabinett. Er ist es und ist es doch nicht mehr. Es wird mir schmerzlich bewusst, dass ich mich von ihm in jener halben Stunde nach seinem Tod verabschieden hätte müssen, anstatt nach einer Zigarette zu suchen, die ich nie rauchen werde.

Die Wände des Raumes sind mit weißen Kacheln ausgelegt, wodurch er an ein Bad oder eine öffentliche Toilettenanlage erinnert. Dieser Eindruck wird durch einen Wasserhahn, einen Schlauch und ein Abflussloch im Boden verstärkt. Nach einiger Zeit bemerke ich eine weitere Person. Sie lehnt an der Wand gegenüber der Tür. Dichter grauer Bart, Glatze, Kippa, Hornbrille. Die kräftigen Unterarme ruhen auf einem Bauch von imposanter Größe. Der Mann beobachtet mich schweigend. Ich stelle mir vor, wie er und der Gemeinde-Älteste von Slonim Vaters Körper gewaschen haben.

Vater liegt auf einer Bahre, wie sie in Krankenhäusern benützt werden. Die Liege ist mit hellblauem Kunststoff überzogen. Vater ist in ein weißes Tuch gewickelt, das ihm bis zum Kinn reicht. Ich betrachte seine buschigen Augenbrauen, die weißen Schläfen, den charakteristischen Schwung der Lippen. Mein Blick gleitet von der Stirn zum Kinn und wieder zurück. Ich versuche, das Bild für immer festzuhalten, doch sobald ich mich abwende, entgleitet es mir, vermischt sich mit allen früheren Erinnerungen an Vaters Gesicht, bis nur diese entsetzlichen Wangen und die blaue Farbe der Lippen übrig bleiben.

»Auf Wiedersehen, Vater«, flüstere ich.

Neben der Bahre steht ein schlichter, aus ungehobelten Holzbrettern gefertigter Sarg. Prunkvolle Särge widersprechen der jüdischen Tradition. Der Tod selbst ist weihevoll genug.

»Es ist Zeit«, sagt der Mann, geht auf mich zu und drängt mich sanft zur Tür hinaus.

Zehn Minuten später steht Vaters Sarg in der Halle des katholischen Friedhofsgebäudes. Auf der beweglichen Bahre liegt ein schwarzes Tuch, auf dem Sargdeckel – entgegen dem jüdischen Brauch – ein Blumenstrauß. Die kleine Trauergemeinde hat auf einer Bank Platz genommen. Wo sind nur die jüdischen Männer für den Minjan, wo ist der Kantor und vor allem, wo ist Onkel Robert?

Die Aufbahrungshalle ist ein moderner Zweckbau aus Beton. Die Fenster sind hoch und schmal wie in einer Kathedrale. Das bunte Glas bildet einen Kontrast zum schmucklosen Interieur. An der Decke direkt über dem Sarg ist ein großes Holzkreuz befestigt. Die beiden Friedhofsarbeiter, die die Bahre in den Raum geschoben haben, tragen schwarze Talare und Kappen. Sie stehen neben dem Ausgang ins Freie und schauen mit konzentrierter Gleichgültigkeit an uns und Vaters Sarg vorbei. Ich frage mich, wohin die beiden orthodoxen Leichenwäscher verschwunden sind.

Ich habe es verabsäumt, mich über den genauen Ablauf der Prozedur zu erkundigen. Von Minute zu Minute werde ich nervöser. Schließlich beginne ich, im Raum auf und ab zu gehen. Mein einziger Wunsch ist, es möge alles glatt über die Bühne gehen. Vaters Gegenwart spüre ich nicht mehr. Sein Geist schwebt nicht über diesem Raum.

»Wirst du am Grab etwas sagen?«, fragt mich Christine flüsternd, nachdem ich mich wieder hingesetzt habe. Ich gebe ihr keine Antwort. Ich weiß es selbst nicht. Bei jedem Satz, den ich mir überlege, schallt Vaters höhnisches Lachen in meinen Ohren.

Um Viertel nach elf kommt ein weiterer Besucher, ein dünner Mann mit kurzem, blondem Haar, etwa Mitte dreißig. Er bleibt in der Tür stehen, runzelt die Stirn, knabbert an den Fingernägeln, schüttelt den Kopf. Die Friedhofsarbeiter schenken dem kleinwüchsigen Mann im schlichten Anzug und der cremefarbenen Kippa, die auf den ersten Blick wie eine Tonsur aussieht, keine Beachtung. Schließlich geht er auf mich zu, streckt mir die Hand entgegen.

»Ich bin Kantor Ariel Schuster. Mein herzliches Beileid, Herr Salzinger. Sie sind doch Herr Salzinger?« Eine sanfte Baritonstimme mit bayerischem Tonfall.

Ich nicke.

»Ich weiß, was es bedeutet, wenn ein naher Angehöriger stirbt.«

Ich nicke abermals, zweimal hintereinander.

»Aber so geht das nicht«, sagt der Kantor mit Blick auf den Sarg, »zwischen diesen christlichen Symbolen kann er nicht bleiben.«

Ich möchte den Kantor fragen, ob er auf seinem Weg zum Gebäude vielleicht einen verhärmt aussehenden, schäbig gekleideten älteren Herrn durch das Friedhofsgelände herumirren gesehen habe. Onkel Roberts Unfähigkeit, etwas zu finden, ist legendär. Er würde es zustande bringen, die Mittellinie eines Fußballfeldes hinter dem Tor zu suchen.

Der Kantor entfernt den Blumenstrauß vom Sargdeckel und legt ihn auf eine Bank. Dann ruft er die Friedhofsarbeiter zu sich. Einer von ihnen kommt langsam zu uns, der andere rührt sich nicht.

»Bitte bringen Sie den Sarg mit dem Toten aus diesem Raum«, sagt der Kantor.

»Wie Sie wünschen, Herr Rabbi. Wohin?« Im höflichen Singsang des Arbeiters schwingt ein schamloser Unterton mit.

»Am besten gleich ins Freie. War es Ihre Idee, ihn hier aufzubahren?«

»Das tun wir bei allen Toten, Herr Rabbi.«

»Ich bin Kantor, kein Rabbi.«

»Sehr wohl«, sagt der Arbeiter mit einem Grinsen und macht eine leichte Verbeugung.

Die Arbeiter schieben die Bahre in den Hof und lassen sie auf der Asphaltfläche zwischen Gittertor und Friedhofsgebäude stehen.

»Recht so?«, fragt der Arbeiter, immer noch schmunzelnd, während ich das Betonkreuz über dem Hallenportal, das gusseiserne, verschnörkelte Kreuz über dem Tor und die Kreuze an den Gräbern betrachte. Man kann nirgendwo hinschauen, ohne ein Kreuz im Blickfeld zu haben.

Der Kantor fragt mich, was ich ihm über meinen Vater erzählen könne. Ein paar Sätze genügen. Das Wesentliche auf den Punkt gebracht. Aber wie soll man ein Menschenleben auf ein paar Sätze reduzieren? Geburts- und Sterbetag, eine glückliche Kindheit bis zum Schuleintritt, danach Hänseleien und Prügel durch Mitschüler und Nazilehrer, Emigration, Jahre im Kibbuz, Teilnahme am Unabhängigkeitskrieg, Rückkehr nach Deutschland, Berufsleben als Arbeiter in einer Gießerei, Rente, Verbitterung, Tod. Am Ende fällt mir noch ein passender Satz ein: »Er hat immer nach der Kehrseite der Dinge gesucht und dennoch stets nur die Vorderseite finden können.« Aber der Kantor meint, mit einer solchen Aussage könne er nichts anfangen.

Ute, Christine, Michael, Zach und Hecht stehen einige Meter von der Bahre mit Vaters Sarg entfernt. Es hat zu regnen begonnen. Niemand hat einen Regenschirm mit, nur Zapfs Cowboyhut bietet einen gewissen Schutz. Christines dunkelblauer Blazer scheint das Wasser aufzusaugen. Ungeduldig steigt sie von einem Fuß auf den anderen.

Die Arbeiter schieben die Bahre durch das Tor hinaus. Bis zum jüdischen Teil des Friedhofs sind es etwa zweihundert Meter an der Mauer entlang. Christine hält mich wieder an der Hand, Ute stützt meinen Ellbogen. Ich brauche diese Berührungen nicht, möchte den beiden aber ihre Gesten des Trostes nicht verweigern. Ich höre, wie die Regentropfen gegen den Sargdeckel prasseln. »Vater ist der Einzige, der im Trockenen bleibt«, sage ich.

Vor den Außenmauern des einstigen jüdischen Friedhofsgebäudes steht immer noch der Bagger mit der himmelwärts weisenden Schaufel. Tobias Eisenfeld, der Friedhofsbeamte, kommt uns entgegen.

»Ein kleines Tohuwabohu«, flüstert er mir ins Ohr. »Ich hatte keine Ahnung, dass sie den Sarg drüben bei den Katholiken aufbahren, anstatt ihn nach der Waschung sofort herzubringen. Wir warten schon zwanzig Minuten. Wie ich Ihnen gesagt habe: seit Beginn dieser Bauarbeiten weiß die rechte Hand nicht, was die linke tut. In den nächsten Tagen soll eine provisorische Baracke errichtet werden. Wenigstens etwas! Hätte schon vor Wochen geschehen sollen. Aber unsere Kultusgemeinde …«

Ich fürchte, er könnte noch minutenlang in dieser Weise auf mich einreden.

»Haben Sie vielleicht einen sehr schlecht gekleideten alten Mann mit gebeugtem Rücken, faltigem Gesicht und Tränensäcken gesehen?«, unterbreche ich ihn. »Er schaut etwas verwirrt aus.«

»Einen?« Herr Eisenfeld zieht die Augenbrauen hoch. »Ich habe mehrere davon hier … Die Herren für den Minjan sind nämlich alle schon eingetroffen.«

Die Männer warten auf einer Grünfläche hinter dem Gebäude. Onkel Robert ist nicht unter ihnen, dafür aber die beiden Leichenwäscher. Sie sind die Jüngsten der Gruppe. Von den anderen ist keiner unter sechzig. Manche sehen aus, als habe man sie eben erst von den Sofas ihrer Wohnzimmer oder von ihren Gartenterrassen geholt. Sie sind nachlässig rasiert, tragen ausgebleichte Hosen, unförmige Westen, Strandhüte und alte Stiefel. Andere wiederum haben sich zurechtgemacht wie zu einem offiziellen Empfang. Einer umklammert sogar einen Spazierstock mit silbernem Knauf. Es fällt mir auf, dass sich zwei Gruppen gebildet haben. In der einen wird eine Unterhaltung auf Russisch geführt, in der anderen mit ernsten Gesichtern geschwiegen. Sechs Männer sind gekommen, um ihre zwanzig Euro zu verdienen. Zählt man die Leichenwäscher, Herrn Eisenfeld und mich hinzu, kommt man auf die erforderliche Anzahl von zehn Juden.

Die Bahre steht auf der Wiese. Der Kantor hat einen Umhang um die Schultern gelegt und eine Haube aufgesetzt.

»Ich bitte die beiden Damen, sich auf die andere Seite zu stellen«, sagt er.

Christine hält immer noch meine Hand. Sie schaut zuerst den Kantor und dann mich verständnislos an. Die Männer haben rechts neben der Bahre eine Reihe gebildet.

»Wenn ich die Damen bitten dürfte«, wiederholt der Kantor.

Ute versteht als Erste, löst sich von der Gruppe und stellt sich in einigen Metern Entfernung uns gegenüber und links von der Bahre auf.

»Unglaublich!«, murmelt Christine und lässt meine Hand los. Sie überquert den Zwischenraum mit schwingenden Hüften. Wasser tropft von ihrem Blazer und von ihren Haaren.

Meine Schuhsohlen kleben auf der schlammigen Erde. Wenn ich von einem Fuß auf den anderen steige, geben sie einen schmatzenden Laut von sich. Wenigstens hat der Regen aufgehört, es scheint sogar wieder die Sonne. Ich kann Ute und Christine nicht gleichzeitig anschauen, so weit stehen sie voneinander entfernt. Mein Blick bleibt am Dreizack über Christines Nasenwurzel haften. Diese charakteristische Furche auf ihrer Stirn. Sie bildet sich bei Verärgerung, bei Irritation und bei Lust.

Der Kantor erzählt mit seiner sanften Baritonstimme Geschichten über meinen Vater. Sein Tod sei ein großer Verlust für Angehörige und Freunde (was für Freunde?), er sei ein liebender Vater und fürsorglicher Ehemann gewesen (woher will er das wissen?, in meinem Gespräch mit ihm habe ich das mit keinem Wort erwähnt). Wie die meisten Juden seiner Generation habe er ein schweres Schicksal gehabt. Fast die gesamte Familie sei dem Naziterror zum Opfer gefallen, meinem Vater sei aber glücklicherweise die Flucht nach Palästina geglückt. Dort habe er als junger Mann in einem Kibbuz am Aufbau eines jüdischen Gemeinwesens aktiv mitgewirkt und den neu gegründeteten Staat 1948 mit der Waffe in der Hand verteidigt (ich denke an die Ermordung des arabischen Gefangenen, von der mir Vater erzählt hat). Gerade in unserer Zeit – die Baritonstimme verliert ihre sanfte Note, wird fester –, da Israel wieder einen Existenzkampf, diesmal gegen den islamistischen Terror, führe (was zum Teufel soll das hier, an dieser Stelle?), gelte es an Menschen wie meinen Vater zu erinnern und ihrer mit besonderer Hochachtung zu gedenken (nun lacht Vater wirklich).

Eigentlich wäre es schön, wenn ich nach dem Begräbnis zu Vater in die Siedlung hinausfahren könnte. Wir würden Tee miteinander trinken und uns über diese Rede amüsieren.

Hinter der Bahre schreitet der Kantor, gefolgt von mir und den jüdischen Männern für den Minjan, Zapf, Hecht und Michael. Die beiden Frauen bilden den Schluss. Der nasse Kies knirscht unter unseren Füßen. Kantor Schuster hat eine schöne Stimme. Von den hebräischen und aramäischen Worten ist mir nichts in Erinnerung geblieben, dieses Knirschen jedoch, die sich ständig überlagernden Geräusche leichter und schwerer Tritte, nachgezogener Füße oder behutsamen Schreitens haben sich in mein Gedächtnis eingegraben.

Vier Totengräber in schwarzen Overalls wie Rauchfangkehrer stehen, auf ihre Spaten gestützt, neben der Grube. Der frische Erdhügel überragt ihre Köpfe. Sie sind auf professionelle Weise diskret und versuchen, Blickkontakte mit den Trauergästen zu vermeiden. Mutters Grabstein und die Grabplatte liegen seit gestern bei Johannes Quittner, dem Steinmetz. Es wird einige Zeit dauern, bis er Vaters Namen eingemeißelt hat.

Die Totengräber legen den Sarg auf zwei Gurte und lassen ihn in die Grube hinuntergleiten. Während der Kantor weitere Gebete spricht, hat der Mann mit dem Spazierstock plötzlich eine Schere in der Hand. Er legt seinen Stock auf die Erde, geht auf mich zu, fasst mich am linken Kragen meines Sakkos. Sein Gesichtsausdruck ist ehrfurchtgebietend. Jede seiner Gesten und Bewegungen verrät, wie sehr er seine Rolle genießt. Erst beim dritten Versuch gelingt es ihm, den Stoff zwischen Kragen und oberem Knopf aufzuschneiden.

Glücklicherweise wendet der alte Mann diese Zeremonie nur bei mir an. Die Keriah, das ritualisierte Zerreißen der Kleidung bei Tod und Trauer, wäre bei den anderen nicht angebracht. Vielleicht noch bei Onkel Robert. Aber wo zum Teufel ist Onkel Robert?

Es folgt der schönste Teil der Zeremonie. Ich nehme die Schaufel und steche in den Erdhügel. Ein kleiner Haufen aus Erde und Steinen fällt auf den Sarg. Als wäre ein feines braunes Netz auf den Deckel geworfen worden. Danach kommen der Reihe nach die anderen: der Kantor, der Mann, der mir das Sakko aufgeschnitten hat, ein alter Russe im grauen Regenmantel und dem wehmütigen Blick eines Kämpfers gegen die eigene Traurigkeit, der Friedhofsbeamte. Niemand reicht die Schaufel dem nächsten. Sie wird jedesmal zurück in die Erde gesteckt. Langsam entzieht sich der Sarg unseren Blicken, so als würde er noch tiefer in der Erde versinken. Immer kleiner wird die sichtbare Holzfläche.

Zapfs halb unterdrücktes Lächeln, Michaels buschiger Schnauzbart, das angestrengte, fleischige Gesicht eines weiteren Russen, Hechts glanzloser Blick in die Tiefe …

Ein ferner Ton, den nur ich hören kann, durchschneidet die Stille und das gleichmäßige, dumpfe Geräusch von Eisen auf

Stein, von Stein und Erde auf Holz. Erde auf Erde, und ich sehe mich selbst hinabgleiten und das Gesicht in der klumpigen, steinigen Erde verbergen, auf dass die anderen es so wenig sehen können wie ich selbst.

Schließlich gibt mir der Kantor ein Zeichen, und ich greife in die Innentasche meines ruinierten Sakkos und hole ein schwarzes Büchlein heraus, das mir Tobias Eisenfeld vor Beginn der Zeremonie zugesteckt hatte. Auf dem Einband steht mit weißen Lettern *Maskir-Gebete. Gebete für das Seelenheil der Hingeschiedenen.* Ich blättere langsam von rechts nach links, bis ich beim Text mit der Überschrift *Kaddisch-Gebet* angelangt bin. Es ist dreimal wiedergegeben, zuerst mit hebräischen, danach phonetisch mit lateinischen Buchstaben, zuletzt in deutscher Übersetzung. Ich schlage die Seite mit der phonetischen Wiedergabe des aramäischen Originals auf und beginne zu lesen: »Jisgaddal wejiskaddasch sch'me rabbo…« Verherrlicht und geheiligt werde der große Name des Herrn in der Welt, die Er nach seinem Willen erschaffen.

Die Worte kommen mir schwer über die Lippen. Ich höre mich flüstern. Es scheint mir, als könne keine einzige Silbe zu den anderen Zuhörern dringen.

»… beolmo diwro chiruse w'jamlich mal'chusse, bechajechon uwjomechon uw'chaje d'chol bes jisroél, baágolo uwisman koriw; w'imru: Amen!« Er möge fest gründen sein Reich, in euren Zeiten, in euren Tagen und im gegenwärtigen Dasein des ganzen Hauses Israel, bald – in kurzer Zeit – und sprechet: Amen!

Ich bin etwas lauter geworden, schneller, verspreche mich mehrmals, betone die Worte falsch, bis der Kantor mit seiner dröhnenden Stimme eingreift, um meine Fehler zu übertönen. Muss alles wirklich seine penible Ordnung haben vor den Menschen?, frage ich mich. Ist Gott meine Aussprache wichtig? Es war sein Wort, das am Anfang stand, da könnte er meinem Gestammel gegenüber ruhig großzügig sein.

»Jehe sch'me rabbo me'worach leolam uleolme olmaju.« Sein großer Name sei gelobt von Ewigkeit zu Ewigkeit.

Ute hat feuchte Augen. Außer mir ist sie die Einzige, die von der Zeremonie ergriffen ist. Zapf und Hecht starren neugierig in die Runde, so als müsste demnächst etwas Außergewöhnliches geschehen, Michael kaut an seinem Oberlippenbart und schaut zu Boden, Christine schnäuzt sich, steigt von einem Fuß auf den anderen und macht ein strenges Gesicht. Wie würde wohl Vater reagieren, wäre er noch am Leben?

»Jisborach we'jischtabach w'jispoar w'jisromam, w'jisnasse, w'jishadar w'jisale w'jishallol sch'me d'kudscho, b'rich hu, l'e'lo min kol birchosso w'schirosso tuschb'chosso w'nechomosso, daámiron b'olmo, w'imru: Amen!« Gelobt, gehuldigt, verherrlicht, erhoben und erhöht, verehrt, angebetet und hochgepriesen werde der Name des Allerheiligsten, gelobt sei Er! Er, der über alles Lob, über alle Preisgesänge, Huldigungen und über alle Ausbrüche des Gefühles, welche hiernieden ausgesprochen werden, so sehr erhaben ist – nun sprechet: Amen!

Vater hat Gott immer einen alten Hochstapler genannt, der Leid über die Menschen bringe, ihnen aber einrede, er mache das alles zu ihrem Besten. Als Kind hatte ich geglaubt, Gott sehe wie Jesus in den Religionsbüchern meiner christlichen Mitschüler aus, groß und schlank, mit langen, braunen Haaren und blauen Augen, wallende Frauenkleider tragend. Warum sollte ich diesen Hippie anbeten? Während ich den Kaddisch lese, habe ich ständig dieses Hippiegottesbild vor Augen.

»J'he' scholom rabbo min schemajo w'chajim oleno w'al kol jisroél, w'imru: Amen!« Es komme hoher Friede vom Himmel, und Leben für uns und ganz Israel, hierauf saget: Amen!

Die jüdischen Männer sprechen jetzt mit. Einer nach dem

anderen stimmt in das Gebet ein, bis es zu einem lauten, feierlichen Chor wird.

»Os'ze scholom bimromov, hu jaásze scholom, olenu w'al kol jisroél, w'imru: Amen!« Der Friede Macht in seiner Himmelshöhe, schaffe Friede uns und ganz Israel, hierauf saget: Amen!

Christine holt einen Spiegel aus ihrer Handtasche, ordnet ihre Frisur, zieht den Lippenstift nach. Nur Ute hat immer noch Tränen in den Augen. Einige Schritte von mir entfernt liegt der Spazierstock des Herrn mit dem teuren Anzug auf dem Boden, bildet eine Grenze zwischen der Bühne, auf der sich die anderen bewegen und dem Zuschauerraum, von dem aus ich sie beobachte. Ich verspüre den heftigen Wunsch, den Stock aufzuheben und über dem Knie zu zerbrechen.

»Jisgaddal wejiskaddasch, es gibt keinen Trost«, sage ich leise, »nur einen langen Weg, den man Schritt für Schritt abschreiten muss, allein, schutzlos und immer wieder.«

Inzwischen haben die Totengräber die Schaufeln wieder an sich genommen. Nur wenige Minuten noch, und sie werden die Grube zur Gänze zuschaufeln.

»Halt!« Das schmatzende Geräusch schneller Fußtritte auf dem lehmigen Grund. »Halt! Aufhören! Halt!« Die Totengräber erstarren. Nasse Erdklumpen fallen von den Schaufeln auf den Rasen. Eine Frau im blauen Regenmantel und breitkrempigen, blauen Hut schiebt die Männer, die erstaunte und entsetzte Gesichter machen, beiseite, läuft auf den Kantor zu, der zurückweicht und schützend die Arme hebt, flüstert ihm etwas ins Ohr. Sie ist außer Atem, muss Pausen zwischen den Wörtern machen, schnappt nach Luft.

»Ist es wirklich so, Frau Tobin?«, stammelt der Kantor und wird bleich. »Dann ist das eine Katastrophe. Aber müssen wir wirklich …?«

Jetzt erkenne ich die Dame aus der Kultusgemeinde wieder. Sie schaut mit starrem Blick auf die offene Grube und redet immer dringlicher auf den Kantor ein. Die anderen, mich eingeschlossen, sind wie zu Salzsäulen erstarrt.

Der Kantor redet halblaut auf Frau Tobin ein. Es hört sich wie eine Beleidigung an. Sie zuckt mit den Schultern und wendet sich ab. Der Kantor beginnt einem der Totengräber etwas zu erklären. Dieser hört schweigend zu, während seine Kollegen plötzlich mit den Händen zu fuchteln und zu schreien beginnen.

»Das gibt's doch nicht!«

»Das hat's noch nie gegeben!«

»Dürfen wir sowas überhaupt?«

»Die Kultusgemeinde übernimmt die volle Verantwortung«, erklärt der Kantor.

»Trotzdem! Das geht doch nicht!«

»Hört auf!«, sagt schließlich der Totengräber, mit dem der Kantor gesprochen hat. »Es ist schon in Ordnung!«

Die Totengräber steigen in die Grube. Eine Zeit lang hantieren sie mit den Gurten. Dann ziehen sie den Sarg samt dem Erdhügel auf dem Deckel wieder hinauf.

Erst jetzt geht ein Murmeln durch die Runde, ein entsetzter Aufschrei, ein Protest. »Um Gottes Willen!«, wiederholt Ute immer wieder. »Was soll das?«, fragt Zapf. »Ist das Teil der Zeremonie?«, fragt Hecht. Christine hat aufgehört, von einem Fuß auf den anderen zu steigen. Sie steht sehr undamenhaft breitbeinig da. Die Russen umringen die Totengräber und reden alle durcheinander. Der Kantor kaut an seinen Fingernägeln. Nur mich scheinen alle vergessen zu haben. Ich sehe, wie Michael an meiner Schulter rüttelt, doch ich spüre die Berührung nicht. Ich sehe Frau Tobins Gesicht vor mir, die eingefallenen Wangen, die Furchen auf ihrer Stirn, die schnellen Bewegungen ihres Mundes, aber ich höre nicht, was sie sagt. Ich sehe, wie die Totengräber den Sarg von der Erde säubern, ihn auf die Bahre legen und zum Ausgang des Friedhofs schieben. Da beginne ich zu schreien. Ich weiß nicht, was ich schreie. Ich schreie, als mehrere Hände nach mir greifen, mich umarmen und stützen. Ich schreie, als ich über die Allee und dann an der Baustelle und am himmelstürmenden Bagger vorbei hinaus auf die Straße geführt werde.

Ich lehne an der Friedhofsmauer und halte ein vergilbtes Dokument in Händen. In der oberen linken Ecke erkenne ich das ausgebleichte Wappen der Israelitischen Kultusgemeinde von Gigricht, rechts daneben das Datum: *21. August 1933*. Darunter, mit Schreibmaschine geschrieben und unterstrichen: *Übertrittsbescheinigung*. Einige Leerzeilen weiter: *Hiermit wird bescheinigt, daß Frau Hermine Salzinger, vormals römisch-katholisch, geboren am 13. Juni 1896 als Hermine Lindenthaler in Gigricht, seit 27. November 1926 standesamtlich verheiratet mit Herrn Benjamin Salzinger, und ihr minderjähriger Sohn David Salzinger, vormals keiner Religionsgemeinschaft angehörig, geboren am 9. Dezember 1929 in Gigricht, beide wohnhaft in der Theresienstraße 7, Patsch 11, zum jüdischen Glauben übergetreten sind und ab sofort als Mitglieder der Israelitischen Kultusgemeinde von Gigricht geführt werden, demgemäß ein entsprechender Eintrag im Mitgliederverzeichnis der o.g. Kultusgemeinde unter der Nummer IX/33-Ü getätigt wurde.*

Abschriften dieses Dokumentes ergehen an Frau Hermine Salzinger, an das Meldeamt von Patsch 11, sowie an das Archiv der o.g. Kultusgemeinde.

Für die Kultusgemeinde: Dr. Paul Frank, Präsident … Unterschrift, *Karl-Friedrich Terz, Vorstandsmitglied* … Unterschrift, *Ing. Wilhelm Levi, Vorstandsmitglied* … Unterschrift

Für den Übertritt: Dr. Leo Kohn, Rabbiner … Unterschrift

Ich gebe Frau Tobin das Papier zurück. »Ja und?«, frage ich. »Wussten Sie das?«, fragt Frau Tobin. »Natürlich wusste ich das«, sage ich. »Meine Großmutter ist zum Judentum übergetreten … Sie ist vor fünfundzwanzig Jahren in Israel gestorben. Meinen Großvater haben die Nazis umgebracht.«

»Es tut mir Leid, Herr Salzinger, aber es gibt ein Problem. Herr Doktor Kohn, bei dem Ihre Großmutter damals vor dem Krieg übergetreten ist, war kein thoragläubiger Jude. Somit sind die Übertritte Ihrer Großmutter und Ihres Vaters leider nicht gültig …«

»Was zum Teufel soll das heißen?!«

»Leo Kohn gehörte der so genannten liberalen Richtung des Judentums an. Er war ein Anhänger des Reformjudentums. Unsere Gemeinde ist aber thoragläubig, also orthodox.«

»Was hat das mit meinem Vater zu tun? Warum haben Sie das Begräbnis unterbrochen? Wohin haben Sie den Körper bringen lassen?«

»Ihre Großmutter ist für uns offiziell immer noch Nichtjüdin, und somit ist auch Ihr Vater kein Jude. Wir können leider keinen Nichtjuden auf einem jüdischen Friedhof eine letzte Ruhestätte zur Verfügung stellen. So sind die Regeln.«

»Was soll das?! Was soll der Scheiß?!«

Dann senkt sich ein weißer Vorhang vor meinen Augen, durch den ich die Umrisse eines Wagens erkennen kann, zu dem man mich führt. Das Stimmengewirr um mich herum, die Mischung aus deutschen und russischen Wörtern, schwillt an und zerstreut sich wieder in alle Richtungen. Doch als die Autotür vor mir geöffnet wird, schiebt sich eine Gestalt im grauen Mantel und schwarzem Käppi in mein Blickfeld.

Ich nehme alles verschwommen wahr, doch ich erkenne ihn trotzdem an seinem Rundrücken und seinem Gang. Sein rechtes Bein ist um vier Zentimeter kürzer als sein linkes. Sogar wenn er dicke Einlagen trägt, ist sein Gehen eine Mischung aus Springen und Nachschleifen.

»Ich hoffe, ich komme nicht zu spät!«, sagt Onkel Robert. »Oder habe ich etwa schon alles versäumt?«

5

MEINE URGROSSMUTTER, Konstanze Lindenthaler, wurde 1879 im Weiler Roßbach, dreißig Kilometer von Gigricht entfernt, als Tochter einer Magd geboren. Ihre Mutter starb, als sie sechzehn Jahre alt war. Konstanze zog in die Stadt, wo sie Arbeit als Wäscherin im Haushalt des jüdischen Textilfabrikanten Blum fand. Es wurde ihr eine winzige Kammer auf dem Dachboden des Hauses zugewiesen, in der außer einem Bett nur eine Truhe Platz hatte. Konstanze war trotzdem zufrieden. Sie hatte nicht Magd werden wollen. Die Arbeit beim Juden mochte schwer und der Lohn karg sein, aber ihre Mutter hatte mehr geschuftet und war noch schlechter behandelt worden.

Die Familie Blum war zu Beginn des neunzehnten Jahrhunderts aus dem württembergischen Raum nach Gigricht gezogen. Dem kleinen Textilunternehmen, das der Hausierersohn Isidor Blum mit geringem Startkapital gegründet hatte, kam die gute Wirtschaftslage und die Industrialisierung in unserer Region zugute. Als Konstanze 1895 bei den Blums eine Anstellung fand, gehörten sie schon zu den angesehensten und wohlhabendsten Familien der Stadt. Alfred Blum saß zwar nicht im

Stadtsenat, als Jude konnte er auch nicht Mitglied des einflussreichen Clubs Teutonia werden, doch zu allen wichtigen Empfängen wurde er eingeladen, seine Meinung hatte Gewicht. Manfred, der Sohn des Fabrikanten, hatte gerade das Abitur bestanden und wollte in Berlin Rechtswissenschaften studieren. Wie viele Söhne aus bürgerlichem Haus hatte er schon sexuelle Erfahrungen gesammelt, hauptsächlich bei »Frauen zweifelhaften Rufs«. Jungen Männern wurden derartige Abenteuer nachgesehen. Als Manfred ein Auge auf die Wäscherin geworfen hatte, ermahnte ihn seine Mutter deshalb nur, sein Interesse nicht zu offenkundig und nicht in Gegenwart des anderen Personals zu zeigen. Manfred machte es sich daraufhin zur Regel, Konstanze in ihrer Kammer und meist spät in der Nacht aufzusuchen. Doch das Mädchen wies die Avancen des jungen Hausherrn lange Zeit zurück. Später soll sie erzählt haben, »der Jud, schwarz wie die Nacht« sei ein umwerfend schöner Mann gewesen, der sie »nach allen Regeln der Kunst« verführt habe. In jener Nacht jedoch, als sie seinem Drängen endlich nachgegeben hatte und schon entkleidet auf ihrem Bett lag, sei seine Leidenschaft so groß gewesen, dass, um mit Konstanzes Worten zu sprechen, »der Saft aus ihm herausfloss, noch ehe wir uns vereinigen konnten.«

Dieses für Manfred wohl peinliche Erlebnis wertete meine Urgroßmutter als göttliches Zeichen. »Es fiel mir wie Schuppen von den Augen«, berichtete sie später. »Zuvor hatte mir der Allmächtige die Kraft gegeben, um den Nachstellungen des Juden mit Erfolg zu begegnen, und nun hatte er den Lenden des Verführers vorzeitig die Kraft genommen und mir damit den kostbaren Schatz der Jungfräulichkeit erhalten.«

Konstanze beschloss, Nonne zu werden. Nach einer Übergangszeit der Einkehr und des Fastens wollte sie in ein Kloster eintreten. Für Manfred blieb ihre Tür verschlossen. Doch sie hatte nicht bedacht, dass Gott ihr eine noch größere Prüfung auferlegt hatte, denn »die heimtückischen Tropfen hatten ihren Weg vom Bauch zum Schoß gefunden, dorthin, wo ihre natürliche Bestimmung sie normalerweise hinführen sollte«.

Als die Schwangerschaft offensichtlich wurde, wollte Frau Blum das Mädchen aus dem Haus jagen. »Dass diese Person doch so dumm war und nicht die nötige Vorsicht an den Tag gelegt hat«, soll sie gesagt haben. Manfred jedoch wollte es nicht zulassen, dass man Konstanze und das ungeborene Kind ins Elend, vielleicht sogar in den sicheren Tod hinausschickte.

Weiße Handschuhe, eine Zigarettenspitze im Mund, Blazer, gestreifte Hose, vielleicht schon einen Zwicker auf der Nase: so stelle ich ihn mir vor, den Manfred Blum, Enkel eines Zwirnverkäufers und Hausierers. Ein preußischer Gentleman mit guten Chancen, in den Adelsstand erhoben zu werden, späterer Weltkriegsteilnehmer, Besitzer des Eisernen Kreuzes Erster Klasse, Großunternehmer, konservativer Abgeordneter zum Landtag… Arisierung des Vermögens, Deportation, KZ Theresienstadt… Auf der Gedenktafel neben dem Eingang zur Synagoge ist unter dem Todesjahr 1943 sein Name eingetragen.

Kurz bevor meine Großmutter auf die Welt kam, gewährte die Familie Blum der Wäscherin Konstanze Lindenthaler eine monatliche Rente sowie eine kleine Abfindung, die es ihr ermöglichte, ein möbliertes Zimmer in der Stadt zu mieten. Das Geld reichte kaum zum Überleben. Konstanze musste Heimarbeiten annehmen, doch die Schufterei in einer Fabrik blieb ihr erspart.

Angeblich besaß meine Großmutter Hermine einen Brief von Manfred an Konstanze, in dem er ihr und dem Kind viel Glück wünschte. Persönlich kennen gelernt hat Hermine ihren Vater nie.

Konstanze sah es hinfort als ihre Lebensaufgabe an, ihre Tochter zu einer gläubigen Katholikin und einem ordentlichen Menschen zu erziehen. Sie schickte Hermine an die von Ordensschwestern geleitete private Hauptschule für Mädchen. Für das Schulgeld und die Unkosten kam Manfred Blum auf.

Hermine hatte gute Zeugnisse. Nach der Vorstellung ihrer Mutter hätte sie Lehrerin, Bibliothekarin oder Sekretärin werden oder als Braut Christi ein gottgefälliges Leben führen sollen. Einige Lehrer gaben ihr sogar den Rat, ihre Ausbildung an einer Oberrealschule fortzusetzen. Stattdessen bewarb sich Hermine um eine Stelle als Verkäuferin bei Katz & Co., dem größten Modegeschäft der Stadt. Kleider und Schuhe, Stoffe und Farben waren Hermines Leidenschaft. Sie liebte es, geschmackvoll und modisch gekleidete Menschen anzuschauen. Es ging ihr nicht darum, solche Kleider selbst zu tragen oder zu besitzen. Es machte ihr Freude, sie aus der Ferne zu bestaunen, und erst recht, sie anzugreifen, zu sortieren oder anzubieten. In ihrer Freizeit zeichnete sie Kleider, phantastische Eigenkreationen, die sie in einer Schublade aufbewahrte und niemandem zeigte.

Konstanze war verzweifelt. Sie betete zu Gott und verfluchte die Juden. Das Interesse der Tochter für das »bunte sinnliche Teufelszeug aus Stoff« sei bestimmt auf die sündhafte, oberflächliche Natur ihrer israelitischen Vorfahren zurückzuführen. So wie sie einst ihren niederen Instinkten gefolgt und »Barabas!« geschrien hatten, als es galt, sich zu Jesus zu bekennen, so sei ihre Tochter heute dem Glitzer der jüdischen Modewelt verfallen. Blut ziehe es zu eigenem Blut, die Tochter von Blum verkaufe nun die Ware von Katz. Hier allerdings irrte sich Konstanze. So wie viele Gigrichter hielt sie Katz und Co. für ein jüdisches Geschäft. Doch Christian Katz war der Sohn eines protestantischen Pfarrers.

Als Hermine kurz nach dem Ende des Ersten Weltkriegs an der Spanischen Grippe erkrankte, wertete ihre Mutter dies als Strafe Gottes. In diesem Winter starben vier Verkäuferinnen von Katz & Co., es starben die Leiter der Herren- und der Damenabteilung, der Kassier, der Buchhalter und schließlich Christian Katz selbst, der Besitzer. Es starben der Bäcker, bei dem Hermine am Morgen ihre Brötchen kaufte, und der alte Nachbar mit dem hässlichen Köter, der noch Ende Oktober 1918 an Deutschlands Sieg geglaubt hatte. Aber Hermine wurde wieder gesund, ja sie profitierte sogar vom großen Sterben. Der neue Chef machte sie zur Leiterin der Damenabteilung. Von da an lachte sie ihre Mutter aus, wenn diese vom Herrgott sprach.

Meine Großeltern lernten sich im Herbst 1925 kennen. Einmal im Monat hatte Hermine einen freien Nachmittag. An einem davon betrat sie das Uhrengeschäft Salzinger. Sie brauchte einen Ersatz für die alte Wanduhr, die über dem Bett ihrer Mutter hing und schon seit einiger Zeit nicht mehr funktionierte.

Ein orthodoxer Jude mit Pejes zeigte ihr die neuesten Modelle. Sie hörte kaum zu. Nach einem flüchtigen Blick durch den Raum hatte sie die Uhr entdeckt, die ins Zimmer ihrer Mutter passte, ein solides Stück aus Mahagoni mit roten Zeigern und römischen Ziffern. Der Uhrmacher beglückwünschte sie zu ihrer Wahl. Er war sehr hilfsbereit. Die gnädige Frau möge sich jederzeit an ihn wenden, falls der Mechanismus der Uhr nicht einwandfrei funktioniere. In den nächsten Monaten werde er alle Reparaturen kostenlos durchführen. Er wies sogar seinen Sohn an, Hermine bis zu ihrer Haustür zu begleiten, damit die junge Frau das Gerät nicht selbst tragen müsse.

Benjamin Salzinger hatte zwar immer eine Kopfbedeckung, aber im Unterschied zu seinem aus Ostschlesien stammenden Vater keine Pejes. Sein Bart war modisch gestutzt, und seine

Kleidung unterschied sich nicht von der anderer Gigrichter. Auf der einzigen Photographie, die ich von ihm besitze, fällt sein trotziger Blick auf und die herausfordernde Haltung, mit der er posiert – das Kinn nach oben gestreckt, die rechte Hand in die Hüfte gestemmt, den Ellbogen nach außen. Es scheint, als fordere er die Welt zum Kampf heraus. Zum Zeitpunkt, als das Photo gemacht wurde, hatte Benjamin Salzinger schon eine Glatze und einen über den Hosenbund quellenden Bauch. Ob er zehn Jahre früher ein schöner Mann gewesen war, kann ich nicht sagen. Mein Vater, von dem ich die vielen Details über meine Urgroßmutter und Großeltern erfahren habe, hat nie über Benjamins Aussehen gesprochen. Doch während ich alle anderen Lücken in Vaters Erzählungen ausfüllen kann, ersteht der Großvater in meiner Phantasie nie als junger Mann, so als hätten die Ereignisse der folgenden Jahre seine Jugend nachträglich zunichte gemacht. Von Vater weiß ich nur, dass Benjamin Salzinger eine schillernde Persönlichkeit gewesen sein muss. Er war gläubiger Jude und Anarchosozialist zugleich, ein Kosmopolit, der von einem Weltstaat träumte und dabei die deutschen Tugenden als vorbildlich für die Menschheit ansah. Obwohl Pazifist, war er stolz auf seine Teilnahme am Weltkrieg. Die linken Zeitungen druckten seine Artikel, die Polizei observierte ihn, am ersten Mai marschierte er zwischen den Sozialisten und Kommunisten mit einem eigenen Plakat. In seinem Zimmer standen die Werke von Marx, Kropotkin und Bakunin neben Schiller, Fontane, dem Talmud und der Kabbala. Er war ein schlechter Jude, lehnte den Zionismus ab und hielt sich nur an jene Gebote, die er für zeitgemäß hielt. Das alles konnte sein Vater hinnehmen, nur nicht die Liaison mit einer Schikse.

Ich hätte meinen Großvater gern kennen gelernt. Ich hätte ihn gefragt, wie er und meine Großmutter einander näher gekommen waren und wie ihr erstes Rendezvous verlaufen war.

Haben sie sich heimlich getroffen? Worüber haben sie gesprochen? Wann haben sie sich das erste Mal geküsst? Fragen dieser Art konnte mir mein Vater nie beantworten. Er wusste nur, dass mein Urgroßvater vor seinem Sohn auf den Knien gerutscht war und ihn gebeten hatte, die Schikse zu vergessen, dass er eine Woche krank im Bett lag und das Geschäft geschlossen hielt. Danach erklärte er seinen Sohn für tot, zerriss seine Kleidung und verkündete, sein Testament ändern zu wollen. Er werde das Uhrengeschäft nicht Benjamin, sondern seinem zweitältesten Sohn Simon in Breslau vermachen. Eine weitere Woche später stand Benjamin wieder neben ihm im Laden. Mein Urgroßvater dürfte kein besonders konsequenter Mensch gewesen sein. Allerdings hat er in den zwei Jahren bis zu seinem Tod kein Wort mit seiner Schwiegertochter gesprochen. Wenn Hermine seinen Laden betrat, schenkte er ihr keine Beachtung. Auch die anderen Mitglieder der Familie Salzinger, Geschwister, Cousins, Onkel und Tanten – die meisten davon lebten in Schlesien oder in Berlin –, taten so, als existiere die Schikse nicht. Benjamin blieb für sie ein lediger Mann. Eine Zivilehe war für einen gläubigen Juden sowieso bedeutungslos.

Auch Konstanze verfluchte ihre Tochter. Ohne Zweifel hatten sich die Juden gegen sie verschworen. Vielleicht war es eine Prüfung Gottes, oder die finsteren Mächte hatten ihre jüdischen Heerscharen gegen sie losgeschickt. Dennoch gab sie die Hoffnung nicht auf, sich und ihre Tochter vor der ewigen Verdammnis zu bewahren. Dafür sollte der Jude zum allein selig machenden katholischen Glauben übertreten. Leider dachte Benjamin nicht daran, ihr diesen Wunsch zu erfüllen.

Hermine und Benjamin mieteten eine Zweizimmerwohnung in der Fasanenstraße, einer bürgerlichen Wohngegend von Patsch. Meinem Vater zufolge führten sie eine glückliche Ehe. Er erinnerte sich, dass sie oft lachten und scherzten. Erst später, in

Palästina, wurde Hermine streng und verbissen wie ihre Mutter. Sie hatten viele Bekannte, mit denen Benjamin über die politische und wirtschaftliche Lage diskutierte. Mein Vater meinte, dass man Benjamin gern zuhörte, wenn er etwas mit großer Leidenschaft erklärte, doch wirklich ernst nahm ihn keiner.

Hermine war die schärfste Kritikerin ihres Mannes. Wenn Benjamin große Pläne für die Zunkunft der Menschheit schmiedete und von der Erlösung der geknechteten Massen sprach, erzählte sie eine Geschichte aus ihrem Arbeitsalltag, in der die handelnden Personen nicht besonders gut wegkamen, und meinte: »Bevor du diese zweibeinigen Esel zu erlösen versuchst, denk lieber an die Vierbeiner und erlös die braven Zugtiere, die die Kohlen- und Eiskarren schleppen, von ihren Fesseln.« Mein Großvater erwiderte mit einer aufgeregten, doch gleichfalls scherzhaften Replik, woraufhin der Disput im allgemeinen Gelächter unterging. Das waren die frühesten Erinnerungen meines Vaters.

Meine Urgroßmutter konnte die Nazis nicht leiden. Sie mochte noch hinnehmen, wenn die SA-Banden Juden verprügelten oder gegen die Roten vorgingen. Aber musste man deshalb gleich die ganze Welt auf den Kopf stellen, die Straßen unsicher machen, Auslagen verwüsten und den Herrgott beleidigen? Hatte sie jungfräulich ein Kind auf die Welt gebracht und ein gottgefälliges Leben geführt, nur damit jetzt der Pöbel regierte?

Mein Vater erinnerte sich, wie ihn Konstanze in die Kirche mitnahm. Als Dreijähriger dachte er, dass der auf einem Podium mit dem Rücken zu den Gläubigen stehende, einen schönen Umhang tragende Mann der Herrgott persönlich sei. Zu Hause wiederum erfuhr er von seinem Vater, Gott habe kein Aussehen. Einst hätte er mit den Menschen gesprochen, doch seien diese Zeiten lange vorbei, und es sei nicht anzunehmen, dass er dies wieder tun würde.

In der Synagoge war Gottes Stimme in einer Schriftrolle gefangen und in einem Kasten eingesperrt, damit sie nicht verloren ging. Von seiner Großmutter erfuhr das Kind, dass der Mann am Kreuz, dessen Bild in der Kirche hing, Gottes Sohn war. Er war Gott und Mensch zugleich und außerdem sein eigener Vater. Der Gott am Kreuz war angeblich derselbe wie der Gott im Buch. Trotzdem schien eine eigentümliche Feindschaft zwischen den beiden zu bestehen. Offenbar wusste Gott selbst nicht, wer er wirklich war. Die Großmutter erklärte dem Enkel, er solle lernen, an den Gott am Kreuz zu glauben, wenn er nicht von den Nazis erschlagen werden wolle. Aber wenn er brav und gehorsam sei und richtig bete, würde ihm nichts geschehen. Das Kind glaubte schließlich nur mehr seiner Mutter, die ihm erklärte, dass es überhaupt keine Götter gebe.

Im Frühjahr 1933 beschloss Hermine, zum Judentum überzutreten. Sie tat dies nicht aus religiöser Überzeugung, sondern aus Prinzip. Es gäbe Zeiten im Leben, in denen ein Mensch Stellung beziehen und sich für die richtige Seite entscheiden müsse, erklärte sie.

Benjamin Salzinger bat seine Freunde und Bekannten zu sich. Einige von ihnen waren im März festgenommen, in Konzentrationslager gesperrt und erst Wochen später freigelassen worden. Sie erzählten von Misshandlungen, Morden und Einschüchterungen, davon, dass die Nazis einen Etappensieg errungen hatten und der Kampf gegen den Faschismus noch Monate oder sogar Jahre dauern würde. Es sei ein Glück, eigentlich ein Wunder, dass der Anarchist und Jude Benjamin Salzinger bislang unbehelligt geblieben sei. Sie sprachen davon, dass es unklug sei, den Feind durch unnötige Provokationen zu reizen. Stattdessen solle man einen günstigen Zeitpunkt abwarten, um zuzuschlagen und das Regime ein für allemal hinwegzufegen.

Benjamin erklärte, er lege keinen Wert darauf, dass seine Frau zum Judentum übertrete. Seiner Ansicht nach beurteilte Gott die Menschen nach ihren Taten und charakterlichen Eigenschaften und nicht nach den Ritualen, die sie vollführten, um ihm zu huldigen. Alle Gäste gaben ihm Recht. Sogar die drei orthodoxen Herren, die Benjamin aus der Synagoge kannte und für diesen Abend zu sich eingeladen hatte, nickten mit ihren bärtigen Häuptern. »Es ist dos die falsche Zeit fir Ibertritte, gnädige Frau«, meinte Reb Fefer aus Białystok, und sein Schwager, Reb Schechtman, fügte hinzu: »Jeder hat seinen Platz im Leben und soll die ihm angemessene Aufgabe erfüllen. Denken Sie an die Zukunft Ihres Kindes.«

Hermine erhob sich, blickte in die Runde und erklärte den Männern, sie seien Angsthasen. »Jahrelang habt ihr nur gequatscht«, sagte sie. »Quatschen, mehr könnt ihr nicht. Habt ihr die Wirtschaftskrise, die Arbeitslosigkeit, die Gewalt und den Faschismus wegdiskutiert?«

Kopfschütteln, zaghafte Proteste, dann betretenes Schweigen.

»Ihr intellektuellen Phantasten, ihr Eier- und Kaulquappenköpfe!«

Gemurmel. Und wieder Schweigen.

»Das meiste, wovor sich Machthaber fürchten«, erklärte meine Großmutter, »sind Zeichen des Protestes. Demonstranten kann man niederknüppeln, ein paar Bewaffnete erschießen. Doch wenn Menschen Zeichen setzen, verunsichert das die Machthaber. Ich jedenfalls gehe mit gutem Beispiel voran. Noch gibt es kein Gesetz, das mir verbietet, meine Religionszugehörigkeit zu wechseln.«

Niemand konnte Hermine von ihrem Entschluss abbringen. Sie lasse sich von der Dummheit nicht einschüchtern, auch wenn diese in Uniform auftrete, erklärte sie. Wenn alle den Mut hätten, einfache, aber vielsagende Zeichen zu setzen, würden die Schläger bald nicht mehr zwischen Freund und Feind unterscheiden können und sich in ihre Löcher verkriechen. Eigentlich sei sie ja schon Jüdin. Jeder der Anwesenden kenne die Geschichte vom jüdischen Kapitalisten, der ihre Mutter geschwängert und danach mit einem Almosen abgefunden habe. Im Übrigen sei sie sicher, dass sich der Jude mit den Nazis längst arrangiert habe. Menschen wie er würden immer auf die Füße fallen. Aber sie werde es ihm zeigen! Sie werde es allen zeigen!

»Stur wie ihre Mutter!«, sagte Benjamin. »Den dörflichen Dickschädel hat sie von ihr geerbt.«

»So bin ich eben«, meinte Hermine. »Habe weder studiert noch gelernt, den Talmud auszulegen, wie es mir gerade in den Kram passt. Bin nicht seit Generationen verbildet und verdorben. Es mag schon stimmen, dass die Herkunft meiner Mutter stärker durchschlägt als die des jüdischen Fabrikanten. Sei's drum. Jüdin bin ich trotzdem.«

Samuel Hersch, der orthodoxe Rabbiner der Gemeinde, weigerte sich, den Übertritt vorzunehmen. Die Nazihorden auf der Straße hatten ihm Angst eingejagt. Er wollte kein Risiko eingehen. Sollte er sein Leben und das seiner Familie gefährden, indem er eine Arierin dem jüdischen Glauben zuführte? Das war zwar nicht illegal, aber hatten die neuen Machthaber in wenigen Monaten das Gesetz nicht schon mehrmals mit Füßen getreten?

Der liberale Rabbiner Doktor Leo Kohn hingegen machte Hermine den Übertritt nicht schwer. Zwar musste sie viel über die Bräuche, die Geschichte und das Wesen des Judentums lernen, Prüfungen ablegen und schließlich in die Mikwe, das rituelle jüdische Bad steigen, doch schon wenige Monate nachdem sie bei Doktor Kohn vorgesprochen hatte, wurde sie als neues Mitglied der Israelitischen Kultusgemeinde von Gigricht aufgenommen. Der Rabbiner bestand jedoch darauf, dass auch mein Vater »gejüdischt« werde. Der Dreijährige wurde beschnitten und musste ebenfalls im heiligen Wasser der Mikwe ein Bad nehmen.

Die Mehrheit der Gigrichter Juden gehörte damals der liberalen Glaubensrichtung an. Einst hatte die Stadt sogar eine wichtige Rolle in der Reformbewegung gespielt. Der berühmte, aus Wiesbaden stammende Rabbiner Abraham Geiger hatte Mitte des neunzehnten Jahrhunderts einige Monate in Gigricht zugebracht und die wenigen Juden, die schon damals hier lebten, von seinen Reformideen überzeugt. Ab diesem Zeitpunkt wurden Teile des Gottesdienstes in deutscher Sprache abgehalten. Orgelmusik sorgte wie in christlichen Kirchen für den feierlichen Charakter der Zeremonie. Die räumliche Trennung zwischen Männern und Frauen in der Synagoge wurde aufgehoben und das Ritual der Bar-Mitzwa, das dreizehnjährige Knaben zu vollwertigen Mitgliedern der Gemeinde macht, durch eine Konfirmation ersetzt, die auch Mädchen offenstand. Die Schabbat-Observanz wurde reformiert, indem die Benützung von Verkehrsmitteln am Samstag zu religiösen, wohltätigen oder Bildungszwecken erlaubt wurde. Die Gebote und Verbote von Thora und Talmud, erklärten die liberalen Rabbiner, würden Vorstellungen früherer Zeiten widerspiegeln. Historisch betrachtet, hätten sie ihre Berechtigung gehabt, doch jede Generation habe die Pflicht, sie neu zu interpretieren und den jeweiligen Gegebenheiten anzupassen. Regeln wie zum Beispiel jene über koscheres Essen oder das Tragen bestimmter Kleidung bedürften einer flexibleren Auslegung. Nur die Moralgesetze, allen voran die zehn Gebote, wären bindend und könnten nicht in Frage gestellt werden.

Die Gigrichter Juden des ausgehenden neunzehnten Jahrhunderts glaubten an den Fortschritt, an die moderne Wissenschaft und daran, dass nach Jahrhunderten der Finsternis ein Zeitalter der Vernunft angebrochen sei. Sie beteten nicht mehr für eine »Rückkehr nach Jerusalem«, sondern für ein messianisches Zeitalter der Gerechtigkeit und des Friedens. Als sich um die Jahrhundertwende Juden aus Osteuropa in Gigricht niederließen, begegneten die Eingesessenen den orthodoxen Glaubensbrüdern mit Distanz. Nicht einmal von den Gojim hatte mein aus Schlesien zugewanderter Urgroßvater so viel Verachtung erfahren wie von den feinen Herren der Gigrichter Kultusgemeinde, die sich verschämt abwandten, wenn er sie auf der Straße mit einem freundlichen »Schalom« zu grüßen wagte. Niemand sollte – Gott behüte – glauben, es gebe eine Gemeinsamkeit zwischen ihnen und dieser schmuddeligen Ghettogestalt. Niemand sollte daran erinnert werden, dass auch ihre eigenen Väter oder Großväter so ausgesehen hatten.

Die zugewanderten Ostjuden empfanden das religiöse Verhalten ihrer westlichen Glaubensbrüder als schockierend. Frauen, die in der Synagoge aus der Thora vorlasen, anstatt sich ihren häuslichen Pflichten zu widmen! Ein abscheulicher Verstoß gegen die gottgewollte Ordnung. Ein Rabbiner, der am Wochenende mit der Droschke zum Gottesdienst vorfuhr! Eine Verhöhnung des Gesetzes. Gebete in deutscher Sprache! Nichtiges Geplappere ohne Bedeutung.

Dennoch mussten Reformierte und Orthodoxe lernen, miteinander auszukommen, denn auch in Gigricht hatte sich die in Deutschland übliche Form der »Einheitsgemeinde« herausgebildet. Für die lokalen Behörden war dies ein Mittel, das Judentum zu kontrollieren und eine einheitliche Vertretung gegenüber dem Staat sicherzustellen. Auch später wurde an dieser Tradition festgehalten. Nur in wenigen Großstädten hatten sich orthodoxe Gruppen das Recht erkämpft, eigene Gemeinden zu gründen.

Als meine Großmutter 1933 zum Judentum übertrat, wurde die Gigrichter Kultusgemeinde schon seit vielen Jahren pluralistisch verwaltet. Die Gottesdienste wurden getrennt abgehalten, doch im Vorstand waren Orthodoxe und Reformierte gleichermaßen vertreten.

Für die Nazis war es einerlei, wie sich die Juden fühlten, wie sie sich kleideten oder welche Riten sie befolgten. Im letzten Deportationszug, der 1942 vom Gigrichter Frachtenbahnhof nach Osten abfuhr, saßen der liberale und der orthodoxe Rabbiner im selben Güterwaggon. Für beide war es eine Fahrt in den Tod.

6

»Eine verkettung von zufällen«, erklärt Frau Tobin. »Isidor Salzinger war ein angesehenes Mitglied der Gemeinde, ein Rechtsanwalt. In den Dreißigerjahren emigrierte er nach Palästina und gründete in Haifa einen deutschen Kulturverein. Dieser brachte lange Jahre eine Zeitschrift heraus, in der sogar Texte von Max Brod und Gerschom Scholem publiziert wurden. Ich wollte wissen, ob der nun Verstorbene mit jenem Isidor Salzinger verwandt ist. Es war nicht nur Neugierde. Ich arbeite an einer Geschichte der Gigrichter Kultusgemeinde. Deshalb weiß ich, dass Doktor Kohn kein thoratreuer Rabbiner gewesen ist. Ich wollte gestern schon das Archiv durchstöbern. Aber meine Tochter hatte Fieber. Deshalb war ich nicht im Büro. Heute fand ich Zeit für meine Recherche und bin dabei auf dieses Dokument gestoßen.«

»Ich kenne keinen Isidor Salzinger«, sage ich.

»Er ist mit Ihnen nicht verwandt. Eine zufällige Namensgleichheit. Wie gesagt – eine Verkettung von Zufällen. Ich war unschlüssig, wie ich reagieren soll. Ich rief meinen Mann im Geschäft an. Du musst das Begräbnis verhindern, hat er gesagt. Fahr sofort zum Friedhof.«

Es kommt mir vor, als wäre ich ein anderer. Für wenige Augenblicke kehre ich in meinen Körper zurück und bin sogleich wieder ein Fremder, der die Szene aus großer Distanz durch ein Fernglas beobachtet. Einige Personen sitzen in einem Hinterzimmer des Café Baum und starren ein vergilbtes Blatt Papier an, das auf dem Tisch liegt. Der Kellner fragt schon zum dritten Mal, was er bringen soll, ohne eine Antwort zu erhalten. Es scheint, als würde das Dokument die gesamte Tischfläche ausfüllen. Die Menschen reden, aber ich kann kein Wort hören. Ihre Bewegungen sind schnell, unnatürlich, karikaturhaft. Ich sitze im Kinosaal in einer der hinteren Reihen und kann mich nicht rühren. Auf der Leinwand läuft ein Stummfilm ohne Untertitel. Manchmal kann ich meine Gliederstarre überwinden. Dann stehe ich auf und wechsle auf die andere Seite.

»Welcher Teil meines Vaters war nichtjüdisch?«, frage ich. »Wo ist dieses entscheidende Viertel, dieser matrilineare Kern, der von Frau zu Frau weitergereicht wird und so verrucht ist, dass er auch nach dem Tod einen Friedhof zu entweihen vermag? War es der Kopf? Produzierte er deshalb blasphemische Gedanken, weil ihn der Geist der goischen Großmutter dominierte? Oder waren es vielleicht Vaters Hände, diese klobigen Arbeiterhände? Sind Würmer die Träger von Unreinheit und postmortalem Verderben, weil sie nichtkoscheres Fleisch verzehren und mit ihren Ausscheidungen die heilige Erde entweihen?«

Onkel Robert schüttelt den Kopf. »Mach es dir nicht schwerer als es ist.«

Ich stoße ihn wieder in den Sessel zurück, aus dem er eben aufgestanden ist. »Hast du in deinem Leben jemals etwas gesagt, das nicht banal ist, he?«

»Red nicht so mit mir. Ich bin doppelt so alt wie du …«

Plötzlich sitze ich wieder im Kinosaal. Onkel Roberts Kopf füllt die Leinwand aus. Er rollt die Augen. Sein Mund bewegt sich stumm. Filmriss. Dunkelheit. Stimmen in der Ferne. Ich habe jedes Zeitgefühl verloren.

»Es ist nun einmal eine Tatsache, dass Doktor Kohn ein so genannter Reformrabbiner gewesen ist, er war nicht thoratreu.« Frau Tobin wischt sich mit einem himmelblauen Stofftaschentuch den Schweiß von der Stirn.

»Wieso denn nicht thoratreu? Was heißt das überhaupt?«, fragt Christine.

»Reformrabbiner sind Juden, die die Gesetze nicht halten. Eklektiker, die Gebote nur dann befolgen, wenn es sie in ihrer Bequemlichkeit nicht stört. In Amerika sind die meisten Juden nicht mehr thoratreu.«

»Jude ist doch, wer das Kind einer jüdischen Mutter ist, nicht wahr?«, fragt Zapf. »Ist es da nicht egal, ob er thoratreu ist oder nicht?«

Ich sehe einen schwarzen Lieferwagen durch die Straßen von Gigricht fahren. Er bringt Vater ins Leichenschauhaus zurück. Ist es heute immer noch im selben Gebäude, das ich aus meiner Kindheit kenne? Ein imposantes Bauwerk, das zu Beginn des zwanzigsten Jahrhunderts errichtet wurde, mit Portalsäulen, einem schmiedeeisenen Gitter vor dem Tor und einer weißen Stuckdekoration auf gelbem Hintergrund: Jesus, die Apostel, Engel und Heilige, im fensterlosen letzten Stock ein Dreieck und in dessen Mitte ein Auge, groß wie ein Kürbis. Während des Krieges wurden alle umliegenden Häuser durch Fliegerbomben zerstört, nur das Leichenschauhaus nicht.

Der Mann hat seinen Spazierstock gegen die Tischkante gelehnt. In den Silberknauf sind die hebräischen Buchstaben *Samech* und *Resch* eingearbeitet. Sie stehen für die Initialen seines Namens: S. R. – Siegfried Rabinowitsch. »Meine Eltern hatten mit Adolf Hitler etwas gemeinsam«, erklärt er. »Sie waren große Bewunderer von Richard Wagner.« Er pfeift eine Melodie aus der Ouvertüre zum Fliegenden Holländer. »Sie hatten eine weitere Gemeinsamkeit mit ihm. Alle drei sind 1945 gestorben. Meine Mutter in Theresienstadt, mein Vater auf einem Todesmarsch von Groß-Rosen Richtung Westen und der Führer im Führerbunker.« Er lacht, aber die anderen lachen nicht mit.

»Und Sie?«, fragt Ute. »Wie haben Sie überlebt?« Der Kellner serviert schweigend die Getränke, Orangensaft für mich, Wein für Rabinowitsch.

»Irgendwie«, antwortet mein Gesprächspartner. »Mehr schlecht als recht habe ich meinen Körper über diese Zeit gerettet. Einmal stand ich schon vor dem ausgehobenen Massengrab. Aber dann ist es dunkel geworden, und sie haben die Erschießungen unterbrechen müssen. In dieser Nacht konnte ich flüchten. Schauen Sie mich an. Habe mich gut gehalten in den Jahrzehnten danach. Nicht wahr?«

»Ohne Zweifel«, murmelt Ute.

Zapf erklärt mir etwas, von dem ich kein Wort verstehe. Ich nicke mechanisch und lächle. Ich zähle von sechzig rückwärts, dann von null bis sechzig und wieder zurück. Mehrmals hintereinander. Ich müsste Frau Tobin viele Fragen stellen, aber ich kann keinen klaren Gedanken fassen, keinen vernünftigen Satz formulieren. Ich sollte aufstehen und mich verabschieden, Christine bitten, mich nach Hause zu begleiten, die Vorhänge zuziehen, mich ins Bett legen. Aber ich bin wieder im Kinosaal. Alle Ausgänge sind versperrt. Ich kann meinen Blick nicht von den schwarz-weißen Gesichtern auf der Leinwand losreißen. Auch wenn ich die Augen schließe, sehe ich sie vor mir.

»Orthodoxe, Konservative, Liberale… Ist es nicht piepegal, wo ein Toter liegt?«, fragt Zapf.

»Lassen Sie mich das erklären, junger Mann«, sagt Rabinowitsch und lehnt sich im Stuhl zurück. »Am Anfang war das Wort des Allmächtigen, nach dem Wort kam das Gesetz, nach dem Gesetz dessen Deutung und danach die Interpretation der Deutung. So verging viel Zeit, bis irgendwann im siebzehnten Jahrhundert unserer Zeitrechnung einige weise Männer beschlossen, dass nun die Dinge feststünden bis in alle Ewigkeit. Drei Jahrhunderte später kamen andere, angeblich weise Männer, die behaupteten, dass wieder alles neu gedeutet werden müsse und dass die Bequemlichkeit wichtiger als die Gebote sei. Sie wollten keine Juden mehr sein, sondern richtige Europäer. Leider haben ihnen die Antisemiten aller Länder einen Strich durch die Rechnung gemacht. Ich selbst stamme aus der Gegend von Memel. Das hat vor dem Ersten Weltkrieg zu Ostpreußen gehört, später zu Litauen. Die litauischen Antisemiten haben auf meinen Onkel eingeschlagen, bis er tot war. Meine Eltern und meine Geschwister wurden von den Nazis ermordet. Ich habe als Einziger überlebt. Nach dem Krieg wollte ich nach Palästina. Ich schlug mich in den Westen durch, eine abenteuerliche Reise durch Polen und die Tschechoslowakei. Da kann ich Ihnen Geschichten erzählen. Immer wieder dieselben Schweinsgesicher, nur in anderen Uniformen… So kam ich nach Gigricht. Im DP-Lager habe ich meine spätere Frau kennen gelernt. Sie wollte in Deutschland bleiben. Sie meinte, die Deutschen seien ihr, nach allem, was sie ihr im Ghetto und in den Lagern angetan hatten, etwas schuldig. Wir haben deswegen oft gestritten, aber schließlich bin ich ihretwegen hier geblieben. Sie ist längst tot, und ich bin ein deutscher Jude geworden. Absurd. Aber das ist eine andere Geschichte. Jetzt möchte ich über Religion sprechen. Wissen Sie, ich bin kein besonders schlauer Mensch. Mein Vater war Lastwagenkutscher. Wenn die Nazis 1939 nicht in Memel einmarschiert wären, hätte ich vielleicht auch den Beruf des Chauffeurs ergriffen. Ich war zwei Jahre im Cheder, der traditionellen jüdischen Schule, und weitere zwei Jahre in einer litauischen Grundschule. Erwarten Sie von mir also keine theologischen Erkenntnisse. Lassen Sie mich nur erzählen, was ich empfunden habe, nachdem ein deutscher SS-Mann meiner älteren Schwester das Baby aus den Armen gerissen und es auf dem Pflasterstein des Kasernenhofs, in den wir getrieben worden waren, mit seinen Stiefeln zertreten hat. Zuerst dachte ich, ich müsse vor Schmerz auf der Stelle sterben. Aber ich starb nicht. Man stirbt nicht am Schmerz. Jedenfalls nicht schnell. Dann dachte ich an Rache. Aber es gibt keine Rache für ein solches Verbrechen. Man wird nie Genugtuung empfinden, sondern sich und anderen nur weiteren Schmerz zufügen. Dann dachte ich an Gott. Ich dachte an Gott, als derselbe SS-Mann daraufhin meine Schwester erschoss. Auch später, in den grauenhaften Monaten und Jahren danach, dachte ich an Gott. Ich wusste, dass es nur zwei Möglichkeiten gibt, um nicht verrückt zu werden oder Selbstmord zu begehen: Entweder Gott für immer zu verfluchen oder sich bedingungslos seiner Macht unterzuordnen. Denn es liegt nicht an uns, den Sinn seines Tuns oder Nichttuns, seines Zynismus, seiner Apathie und seines Schweigens zu ergründen. Würde ich Ihn kennen und begreifen, so wäre ich Er, sagt das Sprichwort. Nach allem, was ich gesehen und erlebt hatte, konnte es für mich keine Zwischenwege, keine Kompromisse mehr geben. Als ich mich 1945 mit Männern und Frauen aus Polen, Ungarn, Rumänien und anderen Ländern Osteuropas in der Gigrichter

Synagoge zum Gebet zusammenfand, war uns allen klar, welche Kraft von den jahrhundertealten Ritualen ausging. Die meisten wussten gar nichts vom modernen Unsinn, der heute in Amerika so populär ist, und wenn sie ihn gekannt hätten, hätten sie ihn vergessen. Wir haben die Gigrichter Gemeinde als eine orthodoxe, eine thoratreue Gemeinschaft neu gegründet und aufgebaut. Entweder ist man Jude und hält die Gebote, wie es Juden schon seit ewigen Zeiten getan haben, oder man beschließt, kein Jude mehr zu sein. Man kann sich den Gojim nicht anpassen und trotzdem ein bisschen Jude bleiben. Wir sind das auserwählte Volk! Das bedeutet keine Ehre, sondern eine Bürde, eine Pflicht. Wir müssen zu uns selbst härter sein als andere. Es gibt nichts Wichtigeres auf Erden als das Gesetz Gottes. Deshalb, lieber Herr Salzinger, darf Ihr Vater auf unserem Friedhof nicht begraben werden. Nach der Halacha, dem jüdischen Gesetz, war er nun mal kein Jude.«

Nach diesen Worten von Rabinowitsch sagt niemand etwas. Auch ich schweige, obwohl ich am liebsten schreien würde.

»Und was meinen Sie?«, fragt Rabinowitsch seinen Sitznachbarn. Aber diesmal zögert Onkel Robert, obwohl er sonst nie um eine Antwort verlegen ist. Er blinzelt nervös. Die braunen Augen sind das einzig Schöne in seinem Gesicht mit den strohblonden Augenbrauen und Wimpern. »Ich hätte an Davids Stelle sterben sollen.« Er umklammert sein Weinglas mit beiden Händen und führt es zitternd zum Mund. »Nie hätte ich geglaubt, ich würde ihn überleben.«

»Seien Sie nicht anmaßend!« Rabinowitsch hebt mahnend den Zeigefinger. »Wir dürfen Ihn nicht dort herausfordern, wo Er am mächtigsten ist. Nur Er entscheidet, wer sterben soll und wer leben darf. Das ist Sein Spiel.«

»Gott spielt nicht.« Es ist der erste korrekte deutsche Satz des russischen Emigranten mit dem wehmütigen Blick eines Kämpfers gegen die eigene Traurigkeit. Er heißt Konstantin Schwarz. Ich frage mich, warum Schwarz und Rabinowitsch hier sind. Ich hatte sie nicht eingeladen. Der Kantor hingegen ist nicht ins Café Baum mitgegangen, obwohl ich ihn darum gebeten hatte.

»Gott mag vielleicht seine Spiele treiben«, erklärt Christine, »ich glaube aber nicht, dass er etwas dagegen hat, wenn ich als Frau bei einer Begräbniszeremonie neben den Männern stehe. Oder glaubt Gott, dass Männer reine Triebwesen sind, die sogar während eines Begräbnisses über eine Frau herfallen?«

Ich zünde mir eine Zigarette an.

»Man muss fremde Rituale respektieren«, sagt Ute und fächelt mit der Hand den Rauch von ihrem Gesicht weg.

»Wenn Sie Frauenfeindlichkeit tolerieren, ist das Ihre Sache«, erwidert Christine.

»Frauen!«, flüstert Rabinowitsch und zwinkert mir zu.

Der Ober ist verärgert. Ob die Herrschaften schon entschieden hätten, was sie essen wollen, fragt er mit scharfer Stimme. Ich habe keinen Appetit. Die meisten anderen auch nicht. Nur Onkel Robert bestellt einen gemischten Salat und Michael Schweinsschnitzel mit Pommes.

»Wie geschmacklos!«, murmelt Ute.

»Vater hat im Café Baum immer Schweinsschnitzel mit Pommes gegessen«, bemerke ich. »Dieses Lokal ist bekannt für seine guten Fleischgerichte.«

Rabinowitsch lacht laut auf und weist mit dem Finger auf das Ölgemälde eines dicklichen Herrn mit Kneifer, das über seinem Kopf an der Wand hängt. »Dabei war er einer von uns. Ulrich Baum, auch Kaffeesieder-Baum genannt. Ein Jude aus Tatabanya in Ungarn.«

Onkel Robert stochert in seinem Salat herum. Hecht hat beide Hände auf den Tisch gelegt und betrachtet nachdenklich seine Fingernägel. Ute hält meine Hand. Christine sitzt steif auf der Stuhlkante, so dass ihr Rücken die Lehne nicht berührt. Ihr Blick ist abweisend.

»Was geschieht jetzt mit dem Toten?«, fragt Zapf. »Seit einer Stunde diskutieren wir über Gott und die Welt und haben das nahe Liegende vergessen.«

»Keine Ahnung«, murmelt Rabinowitsch.

»Die Israelitische Kultusgemeinde wird sich um alles kümmern«, verkündet Frau Tobin mit munterer, beinahe fröhlicher Stimme. »Wir werden schon eine passende Lösung finden.«

»Ja, welche denn, gnädige Frau?« Rabinowitsch seufzt und zuckt mit den Schultern. »Ein Toter kann nicht mehr zum Judentum übertreten. Da mag man das Gesetz noch so liberal auslegen.«

»Wir werden den Rabbiner befragen ... Wir werden für morgen eine Vorstandssitzung einberufen, an der Herr Salzinger teilnehmen kann.«

»Diese Geschichte ist ein gefundenes Fressen für Antisemiten. Was für ein Pech, dass Sie ausgerechnet heute ins Archiv gehen mussten.«

»Ich muss doch sehr bitten!«

»Wären Sie zehn Minuten später gekommen, hätte man die Grube schon zugeschaufelt gehabt. Der Kantor hätte nie die Anweisung gegeben, den Sarg wieder ausgraben zu lassen. Die Totenruhe ist heilig. Ich persönlich glaube ja, dass diese ohnehin gestört wurde. Schließlich hatte Herr Salzinger schon den Kaddisch gesprochen. Aber ich bin nicht gebildet genug, um das zu beurteilen.«

»Ein Kaddisch für einen Nichtjuden?! Werter Herr Rabinowitsch ...«

»Aufhören!«, schreit der russische Emigrant. »Wir sind müde. Es war kein schöner Tag.«

Die Gäste schütteln mir einer nach dem anderen die Hand.

»Kopf hoch!«, meint Zapf. »Soll ich dich nach Hause bringen?«

»Nein danke.«

»Bauch rein, Augen gerade, Brust raus!«, meint Hecht. »Kann ich dir ein Taxi rufen?«

»Danke, ich gehe lieber zu Fuß.«

Ute umarmt mich ohne Kommentar.

Der alte Russe murmelt: »Auch nach Tod Leben geht weiter. Ort, wo Leiche liegt, egal, Seele immer autonom« und kann lange meine Hand nicht loslassen.

»Sie haben noch Glück, junger Mann«, flüstert Rabinowitsch, »Sie können wenigstens darüber nachdenken, wo Sie Ihren Vater begraben sollen, während ich nie herausgefunden habe, wo meiner verscharrt wurde.«

Frau Tobin hat Tränen in den Augen. »Es tut mir alles so Leid. Wenn ich Ihnen irgendwie … Wenn Sie Hilfe brauchen … Die Kultusgemeinde wird …« Ich wende mich ab.

Christine gibt mir einen Kuss. »Bleib diese Nacht bei mir«, bitte ich sie.

»Es geht nicht. Morgen um acht muss ich mit meinem Sohn zum Zahnarzt. Er hat Schmerzen. Ich kann ihn nicht die ganze Nacht bei meinem Exmann lassen. Der ist in solchen Situationen eine völlige Niete.«

»Aber ich brauche dich!«

Sie küsst mich und streicht mir durchs Haar. Ob nicht einer meiner Freunde bei mir bleiben könne? Ich schüttle den Kopf. Es gibt niemand anderen, dessen Gesellschaft ich jetzt ertragen könnte.

Michael holt aus seinem Rucksack eine Flasche heraus, in derem Inneren sich ein Holzschiffchen befindet. Es erinnert an eine griechische Galeere, hat einen schwarzen Rumpf und schwarze Segel. »Für die Fahrt über den Orkus«, sagt er. »Auf dass dein Vater glücklich und sicher an seinem Zielort ankomme.« Ich presse meine Lippen gegen Michaels Stirn. Sie ist kalt, feucht und salzig wie Meerwasser. Für einen Augenblick bin ich überzeugt, Vaters Geist sei tatsächlich in dieser Flasche gefangen, wo er an Bord des Schiffes auf seine Befreiung durch das Jüngste Gericht wartet.

Ich bleibe mit Onkel Robert allein. Wir überqueren den Platz, biegen in eine der engen Gassen ein, in der noch ein paar Fachwerkhäuser stehen.

»Ich gebe dir den Schlüssel zu Vaters Wohnung«, sage ich. »Du kannst bleiben, so lange du willst.«

Er nimmt den Schlüssel, bleibt stehen und greift plötzlich nach meinem Ärmel. »Gabriel, es ist mir zwar peinlich, dich in einem solchen Augenblick damit zu belästigen, aber könntest du mir etwas Geld leihen?« Er hat den Kopf leicht zur Seite geneigt und lächelt verschämt. »Man hat mir alles gestohlen.«

Ich hole einen Hunderteuroschein aus meiner Geldbörse.

»Danke«, murmelt er und steckt das Geld in die Außentasche seines Mantels, »danke, mein Lieber, aber könntest du nicht noch ein bisschen was drauflegen? Du kannst dir nicht vorstellen, in welcher Verfassung meine Wohnung ist … Mein Gott, ist mir das unangenehm … Vielleicht noch zwei- oder dreihundert, mhm? Ich zahl's dir bestimmt zurück.«

»Geld! Geld! Immer nur Geld! Ich habe kein Geld für dich!«, brülle ich. Die Passanten schauen sich nach uns um. Jemand lacht. »Nee, Geld hab ich auch keins«, höre ich eine weibliche Stimme.

Onkel Robert weicht erschrocken zurück.

»Jahrelang hat dir Vater Geld geliehen. Du hast keinen Pfennig zurückgezahlt«, schreie ich. »Siehst du nicht, dass ich jetzt andere Sorgen habe?«

»Aber Gabriel …«

»Lass mich doch in Ruhe!«

Er beginnt zu weinen. »Ich habe deinen Vater geliebt«, schluchzt er. »Du brichst mir das Herz.«

Ich bekomme Mitleid mit ihm. Mein Zorn ist verflogen. Ich möchte meinen Onkel in Vaters Wohnung begleiten und mit ihm den Rest des Nachmittags und die ganze Nacht über Vater sprechen. An Schlaf ist ohnehin nicht zu denken. Aber Onkel Robert hat sich schon einige Meter von mir entfernt. »Morgen fahre ich nach Dortmund zurück«, ruft er mir zu und humpelt davon.

7

ZU DEN PRÄGENDEN Kindheitserinnerungen meines Vaters gehörte eine Nacht im Frühjahr 1936. Es läutete an der Tür. Zuerst zweimal kurz, dann, nach einer Pause, länger, insistierender. Das Kind lief ins Schlafzimmer seiner Eltern, wo seine Mutter gerade ihren rosafarbenen Morgenmantel über das Nachthemd anzog. Sein Vater lag noch im Bett, blinzelte verschlafen, tastete nach der Brille. Beide schienen über den nächtlichen Besuch nicht überrascht zu sein.

»Seit drei Jahren warte ich, dass sie kommen, jede Nacht wache ich mehrere Male auf, und nun ist es tatsächlich so weit«, flüsterte Benjamin.

»Vielleicht sind sie es ja nicht ...«

»Wer soll's denn sonst sein um diese Zeit?!«

Das Kind schaute auf die Uhr mit den roten Zeigern und römischen Ziffern, die über dem Bett seiner Eltern hing. Es war Viertel nach vier.

Hermine befahl ihrem Sohn, wieder in sein Zimmer zu gehen, aber er gehorchte nicht und blieb im Gang zwischen Vorzimmer und Küche stehen. Das Klingeln war jetzt ein

Dauerton. Man hörte Stimmen von Nachbarn. Hermine schien es nicht eilig zu haben, die Tür zu öffnen.

»Los, geh in dein Zimmer, David!«, befahl sie ihrem Sohn ein zweites Mal. Als er ihre Aufforderung wieder ignorierte, wandte sie sich ab.

Die zwei Gestapobeamten waren korpulente Herren mittleren Alters. Ihre billigen Hemden waren ordentlich gebügelt, die Sakkos rochen nach Naphtalin und Rasierwasser. Beim Eintreten grüßten sie höflich und lüfteten ihre Hüte. Der eine streifte seine Schuhe am Türvorleger ab, der andere hängte seine Jacke auf einen Kleiderbügel. Während Benjamin sich anzog und den Koffer packte – mehr als einen durfte er nicht mitnehmen –, unterhielten sich die Beamten über Fußball und die bevorstehenden Olympischen Spiele. Ihrem Dialekt nach zu schließen, kamen sie aus dem ländlichen Raum südlich von Gigricht oder aus der Jakobsau, der Vorstadt, in der viele Zuzügler aus den umliegenden Dörfern wohnten. Vor ein paar Jahren marschierten Benjamin und die Proletarier aus den Vorstädten bei Protestkundgebungen oder am ersten Mai noch zusammen.

David glaubte, die beiden Männer irgendwann in der Straßenbahn oder an der Flusspromenade gesehen zu haben. Er konnte sich nicht vorstellen, dass sie ihm oder seinen Eltern etwas Böses antun könnten. Einer von ihnen fragte das Kind, ob es schon zur Schule gehe. David schüttelte den Kopf. »Dann hat der Ernst des Lebens für dich noch nicht begonnen«, sagte der Beamte, während er aus einer Schnupftabakdose eine Prise nahm.

»Wessen wird mein Mann angeklagt?«, fragte Hermine, erhielt aber keine Antwort. Sie wartete einige Augenblicke, den Kopf schräg, die Schultern leicht zitternd, ein bemühtes Lächeln um die Lippen. Dann versuchte sie es noch einmal: »Warum verhaften Sie meinen Mann?«

»Ohne Grund kommt bei den Preußen niemand in den Knast«, hieß es. »Sagen *Sie* uns doch, gnädige Frau, was Ihr Mann angestellt hat.«

Die Männer lachten, während Hermine rot wurde.

»Na, na, kleine Frau«, meinte der mit der Schnupftabakdose, »wer wird denn so zornig dreinschauen?«

In diesem Augenblick betrat Benjamin wieder das Vorzimmer. Er trug seinen schönsten Anzug und hielt den blauen Reisekoffer in der Hand. Er ging auf die Männer zu, zögerte, drehte sich um, umarmte seinen Sohn, seine Frau, wieder das Kind. Der Koffer fiel ihm aus der Hand.

»Nur keine jüdische Hast«, sagte einer der Männer.

»Ziehen Sie sich was Ordentliches an«, meinte der andere. »Dort, wo Sie hinmüssen, brauchen Sie weder Gilet noch Sakko, eher Stiefel, Jacke und Schal.«

»Aber wann erfahre ich …«

»Bald, kleine Frau, bald. Bei den Preußen braucht alles seine Zeit.«

In dieser Nacht durfte das Kind im Bett seiner Mutter schlafen. Immer wieder fragte es, wer die Männer gewesen seien und weshalb Vater mit ihnen mitgegangen sei. »Dein Vater kommt bald zurück, David. Er macht eine Reise«, antwortete Hermine. »Hinaus aufs Land«, fügte sie mit einem bitteren Lächeln hinzu.

In den nächsten Tagen verbrachte David viel Zeit mit seiner Großmutter. Seine Mutter erklärte ihm, sie müsse sich darum kümmern, dass Vater bald zurückkomme. Dafür müsse sie viele Behörden aufsuchen. Er solle jetzt stark sein und seiner Großmutter keinen Kummer bereiten. David mochte die Großmutter, auch wenn er sich ein wenig vor ihr fürchtete. Sie bewohnte ein dunkles Zimmer in einem alten Haus, dessen Decke so niedrig war, dass ein erwachsener Mensch sie mit den Fingern berühren konnte. Die Möbel waren solide und hässlich wie Großmutters Kleidung. Seit David denken konnte, trug Konstanze denselben mehrmals geflickten braunen Rock und eine weiße Bluse mit Stehkragen. Wenn sie ausging, zog sie einen grauen Mantel an.

Konstanze ging mit ihrem Enkel in die Kirche. Stundenlang musste David vor dem gekreuzigten Gott knien und die Worte der Großmutter nachsprechen: »Lieber Gott, beschütze meinen Vater, meine Mutter und mich, vergib meinen Eltern ihre Sünden, lass Gnade walten, wo du mit Feuer und Schwert strafen müsstest.« Gott blickte mit schmerzerfülltem Gesicht auf die Betenden herab. David wusste längst, dass es sich bei der Holzfigur um ein Götzenbild handelte, ähnlich dem Goldenen Kalb, um das die Israeliten in der Wüste Sinai getanzt hatten. Aber David betete trotzdem, weil er seiner Großmutter eine Freude machen wollte.

»Gott hat uns gestraft«, flüsterte Konstanze ihrem Enkel ins Ohr. »Mich, weil ich meine Tochter zu keiner guten Christin erzogen habe, deine Mutter, weil sie sich vom wahren Glauben abgewandt hat, deinen Vater, weil er eine Christin verführt hat, anstatt sich eine Frau aus seinem Volk zu suchen, und dich, weil du das Kind deiner Eltern bist. Bete, um ihn gnädig zu stimmen! Wirf dich vor ihm nieder! Vielleicht erhört er das Flehen aus dem Munde eines unschuldigen Kindes.«

Aber David legte sich nicht auf den kalten Steinboden. Warum sollte er etwas so Peinliches tun? Das Götzenbild würde ihm seinen Vater nicht wiedergeben können.

»Die Nazis sind eine Geißel Gottes«, murmelte Konstanze. »Der Herr hat sie erschaffen, um uns für unsere Verfehlungen zu strafen. Wir sollten umkehren, bevor es zu spät ist, auf dass der Gehörnte nicht triumphiert.«

Nach dem Kirchenbesuch ging Konstanze mit ihrem Enkel

auf den Jahrmarkt. Er durfte Karussell fahren, einem Monster aus Pappe mit einer faustgroßen Holzkugel ins offene Maul schießen und dem Tanz eines Bären zuschauen. Dann aßen Großmutter und Enkel an der Theke einer Bretterbude Weißwürste und tranken Himbeerwasser. Es war ein sonniger Frühlingstag. Die Menschen waren ausgelassen. Die Hakenkreuzfahnen flatterten im Wind. Auf einem Plakat war ein muskulöser Athlet abgebildet, der einen Diskus in der Hand hielt und zum Wurf ausholte. David wollte ebenfalls gern Diskus oder Speer werfen und Fahnen tragen. Wie schön wäre die Welt, wenn Vater nach Hause käme und wenn es keine Nazis und keine Juden gäbe.

Nach der Verhaftung ihres Mannes verlor Hermine ihre Arbeit. Schon in den letzten Jahren hätten es die Machthaber als Provokation aufgefasst, dass sie, eine Jüdin, Abteilungsleiterin geblieben sei, erklärte ihr der Direktor. Katz & Co. sei ein arisches Geschäft. Wer Gegenteiliges behaupte, müsse mit gerichtlicher Verfolgung rechnen. Seit 1933 habe die Firma elfmal wegen Verleumdung geklagt und alle Prozesse gewonnen. Nun, da Hermines Mann in Schutzhaft genommen worden sei, sehe sich das Unternehmen leider gezwungen, sich von seiner langjährigen Mitarbeiterin zu trennen.

»Sie können sich vorstellen, Frau Salzinger, wie schwer mir diese Entscheidung fällt«, bemerkte der Direktor und errötete. »Als Sie wegen der Geburt Ihres Kindes zu Hause bleiben mussten, habe ich Ihnen den Posten länger als vorgesehen freigehalten. Aber jetzt … Sie verstehen selbst!« Er zog hastig an seinem Zigarillo und reichte Hermine ein Kuvert, das unter einer Bismarckbüste aus Gips, die als Briefbeschwerer diente, gelegen hatte. »Als Anerkennung für Ihre langjährigen Dienste«, murmelte er und schaute Richtung Fenster. Hermine öffnete das

Kuvert. Darin befanden sich zweihundertfünfzig Mark und eine Karte mit dem Wappen der Firma und den Unterschriften des Firmeninhabers, des Direktors und der Herren vom Vorstand.

»Wenn Sie ein richtiger Mann wären und kein Eunuch, hätten Sie sich nie in einem solchen Maße erniedrigt«, sagte Hermine, legte das Geld und das Kärtchen zurück auf den Schreibtisch und verließ das Zimmer.

An einem Nachmittag im September kam Benjamin nach Hause zurück. Seine Haare waren grau, und die Augen hatten ihren Glanz verloren. Eine dunkelrote Narbe zog sich über die Stirn zur linken Augenbraue. Wenn er sprach, konnte man sehen, dass ihm ein Schneidezahn fehlte. Nachdem er im Vorzimmer seinen löchrigen Mantel ausgezogen hatte, begann Benjamin zu weinen. Die Tränen, das Röcheln, die kaum verständlichen Worte und die heisere, fremd klingende Stimme jagten dem Kind Angst ein, so dass es davonlief, als der Vater sich zu ihm herunterbeugte und die Arme nach ihm ausstreckte.

Benjamin ahnte, dass es nicht bei den drei Monaten, die er in Dachau verbringen musste, bleiben würde. So willkürlich wie er festgenommen und freigelassen worden war, so schnell konnte er jeden Augenblick seinen Anzug wieder mit der gestreiften Kleidung des »Schutzhäftlings« vertauschen. Seine Freunde rieten ihm zur Emigration. In der Kultusgemeinde warben Agenten der Jewish Agency für eine Ausreise nach Palästina. Doch Benjamin ließ sich Zeit. Jeden Tag stand er, unterstützt von Werner Voller, seinem einzigen Angestellten, im Laden und verkaufte Uhren. Manchmal zog er sich ins Hinterzimmer zurück, wo die Werkbank stand, doch seit seinem KZ-Aufenthalt zitterten seine Hände, so dass er die Reparaturen meist seinem Assistenten überließ. Voller war verlässlich, fleißig und ein guter

Uhrmacher. Erstaunlich, dass er bereit war, in einem jüdischen Geschäft zu arbeiten. »Aber Herr Salzinger, wollen Sie mich beleidigen?!«, entrüstete sich Voller, als ihn Benjamin einmal direkt darauf ansprach. »Mein Vater war Kommunist. Für mich sind alle Menschen gleich.«

Die SA-Leute marschierten durch die Stadt und sangen vom Judenblut, das vom Messer spritzt. In der Bahnhofstraße, direkt gegenüber dem beliebten Altgigrichter Billardcafé, in dem die Anarchisten früher ihren Stammtisch hatten, war im Gebäude des ehemaligen Hotels Birkenwald die Gestapozentrale untergebracht. Der Hotelbesitzer, ein Jude, war der erste »Gast« des Zellentrakts im Keller gewesen. Jüdische Geschäfte wurden boykottiert und mit Naziparolen beschmiert, doch der Uhrmacherladen Salzinger hatte weiterhin seine Stammkunden. 1937 war die Lage ernst. Trotzdem schien es, als würde die Welt langsam zur Ruhe kommen.

Hermine und Benjamin mochten auf eine Besserung der Verhältnisse hoffen, doch ihr Sohn durchlebte jeden Tag die Hölle. Später erzählte mir mein Vater, wie ihn die Kinder in der Schule zwangen, auf allen vieren durch das Klassenzimmer zu laufen und zu grunzen, während sie kreischend die »Judensau« mit Tritten durch den Raum jagten. Der Lehrer, NSDAP-Mitglied seit 1931, griff bei Späßen dieser Art nicht ein.

Der Lehrer hatte immer einen Rohrstock bei sich, der mit einer Lasche an seinem Gürtel oberhalb der rechten Hüfte befestigt war. Er schlug die Kinder auf Hände, Schultern und Rücken. Diese Prozedur nannte er »Charakterbehandlung«. Auf die spontanen »Behandlungen« folgte die »Abrechnung« am Samstag. In ein schwarzes Notizbuch trug er für jeden seiner Schüler Straf- und Gutpunkte ein. Zwei Strafpunkte machten einen Schlag aus, drei Gutpunkte waren ein Schlag weniger. Am Ende jeder Schulwoche wurde das Konto ausgeglichen.

David erhielt nie Gutpunkte. Der Lehrer hasste ihn, weil er Jude und weil er Linkshänder war. Seine linke Hand war ständig von Striemen und Blutergüssen übersät.

»In allem möchte eure Rasse anders sein!«, brüllte der Lehrer. Aber er werde den Juden schon zwingen, mit der »schönen Hand« zu schreiben! Er werde die Faulheit, die angeborene Verschlagenheit, den ererbten Geiz und die Verlogenheit, die der Jude von Natur aus in sich trage, aus ihm herausprügeln. Er werde ihn mit dem Stock von seinen angeborenen Krankheiten kurieren. Kein Wunder, dass David oft erwähnte, seine Großmutter sei Arierin, doch das schien weder den Lehrer noch die anderen Schüler zu interessieren. Nach dem Unterricht versuchte David, seinen Peinigern zu entkommen. Er versteckte sich in Hauseingängen, Innenhöfen und Parkanlagen oder lief fahrenden Straßenbahnen nach. Meist waren die Schiebetüren des hinteren Wagens geöffnet. David wurde ein Meister darin, während der Fahrt auf- und abzuspringen.

Am 9. November 1938 standen Teile von Gigricht und Patsch unter Wasser. Einige Straßenzüge waren nur mit Booten zu erreichen. Das *Gigrichter Tagblatt* verkündete stolz, dass trotz der Katastrophe keine Menschenleben zu beklagen seien. Erst nach dem Krieg erfuhr man, dass im Keller des Gestapogebäudes zwanzig Häftlinge in ihren Zellen ertrunken waren.

Auf der ersten Seite berichtete das *Gigrichter Tagblatt* jedoch nicht vom Hochwasser, sondern vom Gesundheitszustand des Diplomaten und Parteigenossen von Rath, welcher in Paris einem »feigen, heimtückischen Attentat des polnischen Juden Grünspan« zum Opfer gefallen war. »Die Juden im In- und Ausland werden dafür büßen!«, drohte im Leitartikel der Chefredakteur.

»Hoffentlich stirbt er nicht«, sagte Hermine. »Sonst geht es uns allen schlecht.«

»Sei doch nicht naiv«, erklärte Benjamin. »Der Mann wird sterben. Vielleicht ist er schon tot. Sonst hätte das Ganze ja keinen Sinn. Um ihn zu rächen, muss man erst um ihn weinen.«

Mein Vater erinnerte sich später an das Gespräch, das seine Eltern an diesem Abend geführt hatten. Es ging wie immer um dasselbe.

»In Wien werden Juden aus ihren Wohnungen verjagt.« Benjamin presste den Zeigefinger gegen seine Lippen. Hermine hatte zu laut gesprochen. Die Wände waren dünn, die Nachbarn neugierig. »Man arisiert ihre Geschäfte und prügelt sie auf der Straße«, flüsterte Hermine. »Auch aus anderen Städten hört man von solchen Vorfällen.«

»Bei uns in Gigricht ist das anders«, meinte Benjamin. »Bis jetzt habe ich nichts von Enteignungen gehört. Ich habe mein Geschäft. Wir leben in unserer eigenen Wohnung.«

»Aber wie lange noch?«

»Mir brauchst du nichts von der Willkür der Nazis zu erzählen.«

»Ich spreche mit Doktor Kohn wegen einer möglichen Auswanderung. Er hat seine Kontakte.«

»Einverstanden. Mein Geschäft verkaufe ich an Werner. Er hat mir schon vor einem halben Jahr ein vernünftiges Angebot gemacht.«

»Wir müssen raus aus diesem Land!«

»Spricht so die Frau, die als Zeichen des Protestes zum Judentum übergetreten ist?«

»Ich konnte nicht ahnen, dass die meisten meiner Landsleute Feiglinge und Opportunisten sind. Da lebe ich lieber unter Kamelen und Arabern.«

David hörte zu und hoffte, dass seine Eltern endlich ihre Ankündigungen wahr machten. Seit zwei Jahren sprachen sie von Auswanderung, ohne etwas Konkretes zu unternehmen.

David sehnte sich nach Palästina. Er träumte von einem exotischen Land, in dem immer die Sonne schien und Juden aus aller Welt die Wüste in einen blühenden Garten verwandelten. Die anderen Kinder würden ihn nicht misshandeln und der Lehrer nur dann mit dem Rohrstock schlagen, wenn er es verdiente. Später würde er an der Spitze einer Einheit der Haganah gegen die arabischen Horden ins Feld ziehen.

Um acht Uhr abends wurde David auf sein Zimmer geschickt. Er legte sich ins Bett, schlief ein, wachte aber bald wieder auf. Es war kurz nach zehn. Er öffnete das Fenster. Der kalte Herbstwind schlug ihm entgegen. Die Straße war menschenleer. Im Haus gegenüber brannte kein Licht mehr. Er lehnte sich hinaus und schaute nach rechts. Hundert Meter weiter Richtung Fluss konnte er den Schutzwall aus Sandsäcken erkennen und dahinter – schwarz wie Tinte – das Flutwasser und zwei an Laternenpfähle gebundene Rettungszillen. An diesem Tag war das Wasser leicht zurückgegangen. Die Gefahr für das Haus, in dem die Salzingers wohnten, war gebannt. Nur im Keller stand das Wasser weiterhin kniehoch. David wollte das Fenster wieder schließen, als ein seltsames Geräusch seine Aufmerksamkeit erregte. Es klang wie das Rumpeln einer Blechdose, die über eine abschüssige, steinige Fläche rollt. Das Geräusch schwoll an, verebbte wieder, kam näher und zerfiel schließlich in eine Anzahl von Lauten: Geschrei, zerbrechendes Glas, schwere Gegenstände, die auf dem Pflaster aufschlagen, Trillerpfeifen. David lehnte sich ein weiteres Mal aus dem Fenster und schaute in die Richtung, aus der der Lärm zu kommen schien. Links, dort wo die Fasanenstraße am Patscher Kirchenplatz ihren Anfang nahm, schlugen im Erdgeschoss des Eckhauses Flammen empor. Der Laden des jüdischen Metzgers Silberberg, das einzige koschere Lebensmittelgeschäft der Stadt, brannte. Einige Menschen standen davor und betrachteten das Feuer. Andere warfen

Steine in die zerstörten Vitrinen. Eine bekannte Melodie ertönte: »Wenn Judenblut vom Messer spritzt …«

David schlug das Fenster zu und lief ins Schlafzimmer seiner Eltern. Hermine und Benjamin waren dabei, sich anzukleiden.

»Das ist der Anfang vom Ende«, sagte Benjamin. Seine Stimme war gedämpft, aber fest. »Sie werden uns alle töten. Das habe ich schon in Dachau verstanden, aber ich wollte es nicht wahrhaben.«

»Sei still!«, schrie Hermine. »Du erschreckst das Kind.«

»Aber ich fürchte mich doch nicht, Mama, nicht ein bisschen«, beteuerte David, umarmte seine Mutter und presste sein Gesicht an ihre Brust.

»Lass uns wegfahren«, erklärte Benjamin. »Jetzt. Sofort.«

»Wohin?«

»Wir nehmen den ersten Zug zur Grenze. Dann sehen wir weiter.«

Während David sich anzog, packten seine Eltern die Koffer. Dokumente. Wertsachen. Geld. Warme Kleidung. Im Wohnzimmer warf Hermine eine Blumenvase um, die auf der Kommode stand. Schnell schob sie mit dem Fuß die Scherben unter den Tisch und eilte weiter. David hatte Angst, aber er war auch froh. Nach der Flucht konnte alles nur besser werden. So schnell wie dieser schnelle Aufbruch, so spannend würde sein Leben sein. Er dachte an die Abenteuerbücher von Karl May, die er mit seinen neun Jahren gerade für sich entdeckt hatte. Er durfte nur eines davon auf die Reise mitnehmen, aber er konnte sich nicht entscheiden welches.

Ein Hämmern gegen die Tür. Die Eltern blieben stehen. Benjamin hielt eine Dokumentenmappe in der Hand, Hermine stellte den fertig gepackten Koffer ab, den sie gerade ins Vorzimmer getragen hatte.

BAMM. BAMM.

»Wir öffnen nicht«, flüsterte Hermine.

»Man sieht doch, dass bei uns Licht brennt«, flüsterte Benjamin.

BAMM. BAMM. BAMM. BAMM.

»Aufmachen! Sofort aufmachen!« Die Stimme des Hausmeisters. »Los, machen Sie auf!«, kreischte er.

Der nächste Schlag war so heftig, dass die Schrauben, mit denen die Angeln am Rahmen befestigt waren, um einen halben Zentimeter vorrückten.

»Es hat keinen Sinn«, murmelte Benjamin und öffnete.

David sah, wie sein Vater von der Tür wie von einer riesigen Schaufel beiseite geschoben wurde.

»Da sind sie ja, die Juden!« Der Hausmeister hatte ein Bärtchen wie der Führer, nur buschiger. Er zeigte mit dem Finger auf David und seine Mutter. »Wo hätten sie sonst sein sollen? Wenn der Kammerjäger kommt, verkriecht sich der Schädling immer in sein Loch.«

Im nächsten Moment verschwand das Gesicht des Hausmeisters aus Davids Blickfeld. Männer stürmten in die Wohnung, ein Dutzend, vielleicht auch mehr. Mit ihnen kam der Geruch von Alkohol, Erbrochenem und Schweiß. Der dickliche Mann an der Spitze schwang einen Schlagstock. In seinen Augen war ein irrer Glanz. David erkannte den Mann. Er hatte ihn oft in den Reihen der SA marschieren gesehen. Diesmal jedoch war er in Zivil. Die Eindringlinge brüllten. Parolen, Schimpfwörter, Drohungen.

David hatte keine Zeit, um zu realisieren, was vor sich ging. Ehe der Mann mit dem Schlagstock ihm nahe kommen konnte, hatte sich sein Vater schützend vor ihn gestellt. Hermine packte ihr Kind an den Schultern, zog es weg und stieß es in sein Zimmer. Als David sich umdrehte, hörte er, wie der Schlüssel umgedreht wurde. Vergeblich zerrte und rüttelte er an der Türklinke.

»Ich hörte die Schreie meiner Eltern«, erzählte mir mein Vater später. »Ich hörte das betrunkene, rohe Gelächter der SA-Leute. Ich hörte, wie sie die Wohnung kurz und klein schlugen. Aber ich konnte nur ahnen, was draußen geschah. Bald wusste ich nicht mehr, ob meine Eltern noch am Leben waren. Jeden Augenblick konnten die Banditen die Tür zu meinem Zimmer eintreten. Diese Ungewissheit war das Schlimmste.«

Als der Lärm stärker wurde, hielt sich das Kind die Ohren zu und drehte sich um. Es erschien ihm plötzlich eigenartig, dass sein Zimmer genauso aussah wie vor einer halben Stunde. Das zerwühlte Bett. Der weiße Plüschhase auf dem Nachtkästchen. Eine von ihm selbst angefertigte Zeichnung von Jerusalem an der Wand. Schiefe Häuser, Klagemauer und Tempelberg vor azurblauem Buntstifthimmel. Als einziger Fluchtweg bot sich das Fenster an. Aber er hatte Angst hinunterzuspringen.

Sein Leben lang wunderte sich mein Vater, warum die Eindringlinge ihn und sein Zimmer verschont hatten. Ein Jahr zuvor war die morsch gewordene schwere Holztür durch eine billige aus Holzfaserplatten ersetzt worden. Ein kräftiger Mann hätte keine Mühe gehabt, sie einzutreten.

Nach einiger Zeit wurde es still in der Wohnung. David hörte Schritte im Stiegenhaus und auf der Straße. Er wollte zum Fenster eilen, doch seine Beine versagten. Er stand am Fußende des Bettes und betrachtete die schwarzen Knopfaugen seines Stoffhasen. Dann hörte er, wie der Schlüssel ins Schlüsselloch gesteckt wurde. Es verging eine endlos lange Minute, bevor er umgedreht wurde. Doch niemand kam herein. David wartete noch einige Augenblicke. Sein Herz schlug so schnell, dass er kaum atmen konnte. Er bemerkte, dass seine Hose nass war, aber er hatte solche Angst, dass er sich dessen nicht einmal schämte. Mit zitternden Knien ging er hinaus in den Vorraum. Auf dem Boden lagen Kleider und Schuhe. Im Koffer, den Hermine für die Flucht gepackt hatte, klaffte ein Loch. Der Wandspiegel war zerbrochen, die Leiste mit den Kleiderhaken aus der Verankerung gerissen. Mitten im Raum lag ein Kothaufen auf dem Teppich. Der Geruch nach Urin und Exkrementen war kaum zu ertragen. Und über dieser Stätte der Verwüstung schaukelte die Schirmlampe. In langsamen, regelmäßigen Bewegungen beschrieb sie einen Kreis, dessen Radius immer enger wurde, warf Schatten auf die Blutflecken und die Reste von Erbrochenem auf der Tapete.

Die Wohnungstür stand offen. Im Flur war es dunkel. Doch David erkannte im Zwielicht den Rücken seiner Mutter. Er lief hinaus und drückte auf den roten Knopf an der Wand. Ein Knacklaut hallte im Stiegenhaus wider, und die Flurbeleuchtung ging an. Hermine saß auf der Treppe. Sie drehte sich nicht um, als das Kind sich ihr mit langsamen Schritten näherte. David sah, dass Mutters Kleid zerrissen war und dass sie Blutergüsse im Gesicht und an den Armen hatte. Ihr Blick war starr, die Hände waren zu Fäusten geballt.

»Mama?«, flüsterte David und legte die Hand auf die Schulter der Mutter. Sie schaute ihn nicht an, sondern öffnete ihre rechte Hand und streckte sie ihm entgegen. Auf der Handfläche lag ein blutiger Eckzahn.

»Sie haben ihn mitgenommen.« Hermines Stimme klang fern.

David nahm den Zahn, hielt ihn zwischen Zeigefinger und Daumen, betrachtete ihn. »Ich war sehr ruhig in diesem Augenblick«, erzählte mir später mein Vater. »Meine Gefühle waren wie unter einer dicken Eisdecke verschwunden. Ich hielt diesen Zahn und wusste, dass ich ihn nie mehr loslassen durfte.«

Heute liegt der Eckzahn meines Großvaters in einer silbernen Dose, die ich mit anderen Erinnerungsstücken an meinen Vater in seinem alten Koffer aufbewahre.

Am 11. November 1938 berichtete das *Gigrichter Tagblatt* auf der dritten Seite: *Das Bekanntwerden des Ablebens des durch feige jüdische Mörderhand niedergestreckten deutschen Diplomaten, Parteigenossen vom Rath, hat, wie im ganzen Reich, so auch in unserer Stadt tiefste Empörung und gerechten Zorn des Volkes ausgelöst. Der Schlag des internationalen Judentums traf uns zu stark, als daß wir mit Worten allein darauf hätten reagieren können. Dafür können sich die Juden bei ihrem Rassegenossen Grünspan und bei dessen Anstiftern bedanken. Dabei ist mit den Juden selbst in Gigricht glimpflich verfahren worden. Kleinere jüdische Vermögenswerte sind vernichtet worden, die eine oder andere Fensterscheibe ging in Brüche. Dennoch ist in erster Linie lediglich demonstrativ vor Augen geführt worden, welchen Grad der Zorn des deutschen Volkes erreicht hat, ohne daß dabei Juden an Leib und Seele Schaden erlitten haben. Die Sicherheitsbehörden haben dafür gesorgt, daß es zu keinen unwürdigen Übergriffen gekommen ist. Überflüssig zu sagen, daß von Ausschreitungen oder gar Plünderungen nirgends etwas bemerkt werden konnte. Wer Zeuge der antijüdischen Aktionen war, mußte sich vielmehr über die Disziplin, die von der Volksmenge trotz der Empörung über die jüdische Mordtat gehalten wurde, wundern.*

Anfang Dezember erfuhr Hermine vom Tod ihres Mannes. In einem kurzen Schreiben wurde ihr mitgeteilt, dass der *Schutzhäftling Benjamin Salzinger am 23. November 1938 im KL Dachau an den Folgen eines Herzinfarktes verstorben* sei.

»Sie werden dafür büßen«, flüsterte Hermine. »Bis ins siebte Glied werden sie dafür büßen!«

David weinte die ganze Nacht. Er verstand, dass sein Vater tot war, konnte sich aber trotzdem nicht vorstellen, dass er ihn nie mehr sehen und nie mehr mit ihm sprechen würde. Der Tod war etwas Abstraktes, das nur anderen widerfuhr. Wie in den

Tagen zuvor wartete er auch weiterhin auf Benjamins Rückkehr und lief aufgeregt zur Wohnungstür, wenn er draußen Schritte hörte. Die meiste Zeit verbrachte er jetzt zu Hause, denn seit Mitte November durften jüdische Kinder keine deutschen Schulen mehr besuchen.

An seinem letzten Schultag hätte David ein Referat über den »feigen jüdischen Meuchelmord an einem aufrechten deutschen Diplomaten« halten sollen. Als er an der Tafel stand und trotz mehrmaliger Ermahnungen kein Wort herausbrachte, schlug ihn der Lehrer so lange und so heftig, bis er weinend aus dem Klassenzimmer lief.

»Du musst jetzt stark sein«, erklärte ihm zu Hause seine Mutter, während sie ihn umarmte und streichelte. »Wir müssen beide stark sein. Glaub mir, spätestens in zehn Jahren baumelt dieser Lehrer an einem Laternenpfahl.«

Zehn Jahre später war der 1945 aus dem Schuldienst entlassene Lehrer Leiter der öffentlichen Bücherei von Oberschweffla. Er starb als Neunundachtzigjähriger in einem Gigrichter Altersheim.

Doktor Kohn rügte Hermine dafür, dass sie nicht früher zu ihm gekommen war. Die Hälfte aller Gigrichter Juden sei schon ausgewandert, erzählte er. Vor einem oder zwei Jahren sei es viel leichter gewesen, ein Visum zu bekommen, inzwischen jedoch beinahe unmöglich. Die deutschen Juden säßen in Nazideutschland fest wie in einer Falle.

»Dann müssen Sie für uns eben ein Schlupfloch finden, Herr Kohn«, sagte Hermine. »Ich mache mein gesamtes Hab und Gut zu Geld und gebe es Ihnen, damit Sie das Notwendige arrangieren. Wenn es sein muss, werde ich zum Kamel und gehe durchs Nadelöhr.« Der Rabbiner lachte und meinte, dass er es mit einer starken und konsequenten Frau zu tun habe. Das wisse er schon seit ihrem Übertritt zum Judentum. Jedenfalls werde er alles Menschenmögliche tun, um ihrem Wunsch zu entsprechen. Sie solle am übernächsten Tag um sieben Uhr morgens wiederkommen.

Rabbiner Kohn gehörte zur Kategorie jener Menschen, die auf den ersten Blick unscheinbar wirken, deren Feuer aber ziemlich heftig im Verborgenen lodert. Er galt als blutleerer Asket, ein Junggeselle, der nicht trank, nicht rauchte, Diät hielt und sich nicht für Frauen interessierte. Seine steife Art bildete die Grundlage für zahlreiche Anekdoten, die unter den Juden von Gigricht kursierten. Man wusste, dass er jeden Tag um fünf Uhr fünfundvierzig aufzustehen pflegte und um Punkt sieben Uhr die Tür zu seinem Büro öffnete. Kam ein Bittsteller, der für diese frühe Stunde beim Rabbiner angemeldet war, nur eine Minute zu spät, wurde er höflich, aber bestimmt gebeten, sich von der Sekretärin im Vorraum einen anderen Termin geben zu lassen.

In den Fünfzigerjahren wurde eine Straße in Tel Aviv nach Doktor Kohn benannt. Er hatte hunderten Juden zur Flucht aus Deutschland verholfen und dabei niemals in Erwägung gezogen, sich selbst in Sicherheit zu bringen. Er wollte die Menschen, die ihn brauchten, nicht zurücklassen. 1942 ist er im KZ Theresienstadt verhungert.

Hermine war pünktlich. Schon um zehn vor sieben wartete sie mit ihrem Sohn vor Doktor Kohns Bürotür, doch erst als die Glocke der nahen Patscher Kirche zu schlagen begann, durften die beiden eintreten. Doktor Kohn blätterte in seinen Papieren. Er trug einen Kneifer mit goldener Fassung, der seinem schmalen Gesicht mit den mattgrünen Augen eine etwas biedere Noblesse verlieh. Mit seinen Ärmelschonern, dem Gilet und dem Schlips – beide von dezenter dunkelblauer Farbe – erinnerte er an einen Bankbeamten. Tintenfass, Feder, Bleistifte und Stempel waren ordentlich am Schreibtischende aufgereiht und bildeten eine symbolische Trennwand zwischen dem Herrn Verwaltungsleiter – eine Funktion, die Doktor Kohn seit kurzem innerhalb der Kultusgemeinde bekleidete – und den Besuchern. Als Hermine den Raum betrat, erhob sich der Rabbiner von seinem Sessel, kam ihr entgegen, verbeugte sich und deutete einen Handkuss an.

»Nehmen Sie bitte Platz, gnädige Frau«, sagte er. »Ich habe leider nicht viel Zeit und möchte deshalb ohne Umschweife zur Sache kommen.«

»Ich weiß jede Minute zu schätzen, die Sie mir schenken, werter Herr Doktor«, bemerkte Hermine.

Der Rabbiner murmelte Worte des Dankes, während er seine Flügelmappe zuklappte. »Wie geht es dir?«, fragte er David.

»Es geht.«

»Schau mich an.«

Der Rabbiner musterte das Kind. »Ich wollte, dass du bei diesem Gespräch dabei bist. Ich war mir nicht sicher, ob du für das, was ich deiner Mutter vorschlagen werde, mutig und erwachsen genug bist.«

»Als ich noch in die Schule ging, schlug mich der Lehrer jeden Tag mit dem Rohrstock, aber ich habe weder geweint noch geschrien.«

Der Rabbiner schaute meinen Vater noch einige Zeit schweigend an, dann wandte er sich Hermine zu.

»Am Morgen des zwölften Januar nehmen Sie den Schnellzug nach Prag. Es tut mir Leid, aber es geht leider nicht früher.« Er sprach emotionslos und knapp, so als würde er einen amtlichen Brief diktieren. »In Aussig, im Sudetenland, steigen Sie aus. Im Bahnhofsrestaurant wird ab sechzehn Uhr ein junger Herr mit blondem, leicht gewelltem Haar auf Sie warten. Er wird einen weißen Rollkragenpullover tragen und den *Völkischen Beobach-*

ter aufgeschlagen auf dem Tisch liegen haben. Sie wenden sich an ihn und fragen, ob das Wetter einen kleinen Urlaub in der Region zulässt. Einem erholsamen Aufenthalt stehe nichts im Wege, wird er Ihnen antworten. Warme Kleidung, festes Schuhwerk und gute Laune seien jedoch unbedingt erforderlich. Sollte der junge Mann zum vereinbarten Zeitpunkt nicht zugegen sein, sollte er Ihnen eine andere Antwort geben, etwas auslassen oder bei den Antworten eine andere Reihenfolge wählen, fahren Sie mit dem nächsten Zug wieder nach Gigricht zurück. Ansonsten folgen Sie seinen Anweisungen. Sorgen Sie dafür, hundertfünfzig Mark in kleinen Scheinen bei sich zu haben. Wenn nichts Unvorhergesehenes geschieht, werden Sie am nächsten Tag auf der tschechischen Seite sein … Fahren Sie nach Preßburg. Dort suchen Sie den Notar Israel Stern in der Obchodná ulica 21 auf. Richten Sie ihm Grüße von Onkel Kohn in Gigricht aus. Er wird Sie nach meinem Befinden fragen. Berichten Sie ihm, dass ich immer noch Probleme mit dem Rücken habe. Danach können Sie mit ihm offen reden. Er ist mein Verbindungsmann zur Transportleitung einer zionistischen Organisation, die Juden illegal nach Palästina bringt. Stellen Sie sich darauf ein, dass die Überfahrt beschwerlich sein wird. Über die Donau zum Schwarzen Meer. Danach mit einem alten Frachter nach Palästina. Doch wenn alles gut geht, sind Sie in ein paar Monaten im Heiligen Land.«

Er klappte die Mappe auf und begann in seinen Papieren zu blättern.

»Noch Fragen?«

»Die finanzielle Seite.«

»Dafür ist Doktor Stern zuständig. Nehmen Sie so viel Bargeld und Schmuck wie möglich mit. Verstecken Sie es gut. Ich habe Herrn Stern ausrichten lassen, Ihr verstorbener Ehemann sei Zionist der ersten Stunde gewesen. Das wird ein gutes Argument gegenüber der Transportleitung sein, Ihnen keinen so hohen Betrag zu verrechnen wie einigen anderen. Das meiste Geld muss für Bestechungsgelder an die Beamten diverser Balkanländer verwendet werden. Übrigens habe ich etwas von sechshundert englischen Pfund pro Person gehört …«

»Was?!«, schrie Hermine. »So viel bekomme ich nie zusammen! Allein für die Judenvermögensabgabe muss ich einen großen Teil meiner Ersparnisse aufgebrauchen.«

»Keine Angst.« Ein wissendes Lächeln huschte über das Gesicht des Rabbiners. »Der Transport wird schon nicht ohne Sie abgehen. Sie können sich auf das Verhandlungsgeschick von Herrn Doktor Stern verlassen.«

Hermine hatte keine weiteren Fragen. Bevor sie ging, wünschte ihr der Rabbiner Glück. »Ich hoffe, das Nadelöhr wird für Sie nicht zu eng werden«, sagte er ihr zum Abschied.

Wie nach Benjamins erster Verhaftung wurde auch diesmal das Geschäft von Werner Voller weitergeführt. Der Laden war während der Pogromnacht nicht zerstört worden, weil er auf Grund der Überschwemmung nur über lange Umwege von der Innenstadt aus erreichbar gewesen war. Kein SA-Mann war bereit, mehrere Kilometer zu gehen oder durchs Wasser zu waten.

Voller hatte ein Jahr zuvor geheiratet. Im August hatte seine Frau einen Sohn zur Welt gebracht, der den Namen Andreas erhielt. Nun wollte Herr Voller eine eigene Existenz gründen. Nach Benjamin Salzingers Tod bot sich ihm endlich die Chance dafür. Mein Vater hat nie erfahren, woher Voller das kleine Vermögen hatte, das er Benjamin schon Ende 1937 für den Erwerb des Ladens angeboten hatte. Im Dezember 1938 war Hermine bereit zu verkaufen. Herr Voller gratulierte ihr zu diesem »vernünftigen Entschluss«. Deutschland sei kein Land mehr für Juden, sagte er. Daraufhin nannte er einen Preis, der einen

Bruchteil seines ursprünglichen Angebots ausmachte. Hermine protestierte, bezeichnete Voller als Halsabschneider und Profiteur, doch dieser blieb stur. »Die Zeiten haben sich geändert«, meinte er. »Vor einem Jahr war ich noch nicht verheiratet und hatte kein Kind zu versorgen, und wer, wenn nicht ich, wird Ihnen ein so großzügiges Angebot machen, da doch jeder sieht, dass heutzutage alle kleineren jüdischen Geschäfte liquidiert und die größeren arisiert werden.«

Hermine versuchte, Herrn Voller ins Gewissen zu reden. Er sei Arier und werde bald Inhaber eines gut gehenden Uhrmacherladens sein. Sie hingegen sei Jüdin, eine allein stehende Witwe mit Kind. Die Menschlichkeit und noch viel mehr die Anständigkeit gebiete, dass er ihr einen ordentlichen Preis für ihr Eigentum zahle. Was sie verlange, liege ohnehin weit unter dem buchhalterischen Wert des Geschäfts. Doch Voller ließ sich nicht erweichen.

An einem jener Dezembertage kam David mit Blutergüssen und Platzwunden im Gesicht nach Hause. Seine rechte Wange war angeschwollen. Das Auge konnte er kaum offen halten. Er war auf der Straße von anderen Kindern als »dreckiger Jud« beschimpft und verprügelt worden. Hermine führte ihn ins Badezimmer, um ihn zu verarzten. An Stelle des von den SA-Leuten zertrümmerten Waschbeckens stand ein Eimer aus Blech. An der Wand war ein Spiegelsplitter befestigt. Darin konnte David sein entstelltes Gesicht erkennen. Die Wohnung bot nach tagelangem Putzen und Aufräumen immer noch ein Bild der Verwüstung. Nur die Uhr mit den roten Zeigern und römischen Ziffern, die im Schlafzimmer der Eltern über dem Bett hing, war unversehrt geblieben.

Hermine wischte ihrem Sohn mit einem feuchten Tuch das Blut aus dem Gesicht, holte aus einer weißen Blechdose mit rotem Kreuz auf dem Deckel eine Schere und Verbandszeug heraus, legte aber beides nach kurzem Zögern wieder zurück. »Komm mit!«, sagte sie.

Es schneite. Die Vitrinen der Geschäfte waren weihnachtlich geschmückt. Eine fröhliche, beinahe ausgelassene Stimmung herrschte in der Stadt. Tanzlokale, Kinos und Varietees hatten Hochbetrieb. Die Menschen waren zufrieden. Das Hochwasser hatte geringere Schäden angerichtet als befürchtet. Der drohende Krieg mit der Tschechoslowakei und den Westmächten war abgewendet worden, und die Zahl der Arbeitslosen war niedriger als je zuvor. An den Straßenecken standen als Schneewittchen verkleidete Mädchen und verkauften Lotterielose. Auf dem Patscher Kirchenplatz herrschte ein Gedränge vor den Bratwurstständen.

In der Auslage des Uhrmacherladens Salzinger stand ein Weihnachtsbaum. An einer Wand des Ladens hing ein Adventkalender, an einer anderen konnte man auf einem selbst gefertigten Plakat die Worte lesen: *Wir wünschen unseren werten Kunden ein gesegnetes Weihnachtsfest und ein glückliches Jahr 1939.* Derartiges hätte Benjamin nie geduldet.

An der Tür war ein Schild angebracht. Darauf stand: *In Arisierung begriffen.* »Schau dir das an«, murmelte Hermine. »Dieser Lump fühlt sich schon als Besitzer.«

Werner Voller stand hinter dem Ladentisch. Er trug einen weißen Kittel, hatte eine Zigarette im Mundwinkel und war gerade dabei, eine Kollektion von Armbanduhren zu sortieren. Er drehte und wendete jedes einzelne Stück, runzelte die Stirn und legte es in den flachen hölzernen Schaukasten mit gläsernem Deckel zurück. Danach beschriftete er die Preisschilder. Der Zigarettenrauch entwich durch seine Nasenlöcher. Wenn er rauchte, erinnerte er David an einen Drachen. Vor ein paar Jahren hatte sich das Kind noch vor dem korpulenten, fast zwei

Meter großen Assistenten seines Vaters gefürchtet, sich aber bald mit ihm angefreundet.

»Na, junger Mann, sind wir wieder einmal gegen ein paar Fäuste gelaufen, was?«, begrüßte ihn der Uhrmacher und zwinkerte ihm zu. Er holte aus einer Schublade einen Lutschbonbon heraus. »Das wird dir die Zeit versüßen, bis der Schmerz nachlässt.«

Hermine wartete, bis keine Kunden im Laden waren. Dann hängte sie das Schild *Vorübergehend geschlossen* an die Tür.

»Schauen Sie sich meinen Sohn an, Herr Voller«, sagte sie. »Sehen Sie nicht, wie unglücklich er ist? Er hat seinen Vater verloren, und heute wurde er von anderen Kindern verprügelt, weil er Jude ist. Ist Ihnen unser Schicksal völlig gleichgültig? War mein Mann nicht lange Ihr Freund und Gönner?«

Vollers Gesicht wurde ernst. Er drückte die Zigarette im Aschenbecher aus.

»Sie beschämen mich, gnädige Frau.«

»Herr Voller, ich habe in meinem Leben noch nie gebettelt, aber für das Wohl meines Kindes wäre ich bereit, diese Demütigung auf mich zu nehmen.«

Voller richtete sich auf und verschränkte die Arme auf der Brust.

»Seit unserem letzten Gespräch hat sich an meiner Haltung nichts geändert, gnädige Frau. Ich muss an meine Familie denken. Fünfhundert Mark erhalten Sie von mir bar auf die Hand, wenn Sie in den Verkauf einwilligen. Die offizielle Kaufsumme von tausendfünfhundert Mark überweise ich Ihnen auf Ihr Bankkonto. Das ist Vorschrift. Eigentlich sollten Sie mir dankbar sein! Hätte ich nicht meine guten Kontakte nach oben, wäre das alles nicht möglich. Andere jüdische Geschäfte wurden nach dem neunten November gar nicht mehr geöffnet, deren Inhaber haben alles verloren.«

Hermine schüttelte den Kopf. Bankkonten von Juden waren Verfügungsbeschränkungen unterworfen. Was nach Abzug von Steuern und der Judenvermögensabgabe noch übrig bliebe, würde sie vor ihrer Flucht ins Ausland nicht abheben können. Tausendfünfhundert Mark war ein lächerlich geringer Preis für einen Laden mit einem großen Sortiment teurer Uhren. Die fünfhundert Mark »bar auf die Hand« waren ein Hohn.

»Fünfhundert Mark in bar für Laden und Inventar und fünfhundert für Ihre Wohnung samt Mobiliar«, sagte Voller. »Ich übernehme Ihren Mietvertrag.«

»Ach, die Wohnung wollen Sie auch haben?«, rief Hermine. Dieser Vorschlag war neu.

»Sie kennen doch meine Wohnverhältnisse, Frau Salzinger, und Sie werden Ihre Wohnung, mit Verlaub gesagt, bald ohnehin nicht mehr brauchen. Treten Sie sie ab, bevor die Behörden von sich aus tätig werden. Sie verstehen doch, was ich meine. Ich habe nicht nur mein, sondern auch Ihr Wohl im Auge.«

»Fünfhundert Mark als Ablöse für eine Wohnung dieser Größe und in dieser Lage?«, schrie Hermine. »Allein die Möbel sind mehr wert. Danke für Ihren Edelmut, Herr Voller! Sie sind ein Lump!«

»Dreihundert für den Laden, siebenhundert für die Wohnung, wenn Ihnen das besser gefällt«, sagte Voller trocken.

Hermines Gesicht lief rot an. Sie holte tief Luft, doch sie konnte nicht schreien. Es verging einige Zeit, bevor sie etwas erwidern konnte. »Ich wusste nicht, dass Sie ein Zyniker sind. Vielleicht zeugt dies von einem Rest an Menschlichkeit und schlechtem Gewissen.«

Voller öffnete wieder die Glasplatte des Schaukastens, holte eine Uhr heraus und hielt sie gegen das Licht. »Tausend Mark in bar für Wohnung und Laden. Den Kaufvertrag kann ich morgen aufsetzen lassen. Sie brauchen die Wohnung nicht sofort zu räumen, aber im Februar möchte ich einziehen. Das ist mein letztes Wort.«

»Wenn ich geahnt hätte, dass es einmal so weit kommen wird…«, flüsterte Hermine.

»Sagen Sie schnell ja, gnädige Frau. Wenn Sie weiter zögern, werden Sie alles verlieren und ohne Geld dastehen.«

David sah, wie seine Mutter bleich wurde, schwankte und sich auf die Sitzbank gegenüber dem Ladentisch fallen ließ. Er griff nach ihrer Hand. »Ist dir schlecht, Mama?«, flüsterte er.

»Soll ich Ihnen ein Glas Wasser bringen?«, fragte Voller.

Hermine schüttelte den Kopf. »Ihr Vater war Kommunist.« Sie presste die Worte mit heiserer Stimme hervor. »Im Jahre zweiunddreißig hatte er sich mutig den SA-Banden entgegengestellt und wurde von ihnen totgeschlagen. Sie hingegen sind der Nazipartei beigetreten. Ich kann nicht glauben, dass Sie der Sohn Ihres Vaters sind.«

Voller fiel die Uhr aus der Hand, aber er bückte sich nicht, um sie vom Boden aufzuheben.

»Ja oder nein?«, keuchte er. »Ich will eine Antwort. Jetzt! Gleich!«

»Ja«, flüsterte Hermine. »Sie lassen mir keine Wahl.«

»Ausgezeichnet, gnädige Frau. Kommen Sie morgen am Nachmittag wieder. Bis dahin werde ich alles Nötige veranlassen.«

Das erste Mal in seinem Leben sah David seine Mutter weinen. Die Tränen rannen über ihre Wangen, doch ihr Gesicht blieb glatt und starr wie während des gesamten vorangegangenen Gesprächs.

»Und da, in diesem Augenblick«, erzählte mir mein Vater, »wurde ich von Wut gepackt wie bis dahin noch nie in meinem Leben. All die Verletzungen und Demütigungen, die ich unterdrückt hatte, die Ohnmacht und Verzweiflung, die ich zu verdrängen versuchte, brachen hervor.«

David begann, mit den Fäusten auf den Uhrmacher einzuschlagen. Davor hatte er den Kasten mit den Armbanduhren vom Tisch gefegt. Der Glasdeckel zerbrach in hunderte Splitter. Plötzlich holte Voller aus und schlug dem Kind ins Gesicht. David fiel zu Boden. Seine verletzte Wange brannte. Er hörte seine Mutter schreien.

»Judenbrut!«, zischte Voller und wandte sich ab.

»Ich hatte keine Freunde in Gigricht«, erzählte mir Vater vierzig Jahre später, »Voller war neben meinen Eltern einer der wenigen Menschen gewesen, denen ich Vertrauen und Sympathie entgegengebracht hatte. Kein Schlag mit dem Rohrstock, keine Beleidigung oder Kränkung in der Schule oder auf der Straße hatte so weh getan wie diese Ohrfeige.«

In den frühen Morgenstunden des 12. Januar 1939 fuhr der Schnellzug nach Prag in den Gigrichter Hauptbahnhof ein. Ein langer Pfeifton ertönte, die Räder blockierten, dichter Rauch füllte die Halle. Die Menschen auf dem Bahnsteig griffen nach ihren Koffern und Tüten und drängten zu den Wagentüren. Durch die verglasten Öffnungen der Kuppel fiel das bläuliche Morgenlicht auf das Hitlerbild, das unter der Bahnhofsuhr an der Mauer hing. Der Führer beobachtete das geschäftige Treiben in der Halle mit sichtlichem Unbehagen. Sogar auf diesem geschönten Porträtphoto machte er nicht den Eindruck eines lebensfrohen Menschen.

Hermine und ihr Sohn nahmen auf einer Holzbank in einem Wagen der Dritten Klasse Platz. Als der Zug losfuhr, presste David seine Nase und Stirn gegen die Scheibe. Ein letzter Blick auf den Gigrichter Dom, den Schnee auf den spitzen Dächern der Fachwerkhäuser, die Schlote am Horizont, und schon rollte der Zug über die Brücke und verschwand auf der anderen Seite des Flusses in der Dunkelheit eines Tunnels. David dachte an die letzten Tage und Wochen zurück, an seinen Vater, an seine Peiniger in der Schule, an Vollers Gesicht, als er die Wohnung am Tag der Übernahme inspizierte, an den letzten Spaziergang durch die Stadt und an den Abschied von seiner Großmutter. Sie hatte versprochen, ihn in Palästina zu besuchen. »Irgendwann kommt die Welt wieder ins Lot«, sagte sie, während sie ihren Enkel umarmte. »Bald wird der Pöbel, der jetzt regiert, auf seinen Platz verwiesen werden. Man wird wie früher von Land zu Land reisen können, und eines Tages steht deine alte Großmutter vor deiner Tür. Ich wollte immer schon den Ort sehen, an dem unser Heiland für uns gestorben und wiederauferstanden ist.« Konstanze starb im Frühjahr 1945 als eines der letzten Opfer des Bombenkrieges.

Nachdem der Zug den Tunnel verlassen hatte, schob David das Fenster herunter, streckte den Kopf hinaus und schaute zurück. In einer Senke zwischen den Hügeln konnte er noch kurz einen Vorort von Patsch erkennen. Zweistöckige Backsteinbauten. Kleine Gärten, in denen Gemüse gezogen wurde. Weiß gestrichene Lattenzäune. Eine Arbeitersiedlung.

»Nie mehr!«, flüsterte das Kind, »komme ich hierher zurück!«

III

1

Doktor Birgit Mötschelmayer-Ivanovic erinnerte mich an Frau Schnürer, meine Mathematikprofessorin im Gigrichter Gymnasium. Doch die Schnürer war einen Meter fünfundsechzig groß gewesen und hatte fünfzig Kilo gewogen, während Doktor Mötschelmayer-Ivanovic bei etwa demselben Gewicht bestimmt fünf bis sieben Zentimeter größer war. Auf ihrem schmalen, zerbrechlich aussehenden Körper wirkte der Kopf riesig. Das Alter der Ärztin war schwer zu schätzen. Fünfundfünfzig, vielleicht sechzig.

Doktor Mötschelmayer-Ivanovic grüßte und blätterte in ihren Akten. Als ich eintrat, schaute sie nicht auf. Ich stand vor ihrem Schreibtisch und wartete. Es war wie damals, als Professor Schnürer Eintragungen ins Klassenbuch machte. Am liebsten wäre ich hinausgelaufen. Endlich schaute mich die Ärztin an.

»Herr Salzinger, nicht wahr?«

»Ja.«

Sie legte die Mappe auf einen Papierstoß neben dem Laptop.

»Bestimmte Sachen muss ich sofort notieren, sonst kommt alles durcheinander«, erklärte sie. »Setzen Sie sich.«

Das glaubte sie mir offensichtlich.

Ich musste mich ausziehen. Doktor Mötschelmayer-Ivanovic streifte einen durchsichtigen Plastikhandschuh über ihre rechte Hand. Ich schloss die Augen und fragte mich, wie es Frauen aushalten, dass männliche Ärzte regelmäßig ihre intimsten Stellen untersuchen.

Bei der ersten Berührung wich ich zurück.

»Keine Angst, Herr Salzinger, ich nehme Ihnen schon nichts weg.«

Eine Minute später war die Prozedur vorbei. »Sie dürfen die Augen wieder öffnen, Herr Salzinger.« Als ich ihr Gesicht und ihr leichtes Lächeln sah, beeilte ich mich, meine Unterhose anzuziehen.

»Hatten Sie eigentlich jemals sexuelle Probleme?«, fragte die Ärztin, während sie aus der Schublade eine längliche Röhre herausholte, die wie ein Zigarrenbehälter aussah.

»Nein!« Kurze Pause. »Nein! Eigentlich nie!« Das war gelogen. Aber was ging die Mötschelmayer-Ivanovic mein Sexualleben an? Meiner Mathematikprofessorin hätte ich auch nie davon erzählt.

»Sie können es sich im Zimmer nebenan auf der Couch gemütlich machen«, sagte sie und reichte mir die Röhre.

Das Glas fühlte sich unangenehm kalt an. Ich machte einen Schritt Richtung Tür.

»Herr Salzinger!« Ich blieb stehen. »Nicht dorthin.« Ich drehte mich wieder um. »Diese Tür bitte!« Sie zeigte mit dem Finger auf eine schmale, weißgestrichene Tür zwischen Aktenschrank und der Lithographie einer Alpenlandschaft aus dem 19. Jahrhundert. »Es wäre vielleicht nicht ganz so günstig, wenn Sie das im Warteraum machen, nicht wahr?«

Während sie grinste, hatte ich den Eindruck, als müsste ihre ledrige Haut über den breiten Backenknochen jeden Augenblick platzen. Ich fühlte, wie mir die Hitze ins Gesicht stieg.

»Entspannen Sie sich, Herr Salzinger.«

Ich dachte an die fünf oder sechs Männer, die draußen konzentriert in Zeitschriften blätterten und sich bemühten, Blickkontakte zu ihren Nachbarn zu vermeiden.

Das Nebenzimmer war eine fensterlose Kammer, in der ein Sofa und ein niedriger Holztisch gerade noch Platz hatten. Das Sofa war mit rosafarbenem Stoff bezogen. Auf dem Tisch lagen Zeitschriften: *Playboy*, *Erotica*, *Feuchte Träume* und, etwas überraschend, *The Economist*. Das Licht der Deckenbeleuchtung – ich kann mich nicht mehr erinnern, ob es mattgrün oder weinrot gewesen ist – war dezent, aber ausreichend, um die Photoreproduktionen an den Wänden zu erkennen – das Empire State Building, den Turm des Stephansdoms, den Obelisken vor dem Lincoln Memorial in Washington. Eine gold gerahmte Urkunde besagte, dass Frau Birgit Ivanovic am 23. Oktober 1969 zum Doktor der Allgemeinmedizin promoviert hatte.

Ich ließ die Hosen herunter und setzte mich auf das Sofa. Mit der linken Hand hielt ich den Behälter bereit, mit der rechten versuchte ich vergeblich, die gewünschte Reaktion herbeizuführen. Phantasien, die bis dahin immer erfolgversprechend waren, konnten diesmal den Rückzug nicht verhindern.

Manuela und ich waren uns die letzten Monate in der kleinen Zweizimmerwohnung aus dem Weg gegangen. Höchstwahrscheinlich hätte auch ein Kind unsere Beziehung nicht mehr retten können, sondern nur zu einer Folge von Auseinandersetzungen und Verletzungen geführt. All das hatten wir uns bis dahin erspart. Die Distanz zwischen uns hatte sich allmählich entwickelt, ohne dass es dafür dramatischer Ereignisse bedurfte. Das Einzige, was an Vertrautheit übrig blieb, war die Erinnerung an die gemeinsame Studienzeit. Noch hatten wir die Hoffnung, dass es einmal wieder so werden könnte wie früher. Nach der Entscheidung für ein Kind gab es wieder ein gemeinsames Ziel, doch die alte Nähe stellte sich nicht wieder ein.

Ich wandte mich den Zeitschriften zu. Auf dem Cover von *Erotica* war eine Domina abgebildet. Lederkluft. Reitpeitsche. Eine schwere Kette um den Hals. Reiterstiefel mit Sporen sowie eine Lanze in der Hand. Außerdem war sie meiner ehemaligen Lateinprofessorin, Frau Jäger, zum Verwechseln ähnlich. Warum mir nur ständig meine Schulzeit in den Sinn kam!? Ich hatte nie Probleme in der Schule gehabt. Die Alpträume von gescheiterten Prüfungen kamen erst Jahre nach dem Abitur.

Feuchte Träume bestand fast nur aus Bildern. Ich schlug die vorletzte Seite auf. Unter dem Photo einer nackten Blondine mit silikonverdächtigem Busen hatte ein namentlich nicht genannter Lyriker in den Wind gereimt: *Der Frauen Neid, der Männer Freud/ Sabine macht nur selten Witze/ du glaubst, sie schaut dir ins Gesicht/ doch ruht ihr Blick am Hosenschlitze.*

Verzweifelt warf ich die *Feuchten Träume* unter den Tisch. Die geringe Erregung, die ich zuvor hatte, war nun endgültig aus meinem Körper gewichen.

Zuerst dachte ich, psychische Faktoren seien für den Misserfolg verantwortlich. Manuela und ich hatten geheiratet, als wir beide dreiundzwanzig waren. Fünf Jahre später dachte ich das erste Mal an Scheidung. Vielleicht war es weniger die Furcht vor dem Alleinsein, die mich davon abhielt, sondern davor, wieder von vorne beginnen zu müssen. Ich wollte unbedingt Kinder haben. Die Geschwister meiner Mutter und die meisten ihrer anderen Verwandten waren von den Nazis ermordet worden. Mein Vater war wie ich ein Einzelkind. Nun war ich »der letzte Salzinger«. Vater hatte immer behauptet, es sei ihm egal, ob künftige Generationen »Besitzer des Salzinger-Namens und der Salzinger-

Gene« sein würden. »Vor dem Krieg gab es sechzehn Millionen Juden auf der Welt«, erklärte er mir. »Nach dem Krieg waren es zehn. Heute sind es wieder sechzehn. Wir haben uns in zwei Generationen regeneriert. Wozu also um jeden Preis Nachkommen in die Welt setzen? Wir sind keine bedrohte Spezies mehr.« Je öfter er diesen Satz wiederholte, desto klarer stand meine Entscheidung fest: Ich wollte mindestens zwei Kinder, am besten drei oder vier.

Im Februar 1999 hatte ich mit Manuela die schwerste Auseinandersetzung seit Beginn unserer Beziehung. Wir hatten uns im Café Schottenring verabredet, weil sie meinte, »die bedrückende Atmosphäre der gemeinsamen Wohnung« würde jedes konstruktive Gespräch im Keim ersticken. Während ich drei Tassen Kaffee trank, eine halbe Packung Zigaretten rauchte und schweigend zuhörte, zählte Manuela meine negativen Eigenschaften auf – meine Zwanghaftigkeit, Unflexibilität und mangelnde Kommunikationsfähigkeit, die Tendenz, Entscheidungen aus dem Weg zu gehen, meine Lebensfeigheit, um es auf den Punkt zu bringen. Nichts, was ich an diesem Abend über mich erfahren habe, war neu für mich.

»Du hast es dir bequem eingerichtet, und zwar auf meine Kosten«, ereiferte sie sich, während mir die Kellnerin den vierten Kaffee brachte.

»Ich hätte gern ein Kind«, erklärte ich. Manuela schaute zuerst mich und dann die Kellnerin überrascht an. »Ich hätte gern mit dir ein Kind«, präzisierte ich.

»Ist das alles, was du zu deiner Verteidigung vorzubringen hast?«, fragte sie.

Seit zehn Minuten mühte ich mich in der Kammer ab. Ich hatte Durst, in den Schläfen pochte es, außerdem tat mir das rechte Handgelenk weh. Schließlich hörte ich ein leises Klopfen an der Tür und die Stimme von Doktor Mötschelmeyer-Ivanovic: »Alles in Ordnung, Herr Salzinger?«

Beinahe wäre mir die Glasröhre aus der Hand gefallen.

»Herr Salzinger?«

»Ja! Ein paar Minuten noch!«

Ich dachte an das Totenkopfgesicht der Ärztin und seufzte.

»Sollen wir's vielleicht zu einem späteren Zeitpunkt wieder versuchen, Herr Salzinger? Am Mittwochvormittag hätte ich noch einen Termin frei.«

Ich wischte mir mit dem Ärmel des Pullovers den Schweiß aus der Stirn.

»Haben Sie die Zeitschriften gefunden, Herr Salzinger? ... Es gäbe noch andere unterstützende Maßnahmen.«

Ich stellte mir die unterstützenden Maßnahmen von Frau Doktor Mötschelmayer-Ivanovic vor und griff schnell nach dem *Economist.*

»Ich komme gleich!«, keuchte ich und versuchte, so laut wie möglich umzublättern.

Predicted European Recession Boosts US-Dollar Sales lautete die Überschrift des Leitartikels. Meine Finger hinterließen auf dem geschmeidigen Hochglanzpapier schmutzig graue Abdrücke.

Der Frauenarzt hatte Manuela »optimale Gebärfähigkeit« bescheinigt. Nicht die Spur einer körperlichen Dysfunktion! Manuelas Periode hatte die Präzision eines Mondkalenders. In all den Jahren unserer Ehe hatte sie nicht einmal eine Pilzinfektion gehabt. Manuelas ältere Schwester hatte Zwillinge zur Welt gebracht, die jüngere war gerade schwanger, und der Vater, vor seiner Pensionierung als Handelsreisender unterwegs, hatte zwei uneheliche Söhne, deren Müttern in St. Veit an der Glan und Bludenz er pünktlich zu jedem Monatsersten ansehnliche Geldbeträge zukommen lassen musste.

»Im Schnitt sind die Gojim nun einmal in einem körperlich besseren Zustand als wir«, hatte mir Vater einmal erklärt, nachdem ihn ein Siebzigjähriger beim Joggen überholt hatte. »Die Juden haben schon vor dreitausend Jahren viel Zeit und Energie verschwendet, um über Gott, die Welt und über metaphysische Probleme nachzudenken, als die Vorfahren der Gojim noch in Bärenfelle gehüllt auf Wildschweinjagd gingen.«

Vielleicht war die Werbung für eine große englische Bank auf der Rückseite des *Economist* für meine Erektion verantwortlich. Das Bild zeigte fünf junge Leute, vier Männer und eine Frau in deren Mitte, die sich an den Händen hielten. Sie grinsten und zeigten dabei ihre strahlend weißen Zähne. Die Frau trug einen Minirock und einen dunkelblauen Blazer Marke Ladyboss. Sie hatte schlanke Beine.

Doktor Mötschelmayer-Ivanovic verzichtete bei dem Gespräch, das sie nach Erstellung des Spermiogramms mit mir führte, auf Phrasen und schonende Umschreibungen. Schon ihr erster Satz brachte das Problem auf den Punkt. Die Krankheit, unter der ich leide, heiße Azoospermie. Darunter verstehe man das Fehlen von Spermien im Ejakulat.

Etwas zog sich in meinem Inneren zusammen. Ich atmete tief durch und danach immer schneller und tiefer hintereinander, und auf einmal schmerzte es in meinem Unterleib, so als sei er von Doktor Mötschelmayer-Ivanovics Worten wie von kleinen Pfeilen getroffen worden.

»In Ihrem Fall ist ein genetischer Defekt die wahrscheinlichste Ursache. Ein Abweichung in der Anzahl der Geschlechtschromosomen XY.«

»Das heißt, ich kann keine Kinder zeugen.«

»Aller Voraussicht nach nicht. Sollte es sich um eine Störung im Bereich der ableitenden Samenwege, also zwischen Hoden und Harnröhre, handeln, wäre ein operativer Eingriff sinnvoll. Aber, ehrlich gesagt, glaube ich nicht, dass bei Ihnen das Problem in diesem Bereich liegt.«

»Warum?«

»Jahrzehntelange berufliche Erfahrung, Herr Salzinger. Ich bin immer direkt und möchte es vermeiden, meinen Patienten unnötige Hoffnungen zu machen. Selbstverständlich sind noch weit reichende Untersuchungen durchzuführen: Immunologische Untersuchungen, Durchgängigkeitsprüfungen der ableitenden Samenwege, Hormonuntersuchungen, eine Probeentnahme aus den Hoden, Gentests ...«

»Berufsfördernde Maßnahmen fürs medizinische Personal diverser Labore.«

»Ich kann gut verstehen, dass Sie verbittert sind, Herr Salzinger.«

Während des ganzen Gesprächs hatte die Ärztin den Blickkontakt mit mir gemieden. Sie saß starr und mit gesenktem Kopf hinter ihrem Schreibtisch. Ihre Hände ruhten auf einer geschlossenen Mappe.

»Haben Sie selbst Kinder?«, fragte ich.

»Vier. Meine älteste Tochter beendet gerade ihr Medizinstudium.«

Plötzlich stellte ich mir Doktor Mötschelmayer-Ivanovic vor, wie sie in ein Bärenfell gehüllt und mit einer Lanze in der Hand einem Wildschwein nachlief.

»Sie können nichts dafür. Man kann so etwas als Schicksal bezeichnen.« Der Stimme der Ärztin hatte plötzlich eine weiche

Note. »Versuchen Sie, das Beste aus ihrem Leben zu machen, Herr Salzinger.«

»Ja«, sagte ich. »Schicksal, Gottes Wille, Zufall, Gemeinheit. Eine verdammte Schweinerei.«

»Wenn Sie es so sehen wollen.«

Ich lief ziellos durch die Stadt. Gegen Abend geriet ich in der Nähe des Pratersterns in eine Auseinandersetzung mit einem Hundebesitzer. Ich hatte ihn aufgefordert, den Hund an die Leine zu nehmen, nachdem dieser mich angebellt und angesprungen hatte. »Reden S' net so deppert daher«, sagte der Mann. »Schaun S', dass weiterkommen!«

Nur mit Mühe gelang es mir, meine Wut unter Kontrolle zu bringen. Ich ging schnell weiter. Nach einigen Metern drehte ich mich um. Der Mann schaute mir mit einem triumphierenden Lächeln nach.

Fünf Minuten später stand ich in der Heinestraße vor dem vierstöckigen Gründerzeitgebäude, in dem sich unsere Wohnung befand. Ich hatte den Schlüssel schon in der Hand, entschloss mich dann aber, eine weitere Runde durch den Bezirk zu drehen. Nach der Hundeepisode waren alle Sätze, die ich mir zurechtgelegt hatte, wie weggeblasen. Stumm wollte ich Manuela nicht entgegentreten. Ich bog in die Taborstraße ein und dann in eine Seitengasse, die ins Karmeliterviertel führte. Vor ihrer Vertreibung oder Ermordung waren hier die meisten der zweihunderttausend Wiener Juden zu Hause. Heute werden die grauen Häuser mit den engen Korridoren hauptsächlich von Zuwanderern aus der Türkei und dem ehemaligen Jugoslawien bewohnt. Es kam mir vor, als seien an diesem Abend mehr Menschen als sonst auf den Straßen, Frauen mit Kopftüchern, die Einkaufstüten trugen, Männer vor den Eingängen zu den türkischen Clubs und Kaffeehäusern und vor allem Kinder. Sie waren laut und ausgelassen. Sie sorgten dafür, dass ich sie wahrnahm, so als wollten sie mir sagen: »Schau her, ich bin hier, ich lebe, du aber wirst sterben und keines deiner Kinder wird an deinem Grab stehen, nichts wird von dir bleiben.« Ich beobachtete sie, bis manche unruhig wurden und davonliefen, während andere Grimassen schnitten oder mir die Zunge zeigten. Eine der Mütter fragte mich, was ich wolle. Ich gab keine Antwort und ging weiter.

In der Mitte der Oberen Augartenstraße befindet sich eine Grünfläche mit einer Allee. Dort setzte ich mich auf eine Parkbank und schloss die Augen. Nach einigen Minuten ging es mir besser. Ich wollte rauchen, stellte aber fest, dass meine Zigarettenschachtel leer war. Sofort war ich wieder auf den Beinen und hätte beinahe eine Frau umgerannt, die einen Kinderwagen vor sich herschob. »Heh! Können Sie nicht aufpassen!«, schrie sie. Ich lief weiter, ohne mich zu entschuldigen. Zwei oder drei Ecken weiter hatte ich einen Zigarettenautomaten gesehen.

Die Frau mit dem Kinderwagen erinnerte mich an eine zufällige Begegnung mit Ute im Gigrichter Stadtpark, die einige Jahre zurücklag. Ich hatte meine ehemalige Schulkollegin seit dem Abitur nicht mehr gesehen und wusste weder, dass sie verheiratet war noch dass sie eine Tochter hatte. Wir kamen ins Gespräch, tauschten Kurzbiographien für die vergangenen zehn Jahre aus, bedauerten, dass wir uns so lange nicht gesehen hatten. Schließlich hob Ute ihr Kind – es war sieben Monate alt – aus dem Kinderwagen und reichte es mir. Das Mädchen starrte mich aus graugrünen Augen mit konzentrierter Neugierde an. Es kam mir sehr zerbrechlich vor. Ich hatte Angst, ihm weh zu tun. Es überraschte mich, dass es angenehm war, das Kind in den Armen zu halten, und dass ich dabei fast so etwas wie Rührung empfand. Das war ein neues Gefühl. Ich freute mich darüber. Gleichzeitig war es mir peinlich. Manuela vergoss bei jeder Soap Opera, die im Fernsehen gezeigt wurde, Tränen, während ich über Sentimentalitäten nur lachen konnte. Rührung war für mich ein reiner Genuss des Gefühls bei Ausschaltung des Verstands. Da rauchte ich lieber meine Zigaretten.

Später besuchte ich Ute, ihren Mann und ihre Kinder jedes Mal, wenn ich in Gigricht war.

Während ich Fünf- und Zehnschillingmünzen in den Automaten warf, dachte ich an Utes Nazigroßeltern und daran, wie mir Ute erklärt hatte, ihre Kinder im Geist der Toleranz erziehen zu wollen. Plötzlich hasste ich sie und ihre Kinder. Warum ich und nicht du?, wollte ich Ute zuschreien. Warum der Nachkomme des Juden Salzinger, der in Dachau ermordet wurde, und nicht die Enkelin des Gauleiterstellvertreters Stübler, der zwanzig Jahre nach Kriegsende in einem chilenischen Sanatorium friedlich verendete?

Ich zog die Zigarettenpackung aus dem Automaten, konnte aber die Lasche nicht finden, um das Zellophanpapier zu entfernen, und riss es mit den Zähnen herunter. Ich kann nicht sagen, was bei mir überwog, Selbstmitleid oder Scham.

In der Zeit, die Manuela und ich noch verheiratet blieben, habe ich kein einziges verletzendes Wort von ihr gehört. Wir trennten uns »einvernehmlich«. Ich behielt die Wohnung. Manuela nahm die Stereoanlage, das Fernsehgerät und den Videorekorder sowie sämtliche Möbel mit. Ich half ihr und ihrem neuen Freund (sie hatte erstaunlich schnell einen Nachfolger für mich gefunden) beim Verladen der Gegenstände in den Lieferwagen. Danach kaufte ich mir für mein Wohnschlafzimmer auf dem Flohmarkt eine Couch, einen Schrank, einen Stuhl und einen runden Kaffeehaustisch. An die Wand hängte ich einen Spiegel und stellte zwei Topfblumen auf das Fensterbrett. In meinem Arbeitszimmer befanden sich außer einem Schreibtisch, meinem Laptop und dem Telephon ein Drehsessel und ein paar Bücherregale. Der einzige Luxus, den ich mir leistete, war eine Waschmaschine. Ich hatte sie Manuela um dreitausend Schilling abgekauft, weil ich es vermeiden wollte, in der Waschküche auf Nachbarn zu treffen. Ich konnte Konversationen über das Wetter, den Straßenlärm oder die Sauberkeit des Stiegenhauses nicht ausstehen.

2

»DIE WERDEN UNS IN DER LUFT ZERREISSEN«, erklärt der Präsident. Er unterstreicht seine Worte mit dem Klopfen des Zeigefingers auf den Tisch. »Unsere Lage ist prekär. Wenn in Sri Lanka oder Algerien fünftausend Zivilisten massakriert werden, schert das die Welt einen Dreck, aber wenn in Gaza ein arabisches Kind erschossen wird, dann brennen in Frankreich die Synagogen.«

Im Konferenzraum der Kultusgemeinde herrscht Rauchverbot, doch für mich hat man eine Ausnahme gemacht. Dafür muss ich am offenen Fenster sitzen und spüre die Zugluft im Nacken. Frau Tobin hat ihr Versprechen gehalten und für heute, Freitagvormittag, eine außerordentliche Vorstandssitzung einberufen.

»Das heißt – absolutes Stillschweigen! Das gilt auch für Sie, Herr Salzinger. Wenn zehn Juden zusammenkommen, gibt es zwar immer elf verschiedene Meinungen, aber mit der Zeit findet man trotzdem eine Lösung.«

Ich sitze am Ende eines langen Tisches, mir gegenüber, am anderen Ende, Samuel Roth, der Präsident, rechts und links die

Beisitzenden und Geschworenen, Salomon Rosenzweig, der Rabbiner, Ariel Schuster, der Kantor, Herr Rabinowitsch, Herr Eisenfeld, Friedhofsvorsteher und Leiter der Begräbnisgesellschaft Chewra Kaddischa, Frau Tobin, zwei weitere Herren mittleren Alters, die ich das erste Mal sehe, einer davon mit Kippa – Herr Tobin, Vizepräsident und Ehemann von Frau Tobin –, der andere heißt Levin, stammt aus Odessa und ist der Vertreter der russischen Zuwanderer. Alle sind gekleidet, als hätten sie sich für den Besuch einer Theateraufführung zurechtgemacht und nicht für ein Gespräch, bei dem über den Verbleib einer Leiche entschieden werden soll.

»Machen wir uns nichts vor«, erklärt Tobias Eisenfeld, »was immer wir tun oder nicht tun, die Antisemiten werden es gegen uns auslegen. Tu dies nicht, tu jenes nicht, sag dies nicht, halt die Klappe – seit meiner Kindheit werde ich ermahnt, mich richtig zu verhalten. Als ob man Antisemiten dadurch bekehren könnte, dass man sich richtig verhält.«

»Es geht doch um ein uraltes Thema«, sagt Rabinowitsch. »Seit ewigen Zeiten zerbrechen wir und die Gojim uns den Kopf, was ein richtiger Jude ist. In der Nazizeit waren die Deutschen besessen von all den Viertel-, Halb-, Dreiviertel- und Siebenachteljuden. Für jeden von ihnen gab es ein eigenes Gesetz. Ich glaube, die Bruchrechnung muss ein Deutscher erfunden haben.«

»Waren das nicht die Araber?«, fragt Eisenfeld. »Arabische Zahlen. Arabische Algebra. Arabische Brüche. Arabische Abbrüche und Umbrüche. Und wer muss darunter leiden? Wir.«

»Meine Herren!«, unterbricht ihn Frau Tobin. »Ich würde Sie um etwas mehr Ernsthaftigkeit bitten!«

In diesem Augenblick betritt eine junge Frau in blauem Kleid und weißer Schürze den Raum. Sie schiebt einen Servierwagen, auf dem Kaffeetassen und eine Thermoskanne stehen, vor sich her. Die Unterhaltung bricht abrupt ab. Die Frau stellt die Tassen auf den Tisch und beginnt, Kaffee einzuschenken. Das Schweigen hält an. Die Frau sieht sich nervös um und wird von einem Augenblick auf den anderen hektischer. Als sie hinausgeht, folgt ein allgemeines Räuspern, Sesselschieben und Füßescharren. Dann ergreift der Präsident wieder das Wort: »Ich möchte festhalten, dass diese Sitzung einen informellen Charakter hat. Wir sind zusammengekommen, um Meinungen auszutauschen und Herrn Salzinger die Möglichkeit zu geben, seine Sicht der Dinge darzulegen.«

»Ich gebe alles zu und bekenne mich schuldig«, sage ich.

»Aber ich bitte Sie!« Der alte Mann schüttelt den Kopf. »Wir sind hier bei keiner Gerichtsverhandlung.«

Zustimmendes Gemurmel. Lächelnde Gesichter. Kopfnicken.

Samuel Roth war früher als Chemiker in einem Industriebetrieb beschäftigt. Nachdem er vor achtzehn Jahren in Rente gegangen war, wurde er Präsident der Gigrichter Kultusgemeinde. Für einen Achtzigjährigen wirkt der zierliche Mann mit dem leicht ergrauten kastanienbraunen Haar sehr vital. Als wir uns an diesem Morgen im Vorraum der Synagoge kennen lernten, teilte er mir mit, er sei der letzte Jude, der vor dem Krieg in Gigricht gelebt habe und auch heute noch in dieser Stadt zu Hause sei. Der vorletzte dürfte mein Vater gewesen sein. Wir, die »echten Gigrichter«, müssten zusammenhalten. Wie immer sich »die Ereignisse wenden mögen«, er werde stets auf meiner Seite sein.

»Ich gebe zu, dass mein Vater kein orthodoxer Jude war«, sage ich. »Seine Familie wurde zwar von den Nazis ermordet, aber das spielt in diesem Zusammenhang natürlich keine Rolle, er hat zehn Jahre lang als Pionier in einem Kibbuz am Aufbau einer jüdischen Heimat mitgearbeitet, er hat im Unabhängigkeitskrieg für das Existenzrecht Israels gekämpft, aber das macht ihn natürlich noch zu keinem vollwertigen Juden. Meine Großmutter ist bei Rabbi Leo Kohn, der wenige Jahre später in Auschwitz ermordet wurde, zum Judentum übergetreten. Sie ist nach Palästina ausgewandert und in Israel gestorben. Ich kann einfach nicht begreifen, weshalb mein Vater auf einem jüdischen Friedhof nicht begraben werden darf, nur weil der als Jude in Theresienstadt ermordete Rabbi Kohn kein thoragläubiger Rabbiner gewesen ist. Ich kann das nicht hinnehmen!«

Betretenes Schweigen.

»Es war der letzte Wunsch meines Vaters«, setze ich fort, »neben meiner Mutter begraben zu werden. Das schöne Begräbnis, das er sich gewünscht hat, haben Sie abgebrochen. Ich werde nicht zulassen, dass mein Vater irgendwo anders verscharrt wird. Alle Gebühren, die mir die Kultusgemeinde auferlegt hat, habe ich bezahlt. Was haben Sie also vor?«

Der Präsident schaut den Rabbiner an und dieser den Kantor, der wiederum dem Präsidenten einen fragenden Blick zuwirft. Frau Tobin betrachtet konzentriert den Inhalt ihrer Kaffeetasse. Rabinowitsch verzieht den Mund und entblößt zwei goldene Schneidezähne. Herr Tobin und Herr Levin tuscheln miteinander, und nur Herr Eisenfeld durchbricht diesen Augenblick des Unbehagens: »Wir könnten uns darauf einigen, Herrn Salzinger einen Teil der Kosten, die ihm durch das abgebrochene Begräbnis entstanden sind, zurückzuerstatten …«

»Darüber wollen wir heute nicht reden!«, unterbricht ihn Frau Tobin. »Wir wollen grundsätzliche Fragen andiskutieren …« Sie wendet sich mir zu. »Herr Salzinger, ich bin tief bewegt von Ihren Worten. Ich fühle mich außerstande etwas zu sagen, wenn Sie vom tragischen Schicksal Ihrer Familie erzählen. Mich betrübt die unglückliche Verkettung von Umständen, die zur nun vorliegenden Situation geführt hat. Sie können sich vorstellen, wie schwer mir das alles fällt, doch entsprechend unseren Statuten ist die Situation leider eindeutig: Wenn wir Ihren Vater bei uns begraben würden …«

»… würden wir Sie, Herr Salzinger, und uns selbst betrügen«, fällt ihr Rabinowitsch ins Wort.

»Wir wollen das Kind nicht mit dem Bade ausschütten«, meint der Präsident. »Herr Salzinger, wir wollen Ihnen helfen. Wir sind nicht Ihre Feinde.«

Erst jetzt mischt sich der Rabbiner ins Gespräch ein. Er trägt einen schwarzen Kaftan und Hut, gleicht aber trotzdem eher einem Richter in Robe als einem Propheten. An seinem Bart und seinen Pejes erkennt man, dass er ein orthodoxer Jude ist. Es fällt mir schwer, sein Alter zu schätzen. Fünfunddreißig. Höchstens vierzig. Er mustert mich prüfend, legt die Ellbogen auf den Tisch, spreizt die Finger beider Hände und presst die Spitzen gegeneinander, wartet, bis alle verstummen, und sagt: »Was bedeutet es, dass geschrieben steht: Du machtest die Menschen Fischen des Meeres gleich, dem Gewürm gleich, das keinen Herrn hat? Warum werden die Menschenkinder mit Fischen des Meeres verglichen? Um zu sagen: Wie Fische, die im Meer sind, sofort sterben, wenn sie aufs Trockene gelangen, so sterben auch die Menschenkinder sofort, wenn sie sich von den Worten der Weisung und von den Geboten entfernen … Wir sprechen hier über Brauchtum und Gebote und nicht über die Schoa oder den Staat Israel. Unser Ziel ist es, dass die Lebenden keinen symbolischen Tod erleiden, während ein physisch Verstorbener schon dahingegangen ist. Wir sprechen davon, dass nur jüdische Menschen Anrecht auf ein jüdisches Begräbnis haben, wie es seit alters her Brauch ist, und dass ein jüdischer Friedhof für Juden bestimmt ist wie ein christlicher für Christen oder ein moslemischer für Moslems. Leo Kohn war ein Häretiker. Dass er Opfer der Schoa wurde, macht dies nicht ungeschehen. Alle religiösen Handlungen, die er vorgenommen hat, ob Hochzeiten oder Übertritte, haben keine Gültigkeit.« Rabbiner Rosenzweig hat eine tiefe und klare Stimme. Er spricht langsam und feierlich, so als verkünde er unumstößliche, in Granit gemeißelte Wahrheiten.

»Bei Ihrem Talmudzitat über die Ähnlichkeit der Menschen mit den Fischen im Meer haben Sie vergessen zu erwähnen, werter Rabbi Rosenzweig, dass Raw Jehuda sagte, Schmuel habe dies gesagt«, bemerkt der Kantor. »Außerdem heißt es im Talmud an einer anderen Stelle: Man versorge die Armen aus den Völkern mitsamt den Armen Israels, und man besuche die Kranken derer aus den Völkern mitsamt den Kranken Israels, und man begrabe die Toten derer aus den Völkern mitsamt den Toten Israels, des Friedens wegen.«

»Geschätzter Herr Schuster«, entgegnet der Rabbiner, »mein Gefühl, mein Wissen und meine Erfahrung sind groß genug, um zu wissen, welche Ausschnitte aus dem Talmud ich dem Anlass angemessen zu zitieren habe.«

»Es wird Ihnen bekannt sein, Herr Rosenzweig«, sagt der Kantor in einer Schärfe, die mich überrascht, »dass der israelische Verteidigungsminister Ben-Eliezer vor einigen Monaten die Erlaubnis erteilt hat, alle israelischen Soldaten, die im Dienst ihr Leben verloren haben, gemeinsam auf jüdischen Militärfriedhöfen zu begraben, auch dann, wenn sie keine Juden waren, also zum Beispiel eine nichtjüdische Mutter hatten. Bis jetzt war so etwas nicht möglich gewesen. Gefallene israelische Soldaten, die keine Juden waren, durften nicht neben ihren jüdischen Kameraden begraben werden. Für sie gab es eigene Sektoren. Jetzt soll ein halachisches Gesetz gefunden werden, das eine gemeinsame Bestattung erlaubt. Sie sehen also ...«

Der Rabbiner spielt mit dem Kaffeelöffel, dreht ihn und legt ihn wieder in die Tasse zurück. Die Ungeduld ist ihm anzumerken. Einige Male versucht er, den Kantor zu unterbrechen, doch dieser spricht nur lauter und schneller. »Nun lassen Sie mich doch antworten, Schuster!«, schreit Rosenzweig schließlich und schiebt die Kaffeetasse von sich. »Reden Sie nicht von der Halacha! Wenn man will, kann man das Gesetz biegen, bis man die gewünschte Interpretation gefunden hat. Ich persönlich bin gegen Ben-Eliezers Erlass. Maßgebliche Rabbiner sind dagegen. Erlässe dieser Art werden dazu führen, dass der jüdische Staat bald nicht mehr jüdisch ist. Übrigens wissen Sie genauso gut wie ich, dass aus Thora und Talmud kein eindeutiges Verbot für die gemeinsame Bestattung von Juden und Nichtjuden abgeleitet werden kann. Aber seit tausenden von Jahren werden Juden auf eigenen Friedhöfen, von Nichtjuden getrennt, begraben. Das ist Sitte. Es gibt viele Sitten dieser Art. Sie gründen auf dem, was manche Rabbiner den rituellen Instinkt des jüdischen Volkes nennen. Wenn man eine uralte Sitte aufgibt, muss man dafür einen triftigen Grund anführen. Ist für Sie der letzte Wunsch eines einzigen Verstorbenen, der nicht einmal ein Jude war, Grund genug, eine jahrtausendealte Sitte aufzugeben? Wenn wir das tun, werden wir bald weitere Bräuche und Gesetze, Gebote und Verbote, für ungültig erklären oder neu bewerten. Sind wir dann noch Juden?«

»In einigen Kultusgemeinden, zum Beispiel in Amerika…«, versucht es der Kantor noch einmal zaghaft.

»Wir sind hier in Gigricht und müssen entscheiden, was richtig ist«, unterbricht ihn der Rabbiner. »Wir sind eine thoratreue Gemeinde, wie die meisten in Deutschland, und so soll es bleiben! Über die Verfehlungen anderer sprechen wir ein anderes Mal.«

»Sagen Sie mir eines, Herr Schuster.« Ich wende mich dem Kantor zu. »Wenn Sie Zweifel haben, ob mein Vater nicht doch auf dem jüdischen Friedhof liegen darf, warum haben Sie das Begräbnis abgebrochen?«

Der Kantor verzieht den Mund zu einem bemühten Lächeln. »Offenbar bin ich meinem rituellen Instinkt gefolgt, Herr Salzinger«, sagt er.

»Ich bin mir nicht sicher, ob Sie richtig gehandelt haben«, bemerkt plötzlich Herr Tobin. »Ich gab meiner Frau den Rat, das Begräbnis zu verhindern, doch als sie auf dem Friedhof ankam, lag schon Erde auf dem Sarg. Herr Salzinger hatte den Kaddisch gesprochen. Haben Sie nicht die Totenruhe dieses Menschen gestört und damit ein größeres Sakrileg begangen, als das Begräbnis eines Nichtjuden auf unserem Friedhof zuzulassen? Wenn dem so ist, haben wir uns schuldig gemacht vor den Augen des Herrn.«

»Vielleicht«, murmelt der Kantor.

»Sie haben Recht, Tobin«, erklärt der Rabbiner. »Die Totenruhe ist heilig, doch in Ausnahmefällen kann sie gebrochen werden. Exhumieren wir nicht manchmal unsere Toten, um sie nach Erez Israel zu überführen? Wurden nicht manche in der Fremde Verstorbene und Begrabene exhumiert, um an ihrem Heimatort, neben ihren Lieben, die letzte Ruhestätte zu finden? Außerdem ist nicht klar, ob in unserem Fall die Totenruhe wirklich gestört wurde. Das Grab war noch nicht zugeschaufelt.«

»Wie entsetzlich!«, stöhnt Frau Tobin und bedeckt ihr Gesicht mit den Händen.

»Das alles ist sehr interessant mit der Talmud, Rabbi Jehuda, Ben-Eliezer, ritueller Instinkt und Totenruhe«, bemerkt plötzlich Levin. Er hat einen russischen Akzent und legt nach jedem zweiten Wort eine Pause ein. »Sehr interessant«, wiederholt er. »Dennoch: retournons aux nos moutons. Was machen wir mit tote Körper?«

»Das ist eben unser Problem, dass wir mit dem toten Körper nichts machen dürfen, Herr Levin«, erklärt Rabinowitsch. »Unseren Statuten entsprechend, fällt Herr Salzinger senior nicht in unseren Zuständigkeitsbereich, obwohl wir uns nach denselben Statuten um das Wohlbefinden und die Probleme von Herrn Salzinger junior, der seit kurzem Mitglied unserer Gemeinde ist, kümmern müssen.«

»Demnach fällt das Problem mit Herrn Salzinger senior doch wieder in unseren Zuständigkeitsbereich, weil es das Problem von Herrn Salzinger junior ist«, meint Herr Tobin.

Wieder stellt sich Schweigen ein. Der Präsident macht einen Schluck aus seiner Tasse, schmatzt, trocknet die Lippen mit einer Stoffserviette ab, kneift die Augen zusammen, mustert mich und die anderen.

»Meine Herren, meine Dame«, sagt er. »Ich muss zugeben, dass mir diese Geschichte eine schlaflose Nacht bereitet hat. Seit dem Tag, als ich nach dem Krieg nach Gigricht zurückgekehrt bin, hat mich nichts so bestürzt wie der Abbruch dieses Begräbnisses. Ein einmaliges Ereignis in der Geschichte der jüdischen Gemeinden Deutschlands. Doch ich glaube, dass ich eine Lösung gefunden habe.«

»Ach wirklich?«, fragt der Kantor.

»Nicht weit vom Grab von Herrn Salzingers Mutter entfernt befindet sich das Areal, auf dem während der Nazizeit Christen jüdischer Abstammung begraben wurden. Theologisch betrachtet ist dieses Grundstück kein Teil des jüdischen Friedhofs, verwaltungstechnisch aber schon. Wir könnten Herrn Salzinger die Erlaubnis erteilen, seinen Vater dort zu beerdigen. Die Art der Zeremonie bleibt ihm überlassen. Es besteht zum Beispiel die Möglichkeit, einen Rabbiner der so genannten Reformierten aus Kassel oder Frankfurt kommen zu lassen. Auf diese Weise könnte Herr Salzinger senior nur wenige Meter von seiner Gattin entfernt die ewige Ruhe finden. Der letzte Wunsch des Verstorbenen wäre damit im Großen und Ganzen erfüllt.« Sichtlich zufrieden lehnt er sich zurück und schaut in die Runde. Zufrieden scheinen auch die anderen Mitglieder des Vorstandes zu sein. »Das ist ausgezeichnet!«, verkündet Frau Tobin und wischt sich die Tränen aus dem Gesicht. Herr Rabinowitsch lächelt und sagt: »Na also! Ich bin dafür!« Herr Tobin und der Rabbiner erklären sich mit dem Vorschlag des Präsidenten ebenfalls einverstanden und werfen mir Blicke zu, als hätten sie mir ein besonders großzügiges Geschenk überreicht. Nur der Kantor schüttelt skeptisch den Kopf, und Herr Levin meint: »Irgendwie das alles mich erinnert an Sitzungen in unsere sozialistische Heimat.« Aber niemand geht auf seine Äußerung ein.

Ich zünde mir eine Zigarette an, nippe an meinem Kaffee und beobachte, wie sich die Sonnenstrahlen am gerippten Rand des gläsernen Aschenbechers brechen und in farbige Funken zerfallen. Ich kneife die Augen zusammen. Ein kleiner Regenbogen bildet sich über der Asche. Tief in meinem Inneren lacht mein Vater.

Die freundlichen Menschen warten geduldig auf meine Reaktion. Ich bin mir sicher, dass sie rücksichtsvoll genug sind, zehn Minuten, eine halbe Stunde und länger zu schweigen, den Rauch einzuatmen, den ich in den Raum blase, und zu lächeln. Wie einfach wäre es doch, sie zufriedenzustellen. Ich brauche nur »Ja« zu sagen.

»Es war der letzte Wunsch meines Vaters, im selben Grab wie meine Mutter zu liegen«, sage ich, nachdem ich den Kaffee ausgetrunken habe. »Er hatte sich dort sogar einen Platz reservieren lassen. ›In Mutters Grab‹ waren seine letzten Worte. Ich kann nicht anders, als alles zu tun, um seinem Wunsch zu entsprechen.«

Die freundlichen Gesichter warten immer noch, auf ein »dennoch«, ein »schweren Herzens« oder ein »angesichts der Umstände«. Stattdessen liefere ich ihnen ein bestürzendes »Das ist alles«.

»Verstehe ich richtig, dass Sie unseren Kompromiss ablehnen?«, fragt der Präsident.

»Ja.«

Nun reden alle durcheinander.

»Aber welche Alternative gibt es denn …«

»Eine Lösung, die auch aus religiöser …«

»Man muss natürlich den letzten Wunsch eines Sterbenden …«

»Höchstwahrscheinlich kann Herr Salzinger nicht anders, aber er müsste …«

»Unsere Statuten, die sich seit mehr als fünfzig Jahren bewährt …«

»Unser Friedhof wird kein jüdischer mehr sein, wenn dort jeder …«

»Zweifelsohne haben wir es mit einem Grenzfall zu tun, aber man kann trotzdem nicht einfach …«

»Ich sage ja, es ist wie bei den Sitzungen in unserer Fabrik Roter Oktober …«

»Jetzt hören Sie endlich auf, Herr Levin! Wir sind nicht in Russland!«

»Herr Salzinger hat sein letztes Wort noch nicht gesprochen. Man kann seine spontane Reaktion, seine Antwort, die sozusagen aus dem Bauch heraus …«

»Sie irren sich, es war mein letztes Wort«, sage ich.

Daraufhin erklärt der Präsident das Treffen für beendet. »Wir müssen Herrn Salzinger vor sich selbst schützen«, fügt er hinzu. »Wir müssen ihm Zeit geben, alles zu überdenken. In jedem Fall hat er unsere volle Unterstützung.«

Als ich wieder im Vorraum bin, höre ich Schritte hinter mir. »Herr Salzinger!« Die Stimme des Rabbiners. Ich drehe mich widerwillig um. »Herr Salzinger, es würde mich freuen, wenn

Sie am Dienstag mein Gast sein könnten. Kommen Sie gegen sieben zu mir nach Hause und essen Sie mit meiner Familie zu Abend.« Er reicht mir mit einer leichten Verbeugung seine Visitenkarte. »Ich nehme nicht an, dass Sie die Schiwa, die Trauerwoche, einhalten wollen, während der man nicht aus dem Haus gehen soll.« Ein spöttisches Lächeln huscht über sein Gesicht und verschwindet gleich wieder. Ich sage zu.

»Sie müssen mich verstehen, Herr Salzinger«, sagt der Rabbiner und drückt mir zum Abschied die Hand. »Ein Friedhof wird im Hebräischen als Beth Hachajim, als Ort oder Haus des Lebens, bezeichnet. Das Judentum ist eine Religion des Lebens. Wir Lebenden sind nichts ohne das Gesetz. Vor den Toten werden wir nicht schuldig, nur vor dem Allmächtigen.«

»Ich esse keine Tomaten, keinen Kohl und keine Karotten. Auf dieses Gemüse bin ich allergisch.«

»Der Gast ist König«, erklärt der Rabbiner.

3

Dass der Friedhof im Hebräischen als Ort des Lebens bezeichnet wird, erfuhr ich als zehnjähriger Gymnasiast. Auf dem Schulweg kam ich an einem baufälligen Gebäude vorbei, das nicht mehr bewohnt war. Die Fenster des Erdgeschosses waren mit Brettern vernagelt. Wenn man auf die andere Straßenseite wechselte, konnte man durch die zerbrochenen Scheiben der oberen Stockwerke auf die herunterhängenden Tapeten der leer geräumten Zimmer schauen. Der Vorplatz zu dem mit einer Kette gesicherten Tor war überdacht und durch eine Stufe von der Straße getrennt. In dieser Nische hauste ein Obdachloser. Seine löchrigen Schuhe waren mit Lappen umwickelt, sein beigefarbener Mantel ausgefranst, und sein grauer Bart, dessen Spitzen rund um den Mund gelb vom Zigarettenrauch waren, verdeckte seinen Hals.

Wenn ich um halb acht Uhr morgens am Haus vorbeiging, schlief der Penner noch, den Rücken gegen die Tür gelehnt, die Knie an die Brust gezogen, den Kopf auf einem Stapel Zeitungen. Am Nachmittag, wenn ich aus der Schule kam, saß er auf der Stufe vor dem Hauseingang und bettelte. Mit seinen ausgestreckten Beinen blockierte er den Gehsteig. Sobald ein Passant den Schritt verlangsamte, um über die verrottenden Hosenbeine und Schuhe zu steigen oder einen Bogen um sie zu machen, begann der Penner zu schreien. Es war eine im Singsang vorgetragene Litanei: »Sei kein Unmensch! Los, gib mir 'ne Mark, auf dass auch dir gegeben wird, wenn dich einmal das Schicksal niederdrückt! Gib mir 'ne Mark, denn wer viel hat, soll freiwillig teilen, auf dass nicht einmal gegen seinen Willen geteilt wird, was sein Geiz zurückgehalten hat! Gib mir 'ne Mark, auf dass mein Blick dir Glück bringt und dich nicht ins Verderben stürzt.«

Ich habe kaum einen Passanten gesehen, der nicht mit den Augen dem erhobenen Zeigefinger des Penners gefolgt wäre. Mit jedem Wort stieg der Finger höher und höher, so als wolle er sich in den Himmel bohren.

Obwohl ich große Angst vor dem Penner hatte, fühlte ich mich auf eine sonderbare Weise zu ihm hingezogen. Wenn er die Augen rollte, wenn seine Brauen aufeinander zuliefen und mit den Furchen auf der Stirn ein Dreieck bildeten, wenn er in der Art der biblischen Propheten aus den Religionsbüchern meiner Mitschüler die rechte Hand hob und die linke zur Faust ballte, hätte auch ich gern etwas in die löchrige Mütze geworfen. Aber ich besaß nur wenig Geld, und meine Angst war zu groß, als dass ich mich zu nahe an den Straßenprediger herangewagt hätte. Sollte mich sein Zorn treffen, würden sich in meinen nächsten Schulaufsatz zehn Fehler einschleichen, ich würde an den einfachsten Mathematikaufgaben scheitern und die Länge des Dreißigjährigen Krieges vergessen. Erst Monate später siegte meine Neugierde über die Angst, und ich näherte mich dem Mann.

Ein schmutziges, unter dem Kinn doppelt verknotetes Halstuch sollte den Penner vor der bitteren Kälte dieses wolkenlosen Januartages schützen. Seine Mütze hatte der Mann in die Stirn gezogen. Als Sammelbüchse diente ihm jetzt eine kleine Kartonschachtel. Der Geruch nach Moder, Schweiß und billigem Rotwein schlug mir entgegen. Ich hatte eine empfindliche Nase. Um Mülltonnen machte ich einen großen Bogen und vermied es, öffentliche Toilettenanlagen aufzusuchen. Ich bemühte mich, nicht an den Geschmack zu denken, den ich im Mund, im Gaumen und im Hals zu haben glaubte. Es kam mir vor, als hätte ich selbst Wein getrunken, ein ätzendes Getränk, das mit den Ausscheidungen und Ausdünstungen des Penners versetzt war. Je mehr ich mich dem Mann näherte, desto unerträglicher wurde seine olfaktorische Aura.

Der Penner hatte die Augen geschlossen. Er wippte leicht vor und zurück und summte eine Melodie. Die frostigen Tage waren eine harte Zeit für ihn. Es waren weniger Menschen auf der Straße, und jene, die unterwegs waren, hasteten meist an ihm vorbei. Ich sah, dass sich der Mann alte Zeitungen unter den Mantel gestopft hatte. Er zitterte und behauchte in regelmäßigen Abständen seine Finger.

Ich bückte mich, legte ein Zehnpfennigstück in die Schachtel und wollte schon weitergehen, als ich ein Kichern hinter meinem Rücken hörte. Eine heisere Stimme befahl mir, stehenzubleiben. Ich drehte mich um und sah eine ausgestreckte Hand. Auf der Handfläche lag das Zehnpfennigstück. »Von dir brauche ich kein Geld, Kind«, sagte der Penner. »Ich nehme nur von jenen, die den Schmutz der Welt mit sich herumtragen. Dafür bist du noch zu jung. Nimm dein Geld zurück!«

Ich schüttelte den Kopf.

»Nein?«, fragte er und hob die Augenbrauen. »Willst du einem alten Mann widersprechen?«

Ich rührte mich nicht von der Stelle.

»Du solltest dich sehen!«, sagte er und lachte. »Ein Schafskopf mit schwarzen Löckchen und Brille. Mach wenigstens den

Mund zu, wenn ich mit dir rede.« Ich schloss den Mund und biss mir auf die Lippen. Dann rückte ich meine Brille zurecht. Sie hatte eine schwere Fassung aus braunem Kunststoff und war mir auf die Nasenspitze gerutscht.

»Einverstanden«, sagte der Penner, warf die Münze in die Luft und fing sie wieder auf. »Ich werde das als Souvenir behalten. Vielleicht bringt es mir Glück.« Ich beobachtete, wie er das Geldstück in seiner Manteltasche verschwinden ließ. »Willst du mir wirklich helfen, Junge? Mir einen Gefallen tun?« Ich nickte. »Dann sieh dich doch mal auf der Straße um, ob du Zeitungen findest. Die alten Fetzen wärmen nicht mehr.«

Ich suchte die ganze Straße ab, fand aber nur die Sportbeilage des *Gigrichter Tagblattes*, die vom beeindruckenden Sieg des Chinesen Lu Fang bei einem lokalen Tischtennisturnier berichtete. Das Photo zeigte ihn als grinsenden Sieger. In der rechten Hand hielt er einen Ping-Pong-Schläger und in der linken einen silbernen Pokal, der die Form eines Ping-Pong-Schlägers hatte. Ich fragte mich, ob man mit einem solchen Silberschläger ebenfalls Ping-Pong spielen könne. Die Sportbeilage war aus dünnem Papier. Es war feucht an den Rändern. Der Penner würde mich bestimmt erschlagen, wenn ich nur damit zu ihm zurückkehren würde. Ich suchte ein weiteres Mal die Straße ab. Eines der Haustore stand offen. Ein dunkler Gang führte in den Innenhof, wo sich zwei bis zum Rand gefüllte Müllbehälter befanden. Damals gab es noch keine Altpapiercontainer. Ich konnte nur hoffen, dass die alten Zeitungen sich nicht mit dem anderen Müll vermischt hatten. Tatsächlich entdeckte ich bald mehrere Exemplare der *Bild-Zeitung* und des *Gigrichter Tagblattes*. Leider lag auf diesem Stapel eine Plastiktüte, deren Inhalt einen ekelhaften Geruch verströmte. Mit der linken Hand hielt ich mir die Nase zu, mit den Fingerspitzen der rechten Hand erfasste ich die Tüte und warf sie im großen Bogen auf den brüchigen Asphalt des Innenhofs. Es war wirklich schwer, ein edler Mensch zu sein!

»Diesen Dreck nehme ich nicht einmal, um mich zu wärmen«, sagte der Penner, während er in den Zeitungen blätterte. »Die einen schreiben blöde Texte, weil sie zu ihren blöden Bildern passen, und die anderen suchen nach passenden Bildern zu ihren blöden Texten. Bring mir die *Frankfurter Allgemeine Zeitung*. Die ist wenigstens auf hohem Niveau reaktionär.« Das Wort »reaktionär« kannte ich nicht. Es erinnerte mich an ein sich schnell drehendes Karussell. Aber wie sollte ich auf einer Gigrichter Straße die *Frankfurter Allgemeine Zeitung* finden? Sogar wenn sich einige Frankfurter nach Gigricht verirrten, würden sie bestimmt nicht diese langweilige Straße aufsuchen, um ihre Zeitungen wegzuwerfen.

Ich stand vor dem Penner wie vor einem strengen Lehrer, mit hängendem Kopf und Tränen in den Augen.

»Ist schon gut. Brauchst nicht zu flennen. Komm, setz dich zu mir.«

Ich gehorchte. Von der Seite betrachtet, machte das Gesicht des Mannes mit der roten Nase und dem fliehenden Kinn einen freundlichen Eindruck. Doch plötzlich spürte ich seine Hand auf meiner Schulter. Es kam mir vor, als habe man mir eine schwere Kette um den Hals gelegt. Die Hände des Penners waren groß, wie aufgedunsen. Unter den Fingernägeln klebte Schmutz, und die Handflächen waren von blutigen Rissen überzogen. Ich konnte alles ertragen, das Aussehen und den Geruch des Mannes, seinen herrischen Ton und das böse Funkeln in seinen Augen, nur eines nicht – von diesen entsetzlichen Händen berührt zu werden. Ich versuchte, mich so klein wie möglich zu machen, und rückte langsam weg. Ein paar Zentimeter, Pause, wieder einige Zentimeter, wieder Pause. Doch jedes Mal, wenn ich so weit war, dass die Hand von meiner

Schulter gleiten musste, verkrallte sie sich im Stoff meiner Jacke und zog mich zurück.

»Was bin ich für dich?«, fragte mich der Alte schließlich. »Ein Kinderschänder? Ein Mörder? Oder einfach nur Abschaum?« Ich schüttelte heftig den Kopf.

»Du hast keine Ahnung!«, schrie er. »Du hast von nichts eine Ahnung! Du wirst nach Hause gehen. Deine Mami wird dir Hände und Gesicht waschen, sie wird dir die Haare kämmen und ein Essen kochen, und du wirst ihr vom schmutzigen Greis erzählen, der dich angefasst hat. Sie wird erschrocken die Hände über dem Kopf zusammenschlagen und dir verbieten, jemals wieder mit mir zu sprechen. Sie wird die Polizei informieren, damit man mich aus dieser schönen Stadt wegschafft.«

»Nein, das kann sie nicht, weil ...«

Er legte mir die Hand auf den Nacken, umklammerte ihn, dass es weh tat. »Sie wird dir erklären, wie man mit Menschen wie mir verfahren soll, und du wirst ihr beipflichten, vielleicht nicht heute, aber später, wenn deine Haut nicht mehr so weich und zart ist und deine Augen nicht mehr so unschuldig sind, kurz gesagt, wenn du genauso geworden bist wie alle anderen.«

»Meine Mutter wurde von einer Straßenbahn überfahren«, murmelte ich und begann zu weinen. Was hatte ich dem Mann getan? Warum war er so unfreundlich zu mir?

Jetzt endlich zog er seine Hand zurück. »Komm schon, komm schon! Hör auf! Willst du, dass ich auch zu heulen beginne? Es ist nicht schwer, einen Säufer zum Weinen zu bringen. Tu das nie! Diese Tränen bringen dir kein Glück.«

»Es war eine Straßenbahn der Linie Nummer acht. Ein G69 Vierachser, Baujahr 1932, mit Anhänger. Deshalb ist Mutter tot. Wenn das nämlich eine moderne Straßenbahn gewesen wäre ...«

»Wir werden für deine Mutter beten«, unterbrach mich der

Penner. Er kniete sich mit dem Rücken zur Straße und dem Gesicht zum Tor hin und faltete die Hände. Erst jetzt merkte ich, dass in das Holz der Tür ein Kreuz eingeritzt war. »Los, bete das Vaterunser.«

Auch ich kniete nieder, faltete die Hände, blieb aber stumm.

»Was ist? Willst du nicht oder kannst du nicht?«

Schweigen.

»Bist du nicht katholisch?«

»Nein.«

»Was bist du dann?«

»Ich weiß nicht.«

»Was heißt, du weißt es nicht?«

»Ich bin gar nichts.«

»Unsinn! Jeder ist irgendetwas, auch wenn er glaubt, es nicht zu sein. Betet dein Vater nicht? Hat deine Mutter nicht gebetet?«

»Nein.«

»Hm … Die Menschen denken, sie wären modern, wenn sie gottlos sind und fallen dabei doch nur zurück auf das Niveau von Neandertalern … Aber deine Großeltern sind doch bestimmt in die Kirche gegangen, nicht wahr, mein Junge?«

Mein Vater sprach immer mit Hochachtung von seinen Eltern. Ich strengte mein Gedächtnis an, um mich an irgendeinen Ausspruch zu erinnern, der die Neugierde des Penners befriedigen würde. Schließlich glaubte ich, den passenden Satz gefunden zu haben: »Mein Vater hat einmal gesagt: wenn sein Großvater in der Synagoge betete, sah es aus, als würde er von Konvulsionen geschüttelt. Ich weiß zwar nicht, was Konvulsionen sind, aber es muss etwas Heiliges sein.«

Der Mann stand langsam auf. »Und ich dachte, man habe alle Gigrichter Juden ausgerottet«, sagte er. Er lehnte gegen die Wand, während ich weiterhin vor dem eingeritzten Kreuz kniete. »Leben deine Großeltern noch?«, fragte er.

»Meine Großmutter ist in Israel, aber sie mag uns nicht. Die anderen Großeltern sind von den Nazis umgebracht worden.«

Fremden gegenüber erwähnte ich meine ermordeten Großeltern selten, denn die meisten reagierten darauf so, als erzählte ich etwas Unanständiges. Doch der Penner lächelte und strich mir durchs Haar. »Euer Leid ist unsere Strafe«, sagte er, fasste unter meine Achseln und hob mich hoch. Dass dieser Säufer solche Kräfte besaß! »Du brauchst vor mir nicht zu knien. Nicht du!«, sagte er. »Ich habe große Hochachtung vor den Juden. Die Schicksalsschläge, welche sie erleiden, sind das Maß unserer menschlichen Verderbtheit. Gäbe es die Juden nicht, müssten wir nicht ständig in den Spiegel schauen und würden das Tier mit den zehn Hörnern und sieben Köpfen nicht erkennen.«

»Ich möchte jetzt nach Hause gehen. Mein Vater wartet auf mich.« Von einem Augenblick auf den anderen wurde meine Angst größer. Dieser Mann war offensichtlich verrückt. Was hatten die Juden mit Ziegen zu tun?

»Wer ist dem Tiere gleich und wer vermag mit ihm zu kämpfen? Während des Krieges war ich als Soldat in Russland. Ich habe alles gesehen und jeden Abend zu Gott gebetet. Groß und wunderbar sind deine Werke, Herr, Gott, Allherrscher, gerecht und wahrhaft sind deine Wege. O ja, und sie ist gefallen, die Stadt Babylon, die wiederauferstanden war zwischen Memel und Rhein, die große, die vom Glutwein ihrer Unzucht trinken ließ alle Völker.« Beim Wort Wein wurde mir übel. Außerdem war das schmutzige Taschentuch gefährlich nahe vor meinem Gesicht. »Weißrussland und die Ukraine sind ein einziger jüdischer Friedhof«, erklärte der Penner.

»Meine Mutter liegt auf dem jüdischen Friedhof in Oberpatsch begraben«, murmelte ich und versuchte davonzulaufen, aber der Verrückte hielt mich an den Schultern fest.

»Hast du gewusst, dass ein Friedhof im Hebräischen als Ort des Lebens bezeichnet wird?«, fragte er. »Die Toten in den Massengräbern sind lebendiger als wir. Vergiss das nie!«

Ich überlegte fieberhaft, wie ich flüchten könne, aber die kräftigen Hände ließen kein Entkommen zu. Verzweifelt sah ich mich um. Doch die Straße war menschenleer. »Lassen Sie mich gehen«, bettelte ich. »Ich muss nach Hause.«

»Ich tu dir doch nichts. Doch nicht ich! Ich bin der letzte, vor dem du dich fürchten müsstest.« Er ließ mich los und setzte sich ächzend wieder auf die Stufe. Seine Augen waren nun halb geschlossen und matt. »Junge!«, sagte er mit zittriger Stimme. »Ich möchte dir etwas mitgeben.« Aus seiner Kartonschachtel holte er eine Zwei-Mark-Münze heraus und reichte sie mir. »Da, nimm! Kauf dir was Schönes dafür.«

Ich bedankte mich und lief davon.

Fünf Minuten später blieb ich an einer belebten Kreuzung stehen. Zwei Mark waren viel Geld. Ich hätte mir dafür eine Tafel Schokolade, eine Tüte mit Bonbons oder ein Käsebrötchen kaufen können. Auf der anderen Straßenseite befand sich ein Supermarkt. Dennoch konnte ich mich über das Geschenk nicht freuen. Ein dumpfes Gefühl von Ärger und Scham stieg in mir hoch. Ich fühlte mich verletzt, auch wenn ich nicht verstand, warum. Ich ballte die Hand zur Faust, so fest, dass es schmerzte. Dann öffnete ich sie schnell und sah, wie die Münze den Passanten vor die Füße rollte.

4

Das Wort Jude hörte ich das erste Mal im Alter von fünf Jahren. Vater hatte mich in die Fabrik mitgenommen, in der er seit Beginn der Fünfzigerjahre als Arbeiter beschäftigt war. Ich weiß nicht mehr, weshalb ich ihn an diesem Tag begleiten musste. Wahrscheinlich hatte der Kindergarten aus irgendeinem Grund geschlossen. Ich erinnere mich, dass mir das Backsteingebäude mit dem rußgeschwärzten Schlot Angst einjagte. Vater brauchte einige Zeit, um mich zu beruhigen, deshalb gehörten wir zu den letzten, die an diesem Morgen durch das Fabrikstor gingen.

In einem dunklen Vorraum mit unverputzten Betonwänden schob Vater einen Streifen aus Karton in den Schlitz eines blauen Metallapparates, der mit einem Schnalzton zubiss. Ein Korridor, der von einer flackernden Neonröhre beleuchtet wurde, führte in den Umkleideraum.

Die anderen Arbeiter erschienen mir größer als mein Vater. Es fiel mir auf, dass er fast alle grüßte, aber von kaum jemandem zurückgegrüßt wurde. An der Wand waren Kästen aus Blech befestigt. An den Türen hingen Schlösser, nur an jener meines Vaters nicht. Er fürchte sich nicht vor Dieben, erklärte er mir, während er sich umzog. Im blauen Overall sah er wie ein Polizist aus, dem man Schulterstücke und Gürtel von der Uniform gestohlen hat.

Vaters Nachbar im Umkleideraum hieß Fritz. Er hatte blaue Augen und einen grauen Vollbart wie Captain Iglo aus der Werbung, den ich damals noch nicht kannte, aber später immer mit Fritz in Verbindung bringen würde. Er kam mir uralt vor. Wenn Fritz mit meinem Vater sprach, hatte er einen ähnlichen Tonfall wie meine Kindergartentante, wenn sie mir etwas erklärte.

Der Vorarbeiter am Eingang zur Werkshalle zeigte mit dem Finger auf mich und sagte: »Zu den Maschinen darf er nicht! Klar?«

»Klar!«, antwortete Vater und führte mich in die Kantine. Dort setzte er mich an einen Tisch, brachte mir ein Glas Limonade, gab mir einen Stapel Bilderbücher und sagte, ich solle auf ihn warten. Er werde gegen Mittag wiederkommen.

Der Tisch war aus Aluminium. Er hatte eine matt glänzende Oberfläche, auf der ich die Umrisse meines Kopfes erkannte, so als würde ich in einen trüben Wassertümpel schauen. Der Stuhl war hart und kalt. Meine Füße baumelten in der Luft. Wenn ich vom Sessel rutschte, würde ich ohne fremde Hilfe nicht wieder hinauf gelangen. Aber ich hatte nicht vor, wegzugehen. Ich war ein braves Kind. Ich konnte mich stundenlang still beschäftigen, ohne jemandem aufzufallen.

Meine Tante führte mein Verhalten auf einen »chronischen Schockzustand« zurück, für den »die dunklen Jahre« und der Tod meiner Mutter verantwortlich seien. Sie sprach davon, dass der Schatten des Todes mich mehrfach gestreift habe. »Dieses Kind ist doppelt gezeichnet«, sagte sie. Vater bat sie, »diesen Unsinn« in meiner Gegenwart nicht zu wiederholen. Warum solle man mich schon in frühester Kindheit mit so etwas konfrontieren? Ich hätte noch genug Zeit, damit leben zu lernen. Obwohl ich nicht ganz verstand, worüber die Erwachsenen sprachen, spürte ich, dass es mich zu einem besonderen Menschen machte. Die Kindergärtnerin beschwerte sich bald darauf bei meinem Vater, ich würde den anderen Kindern Angst machen, weil ich behaupte, über einen todbringenden Schatten zu verfügen.

Die Wände des Speiseraums waren blau gestrichen. Die Farbe blätterte an einigen Stellen ab. Der Untergrund war grau. Der braune Linoleumboden hatte Risse, die Fenster waren schmal und vergittert. Die Luft war stickig. Es roch nach gebratenem Schweinefleisch, Kohl und Sauerkraut. Ich fühlte mich trotzdem wohl, denn der Raum war hell beleuchtet. Außerdem konnte ich Maschinenlärm und das Motorengeräusch von Lastkraftwagen hören. Noch mehr als vor der Dunkelheit fürchtete ich mich vor der Stille.

Nachdem ich die Limonade ausgetrunken und alle Bilderbücher durchgesehen hatte, legte ich den Kopf auf den Tisch und schlief ein. Als ich aufwachte, war es kurz vor Mittag. Die Zeit an der Wanduhr konnte ich schon ablesen. Die Morgenschicht würde bald zu Ende sein. Gern hätte ich noch die wenigen Minuten auf meinen Vater gewartet, doch ich musste dringend aufs Klo. Die füllige Frau im weißen Kittel, die in der Küche das Mittagessen zubereitete, zeigte mir den Weg. Im Pissoir befand sich statt der Muscheln, die für mich in den meisten öffentlichen Toiletten zu hoch waren, eine Rinne. Das ersparte mir den Gang in eine der Kabinen. Als ich fertig war und die Hose schließen wollte, hörte ich über mir die Worte: »Du bist ja gar kein richtiger Jude!« Ich zuckte zusammen, machte einen Schritt zurück, schaute hinauf und sah die himmelblauen Augen von Captain Iglo. »Dein Pipi ist nicht verstümmelt, wie das bei Juden sonst üblich ist.« Die Hand des

Mannes berührte mich, glitt an meinem Bauch entlang herunter. Sie war breit, hatte dicke Finger und eine Haut mit gelben Flecken. Ich riss mich los und lief davon. Am Eingang zur Toilette versperrte mir ein Wald von Beinen den Weg. Ich blieb zitternd stehen und machte den Hosenschlitz zu. Gleich würde die schwielige Hand wieder nach mir und meinem Schwanz greifen. Doch bevor es so weit kommen konnte, schlug ich einen Zickzackkurs zwischen den Beinen ein. Das Heulen einer Sirene verstärkte meine Angst. »He, Kleiner!«, hörte ich eine heisere Stimme. »Bist du dem Klomuschelgeist begegnet?«

Ich lief dem Gelächter davon, drängte mich durch die Menschentraube vor dem Eingang zum Speisesaal und die Wartenden vor dem Tresen, an dem das Essen ausgegeben wurde, und landete schließlich in den Armen meines Vaters.

»Was ist los?«, fragte er, aber es fehlten mir die Worte, um wiederzugeben, was geschehen war und was ich empfand. Ich gab ihm keine Antwort, sondern schlang meine Arme um seinen Hals und heulte los. Ich spürte, dass etwas geschehen war, das mehr war als nur unangenehm und peinlich. Da hörte ich wieder die Stimme von Fritz und schmiegte mich noch fester an meinen Vater.

Fritz stand in der Schlange zur Essensausgabe, hielt ein Plastiktablett in den Händen und erzählte etwas, das die anderen offenbar erheiterte, denn sie begleiteten seine Worte mit Gelächter und lauten Ausrufen. Dabei schauten sie meinen Vater und mich an, und immer wieder hörte ich das Wort »Jude«, meist in Verbindung mit »Schwanz«. Ich verstand nur so viel, dass jeder Satz eine Beleidigung war, und wartete auf Vaters Reaktion. Doch erst als die anderen sich wieder der Frau im weißen Kittel zugewandt hatten, sagte er deutlich hörbar in den Raum: »Fritz spricht viel über Schwänze, offenbar weil er Probleme mit seinem eigenen Schwanz hat. Aber vielleicht interessiert er sich nur deshalb so sehr für den Schwanz meines Sohnes, weil er ihn anziehender findet als die entsprechenden weiblichen Geschlechtsteile.«

Stille. Sogar die Frau am Tresen schaute neugierig auf. Die Nudelsuppe floss vom Schöpflöffel, den sie in der Hand hielt, zurück in den Topf. Die Gesichter der Arbeiter erstarrten. Meine Angst wurde mit jedem Augenblick größer. Schließlich durchbrach Fritz dieses bedrohliche Schweigen. »Saujud, dreckiger!«, sagte er. »Dreckiger! Saujud!« Da verstand ich, dass »Jud« etwas Beschämendes sein musste, etwas Schmutziges, das ich mit den dicken Unterarmen und klobigen Händen von Fritz, mit Toilettengeruch und Urin in Verbindung brachte.

Alle warteten auf die Reaktion meines Vaters. Einige schlugen die Augen nieder, während bei anderen das Grinsen in den Gesichtern versteinerte. Es musste nun etwas Schreckliches geschehen, um das, was schon geschehen war, wieder auszugleichen. Je stärker meine Angst wurde, desto größer wurde meine Ungeduld. Doch es kam zu keiner weiteren Auseinandersetzung. Stattdessen sagte Vater etwas, das bei den anderen nur verächtliche Ausrufe und Gelächter hervorrief: »Ich werde heute Nachmittag Zeitausgleich nehmen. Auf Wiedersehen und bis morgen.«

Jahre später, mit dreizehn oder vierzehn, wollte ich von Vater wissen, warum er sich damals wie ein Feigling verhalten habe.

»Was hätte ich denn tun sollen?«, fragte er. »Fritz und ich sind einander nichts schuldig geblieben.«

»Du hättest ihm für den Saujuden die Zähne einschlagen müssen! Du hättest zuschlagen müssen, auch wenn er kräftiger war als du. Bist du ein Mann oder eine Maus?«

Erstaunlicherweise wurde Vater nach dieser Äußerung nicht wütend. »Der Unterschied zwischen einem Mann und einem

Mäuserich ist nicht so groß, wie du dir das vorstellst«, meinte er, »aber du hast Recht, ich bin kein Held. Wäre ich einer, dann säße ich vielleicht heute noch in meinem Kibbuz, anstatt im Land der Mörder mein Leben zu beschließen. Es gab ein Erlebnis – du weißt, wovon ich spreche –, das meinem Leben eine andere Wendung gegeben hat.«

»Aber bist du deshalb zu Feigheit und Tatenlosigkeit verurteilt?«, beharrte ich.

»Hätte ich in dieser Fabrik bei solchen und ähnlichen Äußerungen immer zugeschlagen, hätte ich mich täglich prügeln müssen und wäre längst ein körperliches Wrack … Ich hatte die Wahl gehabt, dort zu bleiben, wo das Wort Saujud nur als Scherz aufgefasst werden kann. Ich habe mich anders entschieden, also muss ich es aushalten.«

Das Erlebnis in Vaters Fabrik war der erste unrühmliche Höhepunkt in meinem Leben als Deutscher und Jude. Wenn ich später gefragt wurde, wie ich das scheinbar Unvereinbare zu verbinden verstehe, erklärte ich, manche Erlebnisse seien so läppisch wie der Konflikt zwischen zwei Autofahrern, die sich um einen Parkplatz streiten. Warum sollte ich anderen etwas zu erklären versuchen, das ich selbst nicht fassen konnte? Wollte jemand wissen, ob ich in Deutschland »schon viele Auseinandersetzungen mit Antisemiten« gehabt habe, gab ich meist ausweichende Antworten. Sollte ich von der Frau im Bus erzählen, die behauptet hatte, Juden kontrollierten die amerikanische Wirtschaft und somit die ganze Welt? Oder von den Skinheads, die im Park gegrölt hatten, sie würden »Juden, Türken und allen anderen Negern« die Schädel einschlagen? Ein älterer Herr, mit dem ich einmal im Kaffeehaus ins Gespräch gekommen war, hatte gemeint, er hasse Hitler, weil dieser einen Weltkrieg begonnen habe, die Vertreibung und Ermordung der Juden sei jedoch richtig gewesen. Juden seien Parasiten, die »das Blut ihrer Wirtsvölker saugen«. Berichtete ich von solchen Erlebnissen, reagierten die Menschen meist mit betretenem Schweigen oder banalen Phrasen. Ute sagte mir einmal, es blute ihr das Herz, wenn sie so etwas höre. An jenem Abend war ich bei ihr zum Essen eingeladen, und sie behandelte mich mit einer solch liebenswürdigen Aufmerksamkeit, als litte ich an einer todbringenden Krankheit.

Simple Gemüter stellen oft die gemeineren Fragen, sie wollen von mir manchmal erfahren, zu welchem meiner »Heimatländer« ich bei einem Fußballspiel zwischen Deutschland und Israel halten würde. Fragt mich das ein Deutscher, antworte ich: »Zu Israel.« Ist der Gesprächspartner kein Deutscher und womöglich noch Jude, sage ich: »Zu Deutschland.« Vor jeder Reise nach Israel lerne ich die Namen der deutschen Nationalspieler auswendig.

Von allen Gesprächen über meine Doppelidentität ist mir eines besonders in Erinnerung geblieben. Während meines ersten Israelbesuches lernte ich in einer Bar in Tel Aviv einen amerikanischen Juden kennen. Er war etwas älter als ich, vielleicht zwei- oder dreiundzwanzig, blond, sportlich, hatte schneeweiße Zähne, trug ein weißes T-Shirt, eine kurze Hose und Turnschuhe. Er saß als einziger Gast in der Nichtraucherecke des Lokals und blätterte in Uris' Roman *Exodus*. Er war auf eine so vollkommene Weise die Karikatur eines amerikanischen Collegeboys, dass ich der Versuchung nicht widerstehen konnte, ihn zu photographieren. Mein Opfer ließ diesen »Annäherungsversuch« jedoch nicht ungestraft über sich ergehen. Ich wurde am Kragen gepackt und gegen die Wand gedrückt. Das dürfte in der Spelunke, in der wir uns befanden, nichts Ungewöhnliches gewesen sein, denn weder jemand von den Gästen noch der Kellner kamen mir zu Hilfe. Die meisten schauten nicht einmal auf. Ob ich schwul sei und sein Bild als erotisches Stimulans beim Wichsen verwenden wolle, fragte mich der Amerikaner. Ich schüttelte den Kopf und versicherte, eine Freundin zu haben, deren Bild ich ihm zeigen könne. Es liege in meiner Geldbörse.

»Okay, forget it, you jerk«, erklärte er mir. Wenn ich ihm ein Bier spendiere, sei für ihn die Sache erledigt. Ich willigte ein. Dafür musste er den Nichtraucherbereich verlassen und sich an meinen Tisch setzen.

Ich photographierte den jungen Amerikaner, der Bernie hieß, ein zweites Mal und zeigte ihm tatsächlich das Bild jenes Mädchens, das bis vor wenigen Monaten noch meine Freundin gewesen war. Nachdem mein neuer Bekannter zwei Bier auf meine Kosten getrunken hatte, kannte ich seine Lebensgeschichte. Über seine Kindheit und Jugend als Sohn einer jüdischen Mittelschichtsfamilie aus Evansville, Indiana, und seinem anschließenden Studium am College von Dayton, Ohio, wusste er nichts Interessantes zu berichten. Der »Israel-Trip« war seine erste Auslandsreise. Während er sein drittes Bier trank, erzählte ich ihm in knappen Sätzen von mir.

Bernie wischte sich mit dem Handrücken den Bierschaum aus dem Gesicht, schielte auf den Umschlag seines Buches, auf dem unter dem goldenen Schriftzug *Exodus* ein überfülltes Schiff, die Umrisse der Klagemauer und im Hintergrund die israelische Fahne abgebildet waren, und verkündete in einer Lautstärke, dass die anderen Gäste, trotz des Disco-Sounds, der aus den Lautsprechern hallte, in unsere Richtung schauten: »Germany can't be a homeland for Jews! What the hell are you doing there, Gabe?« Meinen Vornamen hatte er schon nach dem ersten Bier auf Gabe verkürzt. Für mich klang es wie »Babe«.

»Ich bin dort geboren«, sagte ich.

»So what! Get the hell out of there!«

»Und aufgewachsen«, fügte ich hinzu.

Er verstehe trotzdem nicht, wie ein Jude eine emotionale Bindung zu Deutschland entwickeln könne, sagte Bernie. Es dürfe einfach keine Juden mehr in Deutschland geben. Punkt!

»Du argumentierst wie Adolf Hitler«, entgegnete ich.

Bernie erklärte mir, ich sei ein Zyniker. Ich hätte sogar die hagere Gestalt, die schmalen Lippen und die funkelnden Augen eines leidenschaftlichen Zynikers, und wie alle Zyniker würde ich rauchen. Es gäbe keinen Zyniker, der nicht auch selbstdestruktiv wäre. Er nahm mir die Zigarette aus der Hand, zog daran, hustete, verzog den Mund, drückte sie aus und meinte: »Why do you smoke this shit? If you wanna smoke shit, smoke the real thing!«

Ich bat Bernie, er möge seine Stimme etwas mäßigen. Es sei mir unangenehm, wenn sämtliche Gäste des Lokals zu unfreiwilligen Zuhörern unseres Gesprächs werden.

»Okay, okay!«, sagte Bernie und sprach in derselben Lautstärke weiter. Ich solle ihm klipp und klar erklären, weshalb ich in Deutschland leben wolle, und dabei auf zynische Scherze oder sentimentales Geschwafel verzichten. Ich solle meinen analytischen Verstand einsetzen, präzise Antworten geben und mich nicht dümmer stellen, als ich bin.

»Warum lebst *du* in Amerika?«, fragte ich ihn, anstatt ihm eine Antwort zu geben.

Er müsse sein Studium beenden, danach habe er die feste Absicht, nach Israel zu emigrieren, erklärte er mir mit einem Lächeln des Triumphs.

»Während Israelis deines Alters ihren dreijährigen Militärdienst ableisten, ziehst du es also vor, im sicheren Amerika ein angenehmes Studentenleben zu führen.«

Dieser nicht ganz ernst gemeinte Einwand brachte meinen

Gesprächspartner für einige Augenblicke in Verlegenheit. Er runzelte die Stirn und schwieg, während ich mir eine weitere Zigarette anzündete. Nachdem ich drei Züge gemacht hatte, riss mir Bernie den Glimmstengel aus der Hand und drückte ihn aus. Israel würde von gut ausgebildeten Zuwanderern wie ihm, amerikanischen Akademikern mit einem profunden Wissen im technischen Bereich, profitieren, meinte er. Dann wollte er wissen, welchen Vorteil meine Gegenwart in Deutschland für Israel und das jüdische Volk habe.

Aus einer solchen Perspektive hatte ich mein Leben noch nie betrachtet. Ich hatte über meine Zukunft, über Frauen oder die Beziehung zu meinem Vater nachgedacht. Manchmal hatte ich mir Gedanken darüber gemacht, was ich für meine Mitmenschen in Not oder die Verbesserung der Welt tun könnte, jedoch nie darüber, welchen Vorteil mein Verbleib an einem bestimmten Ort für das jüdische Volk hätte. Dass ich mit meinen neunzehn Jahren dermaßen wichtig sein könnte, war mir noch nie in den Sinn gekommen. Ich muss allerdings zugeben, dass mir dieser Gedanke schmeichelte. Dennoch fiel mir auf Bernies Frage keine angemessene Antwort ein. Ich bestellte ihm ein weiteres Bier und meinte schließlich: »In Gigricht bin ich ein Vorposten der jüdischen Zivilisation.«

Leider fasste Bernie auch diese Aussage ernster auf, als sie gemeint war. Er hielt mir einen kurzen Vortrag über die Geschichte des jüdischen Volkes und das Schicksal der Juden in der Diaspora, über die Alija, die Rückkehr ins Gelobte Land, den Zionismus und den Staat Israel. »Our outposts are now in Judaea and Samaria«, erklärte er. »That's where your presence would be really useful, Gabe.«

Ich weiß bis heute nicht, warum ich ihm nicht einfach Recht gab und das Gespräch mit einem Scherz beendete. Vielleicht hatte Bernies Alkoholkonsum auf eine seltsame Weise auch meine Sinne benebelt, oder es war sein aggressiver Tonfall, der mich dazu brachte, ihm jene Geschichte zu erzählen, die nicht einmal meine besten Freunde in Gigricht kannten. Ich berichtete ihm von der Ermordung des Arabers, deren Zeuge mein Vater im Jahre 1948, zu Beginn des israelischen Unabhängigkeitskrieges, geworden war, und von seinem Entschluss, ins »Land der Mörder« zurückzukehren.

»Okay, Gabe«, sagte Bernie. »Now it's my turn to invite you for a beer.«

Bernie redete noch lauter. Niemand, erklärte er mir, sei so empfänglich für das Leid auf der Welt wie wir Juden. Man könnte meinen, das jüdische Volk habe schon in biblischer Zeit genug gelitten, um sich ruhigen Gewissens auf sich selbst zu besinnen. Doch immer wieder würden Juden mit anderen mitleiden, immer wieder wollten sie die ganze Welt erlösen. Von Jesus bis Trotzki. Das Verbrechen, das vor den Augen meines Vaters verübt worden sei, geschehe in jedem Krieg tausende Male, es sei aber nicht mit den Gräueln vergleichbar, die andere, zu denen auch Araber zu zählen seien, an den Juden begangen hätten. Außerdem sei kein anderes Volk, das einen Kampf um seine Existenz führe, mit dem Gegner so human umgegangen wie das jüdische mit dem arabischen. Alle Kompromisse und Friedensangebote Israels habe die Gegenseite abgelehnt, jedes Gespräch verweigert, jedem zivilisierten Dialog nur Terror und Grausamkeit entgegengesetzt. Warum gönnen die Araber, denen ein Sechstel der Welt gehöre, dem jüdischen Volk diesen winzigen Flecken Erde nicht? Haben die Juden nicht aus einer menschenleeren Wüste einen blühenden Garten gemacht? Haben die Palästinenser überhaupt Anspruch auf dieses Land? Im Übrigen hätten sie nirgends im Nahen Osten so viele bürgerliche Rechte wie in Israel, das bekanntlich die einzige Demokratie in der Region sei.

»I hate those fucking arabs!«, schrie Bernie und ließ seinen vom Alkohol getrübten Blick durch den Raum schweifen. »Give me a gun and then give me an arab!«

Dies war der Moment, als sich der Kellner in unser Gespräch einmischte. Er hatte schon seit Längerem in der Nähe von unserem Tisch gestanden und uns zugehört. Der Kellner, ein korpulenter Rothaariger um die dreißig, forderte Bernie in fehlerfreiem Englisch auf, das Lokal zu verlassen. Er sprach ruhig und höflich wie ein englischer Butler. Der »Gentleman« müsse verstehen, dass seine lautstark und somit für alle hörbar vorgetragenen Ansichten in Israel zwar leider von vielen, doch bei weitem nicht von allen vertreten würden. Gäste des Lokals, Palästinenser wie Juden gleichermaßen, könnten sich durch Hasstiraden dieser Art verletzt fühlen.

Es überraschte mich, wie kleinlaut der Amerikaner plötzlich wurde. Er stand auf, entschuldigte sich und hastete zur Tür. Als er die Türklinke schon in der Hand hatte, bat ihn der Kellner, noch einen Augenblick zu warten. Dann sperrte er mit einem kleinen, glänzenden Schlüssel ein Fach unter der Theke auf, holte eine Uzi-Maschinenpistole heraus und legte sie auf den Tisch. Im Zwielicht der schummrigen Deckenbeleuchtung erinnerte sie an ein schwarzes Insekt.

»You see this gun?«, fragte er Bernie. »I hate it. I had to kill an arab with this weapon. Believe me, it's a terrible experience.«

Ich folgte Bernie hinaus auf die Straße. Wir befanden uns in der Nähe des alten Busbahnhofs im Süden von Tel Aviv, in einem Viertel, dessen Betonblöcke aus den Dreißiger- und Vierzigerjahren schon damals, im Jahre 1984, abbruchreif aussahen. Es ist das Viertel der jüdischen Unterschicht und der Gastarbeiter, das Viertel der Snackbars, der Billigläden und der Prostitution. Ein Betrunkener, der kaum mehr stehen kann und etwas lauthals verkündet, regt hier niemanden auf.

Bernie war keineswegs verärgert, sondern im Gegenteil zu Tränen gerührt. Er erklärte mir und den Passanten, dass nur ein Jude so reagieren konnte wie dieser Kellner.

»Who else would stand up in order to protect an enemy?«

Ein paar Jugendliche umringten ihn. Sie lachten ihn aus. Was sie ihm in einer Mischung aus Hebräisch und Englisch zuriefen, konnte ich nicht verstehen. Ich drehte mich um und ging. Der Ekel, den ich beim Anblick des schwankenden und gestikulierenden Bernie empfunden hatte, machte bald einem Gefühl der Trauer Platz. In den nächsten Tagen war ich niedergeschlagen und spazierte ziellos durch die Straßen von Tel Aviv. An den Abenden zog ich mich in die Jugendherberge zurück, versuchte meinen Gefühlen eine Form zu geben und Tagebuch zu führen. Vor meiner Abreise warf ich alle Aufzeichnungen in den Müll.

»Das Schicksal ist wie ein Spiegel vor den Augen eines Hundes«, hat Ende des neunzehnten Jahrhunderts ein Gigrichter Heimatdichter geschrieben. »Was für den menschlichen Verstand offensichtlich ist, bleibt für den Hund ein metaphysisches Geheimnis: wie kommt der andere Hund hinter das Glas?« Mit ähnlich animalischem Erstaunen begegnete ich manchen Kapriolen meines Schicksals als Deutscher und Jude.

Im Jahre 1984 beschloss ich, in Wien zu studieren. Ich war zwar immer ein solider, jedoch nie ein brillanter Schüler gewesen. Entsprechend sah mein Abiturzeugnis aus. Für das Studium an der einen oder anderen Provinzuni der Bundesrepublik hätte es gereicht, ich aber wollte hinaus in die Welt. Wenn schon in Deutschland, dann in Westberlin, Hamburg oder München. Als ich erfuhr, dass es in Österreich keinen Numerus clausus gab, war ich erleichtert. Wenn man zwischen Wien, Bielefeld und Kaiserslautern wählen kann, fällt die Entscheidung nicht schwer. Für ein Studium im fremdsprachigen Ausland, in Israel,

England oder den USA, fehlte mir sowohl das Geld als auch der Mut.

Die Österreicher, im speziellen die Wiener, hätten die schlechten Eigenschaften der Deutschen, ohne sich um deren positive Seiten zu bemühen, warnte mich mein Vater.

»Was sind denn die positiven Eigenschaften, an denen es den Österreichern mangelt?«, fragte ich. »Die stumpfsinnige Arbeitswut, die D-Mark, der fehlende Sinn für Ästhetik?«

»All das ist nebensächlich«, sagte Vater. »Wesentlicher ist, dass sie mit ihrem eigenen Antisemitismus noch keinen Frieden geschlossen haben.«

Vater begrüßte meinen Entschluss trotzdem. »Es ist mir ganz egal, wo du studierst. Hauptsache, du gehst weg aus Gigricht. Denk an mich, komm zu Besuch, vergiss nicht, wie sehr ich dich mag, aber werde nicht wie ich. Mach das zu einem Leitmotiv in deinem Leben – nicht zu werden wie dein Vater. Schau nach vorn, ins nächste Jahrtausend. Du wirst es noch als junger Mensch erleben. Ich habe nie gelernt, die Vergangenheit hinter mir zu lassen.«

Die Bahnfahrt von Gigricht nach Wien dauerte zehn Stunden. Als ich ankam, war es früh am Morgen. Mir war schwindlig und etwas übel, da ich während der ganzen Fahrt nichts gegessen und kaum geschlafen hatte. Meine beiden Koffer und der Rucksack kamen mir so schwer vor, dass ich Mühe hatte, sie vom Bahnsteig in die Halle zu tragen. Bis vor kurzem war ich noch in Hochstimmung gewesen. Die Neugierde und Vorfreude auf das neue Leben, das mich erwartete, waren stärker gewesen als meine Angst. Als ich jedoch die Halle des Westbahnhofs erblickte, war es mit meiner guten Laune vorbei. Sogar der Bahnhof von Ulan Bator muss moderner und belebter sein, dachte ich, ganz zu schweigen vom Gigrichter Hauptbahnhof. Doch bevor ich hinunter zur Stadtbahn ging, machte ich einen Abstecher zur Gepäckaufbewahrung. Deren Aussehen verstärkte meinen Eindruck noch, dass ich geographisch weit nach Osten und zeitlich einige Jahrzehnte in die Vergangenheit gefahren war.

Der Mann in blauer Uniform und Schirmmütze, der meinen Rucksack entgegennahm, grinste unentwegt und erinnerte mich plötzlich an gewisse Gestalten, die ich aus Filmen und von alten Photographien kannte. Nur der Reichsadler mit dem Hakenkreuz über der Brusttasche fehlte.

Mit einer kräftigen Armbewegung hievte er meinen Rucksack auf eines der Holzgestelle, wo er recht unsanft auf einer prall gefüllten Reisetasche landete.

»Seien Sie bitte etwas vorsichtiger, da sind wertvolle Gegenstände drin«, sagte ich. Das stimmte nicht. Ich hatte weder wertvolle noch zerbrechliche Sachen auf die Reise mitgenommen, aber ich wollte nicht, dass mit meinem Gepäck umgegangen wurde, als handle es sich um Müllsäcke.

»Ja, und!« Die Stimme des Mannes klang wie das Knarren eines alten Scheunentors. »Soll ich sie jetzt anbeten, diese wertvollen Gegenstände?«

»Da sind Gläser drin!« Es überraschte mich selbst, wie scharf meine Stimme geklungen hatte.

»Na und?! Soll ich jetzt Glasln wosch'n oder wos?«

»Einen anderen Ton bitte, ja!«

»Wie hättest du's denn gern, dass ich mit dir rede, Burscherl?« Er hob den Kopf, so dass ich statt in seine Augen auf sein massiges, glatt rasiertes Kinn schaute.

Die Gepäckaufbewahrung befand sich in einer finsteren Ecke des Bahnhofs. Von der Halle war sie durch eine Wand mit Schließfächern und eine Wipptür getrennt. Der Beamte und ich waren in diesem schummrig beleuchteten Raum allein. Zwischen uns beiden war nur eine hölzerne Ladefläche. Ich war ein

Neunzehnjähriger in einem fremden Land, er – eine Amtsperson in Uniform. Was immer ich unternehmen würde, das Recht war auf seiner Seite. Dennoch gab ich nicht klein bei, sondern verlangte, seinen Vorgesetzten zu sprechen.

»Das kannst du gern haben, Burscherl.« Mein Widersacher verschwand hinter einer milchigweißen Glastür. Meine Anspannung wurde beinahe zur Panik. Ich sah mich schon verprügelt und im eigenen Blut auf dem Boden eines Wachzimmers der Polizei liegen. Dabei brauchte ich nur über die Ladefläche zu klettern, meinen Rucksack zu nehmen und zu gehen. Aber ich wusste, dass ich nie mehr in den Spiegel würde schauen können, wenn ich das täte. Deshalb wartete ich, bis der Beamte wenige Minuten später in Begleitung eines korpulenten Individuums unbestimmten Alters wiederkam. Der Mann trug ein ausgebeultes Sakko, ein weißes Hemd und eine lose gebundene, blaue Krawatte. Er nannte seinen Namen – Kurt Kruch – und streckte mir seine füllige Rechte entgegen. Der Händedruck war so stark, dass es mir schwer fiel, nicht aufzuschreien.

»Hab ich dir weh getan, Burscherl?«, fragte Herr Kruch. »Das tut mir aber Leid.«

Am liebsten hätte ich sofort meinen Rucksack zurückverlangt. Stattdessen hörte ich, wie mein Mund einen Satz nach dem anderen formte, doch in keinem von ihnen kam die erwähnte einfache Bitte vor. In allen zivilisierten Ländern sei es Aufgabe der Gepäckaufbewahrung, Gepäck aufzubewahren, und nicht zu ruinieren. Ich sei volljährig und habe das Recht, höflich und zuvorkommend und nicht wie ein »Burscherl« behandelt zu werden.

»Ist ganz schön goschert, das Burscherl«, erklärte Herr Kruch seinem Kollegen.

»Die sind eben so«, meinte dieser. »Vif. Haben für alles eine Erklärung. Deshalb sind sie auch so erfolgreich, erreichen immer, was sie wollen. Weil's sich überall einmischen und querulantisch daherreden.«

Ich verstummte. Konnte es sein, dass sich die Warnungen meines Vaters so schnell bewahrheitet hatten? Aber woher wusste dieser Bahnbedienstete, wer ich war? Ich sah doch gar nicht jüdisch aus.

»Wennst magst, Burscherl, kannst eine formelle Beschwerde einreichen«, erklärte Kruch. »Dafür gibt's ein eigenes Formblatt. Du beschreibst den Tatbestand aus deiner Sicht und mein Kollege ergänzt das Ganze durch seine Version. Der Wisch geht dann an die Beschwerdestelle der Bundesbahndirektion Wien …«

»Geben Sie mir mein Gepäck zurück!«, unterbrach ich ihn.

»Gern«, sagte der Uniformierte. Im nächsten Augenblick flog mein Rucksack im großen Bogen auf mich zu und landete vor meinen Füßen.

»Arschloch!«, sagte ich.

»Schleich dich!«, sagte Kruch.

»Scheißpiefke!«, schrie sein Kollege. »Euch Piefke haben wir hier bei uns noch gebraucht. Alle anderen sind schon da, nur ihr habt uns noch gefehlt wie die Gelsen im Schlafzimmer.«

Die Stadtbahn hatte den Tunnel verlassen und fuhr auf einer Hochtrasse Richtung Norden. Der Morgendunst verzog sich langsam und gab den Blick über die Dächer bis zu den Hügeln des Wienerwalds frei. Die Stadt erschien mir grau und alt. Ihre Häuser strahlten die Atmosphäre von Romanen aus dem neunzehnten Jahrhundert aus. Hinter den Fenstern sah man ärmlich möblierte, enge Räume und bunte Tapeten. Warum, fragte ich mich, bin ich nicht nach Rotterdam gezogen oder nach Dortmund zu Onkel Robert? Warum nicht nach Vancouver oder Petach Tikva? Dort ist kein Haus mehr als vierzig Jahre alt. An einem solchen Ort könnte ich mich viel leichter ins einundzwanzigste Jahrhundert hineinträumen, in meine Zukunft, in eine Zeit, in der die Vergangenheit nur mehr Geschichte sein würde.

Mein Rucksack lag vor meinen Füßen. Nach jeder Haltestelle rollte er vor und zurück, schlug gegen meine Beine, versperrte den Weg im Waggon. Mit einem kräftigen Fußtritt beförderte ich ihn unter den Sitz.

Als ich einen Tag später im Studentenheim einem Kollegen aus Vorarlberg von meiner Auseinandersetzung auf dem Westbahnhof erzählte und den Antisemitismus der Wiener beklagte, lachte dieser laut auf. »Piefke ist doch das Schimpfwort für Deutsche und nicht für Juden, du Trottel«, erklärte er, und plötzlich fühlte ich mich erleichtert, frei und wohl in dieser schönen Stadt.

»Wie ist es denn, als Jude in Deutschland zu leben?«, fragte mich viele Jahre später Marc, ein holländischer Freund. Er wollte, dass ich meine Empfindungen in wenigen Sätzen auf den Punkt bringe.

»Es kommt mir manchmal vor, als ginge ich am Rande einer Gletscherspalte entlang«, sagte ich. »Wenn nötig, kann ich auf die andere Seite des Abgrunds springen und wieder zurück. Inzwischen bin ich geübt in dieser Art von Akrobatik. Dennoch bleibt die Gefahr. Die erworbene Geschicklichkeit erlaubt es mir aber auch, Pfade zu beschreiten, auf denen andere unweigerlich ausrutschen und abstürzen. Das kann manchmal ein Vorteil sein, aber nicht immer … Verstehst du, was ich meine?«

»Nicht ganz«, erwiderte Marc. »Aber du hast es schön formuliert. Gib mir trotzdem ein praktisches Beispiel. Du weißt ja: ich habe nie studiert, ich habe nicht einmal das Abitur, mit Theorien und Metaphern kann ich nicht viel anfangen.«

Es gab kaum eine Gelegenheit, bei der Marc nicht behauptet hätte, wie dumm und ungebildet er sei. Wegen dieser Masche machten sich seine Freunde über ihn lustig, denn er war ein erfolgreicher Journalist, dessen Kommentare zum politischen Tagesgeschehen regelmäßig in den großen Zeitungen des Landes publiziert wurden. Deshalb schüttelte ich verärgert den Kopf und sagte: »Sei nicht so verdammt eitel! Du hast mich besser verstanden als ich selbst.«

»Ein praktisches Beispiel!«, insistierte er. Also erzählte ich ihm von meinem Referat über den Grafen Thilo von Simenau, das ich im Gymnasium in der elften Klasse gehalten hatte.

Seit mehr als hundertfünfzig Jahren steht das Denkmal des Gigrichter Feldherrn aus der Zeit des Dreißigjährigen Krieges auf dem Hauptplatz hinter dem Dom. Hoch zu Roß und mit gezogenem Säbel reitet er gegen einen imaginären Feind. Die kantigen Gesichtszüge der Bronzestatue zieren Werbebroschüren und Tourismusprospekte. Sogar ein Luxushotel in der Innenstadt ist nach dem Grafen Thilo benannt. Deshalb glaubte ich, mit dem Referat über unseren Lokalhelden ein leichtes Thema gewählt zu haben. Dies erwies sich als Irrtum. Aus den Schulbüchern wusste ich, dass Thilo von Simenau aus dem niederen Adel stammte, sich als junger Mann dem Waffenhandwerk verschrieben und mehreren Herren in Deutschland und Italien als Söldner gedient hatte, bevor er als Feldherr in kaiserlichen Diensten einen gewissen Ruhm erlangte. Aufgezählt waren die von ihm gewonnenen und verlorenen Schlachten – trockene Angaben mit Jahreszahlen. Was ich in der Städtischen Bibliothek in Geschichtsbüchern und Nachschlagewerken gefunden hatte, war ebenfalls karg. Einige Bücher über den Alltag während des Dreißigjährigen Krieges boten mir allerdings Stoff genug, um die Lebensgeschichte meines Helden ein wenig auszuschmücken. Ich ließ ihn Dörfer und Städte zerstören, plündern, morden und Frauen schänden. Die wenigen Informationen, die mir zur Verfügung standen, verrieten natürlich nicht, dass Graf Thilo drei Liter Wein an einem Abend trinken, mit bloßen Händen ein Hufeisen verbiegen und mit seinem strengen Blick scharfe Hunde zu Demutsgesten zwingen konnte. Aber was ist schon eine spannende Geschichte ohne Details dieser Art.

Zwanzig Augenpaare folgten jeder meiner Bewegungen, denn ich unterstrich das Erzählte mit anschaulichen Gesten. Nur die Geschichtslehrerin wurde von Minute zu Minute düsterer. Ich wusste, dass es zu ihren Grundsätzen gehörte, einen Referenten nie zu unterbrechen, und dass sie dieses Schweigen viel Überwindung kostete.

»Schließlich starb der große Gigrichter Feldherr so wie er gelebt hatte, durch Gewalt«, beendete ich meinen Vortrag. »Nach der Eroberung von Reichenberg im Jahre 1644 brach er in das Haus eines Schneiders ein und versuchte, dessen siebzehnjährige Tochter zu vergewaltigen. Doch noch ehe er ihr Gewalt antun konnte, erschlug ihn der Hausherr mit einem Schürhaken.«

Auf diese Worte folgte ein Lachen, Pfeifen und Heulen meiner Klassenkameraden, doch ich hob den Zeigefinger und rief: »Ich bin noch nicht fertig!« Die Klasse verstummte.

»Wer von uns ist nicht schon hunderte Male am Denkmal dieses Mörders und Vergewaltigers vorübergegangen, ohne ihn auch nur eines Blickes zu würdigen? Dennoch ist er aus dem Stadtbild nicht wegzudenken. Wer kennt nicht die nach diversen Bischöfen und Herzögen – allesamt Mörder, Antisemiten, Hexenverfolger – benannten Straßen und Plätze? Wer kennt nicht ihre Denkmäler und Schlösser? Sollen wir sie alle abtragen? Die Erinnerung an sie tilgen? Sie gehören zu unserer Stadt, weil sie Teil unserer Geschichte sind. Geschichte besteht nun einmal aus Leid und Verfolgung. Wer das vergisst, wird umso schneller die Fehler unserer Vorväter wiederholen. Wo ist das Hitler-Denkmal? Wo die Horst-Wessel-Straße oder der Hermann-Göring-Platz? Wir hätten sie belassen sollen wie das Denkmal Thilos des Schrecklichen. Vielleicht sollten wir die monumentale Hitler-Statue, die bis 1945 vor dem Rathaus gestanden hat, wieder aufstellen. Als Mahnmal. Auf dass wir nicht vergessen.«

Die letzten Sätze hatte ich vom Blatt heruntergelesen. Als ich geendet hatte und in die Runde schaute, schwiegen alle, so als erwarteten sie von mir, dass ich noch etwas sagen würde. Sogar die Lehrerin schwieg, schwieg so lange, bis die Stille unerträglich wurde. »Gibt es Kommentare zum Referat von Gabriel Salzinger?«, fragte die Lehrerin schließlich. Ihre Stimme klang scharf. In der letzten Reihe hob ein Schüler zaghaft die Hand. Normalerweise meldete sich Anton nie freiwillig. Der Unterricht interessierte ihn nicht. Das Schulprogramm bewältigte er mehr schlecht als recht. Seine einzige Leidenschaft galt dem Zweiten Weltkrieg. Er war ein wandelndes Lexikon, kannte das Datum jeder Schlacht, die Anzahl der eingesetzten Truppen, die Namen aller Generäle. Anton räusperte sich und sagte leise: »Vielleicht sollte man einen unserer Ringe nach Feldmarschall Rommel benennen. Er war nicht nur ein großartiger Soldat, sondern auch ein anständiger Mensch, weil …« An dieser Stelle verstummte er, vielleicht weil er den Ausdruck in den Gesichtern seiner Klassenkameraden und der Lehrerin richtig zu deuten verstand.

»Danke Anton Walch für diesen intelligenten und hochinteressanten Vorschlag«, sagte die Lehrerin. »Hat jemand etwas Konstruktives vorzubringen?«

Die Schulglocke befreite meine Klassenkameraden aus der Verlegenheit, weiter schweigen zu müssen.

»Ich war damals sehr enttäuscht«, erklärte ich Marc. »Ich hatte mir einen Sturm der Entrüstung erwartet. Proteste. Eine hitzige Diskussion. Aber meine Klassenkameraden waren alle brav. Niemand wollte etwas Falsches sagen. Wie soll man auch einem Juden antworten, der für die Aufstellung einer Hitlerstatue plädiert, ohne zwangsläufig etwas Falsches zu sagen? Stell dir vor, einer meiner Mitschüler hätte einen ähnlichen Vorschlag gemacht. Die Lehrerin hätte ihn vor der versammelten Klasse zur Sau gemacht, und das allein schon aufgrund meiner Anwesenheit.«

»Vielleicht ist ihnen einfach nichts eingefallen«, meinte Marc. »In der elften Klasse war das, sagst du? Da waren sie ja fast noch Kinder … Mir scheint, dass du immer alles durch die jüdischen Brille sehen musst. Aber vielleicht ist es gerade das, was das Judesein in Deutschland ausmacht.«

5

Vor fünf Jahren lernte ich während eines Urlaubs in Israel im Linienbus von Tel Aviv nach Jerusalem einen orthodoxen Juden kennen. Er hieß Isaak Ascher, stammte aus Belgien, lebte aber seit längerer Zeit in Israel. Ob ich ebenfalls »Alija zu machen« beabsichtige, wollte er wissen. Ich erklärte ihm, dass ich nicht vorhabe, nach Israel einzuwandern. Das fand er bedauerlich. Eine mit dem Blut von so vielen Juden getränkte Erde sei nicht mehr geeignet, Heimstatt für das jüdische Volk zu sein. Polen nicht, Russland nicht, Frankreich nicht und schon gar nicht Deutschland. Ich entgegnete, dass auch Israels Erde mit Blut getränkt sei. Er lächelte und sagte: »Das Leid, das wir hier erfahren, ist der Preis, den wir für das Leben in diesem Land zahlen müssen. Das Leid, das wir in diesem Land anderen zufügen, ist eine Schuld, die auf unseren Schultern lastet. Der Preis und die Schuld binden uns an dieses Land. Würden wir es verlassen, käme dies einer Flucht aus der Verantwortung gleich. Die Völker Europas hingegen haben unser Blut vergossen. Dieses Blut bindet sie, nicht uns. Sie sind verpflichtet, an den Stätten des Verbrechens zu wachen, und die Schatten streifen ihre Gesichter. Wir

Juden sollten dort nicht mehr leben. Wenn wir in unsere Geburtsländer zurückkehren, sprechen wir den Kaddisch für unsere Toten und fahren wieder weg, denn unser Leben geht weiter.«

Die Busreise von Tel Aviv nach Jerusalem dauerte eine Stunde. Davon brauchte ich etwa vierzig Minuten, um Herrn Ascher zu widersprechen. Ich erklärte, weshalb Juden heute in Europa leben sollten, sprach von kultureller Vielfalt, von Doppelidentitäten, vom Wunsch nach der historischen Kontinuität jüdischer Präsenz, vom neuen Deutschland und seiner jüngeren Generation, die gewillt sei, sich der eigenen Vergangenheit zu stellen. Herr Ascher unterbrach mich nicht. Er sah aus dem Fenster auf die Hänge der judäischen Berge, auf denen Zypressen wuchsen, und das üppige Lila der Bougainvilleen am Rande der Siedlungen, nickte in regelmäßigen Abständen und lächelte milde. Ich hatte den Eindruck, er sehe in mir ein kleines Kind, dessen Ausführungen man mit wohlwollender Gelassenheit über sich ergehen lässt. Schließlich fragte ich ihn, wie er sich eine Lösung des Nahostkonfliktes vorstelle. »Wir haben eine historische und moralische Verantwortung diesem Land und seinen Bewohnern gegenüber«, erklärte er. »So wie jetzt kann es auf Dauer nicht weitergehen. Gewalt erzeugt Gegengewalt. Auf jeden Kompromissvorschlag eine neue Forderung. Statt Verständigung immer mehr Hass. Seit Jahrzehnten dasselbe.«

Wir hatten inzwischen die Vororte von Jerusalem erreicht. Die weiß gestrichenen Fassaden der Wohnblöcke leuchteten im gleißenden Licht des südlichen Sommers.

»Es gibt eine alte rabbinische Lehre«, sagte Herr Ascher. »Darin heißt es, die Thora gleiche zwei Pfaden; der eine ist aus Feuer, der andere aus Schnee. Betritt man den einen, stirbt man am Feuer, betritt man den anderen, stirbt man am Schnee. Wie soll man handeln? Man bewege sich in der Mitte, denn das ist der rechte Weg.«

»Schön. Aber wo liegt die Mitte? Jeder glaubt, sie an einer anderen Stelle gefunden zu haben.«

»Das haben Sie richtig erkannt. Letztlich ist es einfach: wir sind dazu verdammt, entweder zu verbrennen oder zu erfrieren.«

»Welchen Sinn soll es dann haben, die Mitte zu suchen? Wäre es nicht besser, sich lieber gleich für eine der Todesarten zu entscheiden?«

»Nein«, sagte er. »Würden wir das Suchen aufgeben, dann wären wir Tiere. Könnten wir uns eine Todesart aussuchen, wären wir der Allmächtige. Nur Er hat das Recht zu entscheiden, wie wir sterben. Also müssen wir unser Schicksal annehmen.«

»Und was ist die Lösung des Konflikts?«, fragte ich.

Der Bus war in das Gebäude der Tachanah Merkasit, des Zentralbahnhofs, eingefahren. Als wir ausgestiegen waren, drückte mir Herr Ascher die Hand und sagte: »Die Suche nach dem Weg ist die Lösung, Herr Salzinger, auch dann, wenn man ihn nicht zu finden vermag.« Ehe ich mich von Herrn Ascher verabschieden konnte, war er in der Menschenmenge verschwunden.

Wären mir Aschers Worte nicht ständig durch den Kopf gegangen, hätte ich wohl kaum den Entschluss gefasst, den Freitagsgottesdienst zu besuchen. Der Kompromiss, denke ich, ist zwar nie die Mitte, aber der Weg zum Kompromiss ist wenigstens ein Scheitern mit erhobenem Haupt. Zu Schabbatbeginn werden meine Kontrahenten alle in der Synagoge versammelt sein – der Präsident, das Ehepaar Tobin, Rabinowitsch, der Rabbiner. Vielleicht ergibt sich das eine oder andere klärende Gespräch.

Der Gottesdienst ist für neunzehn Uhr angesetzt, aber ich bin schon um halb sieben in der Synagoge. Die Kontrolle am Eingang ist diesmal besonders gründlich. Als ich den Vorraum betrete, finde ich dort erst wenige Menschen vor, von denen mir eine korpulente Frau mittleren Alters in pinkfarbenem Kleid auffällt. Neben ihr steht ein Mann von schwächlichem Körperbau und auffallender Blässe. Ich gehe auf die beiden zu, stelle mich vor und frage, ob Herr Rabinowitsch oder Herr Schwarz schon gekommen seien. »Ich nicht kann Deutsch«, sagt der Mann. »Ich Deutsch auch nicht kann«, sagt die Frau und fragt: »Sie – hier auch Jude neu?«

»Jude war ich schon immer«, sage ich. »Außerdem bin ich in dieser Stadt geboren. In gewisser Weise haben Sie aber natürlich Recht – ich bin der neue Jude.«

»Ich – Jussefowitsch, Boris. Das – meine Frau, Galkina, Olga. Wir hier neue Juden.«

»Willkommen in Gigricht.«

»Wir aus Mitschurinsk.«

»Ich glaube, das muss man genauso wenig kennen wie Gigricht.«

Die beiden nicken freundlich und reden Russisch miteinander. Manchmal ist sympathische Sprachlosigkeit tröstlicher als tausend Worte, denke ich und versuche mich zu erinnern, wo ich das gelesen habe. Es ist angenehm, im kalten Licht dieses fensterlosen Umkleideraumes, umhüllt vom weichen Klang der fremden Sprache, zu stehen und zu warten. Für einen Augenblick vergesse ich, wo ich bin.

Plötzlich füllt sich der Raum mit Menschen. Es kommt mir vor, als kämen sie von allen Seiten, obwohl es außer der doppelt gesicherten Schiebetür aus blau getöntem Panzerglas keinen weiteren Zugang gibt. »Ooch!«, seufzt Frau Galkina und beschreibt mit dem Zeigefinger einen Kreis. »Ich klaustrophob.«

»Ich auch klaustrophob«, sage ich. »Stellen Sie sich vor, es bricht ein Feuer aus, und diese Türen klemmen. Da lasse ich mich schon lieber von Terroristen erschießen.«

»Ach! Meine Tochter in Israel. Immer, immer Terrorist. Ich groß Angst. Was wird mit Land?«

»Ich weiß nicht«, sage ich. »Die palästinensischen Araber leben noch im Mittelalter und verweigern jeden Aufbruch in die Neuzeit, und die israelischen Juden haben der Neuzeit den Rücken gekehrt und sind auf dem Weg ins Mittelalter. Eines ist klar: das Niederwalzen von Flüchtlingslagern mit Panzern wird vielleicht ein paar Terroristen zur Strecke bringen, aber letztlich den Konflikt nur verschärfen.«

»O ja!« Meine Gesprächpartnerin strahlt übers ganze Gesicht und entblößt dabei zwei goldene Eckzähne. »Panzer!«

Die Besucher hängen ihre Mäntel und Jacken an die Kleiderhaken im Vorraum und drängen in einen schmalen Korridor, der zum Betraum führt, einem schmucklosen Raum mit Sitzreihen wie im Kino, nur dass man statt auf die Leinwand auf den Thoraschrein schaut. Die Wände sind weiß gestrichen. In einem Korb am Eingang liegen Talles – weiße Tücher mit blauen Streifen, die sich Männer während des Gebets um Haupt und Schultern legen.

Die Ankunft des Rabbiners verzögert sich. Einige Gäste nehmen ihre Sitze ein und warten. Andere gehen in den Vorraum zurück, unterhalten sich oder kramen in den Taschen ihrer Jacken. Alles erweckt den Anschein von Routine, der jede Feierlichkeit, aber auch Fröhlichkeit fehlt. Ich bleibe im Korridor stehen, lehne mich gegen die Wand, verschränke die Arme und warte. Nach einiger Zeit geht Herr Rabinowitsch an mir vorbei. Er nickt mir mit ernstem Gesicht zu, ohne zu grüßen.

Dann sehe ich Konstantin Schwarz.

»Wie fühlen Sie sich?«, fragt er mich, schüttelt mir die Hand und gibt sogleich selbst die Antwort: »Schlimme Zeit, schlimme Zeit. Ich das kenne. Mein Vater starb auch. Vor vielen Jahren.

Aber wissen Sie, Tote sterben nie. Sie weiterleben da!« Er zeigt mit dem Finger auf seine Brust.

»Da oder an einer anderen Stelle«, sage ich.

»Körper ist nur Fleisch … Seele ist andere Sache. Sie …« Schwarz ringt nach Worten. »Die Seele ist … die Seele bleibt … die Seele muss …«

»Herr Schwarz, ich weiß genau, was Sie mir sagen möchten, und ich weiß es zu schätzen.«

Eine ältere Frau nimmt Schwarz an der Hand und zieht ihn weiter Richtung Betraum.

Zuletzt erscheinen die Honoratioren: der Rabbiner, einige Schritte hinter ihm der Präsident, dann der Kantor, Herr und Frau Tobin bilden den Abschluss. Sie bewegen sich schweigend im Gänsemarsch durch Vorraum und Korridor. Die Wartenden treten respektvoll zur Seite.

»Schabbat Schalom«, sagt mir der Rabbiner mit einem freundlichen Nicken.

»Schabbat Schalom, Kopf hoch, lieber Herr Salzinger«, verkündet der Präsident.

»Schabbat Schalom … Sie können heute den Kaddisch lesen, wenn Sie wollen«, meint der Kantor.

»Den Kaddisch kann man immer lesen«, erklärt Herr Tobin. »Glauben Sie mir, das hilft.«

»Na gut, aber versteht der Gott der Nichtjuden den jüdischen Kaddisch in aramäischer Spache?«, frage ich, worauf Frau Tobin, die als Letzte an mir vorbeigeht, nichts mehr sagt.

Als die Tür zum Betraum geschlossen wird, bleibe ich draußen in der Stille. Es vergehen einige Minuten, aber ich höre immer noch keinen Laut. In einem Gebäude, das hermetisch abgeriegelt ist, denke ich, würde es mich nicht wundern, wenn auch die Innenräume mit schalldichten Türen versehen wären. Ich gehe zurück in den Vorraum. Das Ticken der Wanduhr hämmert in meinen Schläfen. Vom Garderobenständer tönt das Läuten eines Handys. Der Wächter am Eingang beäugt mich misstrauisch, während er seine Sonnenbrille putzt. Plötzlich höre ich ein Geräusch – ein Husten, zuerst leise, dann lauter, anhaltender. Es kommt aus einem Nebenraum, zu dem eine Schiebetür führt. Auf einem Schild stehen die Worte *Club* und darunter *Herzlich willkommen*. Ich trete ein.

Ich erinnere mich, vor zwanzig Jahren schon einmal hier gewesen zu sein. Die Reliefkarte Israels hat man von der Wand entfernt und an ihre Stelle eine israelische Fahne und ein Porträt von Theodor Herzl gehängt. Die alten Holzbänke, die dem Raum die Atmosphäre einer Bahnhofswartehalle verliehen hatten, sind durch runde Kaffeehaustische und gepolsterte Sessel ersetzt worden. Zwei Wände werden von Bücherregalen eingenommen, die bis zur Decke reichen. Auf einem der Tische sind Schachbretter gestapelt. Unter dem Herzl-Bild steht ein Sofa, auf dem eine alte Frau sitzt. Sie ist über ein Buch gebeugt. Als ich eintrete, schaut sie nicht auf. Ich erkenne eine Kapitelüberschrift mit zyrillischen Buchstaben. Das Bild hat etwas Beruhigendes, fast Rührendes: eine alte Frau, die nichts wahrzunehmen scheint, was um sie herum geschieht, und voller Ungeduld die Seiten eines Buches umblättert, so als wäre sie ein junges Mädchen, das einen spannenden Liebesroman liest. Ich bleibe in der Mitte des Raumes stehen, unschlüssig, ob ich auf Zehenspitzen wieder hinausgehen oder sie ansprechen soll. Ich mache weder das eine noch das andere, sondern setze mich an einen Tisch, auf dem eine Zeitung liegt – die *Jüdische Wochenschau* – und versuche, mich auf den Inhalt des aufgeschlagenen Artikels zu konzentrieren. *Argentinier gehen wegen Lebensmittel in die Synagoge* lautet die Schlagzeile. *Angesichts der katastrophalen ökonomischen und politischen Verhältnisse*, heißt es in der dritten Spalte, *suchen einige Juden, Nachkommen der vor den Nazis nach Argentinien Geflüchteten, mit dem Hinweis auf ihre »deutsche Herkunft« um eine Aufenthaltsgenehmigung in Deutschland an…*

»Sie sind neu hier?«, höre ich die Stimme der Frau.

»Eigentlich nicht«, sage ich und lese weiter: *Wie viele andere Argentinier ziehen diese Juden das Leben in Europa dem in ihrer Heimat vor. Als Alternative bietet sich natürlich auch eine Auswanderung nach Israel an…* Ich lege die Zeitung weg. »Darf ich erfahren, was das für ein Buch ist?«, frage ich die alte Frau. »Ich habe schon lange niemanden mehr mit einer solchen Leidenschaft lesen gesehen. Nicht einmal in der Bahn.«

»Stefan Zweigs *Sternstunden der Menschheit*«, antwortet sie. »Ich habe es in meinem Leben schon fünfzig Mal gelesen, vielleicht sogar öfter. In meinem Alter ist das Neue manchmal interessant, aber es vermag nicht mehr zu begeistern, während man am Bekannten immer noch faszinierende Seiten entdeckt, die einem bis dahin verborgen geblieben waren. Warten Sie's ab, es wird Ihnen einmal genauso gehen.« Die Frau hat einen russischen Akzent. Es wundert mich, dass sie so gut deutsch spricht.

»*Sternstunden der Menschheit* habe ich als Jugendlicher gelesen«, sage ich. »Das gehörte zum Deutschunterricht im Gymnasium.«

»Ich habe in Russland deutsche Philologie studiert und danach mehr als dreißig Jahre in einem Verlag als Übersetzerin gearbeitet. Selbstverständlich habe ich Zweigs Bücher auf Deutsch gelesen, dennoch ziehe ich manche russische Übersetzungen dem Original vor.«

»Warum?«

»Der Kitsch, Herr Salzinger, ist eine große Herausforderung für Übersetzer. Manchen von ihnen gelingt es, den Text durch behutsame Eingriffe zum Besseren zu verändern.«

»Ich weiß genau, was Sie meinen. Ich bin selbst Übersetzer. Aber woher kennen Sie meinen Namen?«

»Von meinem Sohn. Ich habe gesehen, wie er vor dem Eingang zum Gebetraum mit Ihnen gesprochen hat. Ich heiße Rosa Masur. Mein Sohn Kostik, Konstantin Schwarz, hat am Begräbnis, besser gesagt, Fast-Begräbnis, Ihres Vaters teilgenommen.«

»Und warum nehmen Sie heute nicht am Gottesdienst teil?«

»Und Sie?«

»Ich hatte plötzlich das Gefühl, dass ich dort nicht dazupasse. Ich wollte in den Betraum hineingehen, aber meine Füße haben anders entschieden.«

»Na sehen Sie! Dann sind wir schon zwei«, sagt Rosa Masur und lacht. Dieses Lachen gefällt mir. Ich mag die Stimme der alten Frau.

»Auch die jüdischen Gesetze und Gebete sollte man übersetzen und dabei wohlwollend interpretieren«, erkläre ich.

»In Witschi, meinem weißrussischen Geburtsort – heute würde man es ein Schtetl nennen –, haben die Männer jeden Tag Gott dafür gedankt, dass sie nicht als Frauen auf die Welt gekommen sind. Ich bezweifle, dass man ein derartiges Gebet wohlwollend interpretieren kann.«

Ich setze mich neben die alte Frau auf das Sofa. »Alle Religionen und Religionsgesetze sind Interpretationen«, sage ich. »Gott selbst ist eine Übersetzung und dazu noch eine schlechte. Es ist wie bei einer Lateinschularbeit. Jeder Schüler schreibt von seinem Nachbarn ab und fügt dessen Fehlern eigene hinzu. Dabei wäre es klüger, sie würden die kostbare Schulzeit dafür verwenden, eigene Gedanken zu entwickeln und Aufsätze zu schreiben, anstatt antike Texte falsch zu übersetzen.«

Frau Masur klappt ihr Buch zu und legt es auf ihre Knie. »Herr Salzinger, Sie kennen doch den Witz vom orthodoxen Juden, der in einer Metzgerei mit dem Finger auf einen Schinken zeigt und die Verkäuferin bittet, ihm dreihundert Gramm von der Ente zu geben.«

Ich nicke.

»Bedauerlicherweise«, meint sie, »haben die Damen und Herren, die unsere jüdische Gemeinde verwalten, diesen Witz immer noch nicht verstanden, obwohl sie ihn bestimmt schon hunderte Male erzählt haben.«

In den letzten Tagen hatte ich nie das Bedürfnis verspürt, mit jemandem über meine Gefühle zu sprechen. Bei dieser alten Frau ist es anders. Ich erzähle ihr von meiner Familie, von meinem Vater, seinem Tod und der schweren Entscheidung, vor der ich stehe. Das fällt mir nicht leicht. Kaum ist ein Satz über meine Lippen gekommen, möchte ich ihn sogleich wieder einsaugen, zerkauen, umformen. Ich habe die Erfahrung gemacht, dass mir andere Menschen bei praktischen Dingen, nicht aber im emotionalen Bereich zu helfen imstande sind. Wenn jemand aus meinem Bekanntenkreis von einem Schicksalsschlag getroffen wurde und sich an mich wandte, versuchte ich, Worte des Trostes zu finden. Im umgekehrten Fall jedoch fügte mir jedes vermeintlich tröstliche Wort nur weiteren Schmerz zu. Deshalb schätze ich Michael. Er hat mir oft seine Hilfe angeboten, ohne mich mit Phrasen, guten Ratschlägen oder Lebensweisheiten zu belästigen. Rosa Masur ist seit Jahren der erste Mensch, mit dem ich offen über meine Gefühle spreche. Mir zuzuhören, dürfte kein großes Vergnügen sein, aber die alte Frau hilft mir mit einem freundlichen »Ich verstehe gut, was Sie meinen« über die Pausen hinweg. Diese Floskel verwirrt mich, und ich bemühe mich, Pausen zu vermeiden.

»Wie sehr sich doch alles gleicht«, sagt Rosa Masur, nachdem ich meine Erzählung beendet habe. »Ich bin vierundneunzig Jahre alt, habe Kriege und Gewaltherrschaften miterleben müssen, wurde verfolgt, wäre fast verhungert, habe eine Emigration durchgemacht und bin nach allem zur traurigen Überzeugung gelangt, dass die alten Griechen Recht hatten: die Zeit und mit ihr die Geschichte der Menschheit sind ein Kreislauf. Ohne Anfang, ohne Ende und ohne Ziel.«

»Was bleibt dann?«, frage ich. »Selbstmord?«

»Nein. Haltung zu bewahren, wenn man seinen Teil des Weges zurücklegt … Wissen Sie, auf die einfachen Fragen gibt es oft keine Antwort, aber auf die schwierigen, die so genannten großen Fragen gibt es immer eine einfache Antwort.«

»Haltung bewahren«, murmle ich verächtlich. »Ich bin doch kein Rekrut.«

Die alte Frau schüttelt den Kopf. »Denken Sie an den Schinken und die Ente, Herr Salzinger. An die Macht der Übersetzung. Nicht immer an das nahe Liegende.«

»Das Ganze ist kein Witz«, sage ich irritiert.

»Es kommt nur darauf an, wie Sie es sehen wollen.«

»Ich muss eine Lösung finden.«

»Oder die Lösung findet Sie.«

»Oder ich laufe mit dem Kopf gegen die Wand. Immer wieder.«

»Ach, mein lieber Herr Salzinger«, sagt sie. »Ich bin mir sicher, dass Sie schon einige Male mit dem Kopf gegen die Wand gelaufen und benommen zu Boden gegangen sind. Vielleicht sind Sie ein geborener Mitdemkopfgegendiewandläufer.« Sie nimmt meine Hand und lächelt mir mit ihrem zahnlosen Mund zu. »Mit vierundneunzig darf ich doch so etwas sagen, nicht wahr?«

»Man kann auch nach der Tür suchen.« Ich ziehe die Hand zurück.

»O je, jetzt habe ich Sie beleidigt. Das tut mir Leid. Aber Sie wissen selbst, dass Ihre Antwort banal ist.«

»Wieso banal?«

»Intelligente Menschen finden immer eine Tür, wo es eine gibt. Aber die meisten Wände haben keine Türen.«

Ich stehe auf und beginne im Raum auf und ab zu gehen, während die alte Frau sich im Sofa zurücklehnt und meinen Bewegungen mit den Augen folgt. Sie wirkt gelöst und ist sichtlich gut gelaunt.

»Welche Möglichkeiten habe ich denn?«, frage ich. »Vater war ein schwieriger Mensch, zeitweise habe ich ihn gehasst, aber er hat es nicht verdient, dass ich seinen letzten Wunsch ignoriere … Ich möchte in meinem Leben ruhig schlafen können.«

»Haben Sie denn schon alle Möglichkeiten ausgeschöpft, die Ihnen zur Verfügung stehen?«

Ich habe den Eindruck, als würde sich die alte Frau über mich lustig machen.

»Was soll ich denn tun?«, frage ich wütend und bleibe vor ihr stehen. »Dem Rabbiner das Messer an die Brust setzen? Dem Präsidenten die Gurgel umdrehen? Das Begräbnis gerichtlich erzwingen? Das moralische Recht ist vielleicht auf meiner Seite, doch sicherlich nicht das Gesetz. Oder soll ich die Kultusgemeinde unter Druck setzen, indem ich an die Öffentlichkeit gehe? Damit die Antisemiten sich ergötzen über die Dummheit und Verbohrtheit der Juden!«

»Ach, Herr Salzinger, Herr Salzinger«, sagt Rosa Masur mit Singsang in der Stimme. »Sie wissen doch, dass Antisemiten Juden immer für dumm und verbohrt halten werden, egal, was sie tun. Was wollen Sie in erster Linie sein? Ein Mensch oder ein braver Jude?«

»Was habe ich davon, wenn ich ein Mensch bin?«, flüstere ich.

»Nichts Großartiges. Nur einen ruhigen Schlaf. Wenn man so alt ist wie ich, weiß man so etwas zu schätzen.«

»Also an die Öffentlichkeit gehen?«

»Mir scheint, Sie haben Ihre Entscheidung getroffen.«

»Ich werde damit keinen Erfolg haben«, erkläre ich. »Man wird mich in Stücke reißen.«

Rosa Masur wirft mir einen spöttischen Blick zu. »Wie alt sind Sie, Herr Salzinger?«, fragt sie.

»Siebenunddreißig.«

»Dann müssten Sie schon wissen, dass der Erfolg nicht das Maß aller Dinge ist. Manchmal ist es wichtiger, in Stücke gerissen zu werden.«

6

Die Redaktion des *Gigrichter Tagblattes* befand sich früher am Hauptplatz. Vor einigen Jahren ist sie in einen Mehrzweckbau am Stadtrand umgezogen, einen dreistöckigen Betonkubus, in dem ein Einkaufszentrum, ein Kino, Verwaltungsräume, Restaurants und Kaffeehäuser untergebracht sind. Von der verglasten Terrasse des Café Zeitung schaut man auf die weiträumige Fläche des Parkplatzes, die sechspurige Schnellstraße und die spitzen Dächer der Einfamilienhäuser, die über eine Schallschutzmauer emporragen. Das Interieur des Kaffeehauses hingegen gleicht jenem des alten Café Zeitung – Stofftapeten, hohe Wandspiegel, Leuchter aus Messing, dunkelbrauner Parkettboden … An der Decke kleben alte Titelblätter, auf denen *Gigrichter Tagblatt* in zehn Zentimeter großen, dunkelgrünen gotischen Lettern steht. Als Kind dachte ich, die Zeitung werde im Café Zeitung gemacht. Wichtige Männer, Götter der Sprache, sitzen an den runden Tischen, trinken Kaffee mit Rum, rauchen Zigarren und schreiben kluge Artikel, während die Setzer in blauen Overalls vor der Tür stehen und warten, bereit, jeden Augenblick mit einem wertvollen Manuskript zu den Maschinen zu eilen.

Um elf habe ich einen Termin bei Herrn Dirnhofer, dem Leiter des Chronikteils. Bevor ich in sein Büro im dritten Stock hinauffahre, trinke ich im Kaffeehaus einen Cappuccino, rauche drei Zigaretten und esse eine Käse-Sahne-Torte. Auf einem der Nebentische spielen drei Teenager mit ihren Handys. Ihr Kichern übertönt die Espressomaschine hinter der Theke.

Ich bin unausgeschlafen und habe Kopfschmerzen. Kein Wunder nach einem solchen Wochenende. In der Nacht auf Samstag hatte ich geträumt, mein Vater sei gestorben. Als ich aufwachte, atmete ich erleichtert auf, weil es nur ein Alptraum gewesen war. Erst nachdem ich ein Glas Wasser getrunken und mir eine Zigarette angezündet hatte, kam die Erinnerung an die letzten Tage. Ich schlief wieder ein und hatte denselben Traum noch einmal, nur dass am Grab meines Vaters diesmal Andreas Voller stand und den Kaddisch betete. »Ich besuche Sie in den nächsten Tagen, um alles zu klären«, sagte ich ihm. Er nickte, schaute auf seine Uhr, griff sich an die Brust und ging, schwer atmend, davon.

Am Morgen rief ich Christine in Oberschweffla an und bat sie, zu mir zu kommen.

»Wie stellst du dir das vor?«, fragte sie mit verschlafener Stimme. »So schnell kann ich für mein Kind keinen Babysitter auftreiben.«

»Nur für eine Stunde«, bat ich. »Ich brauche dich.«

»Das ist keine gute Idee«, meinte sie. »Ich möchte nicht, dass mein Sohn den Liebhaber seiner Mutter kennenlernt. Bestimmt erzählt er davon seinem Vater …«

»Du bist doch geschieden!«

»Trotzdem! Wir sehen uns am Montag. So wie immer. Bis dann. Tschüss.«

Ich hatte ein starkes Verlangen nach körperlicher Nähe zu Christine. Mehr noch, als mit ihr zu schlafen, wollte ich ihre

Haut berühren oder durch ihr Haar streichen. Ich sehnte mich nach der Wärme ihres Körpers, nach ihrem Geruch. Ich wollte mein Ohr auf ihre Brust legen, um ihren Herzschlag zu hören. Aber warum sollte sie für mich da sein? Diese Frau war meine Geliebte. Wenn wir nicht ins Bett gingen, konnten wir wenig miteinander anfangen.

Am Nachmittag traf ich mich mit Michael in einer Kneipe und redete zwei Stunden auf ihn ein. Er hörte mir zu und fragte schließlich, ob er etwas für mich tun könne. Einkaufen gehen, zum Beispiel, die Wohnung aufräumen, Telephonate erledigen… Ich lehnte dankend ab. Wenn ich etwas brauche, werde ich auf sein Angebot zurückkommen, erklärte ich.

Nach diesem Treffen fühlte ich mich besser. Trotzdem hatte ich am Abend Angst, ins Bett zu gehen, und verbrachte die halbe Nacht vor dem Fernseher. Im Morgengrauen schlief ich auf der Couch ein und blieb diesmal von Alpträumen verschont.

Am Sonntag fuhr ich in Vaters Wohnung. Onkel Robert war tatsächlich abgereist. Auf dem Esstisch in der Küche lag ein Zettel, auf dem mit krakeliger Schrift zu lesen war: *Danke und viel Glück! Robert.* Er wird sich bestimmt auch dann bedanken, wenn man ihm einen Tritt in den Hintern gibt, dachte ich.

Ich holte Vaters alten Koffer aus dem Keller und packte die Sachen ein, die mir wichtig waren: Photographien, Briefe, Dokumente, Aufzeichnungen, Bücher, den Eckzahn meines Großvaters.

Kaum war ich mit dem Koffer zu Hause angekommen, läutete das Telephon. Christine war am Apparat. Sie müsse unser Montagstreffen leider absagen, erklärte sie. Sie habe einen Amtsweg zu erledigen, einen wichtigen Termin, an den sie in den letzten Tagen nicht mehr gedacht habe und der ihr eben erst wieder eingefallen sei. »Ich hoffe, du bist mir nicht böse«, sagte sie. Ich legte auf, ohne ihr eine Antwort zu geben.

Ich drücke die Zigarette aus und zahle. Dabei schnipse ich mit dem Finger, nenne die Kellnerin »Fräulein«, obwohl sie weit über vierzig ist, und gebe ihr nicht einmal ein Trinkgeld. Das ärgert mich. Ich darf mich nicht gehen lassen, schon gar nicht jetzt. Ich lege ein Fünfzigcentstück auf die Theke. Die Kellnerin bedankt sich mit einem eingeübten Lächeln. Beim Hinausgehen bemerke ich ein Plakat an der Tür. Es verkündet in schwarzen Buchstaben auf gelbem Hintergrund: *Juden in Gigricht. Vertreibung. Exil. Neuanfang. Eine Ausstellung im Stadtmuseum vom 20. Juni 2002 bis 15. Februar 2003. Gefördert von der Stadt Gigricht, der Gigrichter Sparkasse und dem Gigrichter Tagblatt.*

Das Büro von Karl-Heinrich Dirnhofer ist verschlossen. Die junge Frau im Vorzimmer meint, sie habe »den Alten heute schon gesehen«, und ihr Kollege mit graublondem, zu einem Pferdeschwanz gebundenem Haar und Schuppen auf dem Sakko gibt mir den Rat, etwas lauter an der Tür zu klopfen. »Hämmern Sie ordentlich dagegen«, sagt er. »Der Alte hört schlecht. Oder tut zumindest so.«

»Der Dirnhofer sperrt sich manchmal ein«, erklärt die Frau.

Ich bearbeite den weißen Kunststoff mit den Fäusten, rufe, gehe im Korridor auf und ab, klopfe, warte, klopfe, warte wieder, schaue auf die Uhr. Es ist zehn nach elf. Eine junge Frau mit einem Aktenordner unter dem Arm geht an mir vorbei. »Nur zu, geben Sie's nicht auf«, sagt sie und zwinkert mir zu. »Beim Alten müssen Sie hartnäckig sein.« Aus einem der Nebenzimmer dringt Gelächter. Ich gebe der Tür einen Tritt und wende mich ab.

»Um elf geht der Alte meistens schon auf Mittagspause«, meint der Mann mit dem Pferdeschwanz. »Vielleicht hat er den Termin einfach vergessen.«

»Ich habe doch erst vor zwei Stunden mit ihm telephoniert«, bemerke ich.

»Wir könnten ja mal in seinem Büro anrufen«, meint seine Kollegin und grinst. In diesem Augenblick höre ich, dass im Nebenraum zweimal der Schlüssel umgedreht wird.

In Dirnhofers Büro gibt es keinen Stuhl für Gäste. Während des Gesprächs trete ich von einem Bein auf das andere und weiß nicht, was ich mit meinen Armen anfangen soll, verschränke sie einige Male auf der Brust, reibe die Handflächen gegeneinander oder streiche mir durchs Haar. Der Redakteur sitzt auf einem schwarzen Drehsessel hinter einem runden Tisch, auf dem eine mechanische Schreibmaschine steht. Die Einrichtung ist karg. Persönliche Gegenstände fehlen fast gänzlich. Zu den wenigen Ausnahmen gehören ein zwei Meter großer Kaktus in der Zimmerecke und eine Schwarz-Weiß-Photographie an der Wand, die einen am Galgen hängenden Mann zeigt. Das Bild ist verschwommen. Das Gesicht des Hingerichteten kann man nicht erkennen.

»Pünktlichkeit«, erklärt Dirnhofer, »hat den Sieg der abendländischen Zivilisation wesentlich beschleunigt … Hatten wir uns nicht für elf Uhr verabredet?« Er ist ein imposanter Greis, hat einen kahlen Kopf, trägt ein beigefarbenes Sakko, ein blaugestreiftes Hemd und eine rote Fliege.

»Um fünf vor elf war ich hier«, sage ich und schiele auf den Gehenkten an der Wand, »aber es war abgesperrt.«

»Sie fragen sich bestimmt, was das Bild zu bedeuten hat?«

»Um ehrlich zu sein …«

»Jeder ist schockiert, wenn er es sieht. Aber sein Zweck ist ein rein pädagogischer. Wenn ein junger Redakteur zu mir kommt, bitte ich ihn, sich das Photo genau anzuschauen. Er soll sich des Risikos bewusst sein, das er mit seiner Berufswahl eingeht. In früheren Zeiten hat man ja die Journalisten wirklich aufgeknüpft. Heute bevorzugt man subtilere Methoden, aber die

Folgen sind gleichermaßen fatal für den Betroffenen.« Er lacht, steht auf und reicht mir die Hand. Sie ist trocken und kalt.

»Mein Anliegen …«, beginne ich kleinlaut, doch er unterbricht mich sofort.

»Eine Geschichte, die mit unserer jüdischen Gemeinde zu tun hat, interessiert mich natürlich«, sagt er. »Ich war der Erste, der in dieser Stadt nach dem Krieg über das Leben unserer jüdischen Mitbürger berichtet hat. Das hat mir nicht nur Freunde eingebracht. Aber, wie gesagt …« Er weist mit dem Finger auf das Photo an der Wand. »Am Telephon haben Sie etwas über die jüdische Herkunft Ihres Vaters und über Probleme im Zusammenhang mit seiner Beerdigung angedeutet. Erzählen Sie mir bitte alles von Anfang an, aber halten Sie sich kurz, meine Zeit ist knapp.« Er nimmt ein Blatt Papier und spannt es in die Schreibmaschine.

Ich schildere kurz die Ereignisse der letzten Woche und schließe mit der Hoffnung, dass ein Bericht des Vorgefallenen im *Gigrichter Tagblatt* eine »zufriedenstellende Lösung des Problems« bewirken werde. »Wenn die Sache erst einmal publik geworden ist, wird es den Damen und Herren von der Israelitischen Kultusgemeinde nicht mehr so leicht fallen, den letzten Wunsch eines Verstorbenen abzulehnen.«

Dirnhofer hat mir aufmerksam zugehört, ohne die Schreibmaschine anzurühren oder Notizen zu machen. Sein Gesicht ist ernst. Unwillkürlich wandert mein Blick zum Gehenkten an der Wand. Es kommt mir vor, als schaukle er wie ein Uhrpendel hin und her.

»Haben Sie gewusst, Herr Salzinger«, fragt mich der Redakteur, »dass in Israel Soldaten, die nach der Halacha keine Juden waren und im Kampf ihr Leben verloren, nicht neben ihren Kameraden begraben werden durften?«

»Ja. So weit ich weiß, wurde diese Regel vor kurzem geändert.«

»Meist handelte es sich dabei um Zuwanderer aus Russland, deren Vater Jude, aber die Mutter Nichtjüdin war.«

»Ist mir bekannt, Herr Dirnhofer.«

»Das jüdische Rückkehrgesetz erlaubt es nämlich dem Ehepartner, den Kindern und Enkelkindern eines Juden, nach Israel einzuwandern. Die religiösen Vorschriften sind strenger. Nebenbei erwähnt, gibt es in Israel keine Trennung von Kirche und Staat.«

Ich nicke.

»Über die Kontrolle des Bestattungswesens durch das orthodoxe Rabbinat in Israel habe ich vor einiger Zeit einen Artikel geschrieben.«

Er zieht das Blatt wieder aus der Schreibmaschine, faltet es mehrere Male zusammen und lässt es dann in einer seiner Sakkoinnentaschen verschwinden. Ich habe Kopfschmerzen. Da ich kein Frühstück gegessen habe und stehen muss, ist mir schwindlig. Am liebsten würde ich mich im Schneidersitz auf den Boden setzen.

»Sie verstehen, Herr Salzinger, dass Sie mit einem sehr heiklen Thema zu mir gekommen sind.«

Ich frage, ob Zeitungen nicht auf heikle Themen dieser Art angewiesen seien.

Dirnhofer nickt. »Zweifelsohne, Herr Salzinger, und was Sie mir erzählt haben, gäbe bestimmt eine spannende Story ab. Ich werde dennoch nichts darüber schreiben.« Er macht eine Pause. »Jetzt ist nicht die richtige Zeit dafür. Die Geschichte könnte falsch verstanden werden, was weder in unserem und noch weniger in Ihrem Interesse wäre … Es tut mir Leid, Herr Salzinger.«

Letzteres glaube ich ihm nicht. Es gibt wohl wenig, was diesem alten Mann noch Leid tut, vielleicht der Verlust seiner Haare, denn der einzige persönliche Gegenstand, den ich auf dem Tisch erkennen kann, ist ein kleiner silberner Kamm. Ich habe sogar den Eindruck, dass es Dirnhofer Vergnügen bereitet, mir eine Absage zu erteilen.

Ich mache einen Schritt nach vorne, stütze mich an der Tischkante ab und frage: »Wo liegen denn Ihre Interessen, Herr Dirnhofer? An der Ausstellung *Juden in Gigricht*, die Sie zusammen mit der Kultusgemeinde organisieren?«

Der Redakteur verzieht den Mund, rückt seine Fliege zurecht und lehnt sich im Sessel zurück.

»Sie sind schnell in Unterstellungen, junger Mann«, sagt er, »aber ich bewundere Ihre Auffassungsgabe. Ansonsten möchte ich Ihren Seitenhieb nicht weiter kommentieren und stattdessen auf ein paar Punkte eingehen, die gerade Ihnen bekannt sein müssten.«

Er hebt den Unterarm, legt den Ellbogen auf die Sessellehne und streckt den Zeigefinger aus wie jemand, der im Restaurant dem Kellner ein Zeichen geben möchte.

»Erstens!« Er starrt seinen Finger an, als wollte er sich selbst hypnotisieren. »Erstens bin ich froh darüber, dass wir eine wachsende jüdische Gemeinde haben. Vor fünfzehn Jahren hat man noch befürchten müssen, es werde bald keine Juden in Gigricht mehr geben. Sollen wir also das Projekt Wiederbelebung des jüdischen Lebens in Deutschland durch Negativpropaganda gefährden? Was meinen Sie?«

Ich schweige.

»Zweitens!« Nun streckt er neben dem Zeigefinger auch den Mittelfinger aus. »Unter uns gesagt und ganz im Vertrauen: euer Rabbiner mag ein Fundamentalist und Herr Roth, euer Präsident, ein Trottel sein, aber es ist nicht die Aufgabe und das Recht von uns Deutschen, euch den Spiegel vorzuhalten. Wir Deutschen haben uns schon schlimm genug an den Juden vergangen. Heute müssen unsere ausländischen Mitbewohner und seit neuestem unsere moslemischen Mitmenschen zum Abladen von Sünden herhalten.«

Er macht eine sanfte Kreisbewegung mit der Hand und streckt den Daumen aus. »Drittens! Es ist immer gefährlich, Juden Rassismus vorzuwerfen, auch wenn es sich um tausende Jahre alte Religionsgesetze oder Sitten handelt. Wer im Glashaus sitzt, soll nicht mit Steinen werfen. Allzu leicht setzt man sich dem Vorwurf der Projektion und der Relativierung der eigenen Untaten aus. Wenn sich Juden angegriffen fühlen, zaubern sie Vorwürfe dieser Art immer aus dem Hut... Sie werden entschuldigen, dass ich so offen bin. Ich verurteile niemanden. Ich bin alt genug, um die Menschen so zu akzeptieren wie sie sind.«

Erwartungsgemäß ist jetzt der Ringfinger an der Reihe. »Viertens! Ich bringe dem jüdischen Staat große Sympathie entgegen und bin seit Jahren Vorstandsmitglied der Deutsch Israelischen Gesellschaft. In einer Zeit, da Selbstmordattentäter fast jeden Tag ihre Bomben zünden und Israel für seine Vergeltungsschläge ins Kreuzfeuer der internationalen Kritik geraten ist, werde ich keinen judenkritischen, den Antisemitismus fördernden Artikel in unserer Zeitung zulassen.«

Der Redakteur spreizt alle fünf Finger der rechten Hand, hebt und schüttelt sie wie ein antiker Redner, der seinem Publikum zuwinkt. »Fünftens! In meiner vierzigjährigen Karriere als Journalist habe ich schon manche Bombe platzen lassen, eine der größten davon vor drei Jahren, als ich nachweisen konnte, dass Gigrichts vermeintliches Stadtrecht auf einer gefälschten spätmittelalterlichen Urkunde basierte und somit das geplante 750-Jahre-Stadtjubiläum eine Farce war. Diese Geschichte hat mir beinahe das Genick gebrochen. Berufsrisiko. Aber für Ihre Story, Herr Salzinger, möchte ich, ehrlich gesagt, nicht hängen.«

Dirnhofer wartet auf meine Reaktion, aber ich spüre, dass jedes Gegenargument sinnlos wäre. Hielte ich einen Strick in meinen Händen, würde ich ihn dem Redakteur vielleicht um den Hals legen.

»Danke für die Zeit, die Sie mir geopfert haben«, sage ich mit matter Stimme und gehe.

»Herr Salzinger!«, ertönt die Stimme Dirnhofers hinter meinem Rücken, als ich die Türklinke schon in der Hand habe. Ich drehe mich noch einmal um.

»Mein tiefes Beileid. Ich weiß, was Sie durchmachen müssen. Es gibt nichts Schlimmeres im Leben als den Tod eines nahen Angehörigen.«

»Ja«, sage ich.

Er steht auf und geht auf mich zu. Ich merke, dass er sich nur mit Mühe fortbewegen kann. Seine Fußspitzen sind nach innen gewendet, die Knie zittern. Er schlurft über den Fußboden.

»Wenn Sie die Sache wirklich an die Öffentlichkeit bringen wollen, Herr Salzinger, dann gehen Sie doch zur *Neuen Rundschau*. Dort finden Sie mit ziemlicher Sicherheit ein offenes Ohr und eine willige Feder für Ihr Anliegen. Sprechen Sie mit Frau Koschker, das ist ein blöde Tussi, aber sie hat ein Mindestmaß an Sprachgefühl, was man sonst von den Dilettanten bei diesem Blatt nicht behaupten kann, oder mit Herrn Kreuz, der kann zwar nicht schreiben, aber er ist intelligenter als seine Kollegen.« Die *Neue Rundschau* ist eine Wochenzeitschrift, die ich seit mindestens zehn Jahren nicht mehr gelesen habe. »Sie können, wenn Sie sich das antun wollen, auch bei *Radio Gigricht* anklopfen«, sagt Dirnhofer. »Aber ich warne Sie: wenn die Dummheit Flügel hätte, würden die Mitarbeiter dieses Senders in luftigen Höhen flattern. Die glauben bestimmt, die Halacha sei ein arabisches Gemüsegericht. Verlangen Sie nach Tobias Muxeneder. Erklären Sie den Leuten vom Sender, Sie kämen mit einer besonders herzlichen Empfehlung von mir, sonst reden die nicht mit Ihnen. Ohne Empfehlung läuft nichts, schon gar nicht bei

Radio Gigricht. Tobias Muxeneder ist ein Idiot, sein IQ liegt weit unter hundert, aber er ist sympathisch und kann sogar charmant sein.« Er kichert. »Natürlich habe ich das alles nie gesagt«, fügt er hinzu.

»Natürlich nicht«, flüstere ich und öffne die Tür. Selten ist mir meine ganze Existenz so nah und gleichzeitig so fern erschienen. Ich werfe einen letzten Blick auf das Bild an der Wand und stelle mir vor, ich wäre der Mann am Galgen und blickte von oben auf mich selbst herunter.

»Verzeihen Sie mir meine Offenheit, Herr Salzinger, aber ich bin ein alter Mann …« Ich lasse die Tür hinter mir zufallen. Nach wenigen Schritten höre ich, wie der Schlüssel umgedreht wird.

IV

1

»RAUCHEN IST KEINE DUMMHEIT«, hatte mir mein Freund Alfred erklärt, »sondern ein Plädoyer für den selbstbestimmten Tod, eine Entscheidung gegen den Zwang zur Gesundheit, koste es, was es wolle, so als gehörte die eigene Lebensweise der Gesellschaft oder Gott. Der amerikanische Antiraucherwahn ist ja nur eine Folge der durch die Vielschichtigkeit und Beliebigkeit der modernen Welt bedingten Flucht in die Selbstkontrolle. Wenn ich sonst nichts kontrollieren kann, dann wenigstens meinen Körper. Die Sexualität ist dabei längst ihrer luziferischen Dimension beraubt. Im Gegenteil: Sex macht uns stark. Er stärkt die Abwehrkräfte des Körpers und steht für Erfolg. Auch wenn unser Leben keinen Sinn ergibt, so leben wir wenigstens gesund, trinken grünen Tee statt Alkohol, ernähren uns vegetarisch, errechnen unseren Body-Mass-Index und laufen drei Kilometer am Tag. Körperkult ist auch eine Form von Askese. Vielleicht bringt uns das Gott näher, schließlich hat er uns nach seinem Ebenbild erschaffen. Rauchen ist etwas Unnatürliches. Oder kannst du dir Gott mit einer Marlboro Light im Mundwinkel vorstellen?«

»Nein«, sagte ich. »Wenn schon, dann mit einer Cohiba.«

Eine Cohiba rauchte ich zwei Jahre später bei Alfreds Begräbnis. Er war an Kehlkopfkrebs gestorben, einer sehr schmerzvoll verlaufenden Krankheit. Dabei hatte er ohnehin nur dreißig Marlboro Light am Tag geraucht. Andere rauchen mehr und werden älter. Ob Alfred in seinen letzten Stunden immer noch von der Idee des selbstbestimmten Todes überzeugt war, weiß ich nicht. Ich jedenfalls habe zeit meines Lebens unter meiner Sucht gelitten. Zwar genoss ich meine Zigaretten, vor allen die erste nach einem der zahlreichen gescheiterten Aufhörversuche, doch ich hasste mich für diesen Genuss noch mehr als für meine Abhängigkeit.

Andere Menschen bezeichnen mich als willenstark. Schließlich habe ich meine Ziele immer erreicht. Nachdem ich in Wien einige Semester Handelswissenschaften studiert hatte, erkannte ich, dass es das falsche Fach für mich war. Ich entschied mich für eine Ausbildung zum Dolmetscher und Übersetzer und beendete das Studium in der Mindestzeit. Parallel dazu besuchte ich Vorlesungen für Judaistik und Philosophie. Das imponierte meinen Freunden. Niemand von ihnen konnte so konsequent sein Leben planen und ökonomisch mit seiner Zeit umgehen wie ich. Schon vor Ende meines Studiums begann ich meine Karriere als freiberuflicher Übersetzer. Alle Aufträge erledigte ich termingerecht. Wenn es sein musste, arbeitete ich Nächte hindurch. Mit meinem Geld ging ich sparsam um, ernährte mich cholesterinarm, aß Gemüse und Obst, joggte dreimal in der Woche, unternahm Berg- und Radtouren und stellte jeden Morgen mit Befriedigung fest, dass die Waage mein Idealgewicht anzeigte. Bei Treffen mit Freunden oder auf Festen war ich ausgelassen, ohne viel Alkohol zu trinken. Wenn die anderen betrunken waren, tat ich so, als wäre ich es auch.

Nur meine Tabaksucht konnte ich nie überwinden.

Ich las Bücher, in denen Wege beschrieben wurden, wie die schädliche Angewohnheit zu überwinden sei, versuchte es mit autogenem Training und Yoga, schwor auf die Bibel, meine definitiv letzte Zigarette zu rauchen, und erstellte mir eine Liste berühmter Persönlichkeiten, die nie geraucht hatten und mir als Vorbilder dienen sollten. Dazu gehörten vor allem Schriftsteller und Philosophen aus der Antike und dem Mittelalter. Es nützte alles nichts. Ich besuchte sogar ein Seminar, auf dem mir und einigen Leidensgenossen erklärt wurde, Rauchen bedeute keinen Genuss, es sei nichts als die Abhängigkeit von der Droge Nikotin und eine schlechte Angewohnheit, von der man sich von einem Augenblick auf den anderen für immer verabschieden könne. Unser »Trainer« gab zu, früher selbst sechzig Filterlose am Tag »vernichtet« zu haben, und erzählte, dass er sich, nachdem er mit dem Rauchen aufgehört, ganz dem Kampf gegen den Tabak verschrieben hatte. Sein früherer Beruf interessiere ihn nicht mehr. Stattdessen verbringe er die ganze Zeit damit, über das Rauchen nachzudenken, Bücher darüber zu schreiben und anderen beim Aufhören zu helfen. Das Seminar dauerte einen ganzen Tag. Am Abend musste jeder von uns zugeben, jahrelang seinen Körper geschädigt zu haben, ohne irgendeinen Gewinn davon gehabt zu haben. Einige hatten Tränen in den Augen und beteuerten, für immer aufhören zu wollen. Sie fühlten sich glücklich und erleichtert. »Nicht ihr raucht eure Zigaretten!«, schrie der Trainer, wies mit dem ausgestreckten Zeigefinger in die Runde und schaute jedem von uns in die Augen. »Eure Zigaretten rauchen euch!« Danach rauchte jeder von uns die letzte Zigarette seines Lebens. Es war ein stiller, fast sakraler Augenblick. Das feierliche Klicken der Feuerzeuge. Dutzende Räucherstäbchen in einem Raum mit gedämpftem Licht. Das mystische Funkeln in den Augen. Nach einem solchen Erlebnis könnte man ein religiöser Mensch werden, dachte ich. Zum Abschied umarmten alle einander. Auf dem Weg nach Hause war ich aufgewühlt. Ich ging in ein Kaffeehaus und bestellte mir ein Glas Rotwein. Beim zweiten Glas rauchte ich die erste Zigarette danach.

Manchmal hielt ich es einige Tage oder sogar Wochen ohne Rauchen aus. Danach kamen immer Augenblicke der Seligkeit, gefolgt von Katzenjammer und Ekel. Ohne Zigaretten hatte ich das Gefühl, in einer Zelle zu sitzen. Sobald ich mir eine Zigarette anzündete, öffnete sich die Zellentür, doch draußen wartete nicht die Freiheit, sondern nur ein anderes Gefängnis. Ich konnte den Gitterstäben meiner Sucht nicht entkommen. Wenn ich nicht rauchte, war ich oft an der Grenze zur Verzweiflung, und zwar nicht, weil ich Entzugserscheinungen hatte (diese waren nach wenigen Tagen abgeklungen) oder lieb gewordenen Ritualen nachtrauerte (ich hatte gelernt, sie durch andere zu ersetzen), sondern weil mir nichts den Weg zu meinem Innersten versperrte. Ich musste ganz allein mit mir selbst zurechtkommen. Wenn ich mit mir allein war, wurde ich von Ängsten heimgesucht. Ich fürchtete, gerade jetzt, da ich nicht mehr rauchte, an Krebs zu erkranken. Die Schicksalsgöttin ist bekannt für ihre bösen Streiche. Ich hatte Angst vor Überfällen, undichten Gasleitungen, dem Straßenverkehr, davor, die erlernten Sprachen zu vergessen und nicht mehr arbeiten zu können oder gänzlich das Gedächtnis zu verlieren. Sobald ich wieder rauchte, schwanden die Ängste. Indem ich mir Schaden zufügte, konnte ich in anderen Bereichen das Schicksal besänftigen.

Während einer meiner zahlreichen »Aufhörphasen« fasste ich den Entschluss, von Wien nach Gigricht zurückzukehren. Ich arbeitete gerade an einem Artikel über die neuesten Entwicklungen auf dem Gebiet der Nockenwellenantriebstechnik, der in einer amerikanischen Zeitschrift mit dem Titel *Creative*

Mechanics publiziert worden war und in einer vom ADAC herausgegebenen Broschüre erscheinen sollte. Technik interessiert mich nicht. Außerdem gibt es nichts Schwierigeres als die Übersetzung eines umständlich und holprig formulierten Fachtextes. Seit mehreren Stunden plagte ich mich mit einem Absatz, der so verworren geschrieben war, dass ich keine deutsche Version zustande brachte, die einen Sinn ergeben hätte. Ich starrte vor mich hin, zündete ein Streichholz nach dem anderen an und blies es wieder aus. Da klingelte das Telephon. Nicht jetzt!, dachte ich. Nach dem fünften Signal musste sich der Anrufbeantworter einschalten, doch der Anrufer legte auf und rief sofort wieder an. Ich ließ es viermal klingeln, dann hob ich ab.

»Jaaa …«, brummte ich.

»Wusste ich's doch, du Maulwurf. Wo könntest du sonst sein, außer in deinem Loch.« Ich seufzte. Es war Stefan, ein Freund und ehemaliger Studienkollege.

»Wann lässt du dich denn endlich blicken?«, fragte Stefan mit übertrieben fröhlicher Stimme. »Ich mache heute eine kleine Gartenparty für meinen engsten Freundeskreis. Kann ich dich vielleicht überreden, bei mir vorbeizuschauen?«

»Eigentlich nicht«, murmelte ich. »Ich habe zu arbeiten.«

Nach meiner Scheidung hatte ich meine Kontakte auf ein Minimum reduziert. Manchmal waren meine Auftraggeber meine einzigen Ansprechpartner.

»Und uneigentlich?«

»Uneigentlich auch nicht.«

»Du bist ein fader Hund!«, tönte Stefans Stimme enttäuscht. »Ich mache mir Sorgen um dich.«

»Nicht nötig. Es geht mir gut.«

»Das sagst du immer.«

»Weil's stimmt.«

Schweigen.

»Los, sei kein Spielverderber, komm! Nur für ein Stündchen … Übrigens habe ich eine junge Frau eingeladen. Sie heißt Ruth. Sehr apart. Und hochintelligent. Eine Physikerin, die gerade ihre Dissertation schreibt. Solo …«

»Bitte, Stefan!«, stöhnte ich. »Nicht schon wieder!«

»Lass uns Tacheles reden«, insistierte der lästige Freund. »Du bist seit einem halben Jahr geschieden. Du hast lange genug getrauert und musst endlich versuchen …«

»Wie oft habe ich dir schon gesagt, du sollst mich nicht verkuppeln?«

»Tausendmal. Vielleicht öfter.« Er lachte. »Nur nebenbei erwähnt: Ruths Vater ist, glaube ich, Jude …«

»Jetzt sei aber still!«, schrie ich und lachte ebenfalls. Stefan und ich waren zu lange befreundet, als dass ich ihm böse sein konnte.

»Horch, du musst etwas gegen deine depressive Verstimmung unternehmen«, sagte er in jovialem Tonfall.

»Ich habe keine depressive Verstimmung«, entgegnete ich. »Ich befinde mich in einer temporären Rückzugsphase.«

»Die dauert schon mehrere Monate!«, schrie er so laut, dass mir das Ohr weh tat. »Hast du dir eigentlich irgendwann überlegt, eine Psychotherapie zu machen?«

Ich verstand gut, warum so viele Menschen Stefan nicht ausstehen konnten.

»Ich habe schon zwei Therapien hinter mir!«, schrie ich zurück. Das war gelogen. Es war nur eine gewesen. »Hat mich eine Stange Geld gekostet. Ich frage mich, was all die Leute tun, die sich einen solchen Luxus nicht leisten können.«

»Die saufen!«, meinte Stefan. »Und wenn sie auch dafür kein Geld haben …«

»Lieb, dass du angerufen hast, Stefan«, unterbrach ich ihn. »Aber jetzt muss ich weiterarbeiten. Eine schwierige Übersetzung… Ich melde mich in den nächsten Tagen bei dir und hoffe, dass du mir dann weniger auf die Nerven gehst.«

Nachdem ich aufgelegt hatte, nahm ich den englischen Text wieder zur Hand, doch statt der Wörter und Sätze konnte ich nur Buchstaben erkennen. Ich schaltete meinen Computer aus, zog mich an und ging aus dem Haus. Es war ein warmer Sommerabend, aber jetzt nach Sonnenuntergang war es nicht mehr stickig. Der Wind hatte die Hitze des Tages weggeweht. Ich beschloss, einen langen Spaziergang zu machen. Spazieren gehen gibt mir Energie. Manchmal bin ich bis in die Morgenstunden unterwegs und kann danach trotzdem bis in den Abend hinein arbeiten.

Am Schottentor stieg ich in eine Straßenbahn, die Richtung Wienerwald fuhr. Der Wagen war fast leer. Im vorderen Teil saß ein Jugendlicher mit einem Ohrring, Augenbrauen-Piercing und einer rötlich gefärbten Strähne im blonden Haar, auf einer der hinteren Bänke eine alte Frau mit einem schwarzen Pudel auf dem Schoß. Sie lehnte den Kopf gegen die Wand und schloss die Augen.

Ich schob das Fenster herunter. Der Fahrtwind wirbelte mein Haar durcheinander. Ich fühlte mich wohl. Nach einer Woche Nichtrauchens waren die Entzugserscheinungen abgeklungen. Beim Gehen hatte ich eine Formulierung für den schwierigen Absatz gefunden. Am nächsten Tag würde ich die Arbeit abschließen.

Sonderbarerweise stiegen keine weiteren Fahrgäste ein, obwohl viele Menschen auf der Straße unterwegs waren und die entgegenkommenden Straßenbahnen überfüllt waren. Am Gürtel verließ der junge Mann den Wagen. Als wir wieder losfuhren, hatte ich das erste Mal den Eindruck, dass mich jemand beobachtete. Die üblichen Wahnvorstellungen, sagte ich mir. In ein paar Minuten ist alles vorbei. Ich drehte mich um. Die Frau schlief mit offenem Mund und schnarchte leise. Der Hund hatte die Schnauze in ihren Schoß gelegt. Hin und wieder bewegte er die Ohren. Ich machte es mir bequem, indem ich die Füße auf den gegenüberliegenden Sitz legte.

Die Straßenbahn fuhr nun durch eine Villengegend, und plötzlich sah ich draußen kaum noch Menschen. Sogar die Laternen warfen ein fahleres Licht als sonst. Ich schaute auf die Uhr. Wir hätten die Endstelle längst erreichen müssen. Ich wendete den Kopf, erblickte mein Spiegelbild im Wagenfenster schräg gegenüber und musste schmunzeln. Wie zerstreut ich doch geworden war! Bei dieser Hitze den hässlichen Rollkragenpulli anzuziehen, den ich schon vor Monaten zur Altkleidersammlung bringen wollte. Ich gähnte und strich mit der Hand über meine Brust und Arme, spürte den Schweiß in der Armbeuge, die unangenehme, klebrige Nässe auf den Fingern, schielte wieder zum Fenster, befühlte ein weiteres Mal mein T-Shirt und die nackten Arme, streckte sie aus, betrachtete sie. Mein Spiegelbild lächelte mich an, obwohl mein Gesicht starr vor Schreck war. Jetzt bemerkte ich, dass das Spiegelbild die Füße nicht auf den Sitz gelegt hatte, sondern in einer unnatürlich verdrehten Haltung auf der Bank saß und mich frontal anschaute. Ich wollte den kalten Schweiß von der Stirn wischen, konnte aber keinen Finger rühren. Diesen Pullover habe ich doch tatsächlich längst zur Altkleidersammlung gebracht!, schoss es mir durch den Kopf. Das Spiegelbild trocknete sich währenddessen die Stirn mit meinem Taschentuch ab.

»Aaaah!«, brüllte ich und sprang auf. »Aaaah!« Ich lief in den hinteren Teil des Wagens. Die alte Frau kreischte ebenfalls. Auch sie war aufgesprungen. »Hilfe!«, schrie sie. »Tun Sie mir nichts! Ich habe nichts! Keinen Schilling!« Der Hund schmiegte sich winselnd an ihre Beine. »Da, schaun S' her«, sagte sie mit zitternder Stimme, öffnete ihre Handtasche und hielt sie mir entgegen. Die Tasche war leer. Ich zog den roten Hebel der Notbremse und riss die Tür auf. Während ich davonlief, hörte ich hinter meinem Rücken die wütende Stimme des Fahrers und das Kläffen des Pudels.

Ich bog in eine von Kastanienbäumen gesäumte Allee ein, wechselte in die Mitte der Straße und lief noch schneller. Nach fünf Minuten fühlte ich mich etwas besser. Mein Vater hatte Recht, wenn er behauptete, man könne seinen Gefühlen zwar nicht davonlaufen, aber man könne sich freilaufen. In meiner Kindheit hatte Vater regelmäßig seine Runden rund um die Wohnsiedlung gedreht. Laufen, hatte er mir oft erklärt, reinige die Seele. Als ich ihn später fragte, warum er dieses tägliche Ritual im Alter von sechzig Jahren aufgegeben habe, erklärte er mir, der große Müllberg, der sein Inneres zu ersticken drohe, lasse sich durch oberflächliche Maßnahmen nicht mehr abbauen. Statt zu laufen, schaue er sich nun Sportübertragungen im Fernsehen an.

Als ich außer Atem geriet, blieb ich stehen. Wenn ich Stefan erzähle, was ich erlebt habe, wird er mir gleich fünf junge Mädchen ins Haus schicken, dachte ich. Er ist der Meinung, dass Sex alle meine Probleme, inklusive Rauchen, lösen würde.

Meine Beine schmerzten vom schnellen Laufen, aber ich hatte keine Angst mehr. Sogar der Zigarettenautomat, an dem ich vorbeikam, löste bei mir nicht das während der »Aufhörphasen« übliche Gefühl von Traurigkeit aus. Der Himmel war sternenklar, der Wind hatte nachgelassen, und im milden Mondlicht wirkten die Medusen- und Sphinxköpfe aus Stuck an den Fassaden der alten Villen wie schützende Wegbegleiter. »Es ist alles in Ordnung«, flüsterte ich, während ich langsam weiterging. »Es geht mir doch gut! Warum muss ich mir das Leben nur so schwer machen? Ich habe ein geregeltes Einkommen und eine Arbeit, die mir Vergnügen bereitet und zeitliche

Freiräume verschafft, von denen andere nur träumen können. Ich habe viele Bekannte, einige gute und ein paar sehr gute Freunde. Ich mag den Ort, an dem ich lebe. Es gibt kein Land, in dem es von größerem Vorteil wäre, Jude und gleichzeitig Deutscher zu sein, als Österreich. Sehen sie in dir den Piefke, erinnerst du sie daran, dass du Jude bist. Kommen sie dir mit antijüdischen Vorurteilen, kehrst du den Preußen hervor. Inzwischen beherrsche ich dieses Doppelspiel virtuos, ja es bereitet mir sogar Vergnügen …« Es war mir nicht bewusst, dass ich nicht mehr flüsterte, sondern laut sprach. »Ich bin geschieden, aber ist das in meinem Alter nicht schon jeder Zweite? Ich werde keine Kinder haben, aber kann man nicht ein Kind adoptieren oder auch ohne Kinder glücklich werden? Ich habe keine Angst vor der Einsamkeit. Ohne Zweifel werde ich wieder eine Partnerin finden. Rauchen? Jeder dritte Erwachsene raucht, und jeder zweite versucht erfolglos, damit aufzuhören. Es ist nichts Besonderes an mir. Es geht mir gut! Schicksalsschläge, die mein Vater oder mein Onkel zu erleiden hatten, sind mir erspart geblieben. Natürlich haben mich Vaters Geschichten über die traumatischen Erlebnisse seiner Kindheit und Jugend geprägt. Aber geht es nicht hunderttausenden Juden genauso? Haben die meisten von ihnen nicht trotzdem ein erfülltes Leben? … Ich habe nie ein Verbrechen begangen. Es gibt nur weniges, wofür ich mich zu schämen brauche. Ich habe kein Recht, unglücklich zu sein! Warum also erschrecke ich vor meinem eigenen Spiegelbild?«

»Das frag ich mich auch jeden Morgen beim Zähneputzen«, hörte ich eine männliche Stimme neben mir. »Nach dem ersten Bier mag ich mich dann wieder.«

Ich eilte weiter, ohne den Fremden anzuschauen.

An der nächsten Kreuzung sah ich schon von weitem eine Straßenbahnhaltestelle. Ich war rechtzeitig dort, um noch die

Rücklichter eines Zuges zu erkennen. Laut Fahrplan würde der nächste erst in zwanzig Minuten kommen. Ich beschloss, zu Fuß in die Innenstadt zu gehen.

Die Villen machten bald grauen Mietshäusern und Wohnblöcken aus der Nachkriegszeit Platz. Bestimmt gibt es hier irgendwo ein Lokal, das noch offen ist, dachte ich. Mir war schwindlig. Ich wollte eine Kleinigkeit essen.

Schließlich erreichte ich einen Platz, wo sich das Gebäude des Städtischen Bezirksamtes, eine Kirche und ein Kaufhaus befanden. Alle Gast- und Kaffeehäuser waren schon geschlossen, aber in der Mitte des Platzes gab es eine kleine Parkanlage und einen »Würschtlstand«, an dem ich mir eine Pferdeleberkässemmel und ein Bier kaufte.

Ich setzte mich auf eine Bank und begann zu essen. Das Pferdefleisch war nicht würzig genug, während der scharfe Senf auf der Zunge brannte. Das Bier war lauwarm. Nach dem zweiten Schluck stellte ich die Flasche neben mich auf den Asphalt. Nachdem ich fertig gegessen hatte, war das Schwindelgefühl verschwunden. Eine angenehme Wärme strömte vom Magen in die Glieder. Ich hob die Flasche wieder auf und trank sie zur Hälfte leer. »Na also«, murmelte ich. »Es geht mir gut!« Im selben Augenblick wurde ich wieder von Angst gepackt. Am liebsten hätte ich mich in die Erde verkrochen.

Ich kannte Angstzustände dieser Art. Wenn ich nicht rauchte, erlebte ich sie oft und wusste deshalb, wie ich mich zu verhalten hatte. Ich zog die Schultern hoch und bedeckte das Gesicht mit den Händen. Plötzlich war keine Luft um mich herum. Immer schneller bewegte sich mein Brustkorb vor und zurück, aber meine Lungen waren leer. Die Häuser wuchsen in den Himmel und stürzten über mir zusammen. Die Äste der Bäume schlangen sich um meinen Hals. Die Erde war aus ihrer Umlaufbahn geraten. Bald würde ein gewaltiger Sturm alles hinwegfegen.

Das Licht der Straßenlaternen wurde schwächer und verlosch schließlich ganz … Natürlich wusste ich, dass alles Einbildung war. Die Welt würde noch Milliarden von Jahren um die Sonne kreisen. Ich atmete. Niemand bedrohte mich. Dennoch wollte ich aufspringen und flüchten, blind über den Platz, die Fahrbahn und die Straßenbahnschienen laufen, Hindernisse niederrennen. Nur mit Mühe widerstand ich diesem Drang. Die Geräuschkulisse um mich herum erstarb. Ich war allein. Es gab nur mehr mich und das Nichts. Eine Grenze trennte uns noch. Ich ließ los und wechselte die Seite …

Auf einmal erinnerte ich mich an die Erzählungen meines Vaters, an seine Beschreibung des Gigrichter Hauptbahnhofs im Winter 1939. Ich dachte an den Zug, der ihn aus seiner Heimatstadt wegbrachte, sah ihn am Fenster stehen und auf die Vororte der Stadt zurückschauen. »Nie mehr!«, hörte ich seine Stimme. »Nie mehr kommst du hierher zurück!« Seit über fünfzig Jahren wohnte Vater wieder in Gigricht. Die Vorstellung, neben meinem Vater am Zugfenster zu stehen, beruhigte mich. Die winterliche Landschaft mit verschneiten Bauernhöfen und zugefrorenen Teichen glitt an uns vorbei. Ich atmete tief durch.

Ich hatte schlimme Panikattacken erlebt, aber auch die waren harmlos im Vergleich zu dem, was einige Bekannte von mir durchmachen mussten. Einer von ihnen konnte in der Nacht nur bei brennendem Licht und laufendem Radio einschlafen, ein anderer musste sich in Montevideo in psychiatrische Behandlung begeben, nachdem er versucht hatte, durch eine Weltreise vor sich selbst zu fliehen.

Dennoch wusste ich, bald nachdem ich mich beruhigt hatte, dass sich dieser Abend von anderen vergleichbaren unterschied und dass ich mein Leben ändern musste. Ich hatte keine Ahnung, ob dies mit meinem Spiegelbild, der Panikattacke, den

Erinnerungen an die Erzählungen meines Vaters oder mit etwas anderem zusammenhing. Ich weiß es heute genauso wenig.

Langsam stand ich auf. Meine Knie zitterten. Nach einigen Schritten musste ich rasten. Während ich gegen einen Baum lehnte und von hundert bis null rückwärts zählte, fasste ich einen Entschluss. Besser gesagt – der Entschluss fasste mich. Es war die erste wichtige Entscheidung in meinem Leben, die ich »aus dem Bauch heraus« getroffen hatte.

Am Taxistandplatz hinter der Grünfläche wartete ein einziger Wagen. Der Kopf des Fahrers war auf seine Brust gefallen. Er schnarchte so laut, dass es durch die geschlossene Autotür zu hören war. Ich klopfte gegen die Scheibe. Der Mann zuckte zusammen, öffnete mit einer reflexartigen Bewegung die Tür einen Spalt, ohne die Augen zu öffnen, und brummte verschlafen: »Wer? … Wer?«

»Ich bin's«, sagte ich.

»Ach so. Na dann steigen S' ein.«

Ich ließ mich zum Westbahnhof bringen. Am Auslandsschalter kaufte ich mir für den übernächsten Tag eine Fahrkarte nach Gigricht.

»Gigricht?«, fragte der Bahnbeamte und runzelte die Stirn, während er den Ortsnamen in seinen Computer eintippte. »Gigricht?!« Er schüttelte den Kopf. »Das kenne ich gar nicht.«

»Das muss man auch nicht kennen«, erwiderte ich und atmete erleichtert durch.

2

»DER VON MIR GESCHÄTZTE Pinchas Horowitz, Präsident von Agudat Israel, hat vor ein paar Jahren Folgendes gesagt: Fünfundneunzig Prozent der Juden in Deutschland gehörten zur Reformbewegung und waren Assimilierte, die so gelebt haben wie die Deutschen, und gerade dort ist ein Hitler hochgekommen, der sechs Millionen Juden getötet hat. Es ist klar, dass die Reformbewegung die Verantwortung für die Schoa trägt. Wenn man den Schabbat und den Glauben vernichtet, dann kommt ein Hitler hoch.«

Ich starre den Rabbiner an und halte den Löffel auf der Höhe meines Kinns in der Hand.

»Essen Sie«, ermahnt mich der Rabbiner mit einem freundlichen Lächeln, »sonst wird die Suppe kalt.«

»Fischsuppe ist sehr gesund«, sagt die Frau des Rabbiners. »Ich kann sie noch einmal warm machen.«

Ich lege den Löffel wieder in den Teller zurück. »Das glauben Sie nicht wirklich!« Meine Stimme versagt beinahe. »Sie sind doch ein intelligenter und gebildeter Mensch! Ein Mann Gottes…«

Mein Gesprächspartner isst seinen Teller leer. Seine Frau schenkt ihm aus dem Suppentopf nach.

»Der Lubawitscher Rebbe hat einmal gesagt: Damit die Strafe effektiv ist, wird der Mensch ins Gesicht geschlagen, wo das Wesentliche des Menschen ist, auch wenn er die Tat mit den Händen begangen hat. So sei es auch mit dem Volk Israel während der Schoa geschehen. Ich war nie ein Anhänger des Lubawitscher Rebben, aber seine Überlegung ist diskussionswürdig. Gerade die Besten des jüdischen Volkes, die Frommen im Osten Europas, sind vernichtet worden, um das jüdische Volk für seine Verfehlungen zu strafen. Auch Hiob war ein Rechtschaffener.«

»Schmeckt es Ihnen nicht?«, fragt mich die Frau.

»Doch«, murmle ich. Es kostet mich Überwindung, weiterzuessen.

»Als Hauptspeise gibt es Spaghetti à la Rabbi«, sagt der Rabbiner.

In der Wohnung des Rabbiners gibt es zwei Spülbecken, eines für Fleisch-, das andere für Milchgeschirr, zwei Kühlschränke und für das Pessachgeschirr eine eigene Truhe. An den Türpfosten ist eine Mesusa angebracht, und auf dem Fernseher im Wohnzimmer steht eine Menora, der siebenarmige Leuchter. Sonst weist das Interieur nichts Besonderes auf. Ein Einbauschrank, eine Eckbank, davor ein schwerer Holztisch, ein dem Empire-Stil nachempfundener Sekretär, ein weinrotes Sofa, ein brauner Bücherschrank – Massenware, die man in allen Möbelhäusern kaufen kann. Für eine mehrköpfige Familie ist die Wohnung zu klein. Das Wohnzimmer mit eingebauter Kochnische ist lang und schmal. Über der Eckbank befindet sich das einzige Fenster. Im Schlafzimmer ist neben dem Doppelbett nicht einmal Platz für ein Nachtkästchen. Im Kinderzimmer steht ein Stockbett für die sechsjährige Chawa und die vierjährige Moira, die beiden älteren Töchter, und ein Gitterbett für die zweijährige Ruth. Die Frau des Rabbiners ist wieder schwanger. Diesmal, meint sie, bringe sie bestimmt einen Sohn zur Welt.

Als ich an diesem Dienstag, wie verabredet, um sieben zum Abendessen komme, schlafen die beiden jüngeren Mädchen schon. Chawa gibt mir schüchtern die Hand und versteckt sich dann hinter dem Rücken ihrer Mutter. Doch bald hat sie sich an meine Gegenwart gewöhnt, läuft in der Wohnung herum, unterbricht immer wieder das Gespräch der Erwachsenen, hängt sich ihrem Vater an den Hals. Die Eltern reagieren gelassen. Kein Vorwurf. Kein Befehl, still zu sein oder das Zimmer zu verlassen.

Rebecca Rosenzweig trägt eine schwarze Perücke, ein dunkelblaues Kleid, dunkelblaue Strümpfe und dunkelblaue Schuhe. Sogar ihre Augen scheinen auf den ersten Blick dunkelblau zu sein, obwohl sie braun sind. Ich schätze sie auf Ende zwanzig. Wären nicht die Fältchen unter den Augen und an den Mundwinkeln, könnte man sie aber für einen Teenager halten.

Frau Rosenzweig spricht Deutsch mit starkem amerikanischen Akzent. Ihren Mann lernte sie in ihrer Geburtsstadt Chicago kennen, wo Salomon Rosenzweig am Hebrew Theological College, einer angesehenen orthodoxen jüdischen Hochschule, studierte. Der Rabbi selbst stammt aus München. Sein Vater war 1946 vor den antisemitischen Ausschreitungen in seinem Heimatland Polen nach Deutschland geflüchtet. Während des Krieges hatte ihn ein polnischer Bauer vor den Nazis versteckt. Alle anderen Familienmitglieder waren ermordet worden. Die Mutter des Rabbiners überlebte den Krieg in Budapest. Ihre Rettung vor der Deportation in ein Vernichtungslager verdankte sie dem Einsatz des schwedischen Diplomaten Raoul Wallenberg. Sie kam 1956 nach Deutschland. Das alles erfahre ich noch bevor Frau Rosenzweig die Suppe serviert.

Chawa schmiegt sich an ihren Vater. »Ich möchte auch Spaghetti à la Rabbi«, schreit sie. »Einen großen Teller! Oder zwei.«

»You've had your supper already«, sagt ihre Mutter. »It's time to go to bed.«

»I'm not tired yet.«

»We're not going to discuss this now!« Frau Rosenzweig spricht mit dem Kind Englisch, der Rabbiner Deutsch. Es fasziniert mich, dass Chawa beide Sprachen akzentfrei beherrscht und problemlos von der einen in die andere wechselt.

Mutter und Tochter sind ähnlich gekleidet. Chawa trägt ein blaues Kleidchen, weiße Strümpfe, blaue Schuhe und eine weiße Schleife im Haar, wodurch sie mich ein wenig an eine Bonbonniere erinnert.

»Ich will aber Spaghetti!«, jammert das Kind und stampft mit den Füßen.

»Herr Salzinger isst keine Tomaten«, erklärt der Rabbi. »Heute gibt's die Nudeln nur mit Zucchini und Öl.«

»Igitt!«, schreit das Kind und wirft mir einen vorwurfsvollen Blick zu. »Das ist ja eklig.«

»Na siehst du«, sagt der Vater und lacht. Er hebt seine Tochter hoch und gibt ihr einen Kuss auf die Stirn. »Hast du die Zähne schon geputzt?« Sie schüttelt den Kopf. »Dann komm mit!«

»Eine Gutenachtgeschichte!« schreit sie.

»Einverstanden, ich erzähl dir eine, aber zuerst werden wir gemeinsam das Abendgebet sprechen. Wir müssen leise sein, um deine Schwestern nicht zu wecken.«

Während der Rabbi das Kind zu Bett bringt, erzählt mir seine Frau, dass Gigricht für sie ein fremder Ort ist. »In dieser Stadt gibt es keine anderen religiösen Familien mit Kindern«, sagt sie. »Außerdem habe ich Heimweh.«

»Ich dachte, es leben wieder viele Juden in Gigricht, seit die Russen …«

»Das sind keine richtigen Juden!«, unterbricht sie mich. »Viele von ihnen sind nicht einmal beschnitten. Es gibt noch so viel zu tun, um Gigricht und Deutschland für das Judentum zurückzugewinnen. Wir sind hier an vorderster Front.«

»Damit kein neuer Hitler hochkommt.«

Sie schlägt die Augen nieder. »Reden Sie mit meinem Mann darüber«, sagt sie leise. »Es ist seine Aufgabe, über solche Dinge nachzudenken. Er ist ein gebildeter Mensch. Ich möchte nur, dass es meinen Kinder gut geht.«

Sie schaut in ihre Teetasse und rührt immerfort mit dem Löffel um, obwohl sich der Zucker längst aufgelöst haben muss. Das Schweigen, das sich nun einstellt, ist mir unangenehm. »Gibt es in Chicago eine große jüdische Gemeinde?«, frage ich schließlich.

»Ja«, antwortet sie. »Die Thoratreuen leben in einem eigenen Viertel. Ich war fast erwachsen, als ich es das erste Mal verlassen habe.«

»Ist Ihr Vater auch Rabbiner?«, frage ich.

»Nein, aber er ist ein gelehrter Mann. Er steht jeden Tag um fünf Uhr morgens auf und studiert bis Sonnenuntergang die Thora. Viele Menschen kommen zu meinem Vater, um bei ihm Rat zu holen.«

»Wovon lebt denn Ihre Familie? Das Thorastudium allein bringt ja kein Geld ins Haus.«

»Meine Mutter hat Geld verdient. Zuletzt war sie Chefsekretärin in einem koscheren Schlachthausbetrieb. Heute bekommt sie eine gute Rente. Es ist gottgefällig, einem Mann das Thorastudium zu ermöglichen. Es gibt keine würdigere Aufgabe für eine Frau, außer natürlich die Erziehung ihrer Kinder.«

»Und Sie?«

»Ich bin ausgebildete Krankenschwester. Aber zurzeit nehmen mich die Kinder völlig in Anspruch. Außerdem gibt es in Gigricht kein jüdisches Krankenhaus, in dem ich arbeiten könnte. Ich möchte auf keinen Fall mit unreinen Speisen in Berührung kommen.«

»Ich verstehe.«

Wir schweigen und warten, bis der Rabbiner wieder ins Zimmer kommt. »Ich musste ihr zwei Geschichten erzählen«, sagt er, während er sich die Hände wäscht. »Hoffentlich schläft sie ein. Sie war sehr aufgeregt. Es ist selten, dass uns jemand besucht.«

Er murmelt ein Gebet, bindet sich eine Schürze um und beginnt, Zwiebeln und Zucchini zu schneiden.

»In einer Stadt wie Gigricht ist es schwer, einen koscheren Haushalt zu führen«, bemerkt Frau Rosenzweig. »Wir müssen alle Lebensmittel in Frankfurt bestellen. Manches ist extrem teuer. Aber Schlojmo kocht gern.«

»Ein Hobby von mir«, erklärt der Rabbiner, während er das Olivenöl aus einer Flasche mit den hebräischen Lettern Kaf, Schin und Resch – für koscher – auf dem Etikett in die Bratpfanne gießt. »Ein koscheres chinesisches, koreanisches oder thailändisches Essen zuzubereiten, ist eine Herausforderung … Ich möchte Ihnen ein Lieblingsrezept von mir verraten: Indonesisches Curryhuhn mit Reis. Schneiden Sie das Hähnchenbrustfilet in dünne Streifen. Dann bereiten Sie eine Marinade aus Sojasauce, Honig und zwei Esslöffeln Curry vor. Das vermischen Sie mit dem Fleisch und lassen es zwanzig Minuten ziehen. Schneiden Sie Zitronengras in feine Ringe und mischen fein geschnittene Paprikaschoten, Frühlingszwiebeln und Knoblauch dazu.« Die Augen des Rabbiners leuchten. Er geht ein paar Mal in der Kochnische auf und ab und gestikuliert aufgeregt. »Erhitzen Sie den Wok, gießen Sie Öl ein. Lassen Sie das

Fleisch anbraten und geben Sie Zwiebeln, Paprika, Knoblauch, Chili, Zitronengras und schließlich den gekochten Reis dazu. Braten Sie das Ganze etwa fünf Minuten. Erst zum Schluss – und das ist wichtig – dürfen Sie die Currymarinade hineingeben! Mischen Sie alles gut durch …« Ich frage mich, ob der Rabbi mit derselben Begeisterung das Morgengebet spricht und die Thora studiert. »Aber heute richte ich mich natürlich nach Ihren Wünschen und koche nichts Exotisches, sondern Nudeln mit Zucchini.«

»Sie werden verstehen, dass mir derzeit nicht der Sinn nach kulinarischen Experimenten ist«, sage ich. »Ich habe keinen großen Hunger. Es wäre schade, wenn Sie für mich Ihre koscheren Lebensmittel verschwenden, die Sie extra aus Frankfurt kommen lassen müssen.«

Rabbi Rosenzweig schaltet den Herd ein, gibt Zwiebel und Zucchini in die Pfanne, streut Salz, Pfeffer und Origano darüber, rührt um. »Riecht nicht übel«, murmelt er und zwinkert mir zu. »Vielleicht noch ein Prise Pfeffer und natürlich Knoblauch. Sie essen doch Knoblauch, Herr Salzinger?«

Da reißt mir die Geduld. »Ich bin nicht wegen des Essens zu Ihnen gekommen, Herr Rabbiner!«, sage ich gereizt.

»Auf der Kommode im Schlafzimmer steht ein Aschenbecher«, erklärt der Rabbi im selben freundlichen Tonfall wie zuvor. »Wenn die Mädchen nicht im Zimmer sind, haben wir nichts gegen Zigarettenrauch. Nicht wahr, Rebecca?«

»Nicht im Geringsten«, pflichtet ihm seine Frau bei.

»Es geht mir nicht ums Rauchen!« Diesmal schreie ich.

»Wollen Sie ein Glas Wein?«, fragt der Rabbiner.

Was für ein albernes Spiel!, denke ich, stehe auf und gehe auf den Rabbi zu. »Lassen Sie uns offen reden«, sage ich. »Es ist mir egal, was Sie über die Schoa denken. Meinetwegen war sie eine Strafe Gottes für unsere Verfehlungen. Sie halten meinen Vater für einen Nichtjuden? Das ist Ihr gutes Recht. Vielleicht war er sogar ein schlechter Mensch, ein Zyniker und Misanthrop. Aber er hat teuer dafür bezahlt. Jetzt ist er tot. Ist das Gesetz so unerbittlich, dass der letzte Wunsch eines Sterbenden …« Die Stimme versagt mir. Ich wende mich ab.

Der Rabbiner zieht die Pfanne von der heißen Platte und legt mir die Hand auf die Schulter. »Beruhigen Sie sich.« Seine Stimme ist sanft. Ich unterdrücke meine immer stärker werdende Wut.

»Ich werde den Verdacht nicht los«, sagt der Rabbi, »dass es Ihnen um etwas anderes geht als um den letzten Wunsch Ihres Vaters.«

Ich stoße ihn weg. »Wollen Sie meine Gedanken lesen?«, frage ich. »Ich verlange von Ihnen weder eine Analyse meiner Psyche noch Trost.«

Er wendet sich wieder der Bratpfanne zu. »Sie sollten kochen lernen, Herr Salzinger. Eine kontemplative Beschäftigung. Kochen Sie, wenn Sie nicht gelernt haben zu beten.«

»Kochen ist nicht heilig.« Ich zwinge mich dazu, in das Gesicht des Mannes zu schauen. Es strahlt Ruhe und Zufriedenheit aus wie zuvor. »Auf die Heiligkeit kommt es nicht an«, erklärt er. »Die Halacha ist an sich nicht heilig. Der Berg Sinai zeigt auch keine Spuren des Herabstiegs des Herrn. Die Gesetze werden, wie der große Rabbi Soloveitchik einmal gesagt hat, erst durch die bedingungslose Hingabe der Menschen an sie heilig. Dadurch erreichen wir die Nähe zum Herrn. Andernfalls sind wir entweder Tiere ohne Verstand, die von ihren Trieben geleitet werden, oder seelenlose Maschinen, die den abstrakten Prinzipien der Vernunft folgen. Da wir aber Menschen sind, hat uns der Allmächtige am Berg Sinai die Thora geschenkt, um unser Leben erträglich zu machen. Indem wir uns dem Joch der Halacha unterwerfen, bringen wir die Transzendenz in unsere Welt, um dieses Tal des Todesschattens in ein Land der Lebendigen zu verwandeln. Hätte Er uns etwas völlig anderes verkündet, würden wir es ebenfalls befolgen und darin einen Sinn finden.« Er füllt einen Topf mit Wasser und stellt ihn auf den Herd. Danach kostet er den Sugo und runzelt die Stirn. »Nicht optimal, aber annehmbar. Ich hoffe, es ist nach Ihrem Geschmack, Herr Salzinger.«

Die Spaghetti schmecken tatsächlich vorzüglich. Seit Tagen habe ich keine warme Mahlzeit zu mir genommen. Ich rauchte, um den Hunger zu dämpfen. Frau Rosenzweig hat die Kochkünste ihres Mannes nicht zu Unrecht gelobt. Ich esse einen Teller leer und nicke, als mir der Gastgeber einen zweiten anbietet. Dazu wird der israelische Likör Sabra serviert. »Das beste Gaumenvergnügen ist nichts ohne einen guten Likör«, verkündet der Gastgeber. »Und es gibt keinen besseren als Sabra.«

»Sonst ist Schlojmo ein genügsamer Mensch«, erklärt Frau Rosenzweig. »Mit dem Gehalt eines Rabbiners in Gigricht kann man keine großen Sprünge machen. Wir haben nicht einmal ein Auto.«

»An vorderster Front hat noch niemand ein luxuriöses Leben geführt«, sage ich.

»Was heißt hier vorderste Front!«, ereifert sich der Rabbiner. »Wir sind Späher, die hinter den feindlichen Linien agieren.« Er wischt sich mit der Serviette die Ölreste vom Bart.

»Ja, aber wer ist der Feind?«, frage ich.

»Es gibt viele Feinde. Die gefährlichsten sind die Zuwanderer aus Russland.«

»Ach ja?« Mich überrascht nichts mehr. Hätte dieser Mensch behauptet, sein größter Feind sei der Verein zur Züchtung reinrassiger Rauhaardackel, hätte mir das ebenfalls nur ein mattes »Ach ja« entlockt.

»Diese Kontingentflüchtlinge aus der GUS«, erklärt der Rabbiner, »sind entweder überhaupt keine Juden oder am Judentum nicht interessiert. Die Sozialleistungen der Kultusgemeinde nehmen sie gerne in Anspruch, doch dem Judentum gehen sie letztendlich verloren. Niemand von ihnen befolgt die Mitzwot, viele haben sogar nichtjüdische Ehepartner.«

Ich erkenne, dass nicht nur das Kochen, sondern auch das Essen eine kontemplative Komponente hat. Der Rabbiner schenkt mir Likör nach und sagt: »Leider überprüfen die deutschen Konsulate in den GUS-Staaten nicht immer, ob es sich bei den Antragstellern um richtige Juden handelt. In diesen Ländern kann man bekanntlich jedes Dokument auf dem Schwarzmarkt kaufen.«

»Na und?«, murmle ich mit vollem Mund. »Ich kann's ihnen nicht verübeln. Wenn jemand im Elend lebt, wird er alles unternehmen, um in ein reiches Land wie Deutschland zu kommen. Was sollen denn die Konsulate Ihrer Meinung nach tun? Judenbeschauer mit Zentimetermaß und Zirkel wie in der Nazizeit einstellen?«

»Ein erfahrener Rabbiner wird sich nicht so leicht irren wie ein Judenbeschauer«, meint mein Gesprächspartner. »Ich bin kein Rassist. Ein ehrlicher Proselyt ist besser als ein getaufter Jude.«

»Früher mussten die Juden Deutschland verlassen oder wurden ermordet, weil sie Juden waren«, sage ich. »Heute dürfen sie ins Land, nur wenn sie richtige Juden sind. Die Deutschen kommen vom Konzept der Rasse offenbar nicht los. Es wäre gerechter gewesen, wenn sie die Opfer ihres Vernichtungskrieges rechtzeitig angemessen entschädigt und die Täter vor Gericht gestellt hätten, anstatt mehr als fünfzig Jahre nach Kriegsende mit Alibimaßnahmen wie dieser Einwanderung etwas wiedergutmachen zu wollen.«

»Das mag sein«, gibt mir der Rabbiner Recht. »Aber so wie die Realität nun einmal ist, könnten die jüdischen Gemeinden bald ihren jüdischen Charakter verlieren.«

»Und dann kommt ein neuer Hitler hoch.«

Frau Rosenzweig seufzt. Ihr Mann lächelt und fragt mich, welche Nachspeise ich wünsche. Er könne mir selbst gemachte Kekse anbieten oder eine »Creme Caramel de luxe«.

Ich entscheide mich für das Letztere. Mein Gastgeber holt die Becher mit der Creme aus dem Kühlschrank. »Ich esse sie leidenschaftlich gern«, erklärt er. »Deshalb bereite ich so viele zu, dass immer etwas für mich, die Kinder oder mögliche Gäste auf Lager ist.«

»Ich hätte lieber Kekse«, sagt Frau Rosenzweig.

Ich zünde eine Zigarette an. Eigentlich hatte ich vor, nicht zu rauchen, doch nun weiß ich, dass ich diesen Abend ohne Zigaretten nicht überstehen werde. Warum bin ich überhaupt noch hier? Ich schließe die Augen und stelle mir vor, wie ich Christine in den Armen halte.

»Die Russen haben keine Ahnung, was es heißt, ein Jude zu sein«, setzt der Rabbiner das Gespräch fort. »Ein jüdischer Nachname, ein von den Nazis ermordeter Großvater, ein paar Auseinandersetzungen mit Antisemiten. Das ist ihre jüdische Identität. Einige geben offen zu, dass sie es gerne sehen, wenn ihre Kinder sich assimilieren, damit sie es im Leben leichter haben. Wenn alle so denken, gibt es in einigen Generationen kein jüdisches Volk mehr. Eine israelische Nation vielleicht, aber keine Juden, folglich keinen Messias und keine Erlösung der Menschheit von ihren Leiden. Dann hätten wir jahrtausendelang die Bürde der Halacha getragen, um schließlich aus Egoismus, Bequemlichkeit oder aus Angst jene Aufgabe von uns zu weisen, für die der Allmächtige uns auserwählt hat. Verstehen Sie jetzt, warum es mir unmöglich ist, über einen alten jüdischen Brauch hinwegzusehen? Wenn es keine richtigen jüdischen Friedhöfe mehr gibt, wird sogar die Erinnerung an uns verschwinden.«

Der Rabbiner schweigt eine Zeit lang und beginnt dann, ein Gebet zu murmeln, wobei er den Oberkörper ein wenig vor und zurück bewegt. »Das war das Dankgebet nach der Mahlzeit«, sagt er, als er fertig ist. »Im Idealfall verrichtet man das Morgengebet zu Hause und das öffentliche Morgengebet in der Synagoge, kurze Gebete vor und längere nach jeder Mahlzeit, nimmt am öffentlichen Abendgebet in der Synagoge teil und spricht, auf der Bettkante sitzend, das Nachtgebet. Wichtig ist besonders das Sch'ma Israel – Höre Israel, der Ewige, unser Herr, der Ewige ist einzig. Für die meisten Anlässe im Leben gibt es eigene Gebete… Wenn Sie wollen, kann ich Ihnen ein Gebetbuch schenken, den Siddur in hebräischer und deutscher Sprache, es enthält die täglichen Gebete, dazu den Grundstamm für die Liturgie des Sabbat- und Festtagsgottesdienstes.«

»Ich glaube nicht an Gott«, sage ich und zünde mir mit dem brennenden Stummel der Zigarette gleich die nächste an.

»Wirklich?«, ruft der Rabbiner aus, während er sich wieder an den Tisch setzt. Er mustert mich spöttisch. »Um ein guter Jude zu sein, müssen Sie nicht an den Allmächtigen glauben, sondern nur die Gesetze befolgen und die Gebete verrichten. Trotzdem wäre ich neugierig zu erfahren, an was Sie glauben, Herr Salzinger.«

»Spielt das eine Rolle?«

»Natürlich.«

Ich denke einige Zeit nach, doch es fällt mir keine Antwort ein. Schließlich sage ich etwas, das ich als Schüler und Student manchmal behauptet hatte: »Ich glaube an die Evolution.«

Der Rabbiner starrt mich an und beginnt plötzlich zu lachen, verschluckt sich, hustet, hält sich die Serviette vor den Mund, lacht, hustet wieder, wischt sich die Tränen aus den Augen.

Seine Frau bittet ihn, leiser zu sein. »Du weckst die Mädchen auf!«, sagt sie mit gepresster Stimme.

»Entschuldigen Sie, ich möchte Sie nicht beleidigen …« Der Rabbiner räuspert sich und trinkt einen Schluck Wasser. »Aber nach allem, was in den letzten Tagen geschehen ist, wirken Ihre Worte unglaublich komisch.«

»Wirklich?«

»Der Mensch ist Ihrer Meinung nach also ein intelligentes Tier. Seine Wahrnehmung der Welt, das sittliche Gesetz in seinem Inneren, sein Streben nach Unsterblichkeit und nach Erlösung sind demnach das Ergebnis einer natürlichen Auslese, eines evolutionären Prozesses, dessen Ziel die Erhaltung der Art ist. Ist es so?«

»So ähnlich.«

»Dann wäre alles Unerklärbare und scheinbar Transzendente nur auf das Unvermögen unseres Gehirns zurückzuführen?«, fragt der Rabbiner.

»Natürlich«, antworte ich. »Der innere Mechanismus einer Türklinke ist für eine Katze genauso ein Rätsel wie für uns Menschen die Unendlichkeit des Raumes und der Zeit und die daraus folgende Frage nach dem Anfang der Welt und nach ihrem Schöpfer. Vielleicht gibt es für alles eine logische Erklärung wie für die Funktionsweise der Türklinke, nur sind wir Menschen im Evolutionsprozess auf einer zu niedrigen Stufe, um sie finden zu können.«

»Wenn Sie ein radikaler Materialist sind, Herr Salzinger, warum ist Ihnen dann der letzte Wunsch Ihres Vaters überhaupt wichtig? Wenn er keine Seele hat, existiert er nach seinem Tod nicht mehr. Sein Körper zersetzt sich und verschwindet. In den letzten Minuten vor seinem Tod ist Ihr Vater überzeugt gewesen, dass Sie seinen letzten Wunsch erfüllen werden. Das müsste Ihnen genügen.«

Ich schweige.

»Sehen Sie!« Der Rabbiner streichelt zufrieden seinen Bart. »Sie bleiben ein Jude, ob Sie wollen oder nicht. Der heilige Funke siegt über den goischen Rationalismus. Der Jude in Ihnen sendet den heiligen Funken aus, doch um ein guter Jude zu sein, müssen Sie ihn unterdrücken, denn der letzte Wunsch Ihres Vaters wird unerfüllt bleiben. Mit diesem tragischen Widerspruch müssen Sie zurechtkommen … Vielleicht wollte Ihnen der Herr damit ein Zeichen geben.«

»Es war alles eine Verkettung von Zufällen«, flüstere ich niedergeschlagen. »Keiner ist glücklich damit, dass Frau Tobin ausgerechnet letzten Donnerstag im Archiv recherchieren musste, Sie doch auch nicht.« Ich stehe auf. »Ich danke Ihnen für das gute Abendessen, Herr Doktor Rosenzweig, aber jetzt möchte ich heimgehen. Ich bin müde.«

»Könnten Sie mir noch zehn Minuten Ihrer Zeit opfern?«, fragt der Rabbiner. Das erste Mal seit Beginn des Gesprächs wirkt er ernst. »Trinken Sie noch einen Schluck«, bittet er. »Rauchen Sie eine letzte Zigarette, bevor Sie gehen. Ich möchte Ihnen zum Thema Verkettung von Zufällen eine Geschichte erzählen.«

Ich setze mich wieder hin und zünde mir eine Zigarette an.

»Als ich in Amerika war«, erzählt der Rabbiner, »lernte ich eine Frau kennen, die einige Jahre zuvor beinahe an Krebs gestorben wäre. Die Ärzte in Chicago meinten, sie habe höchstens noch einen Monat zu leben. Die Todkranke hatte mit sich selbst und ihren Mitmenschen schon Frieden geschlossen, als ihr jemand den Rat gab, einen Facharzt in Los Angeles aufzusuchen, dem phantastische Heilungserfolge nachgesagt wurden. Die Frau glaubte an keine Wunder mehr, doch ihr Mann überredete sie, diese letzte Chance wahrzunehmen. Das Ehepaar flog also nach Los Angeles und suchte den Arzt auf. Die Frau wurde ein weiteres Mal operiert. Trotzdem verschlechterte sich ihr Zustand. Eines Tages – sie war überzeugt, es sei ihr letzter – erschien ihr der Todesengel Mal'ach ha-Mawet im Schlaf und befahl ihr, mitzukommen. ›Ich bin noch nicht bereit!‹, schrie sie verzweifelt. ›Geh weg! Lass mich in Ruhe!‹ Da packte er sie und wollte sie fortbringen, doch sie stieß ihn weg. Die beiden kämpften. Die Frau entwickelte ungeahnte Kräfte. Sie staunte selbst, wie groß ihr Lebenswille war. Schließlich unterlag Mal'ach ha-Mawet, ließ von seinem Opfer ab und machte sich auf den Weg zurück, wo er hergekommen war. ›Komm ja nicht wieder!‹, rief die Frau ihm nach. Der Todesengel drehte sich um. ›Du hast gewonnen‹, sagte er. ›Ich hole dich erst, wenn du uralt, blind, taub und gebeugt bist. Aber für deinen Sieg und meine Niederlage zahlst du einen Preis.‹ Danach verschwand er … Als die Frau erwachte, fühlte sie sich besser. Zwei Wochen später ging sie schon im Krankenhauspark spazieren. Zwei Monate später hatte ihr Körper den Krebs besiegt. Alle staunten über ihre schnelle Genesung, am meisten der Wunderarzt selbst … Endlich kam der Tag, an dem ihr Mann sie aus dem Krankenhaus abholte. Die beiden feierten im besten koscheren Restaurant der Stadt. Danach nahmen sie die letzte Abendmaschine nach Chicago. Bei der Landung platzte ein Reifen. Das Flugzeug kam von der Landebahn ab, drehte sich, ein Flügel brach ab, Flammen schossen empor … Die Frau wusste später nicht, wie sie ins Freie gelangt war. Sie blieb beinahe unverletzt. Einige Passagiere hatten ebenfalls überlebt, doch die meisten waren in den Flammen umgekommen, darunter der Ehemann der Frau …«

»Und was ist die Moral von der Geschicht'?«, frage ich.

»Ich bin noch nicht fertig«, sagt der Rabbiner und erzählt weiter: »Sie müssen wissen, dass diese Frau ihren Mann sehr geliebt hat. Als sie mit dem Tod kämpfte, dachte sie an ihn. Für ihn wollte sie weiterleben. Beide hatten sich Kinder gewünscht und auf ein erfülltes Leben miteinander gehofft. Nun, da ihr Mann tot war, konnte die Frau keinen Sinn mehr in ihrem Leben finden. Wenn das der Preis war, den der Todesengel von ihr verlangte, dann hätte sie lieber den Kampf mit ihm verloren … Sie schloss ein zweites Mal mit ihrem Leben ab. Mit dem ererbten Vermögen, einer beträchtlichen Summe, gründete sie eine Stiftung, mit deren Hilfe die Behandlung krebskranker Menschen finanziert werden sollte. Dann fuhr sie nach Los Angeles, mietete ein Zimmer in einem Hotel, nahm Schlaftabletten und legte sich ins Bett. Am nächsten Tag wachte sie mit einem schweren Kopf auf. Sie erhöhte die Tablettendosis, schlief zwei weitere Tage und befand sich immer noch in dieser Welt. Daraufhin kaufte sie ein Seil, befestigte es am Kronleuchter, stieg auf einen Stuhl, legte sich die Schlinge um den Hals, stieß den Stuhl weg und fand sich auf dem Boden wieder. Neben ihr lag der kaputte Kronleuchter. Nun hatte sie genug von Selbstmordversuchen. Stattdessen gab sie sich dem Alkohol hin. Sie hielt es an keinem Ort länger als eine Woche aus, flog kreuz und quer durch die Vereinigten Staaten. Wenn sie betrunken war, konnte sie für kurze Zeit sich und die Welt ertragen. Sie trank, kaum dass sie aufwachte, trank den ganzen Tag, aß kaum noch etwas, zog von einer Bar in die nächste. In den besseren Hotels durfte sie nicht mehr übernachten. Eines Morgens wachte sie in einer Absteige auf und war zu schwach, um die Hand zur Weinflasche am Nachtkästchen auszustrecken. Da stand der Todesengel wieder vor ihr. ›Ich bin gekommen, meinen Preis einzufordern‹, sagte er. ›Was?‹, brüllte sie. ›Willst du mich verarschen, du Hund? Du hast mir meinen Mann genommen! Was willst du noch? Willst du mich? Nimm mich. Ich gehöre dir.‹ Der Todesengel schüttelte den Kopf. ›Dein Mann war nicht der Preis‹, verkündete er und verschwand … Plötzlich fühlte sich die Frau wieder kräftiger. Sie griff nach der

Flasche, machte einen Schluck, einen zweiten, noch einen. Dann stellte sie die Flasche auf das Nachtkästchen zurück, zog sich schnell an und lief aus dem Zimmer. Ab diesem Tag trank sie keinen Schluck Alkohol mehr … Sie kehrte nach Chicago zurück und widmete sich fortan der Verwaltung ihrer Stiftung. Einige Jahre später verliebte sie sich in einen frommen Juden. Ich habe beide getraut.«

Der Rabbiner lehnt sich zurück und fischt sich eine Zigarette aus meiner Packung. »Manchmal gönne ich mir dieses kleine Laster«, erklärt er, während seine Frau vorwurfsvoll den Kopf schüttelt.

»Ein schönes Märchen«, sage ich. »Aber was hat es mit mir zu tun?«

Der Rabbiner drückt die Zigarette aus, nachdem er zwei Züge gemacht hat. »Wenn Sie das nicht verstehen, Herr Salzinger, dann ist Ihnen wirklich nicht zu helfen«, meint er.

»Ich glaube nicht mehr an Märchen.«

»Jedes Wort dieser Geschichte ist wahr! Aber ich möchte Ihnen zum Abschied etwas schenken, mit dem Sie vielleicht mehr anfangen können.« Er steht auf und holt aus dem Schrank ein Buch, auf dessen Cover ein Wok, Essstäbchen und ein siebenarmiger Leuchter abgebildet sind. Es trägt den Titel: *Fernöstliche Speisen, garantiert koscher. Von Rabbiner Dr. Salomon Rosenzweig.*

3

DAS GRÜNE LÄMPCHEN blinkt. Der erste Anrufer. Tobias Muxeneder, der Moderator, rückt seine Kopfhörer zurecht, runzelt die Stirn, nickt einige Male und drückt auf den weißen Knopf unter dem Lämpchen. Mir gefällt die Bedächtigkeit seiner Bewegungen. Ich hatte mir den Gigrichter Starmoderator Muxeneder anders vorgestellt: jung, dynamisch, modebewusst. Doch der Mittdreißiger ist korpulent, etwa einen Meter fünfundfünfzig groß, hat blonde Haare und einen Vollbart, der ihm bis zur Brust reicht. Sein schwarz-weiß gestreifter Pullover und die ausgebeulte braune Hose scheinen mindestens so alt zu sein wie er selbst. Wüsste ich nicht, wer er ist, und müsste seinen Beruf erraten, würde ich auf Sozialarbeiter tippen.

»Unsere erste Anruferin ist Frau Barbara König aus Oberpatsch«, sagt Muxeneder, und seine Stimme klingt wie die eines großen, energischen Mannes. »Sie ist kaufmännische Angestellte und Mutter zweier Kinder.«

Der Lautsprecher über meinem Kopf rauscht.

»Hier spricht Barbara König aus Oberpatsch.«

Eine hohe, unruhige Stimme.

»Ja, Barbara.«

»Zum Thema dieser Sendung habe ich etwas zu sagen …«

»Bitte sehr, wir hören Ihnen zu.«

»Ich hoffe, Sie verstehen mich nicht falsch …«

»Nur Mut!«, sagt der Moderator. »Sie haben jederzeit die Möglichkeit, uns zu korrigieren, wenn wir Ihnen den Eindruck vermitteln, Sie falsch verstanden zu haben.«

Kurzes Schweigen. Husten.

»Barbara?«

»Also gut. Ich bin schockiert, dass ein Volk, das jahrtausendelang verfolgt wurde, gelitten hat und vor gar nicht langer Zeit aus rassischen Gründen beinahe augerottet worden ist, selbst auf eine so abscheuliche Weise rassistisch sein kann. Dabei denke ich an den Herrn Scharon und an Sie, Herr Salzinger, ich meine natürlich, an das, was Ihnen angetan worden ist, und an das, was Herr Scharon den Palästinensern antut. Wie kann es sein, dass gerade die Juden so intolerant und rassistisch sind?«

»Was sagen Sie dazu, Herr Salzinger?«, fragt der Moderator.

»Juden sind nicht mehr oder weniger rassistisch als andere«, sage ich. »Wenn es wahr wäre, dass Leid jemanden zu einem besseren Menschen macht, dann müsste man Auschwitz als Erziehungsanstalt und die Nazimörder als Pädagogen bezeichnen.«

Vor kurzem war ich noch nervös, doch die Tatsache, dass ich Gast einer Live-Sendung bin, macht mir plötzlich keine Angst mehr. Sogar den fensterlosen Studioraum mit Neonröhren an der Decke, deren grelles Licht in den Augen schmerzt, empfinde ich nicht mehr als beklemmend.

»Aber kann man denn nichts aus der Geschichte lernen?«, fragt die Anruferin schüchtern.

»Ein Täter kann vielleicht etwas lernen, wenn er sich der Konsequenzen seiner Verbrechen bewusst wird und bereut«, sage ich. »Aber ist es nicht pervers zu glauben, ein Opfer, das misshandelt und erniedrigt wurde, werde dadurch zu einem besseren Menschen? Im Gegenteil. Die Gefahr der emotionalen Verhärtung und Verbitterung ist groß. Dasselbe gilt übrigens auch für die Kinder und Kindeskinder der Opfer. Der Schmerz wird an sie weitergereicht.«

Hinter einer Glaswand sitzt die Tontechnikerin an einem Pult aus glänzendem Metall. Vor mir steht das Mikrophon, ein schwarzer Phallus, der schräg nach oben zeigt. Es sei stark genug, um meine Stimme noch deutlich hörbar in den Äther zu schicken, wenn ich mich abwende und flüstere, wurde mir erklärt. Ich beuge mich trotzdem zum Gerät. Der Drehsessel ist unbequem. Meine Füße berühren den Boden nicht, und mein Rücken schmerzt. Der Moderator neben mir zwinkert mir zu. »Nur ruhig Blut, Herr Salzinger. Sie machen das bestimmt wunderbar«, hat er mir vor Beginn der Sendung gesagt.

Ich bin mir nicht sicher, ob Tobias Muxeneder wirklich der »Idiot« ist, von dem Dirnhofer gesprochen hat. Jedenfalls hatte er keine Bedenken, mich für die Sendung *Gigricht Frontal* als Studiogast einzuladen. Als ich vorgestern im Rundfunkgebäude anrief, konnte ich mir nicht vorstellen, dass alles so schnell gehen würde.

»Radio Gigricht, guten Tag«, meldete sich eine kühle weibliche Stimme.

»Mein Name ist Gabriel Salzinger. Ich hätte gern Herrn Muxeneder gesprochen«, sagte ich.

»In welcher Angelegenheit? Herr Muxeneder ist im Augenblick beschäftigt.«

»Herr Dirnhofer, von dem ich herzliche Grüße ausrichten soll, hat mir den Rat gegeben, Herrn Muxeneder zu kontaktieren.« Diese Worte übten eine wundersame Wirkung auf meine Gesprächspartnerin aus. Ihre Stimme wurde freundlicher. »Ich verbinde Sie«, sagte sie.

»Eine unglaubliche Geschichte!«, rief Muxeneder aus, nachdem ich ihm von Vaters Tod und den Ereignissen der folgenden Tage erzählt hatte. »Da müssen wir unbedingt was machen, und das möglichst bald!« Er überlegte einen Augenblick und sagte: »Herr Salzinger, Sie kennen doch unsere Sendung *Gigricht Frontal* …«

»Ja«, murmelte ich und spürte, wie mein Puls schneller wurde. Die Einschaltquoten von *Gigricht Frontal* sind höher als beim privaten Lokalsender *Impuls 6*, der zur selben Zeit volkstümliche Musik spielt. Es gibt keinen Gigrichter, der diese Sendung nicht kennt. Jeden Mittwochnachmittag stellen sich »Menschen mit einem besonderen Anliegen« den Fragen des Moderators und der Zuhörer. Bürgermeister, Stadtsenatoren, Wirtschaftskapitäne, Sportler und Künstler haben schon zu den geladenen Gästen gehört, aber auch Mindestrenter, Obdachlose, Opfer von Gewaltverbrechen oder Anrainer einer Schnellstraße, die unter dem »täglichen Lärmterror« leiden.

»Ausgezeichnet!«, sagte Muxeneder. »Kommen Sie am Mittwoch um halb zwei in die Redaktion. Unser Studiogast für diese Woche, eine Mutter von Fünflingen, hat leider abgesagt. Ist Ihnen *Wer ist Jude?* als Titel recht?«

»Ähm …«, räusperte ich mich.

»Wunderbar! Dann werden wir das so ins Programm nehmen.«

Frau König weiß auf meine Antwort nichts zu erwidern und legt auf. Ich beginne zu zweifeln, ob ich mein »Anliegen« mit den richtigen Worten vorgebracht habe. Am Beginn der Sendung habe ich die Geschichte meines Vaters erzählt und gemeint, ich wolle damit »auf die Gefahr des Fundamentalismus und der Intoleranz aufmerksam machen, die es überall auf der Welt und in allen Religionen gibt und deren unheilvolle Wirkung man gerade in den letzten Jahren …«

»Ich will aber doch auch hoffen, Herr Salzinger«, fiel mir der Moderator ins Wort, »dass Sie die Verantwortlichen der Israelitischen Kultusgemeinde zum Nachgeben bewegen wollen, indem Sie mit Ihrer Geschichte an die Öffentlichkeit gehen. Schließlich wollen Sie ja, dass Ihr Vater neben Ihrer Mutter auf dem jüdischen Friedhof in Oberpatsch begraben wird. Nicht wahr?«

»Das war sein letzter Wunsch«, sagte ich leise, ohne mich zum Mikrophon hinunterzubeugen.

Das Lämpchen blinkt wieder. »Unser nächster Anrufer heißt Jürgen Gerer. Er ist Grundschullehrer in Oberschweffla«, sagt der Moderator. »Bitte sehr.«

Wieder das leichte Rauschen aus den Lautsprechern. Dann eine Baritonstimme. Gepflegte Aussprache. Klare Akzentuierung.

»Ich verfolge diese Sendung mit großem Interesse. Ich finde es beschämend, was Herr Salzinger durchmachen muss. Gut, dass er den Mut aufgebracht hat, zu sagen, was Sache ist. In Deutschland darf man ja nichts Negatives über Juden sagen, sonst wird man sofort als Antisemit gebrandmarkt. Ein Jude kann sich natürlich am ehesten erlauben, offen und ehrlich zu sein. Wissen Sie, meine ehemals große Sympathie für Israel ist durch die Politik Scharons zerstört worden …«

»Meine ehemals große Sympathie für Deutschland ist durch die Aussagen Möllemanns ebenfalls zerstört worden«, sage ich.

»Aber ich bitte Sie! Man kann doch Scharon nicht mit Möllemann vergleichen. Möllemann ist vielleicht ein Trottel, aber er ist kein Mörder.«

»Also ich darf mir wohl die Menschen selbst aussuchen, die meine Sympathie zu einem ganzen Land zerstören. Es gibt bestimmt mehr Trottel in Deutschland als Mörder in Israel.«

Der Moderator lacht und drückt auf den Knopf. »Wir danken Jürgen für seinen Beitrag«, sagt er. »Unser nächster Anrufer ist Ulrich Endres aus Gigricht, Bundesbahnbediensteter im Ruhestand. Einen schönen Tag, Ulrich.«

Aufgeregte, heisere Stimme.

»Sie … ich … also, was ich …«

»Tief durchatmen, Ulrich, und bis zehn zählen. Wir warten.«

Ich zähle: zehn, neun, acht …

»Hören Sie, Ihnen und Ihren Rassegenossen habe ich etwas Wichtiges zu sagen …«

»Danke, Ulrich, das war's!«, unterbricht ihn der Moderator. »Eine solche Diktion werde ich in meiner Sendung nicht dulden.« Er drückt auf den Knopf. »Es gab eine Zeit, als im deutschen Radio gegen so genannte Untermenschen gehetzt wurde. Damals war oft von Rassegenossen die Rede.« Er seufzt laut und theatralisch. Vor ihm auf dem Pult blinken inzwischen alle Lämpchen gleichzeitig.

Ottilie Marbacher, Hausfrau, hat einen starken oberbayerischen Tonfall. »Grüß Gott«, sagt sie, »endlich bin ich einmal durchgekommen. Sonst heißt es ja immer nur ›Bitte warten‹ und dann ist die Sendezeit um.«

»Angesichts des großen Publikumsinteresses können wir leider nicht jeden Anruf durchstellen«, erklärt der Moderator. »Was haben Sie uns zu sagen, Ottilie?«

»Ja, ich hätte eine etwas heikle Frage …«

»Jede Frage ist heikel und harmlos zugleich, Ottilie. Je nachdem, wie man sie beantwortet.«

»Wenn Sie das sagen, dann umso besser«, meint die Anruferin. »Mich würde nämlich Folgendes interessieren. Herr Salzinger, Sie sind doch Jude. Ich kenne keine Juden, wollte aber schon lange mal mit einem reden. Können Sie mir erklären, warum die meisten Juden sofort die Antisemitismuskeule schwingen, wenn man ihnen etwas Kritisches über sie sagt? Denken Sie doch an den Zentralrat der Juden oder an Michel Friedman. Sie haben den Juden in Deutschland durch ihre bedingungslose Verteidigung der israelischen Politik geschadet. Ich möchte ja Möllemanns Vorwürfe nicht wiederholen, ich bin nicht seiner Meinung, aber wenn jemand so eitel und überheblich ist wie Friedman, dann nützt das doch nur den Antisemiten.«

»Der Antisemitismus hat nichts mit dem Verhalten von Juden zu tun«, erkläre ich. »Wenn Sie etwas gegen Juden haben, weil Ihnen eine einzige Person wie Michel Friedman unsympathisch ist, dann waren Sie offenbar schon vorher antisemitisch …«

»Ich bin nicht antisemitisch!«, fällt mir Ottilie ins Wort. »Unterstellen Sie mir nix. I kenn gor koane Juden und hob in mei Leben nie welche troffa. In Kirchanschöring, wo ich geboren wurde …«

»Niemand unterstellt Ihnen etwas, Ottilie«, mischt sich der Moderator ein. »Lassen Sie bitte Herrn Salzinger ausreden.«

»Der Antisemit wird am Verhalten eines Juden immer etwas auszusetzen haben«, erkläre ich. »Ist der Jude lieb und brav, dann heißt es, er biedere sich an, tritt er selbstbewusst auf, ist er überheblich …«

»Aber die Verteidigung von Scharons Politik! Die Israelis sind ja heute nicht besser als die Nazis.«

»Wenn Sie die Politik Israels gegenüber den Palästinensern mit dem Massenmord an den Juden gleichsetzen, sind Sie wirklich antisemitisch«, meint Muxeneder.

»Des weis i z'ruck! I hob nix gegen Juden. I kenn jo net amol an oanzigen!«

»In einem Punkt ist Ihre Kritik berechtigt«, sage ich. »Nicht jeder, der etwas gegen Israel sagt, ist ein Antisemit. Auch Deutsche dürfen Israel kritisieren. Andererseits kann ich Juden verstehen, die Israel verteidigen, egal, was dort passiert. Das hat psychologische Gründe. Kein deutscher Jude kann es sich erlauben, ein schlechter Jude zu sein. Gegenüber anderen Juden muss er sich oft dafür rechtfertigen, dass er in Deutschland lebt. Deshalb glauben viele, sie müssten zionistischer als die Zionisten sein. Ist es übrigens nicht selbstverständlich, dass eine jüdische Einrichtung wie der Zentralrat der Juden die Interessen des jüdischen Staates verteidigt? Palästinensische Organisationen in Europa oder Amerika treten mit derselben Bedingungslosigkeit für die palästinensische Sache ein.«

Fragen dieser Art sind nicht neu für mich. Seit zwanzig Jahren werde ich immer wieder auf die Lage in Israel angesprochen. Früher habe ich oft schroff darauf reagiert und erklärt, die Tatsache, Jude zu sein, mache mich nicht automatisch zum Nahostexperten. Heute sehe ich ein, dass kein Jude so tun könne, als gehe ihn Israel und das Palästinenserproblem nichts an. Ein jüdischer Bekannter in Wien erklärte mir einmal, Israel sei unsere Lebensversicherung. Gäbe es diesen Staat nicht, hätte sich die Situation von uns Juden in Europa nach der Schoa kaum verändert, wir wären Geduldete, bestenfalls Bemitleidete, zumeist jedoch Verachtete. Israel sei nicht nur ein Land seiner Staatsbürger, sondern das Land des jüdischen Volkes. Ob es mir passe oder nicht, auch mein Leben, so wie ich es führe, mein Selbstverständnis und mein Gefühl der Sicherheit wären ohne Israel nicht möglich, der korpulente General mit den blutbefleckten Händen sei demzufolge »mein« Ministerpräsident so wie Schröder mein Kanzler und Deutschland meine Heimat. Wie die meisten Juden in Europa empfinde ich ohnmächtige Wut und Angst, wenn in den Nachrichten von einem Selbstmordattentat in Israel berichtet wird und Bilder von zerfetzten Leichen, zerstörten Kaffeehäusern oder ausgebrannten Bussen gezeigt werden. Wie viele Juden empfinde ich Unbehagen und Scham, wenn von einem israelischen Vergeltungsschlag und toten palästinensischen Zivilisten berichtet wird. Aber was erwartet man von mir? Erklärungen? Lösungsvorschläge? Als Jude bin ich betroffener, aber nicht klüger als andere. Was soll ich tun? Soll ich mich in dieser Radiosendung an der allgemeinen antiislamischen Hysterie beteiligen, diesen bequemen Weg gehen, um nicht über Scharon und seine Politik reden zu müssen? Soll ich von den antijüdischen Hetzparolen in arabischen Zeitungen berichten? Darüber, dass im Fernsehen der palästinensischen Autonomiebehörde zum Mord an Juden *egal wo sie sind, egal in welchem Land* aufgerufen wurde oder dass ein Kolumnist von *Al-Akhbar*, der zweitgrößten Zeitung Ägyptens, Hitler gepriesen hatte, weil dieser im Namen der Palästinenser *im Voraus Rache* an den *niederträchtigsten Verbrechern dieser Erde*, den Juden, genommen habe. Ich könnte die staatliche syrische Zeitung *Tishrin* zitieren, in der vor wenigen Jahren zu lesen war: *Wenn Jesus heute noch leben würde, wäre er auch ein Partner in unserem islamischen Jihad gegen die Juden* oder von Farouq Gawida erzählen, der im Kulturteil der amtlichen ägyptischen Zeitung *Al-Ahram* über »den Juden« geschrieben hatte: *Zu verabscheuen bist du, du bist in den Augen Allahs verflucht und ebenso im Neuen Testament und im Koran. Widerlich bist du, Schwein.* Mein holländischer Freund Marc hat mir diese Zitatensammlung von ein paar Monaten gemailt. Ich hätte Lust, daraus Beispiele zu bringen. Aber wem soll es nützen, wenn ich darüber spreche, außer jenen, die hierzulande gegen Zuwanderer aus orientalischen Ländern, gegen Araber, Juden, den Islam und alles vermeintlich Fremde hetzen? Soll ich also lieber schweigen oder, um sympathisch zu wirken und meinem eigentlichen Ziel näher zu kommen, ein paar Gemeinplätze über Frieden, Versöhnung und Völkerverständigung von mir geben?

»Es fällt mir auf«, bemerkt Muxeneder, nachdem Ottilie aufgelegt hat, »dass die bisherigen Anrufer zum eigentlichen Thema unserer Sendung offenbar nichts zu sagen haben. Nur zur Erinnerung: es geht heute nicht um Möllemann, die Lage im Nahen Osten, Michel Friedman oder den Zentralrat der Juden in Deutschland, sondern um den Gegensatz zwischen religiösem Dogma und Ethik und die Frage, wer Jude ist. Mal sehen, was die nächste Anruferin meint… Frau Christiane Rühle. Sie ist Altenpflegerin und lebt in Patsch.«

»Ich habe eine ganz blöde Frage.«

»Das macht nichts«, sage ich, »Sie sind heute nicht die Erste… äh… also, ich meine, das stört mich überhaupt nicht.«

»Herr Salzinger, können Sie mir sagen, warum Sie eine etwas fremde Aussprache haben? Sie sind doch in Gigricht geboren. Hat das etwas mit dem Jiddischen zu tun?«

Ich schaue Hilfe suchend zum Moderator. Er hebt die Augenbrauen und zuckt mit den Schultern.

»Deutsch ist meine Muttersprache. Jiddisch habe ich mit meinem Vater nie gesprochen, aber ich habe nach dem Abitur viele Jahre in Wien gelebt. Das Österreichische wird wohl auf meine Aussprache abgefärbt haben.«

»Ach so. Deshalb dieser Singsang.« Sie ist hörbar enttäuscht. »Und ich dachte, das ist was Jüdisches… Darf ich noch eine weitere blöde Frage stellen?«

»Mmhmm.«

»Tragen Sie einen Kaftan und einen Hut und diese Locken über den Ohren?«

Muxeneder kann nur schwer ein Lachen unterdrücken. Die Tontechnikerin vergräbt ihr Gesicht in den Händen.

»Nein! Sonst säße ich nicht hier!« Ich spreche schärfer und lauter als mir lieb ist. »Ich bin nicht orthodox, und mein Vater war es auch nicht. Sonst gäbe es ja kein Problem mit seinem Begräbnis.«

»Herr Salzinger hat einen grünen Pullover an«, berichtet Muxeneder. »Sein Haarschnitt ist kurz. Er hat keine Schläfenlocken, nicht einmal einen Bart oder Koteletten … Ein Mensch wie du und ich.«

Der Moderator zupft nervös an seinem Bart. Offenbar hat niemand Interesse, darüber zu diskutieren, wer Jude ist. Aus seinen Kopfhörern dringt kaum hörbar die Stimme der Regieassistentin aus dem Nebenraum, die eine Vorauswahl der Anrufe durchführt. Muxeneders Zeigefinger kreist über dem Pult. »Frau Maria Scheit, Zahnarzthelferin in Klarbrunn«, sagt er schließlich. »Bitte Maria!«

»Darf ich sprechen?« Die Stimme der Frau ist kaum zu hören.

»Sie dürfen nicht nur, Sie sollen! Und sprechen Sie bitte lauter.«

»Herr Salzinger, ich finde das alles furchtbar. Wissen Sie, ich bin katholisch. Mein Vater ist vor zwei Jahren an Lungenkrebs gestorben, und wissen Sie, was mir der Pfarrer gesagt hat? Hätte er nicht so viel geraucht, dann wäre er noch am Leben. Es sei nicht gottgefällig, seinen Körper zu ruinieren. Das hat er mir gesagt. Am Totenbett meines Vaters. Stellen Sie sich diese Herzlosigkeit vor! Glauben Sie mir, die Pfaffen sind alle gleich, ob christlich, jüdisch, mohammedanisch oder von irgendeiner anderen Religion. Nehmen Sie alles nicht so tragisch. Hauptsache, Sie selbst bleiben gesund.«

»Ich werde mich bemühen«, murmle ich. Erfreulicherweise drückt Muxeneder auf den Knopf, ehe Maria sich eingehender nach meiner Gesundheit erkundigen kann.

Ich stelle mit Erleichterung fest, dass meine schlimmsten Befürchtungen bis jetzt nicht eingetroffen sind. Es hat niemand aus dem Vorstand der Israelitischen Kultusgemeinde angerufen. Niemand wirft mir vor, dass ich unsere jüdischen Interna nach außen trage. Ich erinnere mich an einen Vorfall in Wien, der fünfzehn Jahre zurückliegt. Ich besuchte damals regelmäßig die Vereinigung Jüdischer Hochschüler. Dort fand eine Podiumsdiskussion der Spitzenkandidaten für die bevorstehenden Wahlen zum Vorstand der Israelitischen Kultusgemeinde statt. Das Interesse war groß. Einige Zuhörer mussten sogar auf dem Boden Platz nehmen. Doch es wurde kaum über die Zukunft des Jüdischen Altersheims, die finanzielle Situation der Gemeinde oder die Integration der Zuwanderer aus dem Ostblock gesprochen. Was das Publikum erregte, war ein Vorfall, der sich einige Tage zuvor ereignet hatte. Eine der wahlwerbenden Gruppen hatte eine andere des Diebstahls beschuldigt. Plakate, Dokumente und Briefe seien aus dem Parteibüro entwendet worden. Was die Gemüter erregte, war jedoch nicht der Einbruch selbst, sondern die Tatsache, dass die bestohlene Gruppierung die Polizei eingeschaltet hatte. Die Beamten hatten bei den Verdächtigen Hausdurchsuchungen durchgeführt und waren, wenn ich mich richtig erinnern kann, fündig geworden. »Ist es nicht beschämend«, ereiferte sich auf dem Podium einer der mutmaßlichen Einbrecher, »dass ein Jude dem anderen die österreichische Polizei ins Haus schickt, und das in Zeiten eines Kurt Waldheim und eines Jörg Haider? Ihr könnt euch vorstellen, mit welchem Genuss, mit welcher Schadenfreude die Polizisten bei mir alles auf den Kopf gestellt haben.« Das Publikum gab ihm Recht. Der Spitzenkandidat der bestohlenen Gruppierung hatte keine Chance, seine Argumente vorzubringen. Er wurde ausgepfiffen und musste das Podium verlassen. Er hätte seinem Widersacher statt der Polizei ein paar kräftige

Burschen von der bucharischen Mafia ins Haus schicken sollen, bemerkte jemand im Saal. Er sollte sich dafür schämen, die Ordnungsmacht der Gojim eingeschaltet zu haben, um gegen einen anderen Juden vorzugehen.

Ich schäme mich ebenfalls. Ist es im Sinne meines Vaters, den Nichtjuden unsere Probleme und Schwächen zu offenbaren, auf dass sie sich frohlockend die Hände reiben? Der Ausspruch einer bekannten deutschen Feministin fällt mir ein: »Die Männer freuen sich besonders, wenn sich Frauen gegenseitig in die Pfanne hauen.« Das, denke ich, lässt sich auf Nichtjuden und Juden, auf Inländer und Zuwanderer, auf Starke und Schwache im Allgemeinen übertragen. Warum verteidigen viele deutsche Juden den Verbrecher Scharon? Nicht nur weil sie zionistischer eingestellt sind als Juden in anderen Ländern, wie ich es vorhin behauptet habe, und schon gar nicht, weil sie seine Politik befürworten, sondern weil sie das Gefühl haben, der Nahostkonflikt gehe nur Juden und Palästinenser etwas an und Scharon sei ein innerjüdisches Problem, in das sich andere nicht einzumischen haben. Kritik von außen wird als Angriff, als Grenzüberschreitung wahrgenommen. In früheren Zeiten war Kritik meist wirklich der erste Schritt auf dem Weg zur Verfolgung und Vernichtung. Erfahrungen mehrerer Jahrhunderte kann man nicht innerhalb weniger Jahrzehnte vergessen. Man gibt dem Goj nichts Wichtiges von sich selbst preis. Er wird es ohnehin nicht verstehen können. Er wird uns nie ganz verstehen. Der Judenhass fällt wie ein Bumerang auf den Goj zurück. Ist der Jude für ihn der Spiegel eigener Ängste und Schwächen, so ist der Goj für den Juden die Projektionsfläche seiner inneren Zerrissenheit und Paranoia. Der eine ist ohne den anderen nicht denkbar. Der christliche Europäer würde nicht existieren, gäbe es den Juden nicht, und der Jude wäre kein Jude ohne den Goj. Ich selbst trage beide in mir, den Juden und den

Goj. Wie in einem Labyrinth bin ich zwischen den Spiegeln gefangen. Egal in welche Richtung ich mich wende, stoße ich gegen Glas. Aber Derartiges kann ich in einer Radiosendung, die live ausgestrahlt wird, doch nicht sagen!

Auf einmal wird mir übel. Ich schaue auf die Wanduhr, die über dem Pult der Tontechnikerin hängt. Nur noch wenige Minuten.

Jens, ein Student der Gigrichter Fachhochschule, erklärt, es interessiere ihn nicht, welchen Pullover ich trage, er wolle etwas Grundsätzliches sagen. »Ich beziehe das ganz allgemein auf das Lagerdenken«, meint er. »Die klaren Grenzen im Kopf. Heute sieht man das gemeinhin so: es gibt Juden, die stehen auf der einen Seite, und Deutsche, die stehen auf der anderen Seite. Jeder bekommt seine klare Rolle zugewiesen. Aber alle, die irgendwie dazwischen sind, wie zum Beispiel Herr Salzinger, fallen durch den Rost …«

»Das ist ein Naziausdruck«, bemerkt der Moderator süffisant.

»Was?«

»Durch den Rost fallen ist ein Naziausdruck.«

Schweigen in der Leitung.

»Jens?«

Knirschen.

»Jens?! Sind Sie noch dran?«

Besetztzeichen. Dann wieder Stille.

»Auflegen ist auch eine Antwort«, meint der Moderator und schaut auf die Uhr. »Unsere Sendezeit ist fast zu Ende«, sagt er. »Liebe Hörerinnen und Hörer, rufen Sie bitte nicht mehr an … Ihnen, Herr Salzinger, möchte ich zum Abschluss nun selbst die entscheidende Frage stellen: Wer ist, Ihrer Ansicht nach, ein Jude?«

»Das beantworte ich Ihnen gerne«, beginne ich, hole tief Luft und … verstumme.

Ich möchte über das Judentum als Schicksalsgemeinschaft sprechen, über Konzepte jüdischer Zugehörigkeit, die liberale Religionsphilosophen in Amerika entwickelt haben, über den Gesinnungsterror ultraorthodoxer Gruppen. Doch plötzlich bringe ich kein Wort heraus. Es vergehen zehn endlos lange Sekunden.

»Herr Salzinger?!« Der Moderator schaut mich erstaunt an und zupft mit wachsender Ungeduld wieder an seinem Bart.

»Es ist nämlich so«, stammle ich. »Niemand von den Anrufern wollte diese Frage stellen, aber …«

»Aber!« Bald, scheint es mir, wird Muxeneder keinen Bart mehr haben.

»Aber ich denke, dass sich jeder, der heute zugehört hat, ein eigenes Bild wird machen können.«

Der Moderator schüttelt den Kopf. »Für mich ist das keine befriedigende Antwort, Herr Salzinger, aber …« Er blickt noch einmal hinauf zur Uhr. »… unsere Sendezeit geht leider zu Ende …« Aus den Lautsprechern tönt die Kennmelodie von *Gigricht Frontal*, eine flotte moderne Instrumentalversion des Liedes *Mein kleiner grüner Kaktus* von den Comedian Harmonists. »Ich danke Herrn Salzinger und allen Anrufern für die anregende Diskussion. Ich hoffe, dass wir alle daraus etwas gelernt und fürs Leben mitgenommen haben. Ich hoffe, Sie nächsten Mittwoch wieder um vierzehn Uhr bei *Gigricht Frontal* begrüßen zu dürfen. Unser nächster Studiogast ist Uwe Lemper, Präsident des Gigrichter FC.«

4

AM NÄCHSTEN MORGEN weckt mich das Telephon. Ich schalte die Nachttischlampe an. Der Wecker zeigt Viertel nach fünf. Als ich aus dem Bett aufstehe, wird mir schwarz vor den Augen. Ich muss mich wieder hinsetzen. Das Läuten hält an. Es wundert mich, dass sich der Anrufbeantworter nicht einschaltet. Ich stecke mir eine Zigarette in den Mund und wanke, Aschenbecher in der einen, Feuerzeug in der anderen Hand, in den Vorraum. Der Anrufbeantworter zeigt elf Nachrichten an. Der Speicher ist voll. Gestern Abend bin ich früh ins Bett gegangen. Die Anrufe dürfte ich nicht gehört haben, weil ich zwei Schlaftabletten genommen habe.

»Ja bitte?«

»Spreche ich mit Herrn Salzinger?«, fragt eine männliche Stimme.

»Ja.«

»Gabriel Salzinger?«

»Am Apparat.«

»Sie elende Drecksau, Sie!« Und sofort das Besetztzeichen.

»Einen schönen guten Morgen«, flüstere ich, zünde die Zigarette an und drücke auf den Wiedergabeknopf des Anrufbeantworters.

Die erste Nachricht beginnt mit einem Keuchen und Räuspern. Danach winselt und kichert eine jugendliche Stimme: »Pass auf, du Jud… hi, hi, hi, …wir, wir,… hi, hi, wir kriegen dich schon! Hi, hi. Der Gaswagen wartet.«

Ich stelle den Aschenbecher auf die Kommode neben dem Telephonapparat. Auf dem Teppich vor meinen Füßen liegt ein Häufchen Asche. Der ätzende Geruch des brennenden Filters steigt mir in die Nase.

»Hallo Gabriel, hier Ute. Habe gerade die Radiosendung gehört. Du warst fabelhaft! Ich weiß gar nicht, was ich sagen soll. Ruf mich an, wenn du Zeit hast… Tschüss.«

Gute Idee, denke ich.

»Einen schönen Abend, mein Name ist Doktor Matthias Gerst. Ich habe das heutige *Gigricht Frontal* gehört und würde mich gerne mit Ihnen über Israel, die Juden und den Holocaust unterhalten. Unter der mobilen Nummer 018174023945 bin ich jederzeit für Sie erreichbar. Tag und Nacht! Bitte rufen Sie mich an. Sie werden es nicht bereuen.«

Abermals ein Räuspern und Hüsteln. Besetztzeichen.

»Herr Salzinger, hier ist Präsident Doktor Roth von der Kultusgemeinde…« Grabesstimme. »Ich bitte um einen ehestmöglichen Rückruf. Ab acht Uhr morgens bin ich im Büro…« Grußlos aufgelegt.

»Sie elende Drecksau, Sie!« Derselbe Anrufer wie vorhin. Hartnäckig, aber phantasielos, denke ich.

»Guten Abend, Herr Salzinger. Fromm ist mein Name. Ich bin als Redakteur für die *Nationalzeitung* tätig und würde mich freuen, wenn Sie mir für ein kurzes Interview zur Verfügung stünden. Eine kritische jüdische Sicht des jüdischen Problems wäre eine Bereicherung für unsere Zeitung. Ich bitte um einen

Rückruf unter der Gigrichter Nummer 200489. Auf Wiedersehen.«

Das wäre ja noch schöner!

»Hallo, hier ist noch einmal Ute. Weißt du eigentlich, dass deine Nummer im Telephonbuch steht? Vielleicht solltest du den Beantworter abschalten und in der Nacht nicht ans Telephon gehen. Am besten gleich den Apparat ausstecken. Man weiß ja nie, wie viele Verrückte, Neonazis, Rassisten oder einfach schräge Typen es in dieser Stadt gibt … Ruf mich an! Tschüss.«

»Danke für den Tipp«, murmle ich.

»Guten Abend, Herr Salzinger, obwohl dies nur eine Floskel ist, denn als gut kann man diesen Abend wahrlich nicht bezeichnen. Hier spricht Rabinowitsch. Ich muss zugeben, dass ich Sie unterschätzt habe.« Ein kurzes, gepresstes Lachen. »Ich ahnte zwar, dass Sie ein antisemitischer Jude sind, Sie Ganev, aber mit dieser Aktion haben Sie sogar mich überrascht. Wie auch immer. Rufen Sie mich an. Man kann über alles reden. Für alles gibt es eine Lösung. Meine Nummer haben Sie. Schalom.«

»Guten Abend, hier spricht Dieter aus Berlin. Ich verstehe ja, wenn du deinen Kopf wo anders hast und störe dich ungern während deiner Trauer- und Besinnungszeit, aber ich hätte einen dringenden Übersetzungauftrag aus dem Holländischen. Ein todlangweiliger Wirtschaftstext. Aber das Honorar ist sehr gut. Meld dich bei mir. Ciao.«

Eine Frau spricht mit aufgeregter Stimme. Sie atmet schwer. »Ich wollte Ihnen nur eines sagen: Das ganze Gerede über Juden muss einmal ein Ende haben. Ich bin fünfundfünfzig Jahre alt, und seit ich ein Kind bin, redet man immer nur von dem, was Deutsche den Juden angetan haben, aber nie davon, was die Juden anderen angetan haben und dass sie zum Teil selbst an ihrem Schicksal schuld sind. Ich hätte gerne während der Sendung angerufen, aber die Wahrheit darf man ja heute in den Medien nicht mehr kundtun … Schönen Abend und auf Wiedersehen.«

Jetzt reicht's aber, denke ich und drücke auf den roten Knopf unter der Aufschrift *Stop*. Im nächsten Augenblick läutet wieder das Telephon.

»Sie elende Drecksau, Sie.«

»Ja, schon gut, Sie haben ja Recht«, schreie ich. »Aber was wollen Sie mit dieser Schweinerei eigentlich erreichen?«

Der Mann am anderen Ende der Leitung schweigt, legt aber nicht auf. Ich höre seinen Atem.

»Was ist?«, schreie ich. »Wenn du noch was zu sagen hast, sprich!« Erst jetzt legt er auf.

Ich stecke das Telephon aus und lege mich wieder ins Bett, doch kaum schließe ich die Augen, sehe ich die Gesichter der anonymen Anrufer. Ein Jugendlicher mit Glatze, einer Narbe auf der Wange und dem Tatoo des Reichsadlers auf dem Handrücken. Ein unauffälliger Mann mit Hornbrille, zittrigen Lippen und Schaumbläschen an den Mundwinkeln. Eine Hausfrau mittleren Alters mit verhärtetem Gesicht und funkelnden Knopfaugen. Über ihren Köpfen kreist eine geflügelte Drecksau. Sie hält eine Petersilie zwischen den Zähnen, lächelt und zwinkert mir zu.

»Genug!«, keuche ich. »Es reicht.« Mit dem Ärmel des Pyjamas wische ich mir den Schweiß von der Stirn. Der Wecker tickt leise. Das Fensterkreuz wirft den ersten schwachen Schatten auf die Bettdecke und das Kissen. Ich höre, wie im Hof ein Auto abfährt.

Ich achte nicht darauf, was ich anziehe. Ein Schnürsenkel reißt. Statt meiner schwarzen Lederschuhe ziehe ich die Turnschuhe an.

Es ist halb sieben Uhr morgens. Der Bus ist voll. Ich steige durch die hintere Tür ein und bleibe eingezwängt zwischen mehreren Leibern stehen. Ein fremder Atem streift meine Wange. Ich sehe bleiche Gesichter. Alle Blicke sind auf mich gerichtet. Männer mit Hornbrillen, zuckenden Lippen und Schaumbläschen an den Mundwinkeln. Frauen mit verhärteten Zügen und funkelnden Knopfaugen. Ein Handrücken mit rötlichen Härchen und eintätowiertem Eisernen Kreuz. Heute noch kaufe ich mir einen Revolver!, beschließe ich.

Im Rückfenster schaukelt die Fassade des Rathauses wie ein Ozeandampfer bei starkem Seegang. Am Heck und Bug flattern Fahnen in Schwarz-Rot-Gold. Die Fassade wird kleiner, rutscht seitlich ab, macht dem Konsumtempel von Karstadt Platz. Das Gebäude erinnert mich an eine gigantische Küchenschabe.

»Passen Sie doch auf!«, schreit mir jemand ins Ohr. »Sie stehen auf meinem Fuß.«

Ich steige an der nächsten Haltestelle, der Ecke Bahnhofstraße und Landesfürstenallee, aus. Die Bahnhofstraße ist vor wenigen Jahren in eine Fußgängerzone umgewandelt worden. In der Straßenmitte stehen Kastanien, kleine Bäumchen in Töpfen aus Beton. Graue Steinplatten bilden den Bodenbelag. Den Bahnhofsvorplatz prägt eine moderne Skulptur: vier schwarze, ineinander verkeilte Quader unterschiedlicher Größe mitten in einem mit Wasser gefüllten Becken. Das Kopfsteinpflaster, die schmalen Gehsteige und Straßenbahnschienen waren mir lieber. In meiner Jugend waren mir die Straßen der Stadt in einem Maße vertraut, dass mir mein eigener Körper als ein Teil von ihnen erschien. Doch die alten Gebäude wurden renoviert oder abgerissen. Der Metzgerladen in der Bahnhofstraße ist genauso verschwunden wie das Altgigrichter Billardcafé, in dem mein Großvater jeden Sonntag seine Zigarre rauchte, bevor ihm das Schild *Nur für Arier* den Zugang verwehrte.

Hinter dem milchigen Glas der Straßenlaternen gehen die Lichter aus. Der Morgendunst hat sich verzogen. Die verschlafenen Gesichter der Passanten haben nichts Fratzenartiges mehr an sich. Meine Laune hebt sich, und plötzlich spüre ich die Müdigkeit nicht mehr. Ist doch alles egal!, denke ich, als ich einen Park durchquere und die in Sonnenlicht getauchten Äste, Wipfel und Sträucher betrachte. Ich habe mir mein Leben lang Sorgen gemacht, jeden Schritt überlegt und das Risiko abgewogen. »Aber damit ist jetzt Schluss!«, rufe ich so laut, dass die Vögel von den Bäumen hochflattern. Die Menschen um mich herum ziehen die Köpfe ein. Am Parkausgang komme ich an dem rosafarbenen Abfalleimer vorbei, in den ich an Vaters Todestag meine vermeintlich letzte Zigarettenschachtel geworfen hatte. »Welchen Sinn hat es denn überhaupt, hundert Jahre alt zu werden?«, murmle ich.

»Bellende Hunde beißen nicht, heißt es doch«, erkläre ich Zapf und Hecht, während ich meine Habseligkeiten aus dem Schrank und der Schreibtischlade in meinen Rucksack räume. »Gigricht ist nicht Rostock, und ich bin nur ein Jud und kein afrikanischer Asylwerber. Die Zeiten ändern sich. Mal wird man erschlagen, mal geschlagen und dann ist nicht einmal das mehr en vogue.«

Hecht rückt den Aschenbecher zu mir. »Komm, rauch was«, sagt er. »Wenn du rauchst, bist du ein umgänglicherer Mensch.«

»Und ein intelligenterer«, bemerkt Zapf.

Meine beiden Kollegen bedauern sehr, die Radiosendung nicht gehört zu haben. Als ich ihnen von den Drohanrufen erzähle, drängen sie mich dazu, die Polizei einzuschalten.

»Spiel ihnen die Nachrichten vor«, meint Hecht. »Heutzutage kann man einen Menschen nach seiner Stimme ausfindig machen.«

»Unsinn!«, sage ich. »Glaubst du, die Polizei hat nichts Besseres zu tun?«

»Es geht ums Prinzip«, erklärt Zapf. »Solche Schweine gehören angezeigt.«

Als ich mit dem Packen fertig bin, ist mein Rucksack nicht einmal bis zur Hälfte gefüllt. Außer einem Kalender mit den Impressionen von Innsbruck und der Nordkette, drei Büchern – Peter Sloterdijks Essayband *Weltfremdheit*, Cees Nootebooms *Rituale* und Graham Swifts *Alias Federball* – hat vor allem mein Maskottchen, ein braunes Stoffäffchen, meinem Schreibtisch eine persönliche Note gegeben. Das Handbuch für Innendienstmitarbeiter und ein paar alte statistische Monatskataloge nehme ich als Andenken mit.

Ein letzter Blick durch den Raum. Er ist weitläufig, fast eine kleine Halle. Auf beiden Seiten stehen Aktenschränke, in der Mitte, u-förmig aneinandergeschoben, die Schreibtische. In den Buchten zwischen den Schränken befinden sich Ablageflächen und das Waschbecken. Durch das Fenster sieht man auf das Gebäude der Deutschen Bank. Es hat eine durchgehende Glasfront, so dass man den jungen Damen in den oberen Stockwerken unter die Miniröcke schauen kann. In unserem Büro riecht es nach altem Papier, Kaffee und Rauch. Möbel und Geräte werden in regelmäßigen Abständen ausgetauscht, doch der Geruch bleibt derselbe. Zapf und Hecht werden vielleicht in diesem Zimmer bleiben, bis sie in Rente gehen. Montag bis Freitag von acht bis halb vier. Eigentlich schade um die beiden, denke ich. Ihr Leben ist ein Kampf gegen die Langsamkeit der Zeit. Auf ihren Gräbern werden die Blumen besonders gut gedeihen.

Zum Abschied erzählt mir Hecht einen Witz. »Zwei Perverse gehen spazieren. Sagt der eine: Ich bin heute so geil, ich könnte eine Fliege vergewaltigen. Sagt der andere: Bssssst.« Wir lachen,

Hecht schüttelt mir die Hand. »Viel Glück«, murmelt er. Plötzlich umarmt er mich. »Übrigens kenne ich noch einen Witz, der vielleicht der Situation angemessener ist…«

»Schon gut«, unterbreche ich ihn. »Ich mag dich auch.«

Wenn ein Mitarbeiter aus dem Unternehmen ausscheidet, ist es üblich, dass er von Büro zu Büro geht und sich von seinen Kollegen verabschiedet. Doch für diese Prozedur fehlt mir an diesem Tag die Kraft. Ich rufe Ute an. Sie sei froh, meine Stimme zu hören, sagt sie. Wie ich mich denn fühle? »Ist es dir recht, wenn ich in einer Stunde bei dir vorbeikomme?«, frage ich. Sie meint, ich könne kommen, wann immer ich wolle, jederzeit.

»Ach, das hätte ich beinahe vergessen, Gabriel«, ruft mir Hecht zu, als ich meine Jacke schon angezogen habe. »Känguru-Gerhard möchte sich von dir verabschieden.«

»Muss das sein?«, stöhne ich.

»Großen Tieren sollte man kleine Wünsche nicht abschlagen«, meint Zapf.

Gerhard öffnet mir die Tür, statt wie üblich »Herein!«, zu rufen. »Ich habe gewusst, dass Sie es sind«, sagt er. »Ich kann die Menschen an ihrer Art zu klopfen erkennen.« Er nimmt mir den Rucksack ab und fragt, ob ich einen Kaffee möchte. Seine Höflichkeit ist mir unangenehm, sein bemühtes Lächeln noch mehr.

»Danke, ich habe schon Kaffee getrunken«, sage ich. »Ich möchte mich verabschieden und mich außerdem für die Unannehmlichkeiten entschuldigen, die ich Ihnen bereitet habe. Ich hoffe, Sie werden bald einen kompetenteren Nachfolger für mich finden.«

»Ihre Stelle wird nicht nachbesetzt.«

»Umso besser!«

»Was werden Sie jetzt machen?«

»In meinen erlernten Beruf als Übersetzer zurückkehren.«

Ich stehe auf und strecke ihm die Hand entgegen.

»Bleiben Sie noch eine Minute«, sagt er und verschränkt die Arme auf der Brust. »Soll ich nicht doch Kaffee bringen lassen? Tee vielleicht?«

»Danke. Nein.«

Warum grinst er so?

»Darf ich Ihnen eine sehr persönliche Frage stellen?«

O je, muss das sein?! denke ich.

»Selbstverständlich«, sage ich.

»Können Sie sich noch vorstellen, in Gigricht zu leben? Nach dem gestrigen Radioauftritt und den entsprechenden Reaktionen aus der Bevölkerung, meine ich.«

»Oh! Ich hätte mir nie gedacht, dass Sie unseren Lokalsender hören.«

Sein Grinsen wird breiter.

»Ich war gestern bei einem Bekannten zu Besuch und der…«, stammelt er und errötet.

»Ich verstehe…«

Er betrachtet konzentriert die Finger seiner linken Hand, mit denen er nervös auf dem Tisch trommelt. Immer derselbe Takt. Ich komme nicht dahinter, zu welchem Lied er gehört.

»Warum soll es an einem anderen Ort besser sein?«, frage ich. »Sie wissen doch: Zuerst erschuf Gott Himmel und Erde, dann erschuf er die Dummheit und erst danach nach seinem Ebenbild den Menschen. Oder sind Sie anderer Meinung als ich?«

Er hört auf zu trommeln.

»Sie haben Recht«, sagt er. »Ähnliche Gedanken gingen mir in Australien durch den Kopf. Ich musste für eine Entscheidung büßen, die der Vorstand einstimmig beschlossen hatte. Ich war jung und ein Ausländer ohne die nötigen Beziehungen. Man braucht immer einen Sündenbock…«

»Sonst wäre das Leben nur schwer zu ertragen«, falle ich ihm ins Wort.

Das Grinsen schwindet aus seinem Gesicht.

»Ich hatte mir Feinde gemacht, bin taktisch unklug vorgegangen.« Plötzlich kichert er, schüttelt den Kopf und sagt: »Ich wurde sozusagen zum Juden der Branche. Ich hoffe, Sie entschuldigen diesen Vergleich, aber Sie verstehen bestimmt, wie ich es meine. Sie können sich nicht vorstellen, wie viel Unrat über mich ausgeschüttet wurde, als ich vor der Untersuchungskommission in Sydney erscheinen musste. Unwahrheiten. Vorurteile. Gemeinheiten. Ich habe alle Vorwürfe entkräften können. Egal. Macht nichts! Der Jude wird verbrannt.«

»Tut nichts!«

»Was?«

»Tut nichts! Der Jude wird verbrannt. Das ist das einzige Lessing-Zitat, das ich mir aus meiner Schulzeit gemerkt habe.«

Ich beginne zu lachen. Seit dem Tod meines Vaters habe ich nicht mehr so herzhaft gelacht.

Gerhards Gesicht läuft rot an. »Ich wünsche Ihnen viel Glück, Gabriel«, sagt er mit leiser Stimme und reicht mir die Hand.

Hätte ich jemals in einem Einfamilienhaus leben wollen, wäre ich in die Villa von Ute und Hans Raffalt gezogen. Ein zweigeschossiger Kubus, dessen Wohnzimmer den gesamten Erdgeschossbereich einnimmt und an eine verglaste Veranda erinnert. Man hat den Eindruck, mitten im Garten zu sein. Das Zimmer ist in japanischem Stil eingerichtet. Matten, Teetischchen, Porzellangeschirr, japanische Drucke an den Wänden. Nur der »Musik- und Entspannungsbereich« ist durch eine Schiebetür aus weißem Kunststoff statt durch eine Papierwand vom restlichen Raum getrennt. Utes Ehemann, ein sympathischer Langweiler, arbeitet für ein Industrieunternehmen, das in den Fernen Osten exportiert.

Heute ist Ute allein. Sie trägt eine weiße Bluse, die bis zu den Oberschenkeln reicht, und eine schwarze Seidenhose. Ihr rötliches Haar ist nach hinten gekämmt und zu einem Pferdeschwanz zusammengebunden, wodurch ihr rundes Gesicht noch breiter wirkt, aber die moosgrünen Augen besser zur Geltung kommen. Ich mag ihre Augen.

»Hans ist wieder einmal für eine Woche nach Südkorea geflogen«, erklärt Ute. »Und die Kinder habe ich zu meiner Mutter gebracht.«

Ute bereitet grünen Tee zu, den wir, auf einer der Matten sitzend, aus weißen, henkellosen Tassen trinken. Das Tischchen, auf dem die Kanne steht, ist keine dreißig Zentimeter hoch. Es ist eines von vielen Möbelstücken, die Hans aus Japan mitgebracht hat. Angeblich alles Antiquitäten.

»Wie kannst du nur in Gigricht leben?«, fragt Ute, nachdem ich ihr von den Nachrichten auf meinem Anrufbeantworter erzählt habe.

»Dasselbe hat mich heute schon mein ehemaliger Chef in der Versicherung gefragt.«

»Die Frage ist nun mal nahe liegend.«

»Nenn mir ein Land oder einen Ort, wo es besser ist.«

»Ich weiß nicht. Vielleicht Holland.«

»Das ist ein altes Klischee.«

»Du sprichst Holländisch. Du kennst die Mentalität der Menschen …«

»Schau mal«, sage ich. »Österreich hat Haider und seine Kumpane, wir haben Möllemann, und die Niederlande haben Pim Fortuyns Jünger. Sie haben um diesen rechtsradikalen Snob getrauert wie um einen holländischen Mahatma Ghandi. Wenn er wenigstens von einem Antifaschisten erschossen worden wäre und nicht von einem durchgeknallten Tierschützer …«

»Israel?«

»Nein, nicht schon wieder! Seit zwanzig Jahren muss ich mich dafür rechtfertigen, dass ich in Deutschland lebe. Ausgerechnet du willst mich nach Israel schicken.«

»Was heißt, ausgerechnet ich?«

Mit einer hastigen Bewegung stellt sie ihre Tasse auf den Tisch. Der Tee schwappt über den Rand und fließt in kleinen Bächen langsam zur Tischmitte.

»Ich gehe gern ins Kaffeehaus«, sage ich. »Ich fahre oft mit Bussen, und ich bin ein fürchterlicher Angsthase.«

»Bitte entschuldige«, murmelt sie.

Ich nehme sie in die Arme. »Ich muss mich entschuldigen«, flüstere ich. Sie legt ihre Arme um meine Taille. Ich denke an den Tag zurück, als Ute mit der linken Hand meinen Mund zugehalten und mit der rechten durch mein Haar gestrichen hatte. Ich hatte stundenlang geredet, von meinen Zwängen und Panikattacken erzählt, erklärt, weshalb ich von Wien nach Gigricht zurückgekehrt war und was ich von der Zukunft erwarte. Mit beiden Händen hatte Ute meinen Nacken umklammert und mich zu sich gezogen, bis unsere Lippen sich berührten. Ich kniete neben ihr auf der Matte, fühlte die schmerzvolle, aber nicht unangenehme Müdigkeit in Oberschenkeln und Waden, roch Utes süßliches Parfüm, das eine seltsame Sehnsucht nach einer Vergangenheit weckte, die es nie gegeben gegeben hatte … Eine halbe Stunde später verließ ich die japanische Villa mit einem Gefühl von Scham und schlechtem Gewissen.

»Was damals passiert ist, darf nicht wieder geschehen«, sage ich und löse mich aus ihrer Umklammerung. Sie wirft mir einen koketten Blick zu. Dann küsst sie mich auf die Stirn.

»Es wird nicht wieder passieren. Ich bin nicht mehr siebzehn … Damals …« Sie stockt. »Damals, vor einem Jahr, musste ich etwas abschließen. Es hat nicht die fünfunddreißigjährige Frau, sondern das siebzehnjährige Mädchen mit dir geschlafen.«

»Ich weiß«, sage ich traurig.

»Mein Mann würde das nicht verstehen. Er würde nicht verstehen, dass die Fünfunddreißigjährige ihn nie betrogen hat. Das Ganze hat nichts mit ihm zu tun.«

»Dann hat es auch nichts mit mir zu tun. Ich bin längst nicht mehr siebzehn.«

Sie schweigt. Das Vernünftigste wäre es, aufzustehen und zu gehen. Aber ich rühre mich nicht, schließe die Augen und hoffe insgeheim, Utes warmen Atem in meinem Gesicht und ihre vollen Lippen auf meinem Mund zu spüren. Ich muss etwas sagen, bevor diese Spannung unerträglich wird, denke ich.

»Was hast du mehr an mir geliebt? Den Juden oder mich selbst?«, frage ich und öffne die Augen.

Sie schaut mich wehmütig an.

»Was liebt man an einem Menschen mehr? Seinen Charakter? Seine Ausstrahlung? Seine Art zu sprechen? Sein schönes Haar? Seinen Geruch? Die Art, wie er die Lippen spitzt oder am Abend unter die Decke kriecht?«

»Das ist nicht dasselbe.«

»Doch. Vielleicht liebte ich dich, weil du Jude bist. Aber dein Jüdischsein bist du. Es ist ein Teil und nicht etwas außerhalb von dir.«

»Das sehen viele anders«, murmle ich.

Das Telephon läutet. Der Apparat steht hinter einem der Blumentöpfe. Ute meint, Telephone, Fernsehgeräte und Computer strömen negative Energie aus. Deshalb sind sie im Haus versteckt, so dass man sie auf den ersten Blick nicht sehen kann.

Um nach dem Hörer zu greifen, muss sich Ute auf die Zehenspitzen stellen und sich über eine Yucca-Palme beugen. Ich kann schon verstehen, warum sie so selten telephoniert.

»Meine Mutter hat einen Termin bei ihrer Kosmetikerin«, erklärt sie nach dem Gespräch. »Sie bringt jetzt die Kinder wieder nach Hause.«

»Ich muss ohnehin gehen«, sage ich, reiche ihr die Hand und gebe ihr zum Abschied ein züchtiges, fast gehauchtes Küsschen auf die Wange.

»Wenn du Hilfe brauchst, stehe ich jederzeit für dich …«

»Was soll ich tun, Ute?«, frage ich. »Soll ich weiterkämpfen, um den letzten Wunsch meines Vaters zu erfüllen? Soll ich nachgeben? Soll ich die Leiche auf den Friedhof einer reformierten Gemeinde überführen lassen?«

Sie streichelt meine Wange. »Das darfst du mich nicht fragen«, flüstert sie. »Wie könnte ich dir in dieser Sache einen Rat geben?«

Die Kontrolle am Eingang zur Synagoge ist für mich inzwischen Routine. Die beiden Sicherheitsleute sind schon alte Bekannte von mir.

»Sie sind der Mann mit dem nichtjüdischen Vater«, sagt der eine. »Aber Ihre Mutter war doch Jüdin, nicht wahr?«

»Sie kämpfen um einen Platz auf dem jüdischen Friedhof«, sagt der andere. »In Israel haben wir ständig ähnliche Probleme.« Er verzieht den Mund zu einem verächtlichen Grinsen. »Man sollte diese religiösen Dogmatiker zum Teufel jagen. Haben Sie gewusst, dass die Ultraorthodoxen in Israel nicht in der Armee dienen müssen?«

»Ja.«

»Wir verteidigen das Land, während sie die Thora und den Talmud studieren. Aber das Leben machen sie uns schwer.

Wenn man am Schabbat mit dem Auto unterwegs ist, werfen sie einem Steine nach. Und der Staat subventioniert diese Fanatiker, weil jede politische Partei auf ihre Stimmen angewiesen ist.«

»Der Präsident erwartet mich«, sage ich. »Ich habe keine Waffen zur Selbstverteidigung mit. Niemand hat mich gebeten, etwas mitzunehmen …«

»Schon gut, kommen Sie rein.«

Es ist ein Tag mitten in der Woche. Das Gebäude wirkt wie ausgestorben. Viele Büroräume stehen leer oder werden als Rumpelkammern benützt. Offenbar hat die Kultusgemeinde nicht viel zu verwalten. Nur in der Sozialstelle für Zuwanderer aus der GUS ist viel los. Im Clubraum ist kein Mensch. Ich schaue durch das Fenster auf den Innenhof, in dem drei Platanen stehen und ein obeliskförmiges Denkmal für die im Ersten Weltkrieg gefallenen jüdischen Soldaten. Der Stein hat mehrere Sprünge. Während der Nazizeit ist er zerschlagen und nach dem Krieg wieder zusammengesetzt worden. Die vergoldete Spitze ist voll Taubenkot. Ich öffne das Fenster, zünde eine Zigarette an, beuge mich hinaus, sehe, wie die Asche fällt und vom Wind zerstäubt wird. Der Rauch zieht ins Innere des Raumes.

Ich gehe hinauf in den ersten Stock. Am Ende eines Korridors befindet sich die Tür, an der ein Schild mit dem Namen des Präsidenten angebracht ist. Hinter der Tür ist ein Raum, in dem Aktenordner und Mappen gestapelt sind. Man muss ihn durchqueren, um in das Büro des Präsidenten zu gelangen. Auf dem wuchtigen Schreibtisch mit gewunden gedrechselten Beinen stehen ein Flat Screen, ein kombiniertes Telephon- und Faxgerät und eine Menora, der siebenarmige Leuchter, auf einem Nebentisch zwei Drucker und ein aufgeklappter Laptop. Es kommt mir vor, als sei ich in die Filiale einer Softwarefirma geraten, der die Menora als Logo dient.

Der Präsident verwendet keines der Geräte. Mit einem Kugelschreiber notiert er etwas in ein liniertes Schulheft. Er trägt einen schwarzen Anzug und einen Hut, hat aber trotz dieser Kleidung nicht die geringste Ähnlichkeit mit einem osteuropäischen Zaddik. Er schaut auf, wird bleich und beginnt zu schreien: »Salzinger! Sie …«

Ich unterbreche ihn: »Das Radiointerview war ein Fehler. Bitte verzeihen Sie mir! Ich bin mit allem einverstanden, auch mit den von Ihnen vorgeschlagenen Begräbnismodalitäten.«

Die rechte Hand des Präsidenten erstarrt in der Luft. Der Kugelschreiber weist wie ein Pfeil in meine Richtung. »Wirklich?«, murmelt er. Ich glaube, aus seiner Stimme Enttäuschung herauszuhören.

»Wann kann das Begräbnis auf dem Areal für nichtarische Christen stattfinden? Ich möchte das so schnell wie möglich hinter mich bringen.«

»Klären Sie das bitte mit der Friedhofsverwaltung«, sagt er. »Aber darf ich fragen …«

»Nein, Sie dürfen nicht!«

Am nächsten Tag um zehn Uhr morgens stehe ich wieder vor einer offenen Grube. In meinem Blickfeld ist eine Steinmauer, eine Fichtenreihe und das sanft ansteigende, mit herbstlichem Rost überzogene Gigrichter Hügelland. Es riecht nach Laub und feuchter Erde. Ich bin der einzige Trauergast. Mit verschränkten Armen und einer Zigarette im Mundwinkel beobachte ich, wie die Totengräber den Holzsarg langsam in die Grube senken.

»Wollen Sie noch etwas sagen?«, werde ich gefragt.

Ich schüttle den Kopf.

»Dann können wir zuschaufeln?«

Ich nicke, drehe mich um und gehe.

»Wie einen Hund!«, höre ich eine gedämpfte, aber deutlich vernehmbare Stimme hinter meinem Rücken.

Vor dem Friedhofstor rufe ich von meinem Handy Michael in seiner Werkstatt sowie Zapf und Hecht im Büro an und bitte sie, am späten Nachmittag ins Café Baum zu kommen. Ich hätte mit ihnen etwas Wichtiges zu besprechen.

5

Am nächsten Morgen räume ich in Vaters Wohnung Schubladen, Truhen und Schränke aus und verpacke alles in Plastiktüten und Kartonkisten. Es überrascht mich, wie wenig Zeit ich dafür brauche. Drei Stunden für fünfzig Jahre Leben. Um ein Uhr nachmittags rufe ich Michael an. Eine halbe Stunde später tragen wir gemeinsam Vaters persönlichen Besitz hinunter und verstauen ihn in Michaels Wagen. Kleidung, Bettzeug, Schuhe und Geschirr liefern wir bei der Caritas ab. Den Rest – Bücher, Bilder, Plakate, alte Ansichtskarten – bringen wir in einen Schuppen in Utes Garten.

»In einer Woche hole ich die Sachen ab«, erkläre ich Utes Mann.

»Du kannst sie hier lassen, solange du willst«, sagt er.

»Danke.«

»Ich kenne jemanden, der Interesse hat, die Wohnung deines Vaters zu mieten. Mit deinem Einverständnis werde ich ihm deine Telephon- und Handynummer …«

»Nein. Er soll sich bitte an das Maklerbüro Felicitas wenden. Ich möchte mit diesen Sachen nichts zu tun haben.«

»Aber es handelt sich um meinen Schwager und …«

»Ich möchte diese Wohnung nicht mehr betreten!«

Michael bringt mich nach Hause und verspricht, wie vereinbart, um elf Uhr abends wiederzukommen. Ich mache mir ein Butterbrot, bin aber zu nervös, um mehr als zwei Bissen davon zu essen. Danach ziehe ich mich um. Im hellblauen Sakko, weißem Hemd und roter Krawatte komme ich mir so albern vor wie vor einem Jahr beim Einstellungsgespräch in der Versicherung. Dennoch scheint mir dieses Outfit dem Anlass angemessen zu sein.

Bevor ich mit dem Taxi in die Winterstraße fahre, gehe ich zum Geldautomaten. Die Filiale der Gigrichter Volksbank befindet sich nur wenige hundert Meter von meiner Wohnung entfernt. Schräg gegenüber, auf der anderen Straßenseite, ist ein Taxistandplatz. Ich schiebe meine Karte in den Schlitz, gebe meine Geheimzahl und einen hohen Betrag ein. Ich höre, wie der Automat surrt. Er braucht länger als gewöhnlich. Dann erscheint ein gelbes Fenster auf dem Monitor, darin ein roter Schriftzug mit den Worten *This is a Permanent Fatal Error*.

Ich drücke auf den Abbruchknopf. Das Fenster verschwindet und erscheint wenige Sekunden wieder. Ich drücke mehrmals hintereinander auf den Knopf und danach, immer hektischer werdend, auf alle anderen. Der Automat gibt meine Karte nicht zurück. Permanent Fatal Error. Ich fluche und haste ins Innere der Bank. »Nur das nicht!«, murmle ich. »Nicht heute!«

Die junge Frau am Schalter hat dunkelbraunes Haar, grüne Augen und eine tiefe, heisere Stimme. »Nein! Nicht schon wieder!«, ruft sie aus und seufzt, nachdem ich ihr das Problem erklärt habe. »Wir haben schon seit Tagen technische Probleme.

Bitte warten Sie.« Sie verschwindet durch eine Tür hinter dem Schalter und kommt fünf Minuten später mit meiner Karte in der Hand zurück. »Sie sind nicht der erste, dem das passiert«, erklärt sie. »Sogar der EDV-Spezialist aus Frankfurt konnte den Fehler nicht finden. Gestern um drei Uhr nachmittags hatten wir einen totalen Systemabsturz. Ich gehe davon aus, dass wir alles neu installieren müssen. Aber keine Angst: alle wichtigen Daten sind gespeichert. Den Kunden kann kein Schaden entstehen.«

»Ein Virus?«, frage ich, während sie mir das Geld auszahlt. Sie zuckt mit den Achseln. »Oder gezielte Sabotage?«, scherze ich. »Das wird's sein«, sagt sie und lacht. Erst jetzt bemerke ich, wie gut sie aussieht. Hätte ich heute und in den nächsten Tagen nicht Wichtigeres vor, würde ich sie zum Essen einladen.

Die Winterstraße ist eigentlich nur ein enger Weg, gesäumt von Einfamilienhäusern aus der Zwischenkriegszeit. Das Haus der Familie Voller hat eine schmucklose, gelbe Fassade und eine rostige Eisentür mit einem Klopfring, der sich nicht mehr bewegen lässt. Eine füllige Frau mit Doppelkinn und tiefen Falten um die Mundwinkel bittet mich einzutreten. Das Wohnzimmer ist so gemütlich, dass man kaum atmen kann: braune Einbauschränke, schwere Vorhänge, getäfelte Decke, Messingleuchter, dunkle Teppiche, Wanduhren. Eine davon kommt mir bekannt vor. Sie ist aus dunklem Mahagoni, hat rote Zeiger und römische Ziffern.

Es tue ihr Leid, aber sie habe den Grund meines Besuches nicht ganz verstanden, erklärt mir die Frau. Meine Ausführungen am Telephon seien verwirrend gewesen.

»Mein Vater, der vor wenigen Tagen gestorben ist, kannte Ihren Mann. Ich selbst bin ihm ebenfalls begegnet, wenn auch meine Erinnerung daran etwas vage ist.«

Frau Voller weist mir einen Platz auf dem Sofa zu. »Möchten Sie einen Kaffee?«, fragt sie. »Oder lieber Saft?«

»Danke nein, sehr freundlich.«

»Mein Mann ist krank. Es sollte alles vermieden werden, was ihn aufregt. Als ich ihm Ihren Namen nannte, wurde sein Gesicht so rot, dass ich Angst bekam.«

»Ist er bereit, mit mir zu sprechen?«

»Das schon, er ist oben auf seinem Zimmer. Aber vorher möchte ich wissen, worum es geht.«

»Eine weit zurückliegende Geschichte. Ich würde mit Ihrem Mann gerne unter vier Augen darüber sprechen.«

Sie zupft nervös am Kragen ihrer Bluse, schaut abwechseln mich und das geometrische Muster auf dem Teppich an. »Mein Mann hatte vor drei Monaten einen Herzinfarkt, außerdem ist er zuckerkrank«, sagt sie. »Im Augenblick ist er schwer erkältet. Es geht ihm nicht gut.«

»Ich werde Rücksicht darauf nehmen.«

Die Frau zögert immer noch. Ich schweige und warte.

»Er hat es im Leben nicht leicht gehabt«, erklärt sie, »und hat sich das Recht auf ein bisschen Ruhe verdient.«

»Wir haben alle ein bisschen Ruhe verdient.«

Sie wirft mir einen strengen Blick zu.

»Gehen Sie bitte!«, sagt sie.

In diesem Augenblick wird die Tür geöffnet. Zuerst sehe ich den Bauch, die borstigen Härchen unter dem Rand des Unterhemdes, dann das aufgedunsene Gesicht, die geplatzten Äderchen auf der Nase und schließlich die mattgrünen Augen. Plötzlich kommen mir die steife Haltung, mit der ich auf dem Sofa sitze, mein Anzug, die Krawatte und die geputzten Schuhe albern vor.

»Aber Andreas, du solltest doch im Bett …«

»Lass uns bitte allein, Julia.«

»Der Arzt …«

»Julia!« Die Frau zuckt zusammen und starrt ihren Mann erstaunt an. Offensichtlich pflegen die beiden sonst einen anderen Umgangston miteinander.

»Entschuldige, Julia«, murmelt Herr Voller, während er mir die Hand entgegenstreckt. Sie ist weich und kraftlos. Die Frau verzieht beleidigt den Mund und verlässt das Zimmer.

Herr Voller geht langsamen Schrittes zum Spiegelschrank, klappt eine Lade herunter. Ich höre seinen schweren, pfeifenden Atem. Im schwachen Licht einer blauen Lampe kommt eine Minibar zum Vorschein.

»Ich habe vom Tod Ihres Vaters aus dem Radio erfahren«, sagt Voller. »Ich hoffe, er wird ein würdiges Grab an einer würdigen Stelle erhalten.«

»Zumindest kann er jetzt nicht mehr beschimpft oder geprügelt werden«, sage ich.

Der Mann stellt eine Cognacflasche und zwei Gläser auf den Tisch.

»Ich habe nicht vergessen, was damals geschehen ist«, sagt er. »Wollen Sie hören, dass es mir Leid tut?«

»Dafür ist es zu spät.«

»Ich bin ein kranker Mann. Von Tag zu Tag geht es mir schlechter. Was wollen Sie von mir?« Mit zitternder Hand füllt er beide Gläser. »Meine Frau wird mich umbringen«, murmelt er, »aber ich brauche jetzt einen Drink.«

Ich stoße mit ihm an, bringe aber keinen Schluck hinunter. Er hingegen trinkt das Glas in einem Zug leer, kneift die Augen zusammen, lehnt sich zurück, versinkt mit einem Ausdruck des Wohlbehagens im Sessel.

»Ein Lebensjahr für einen Schluck!«, erklärt er. »Lieber krank und glücklich krepieren als nüchtern und gesund hundert Jahre alt werden.«

»Wie alt sind Sie?«, frage ich.

»Vierundsechzig. Vermutlich werde ich nicht viel älter werden.«

»Am 18. Juli 1974 müssen Sie also etwas jünger gewesen sein, als ich es heute bin.«

»Himmelherrgott! Sagen Sie endlich, was Sie von mir wollen!« Er schenkt nach. Seine Hände haben aufgehört zu zittern. Auch sein Blick ist fester geworden.

»Ich möchte erfahren, was an jenem Tag wirklich geschehen ist«, sage ich leise.

»Das wissen Sie nicht?«, fragt er erstaunt.

»Mein Vater hatte mich gebeten, draußen zu warten. Ich war ja erst neun Jahre alt. Den Klang der Türklingel und die Schreie habe ich aber immer noch im Ohr. Später hat er nie darüber gesprochen, was damals vorgefallen war.«

In Wirklichkeit erwähnte Vater manchmal seinen Besuch in Vollers Laden, allerdings nur in Floskeln wie »Ein schlimmes Erlebnis, ähnlich wie im Uhrengeschäft« oder »Seit der Auseinandersetzung bei Voller habe ich mich nicht mehr so aufgeregt«. Wenn ich versuchte, nachzufragen, wechselte er das Thema.

Ich selbst kann mich noch daran erinnern, wie Vater vor der Auslage gestanden hatte. »Die hat er also noch!«, brüllte er und presste meine Hand so stark, dass ich aufschrie. »Seltsam! Solange der Alte noch lebte, habe ich sie hier nie gesehen.«

Ich riss meine Hand los und machte erschrocken einen Schritt zurück. Vater schaute zu mir herunter. Seine Gesichtszüge glätteten sich.

»Hab keine Angst«, sagte er, streichelte meinen Kopf und wandte sich wieder der Vitrine zu. »Siehst du die Uhr an der Wand?«

»Welche?«, fragte ich.

»Die braune Uhr mit den römischen Ziffern.«

Ich schüttelte den Kopf. Ich wusste nicht, was römische Ziffern sind. An den Wänden des Geschäfts hingen mehrere Uhren. Ein paar von ihnen waren braun.

»Direkt über dem Kopf des Uhrmachers! Sie hat rote Zeiger.«

Jetzt sah ich sie. Von allen Wanduhren war sie die kleinste.

»An dieser Uhr habe ich zählen gelernt«, erklärte Vater. »Als ich ein Kind war, hing sie im Schlafzimmer meiner Eltern.«

Auch das zweite Glas leert Voller hastig, ohne abzusetzen. Sein Gesicht ist feuerrot. Ein Rasseln dringt aus seiner Kehle, und plötzlich habe ich Angst, er könne vor meinen Augen umkippen. »Das Erste, was mir auffiel«, erzählt er und räuspert sich, »war das ungepflegte Aussehen Ihres Vaters. Sie verzeihen mir, wenn ich das sage, aber er erinnerte mich an einen der Penner aus der Bahnhofsunterführung.«

»Das einzige Kleidungsstück, auf das er Acht gegeben hat, war der blaue Overall, den er in der Fabrik trug«, sage ich. »Alles Äußerliche, Eitle hat er verachtet.«

»Tragen Sie deshalb Anzug und Krawatte?«, fragt Voller und grinst. »Unter uns gesagt – es steht Ihnen nicht besonders gut.«

»Sagen Sie doch gleich: der Apfel fällt nicht weit vom Stamm.«

»Ich bin kein Freund von Sprüchen. Ich ziehe es vor, mir das Gehirn lieber mit Alkohol zu benebeln.«

»Was ist dann geschehen?«, frage ich. »Durch das Glas der Vitrine habe ich sehen können, wie mein Vater heftig gestikulierte, aber ich konnte kein Wort verstehen.«

Das eine oder andere hatte ich damals hören können, nur konnte ich mir auf das Bruchstückhafte, das zu mir drang, keinen Reim machen. Was ich wahrnahm, war die zunehmende Heftigkeit, mit der das Gespräch geführt wurde. Die hohe Stimme meines Vaters schwoll an und wurde schneller, jene Vollers, ein leicht schwingender Bariton, bekam einen harten, aggressiven Unterton. Ich presste beide Hände und die Nasenspitze gegen die Vitrine und hoffte, die beiden Männer würden in meine Richtung schauen. Aber sie waren zu sehr mit sich selbst beschäftigt. Vater hatte mir befohlen, draußen zu warten. Ich hatte Angst, ihn zu verärgern, wenn ich seine Anweisung missachtete. Oder sollte ich doch hineingehen? Ich konnte mich nicht entscheiden. Meine Tränen hinterließen Spuren auf dem Glas. Ich sah mich verzweifelt um. Vielleicht könnte ein anderer, ein Erwachsener, Vater zu Hilfe kommen?! Aber während ich draußen stand, hatte nur eine alte Frau das Geschäft betreten und war wenige Augenblicke später wieder gegangen.

»Ich sagte Ihrem Vater, dass ich Bettler und Hausierer nicht ausstehen könne«, erzählt Voller. »Ich bin ein sozial denkender Mensch und habe schon viel für wohltätige Zwecke gespendet. Aber in die Mütze eines Bettlers habe ich nie einen Pfennig geworfen. Menschen können in Not geraten, aber sie brauchen deshalb nicht zu betteln. Er sei nicht gekommen, um zu betteln, erklärte Ihr Vater und nannte seinen Namen. Er tat es sehr förmlich, ja, er verneigte sich sogar. ›Mein Herr, erlauben Sie, dass ich mich vorstelle …‹ Solche Redewendungen gebrauchten schon damals nur mehr alte Menschen. Ihr Vater war aber ein Mann in den Vierzigern. Der Name Salzinger löste bei mir Verwirrung aus. Mein Vater hatte zwar nie darüber gesprochen, auf welche Weise er den Besitz seines jüdischen Arbeitgebers übernommen hatte, durch Andeutungen anderer Familienmitglieder habe ich dennoch einiges darüber erfahren. ›Irgendwann kommt der Jud zurück‹, hatte ich meinen Vater einmal nach dem Krieg sagen gehört, ›und nimmt uns alles wieder weg.‹ Übrigens ist mein Vater Anfang 1974 gestorben. Ich habe das Geschäft noch bis Herbst 1976 weitergeführt. Danach habe ich es leider an eine Fast-Food-Kette verkaufen müssen. Aber Sie wissen ohnehin, wie schwer es kleine Gewerbetreibende haben, sich in der Innenstadt zu behaupten …«

Ich unterbreche ihn. »Was geschah, nachdem sich mein Vater Ihnen vorgestellt hatte?«

»›Ich werde weder etwas zugeben noch bestreiten, bevor ich nicht mit meinem Anwalt gesprochen habe.‹ Ob Sie's glauben oder nicht: dieser Satz war meine spontane Reaktion auf den Namen Salzinger.«

»Mein Vater hat bestimmt zu lachen begonnen.«

»Und wie! Ich hatte den Eindruck, seine schmuddelige Kordhose werde demnächst platzen. ›Der Apfel fällt nicht weit vom Stamm‹, hat er gesagt. ›Sie haben vom alten Voller nicht nur die Figur, die Gesichtszüge und die Augen, sondern auch den Charakter geerbt. Derselbe durchtriebene Hundesohn.‹

›Wenn Sie gekommen sind, um mich zu beleidigen‹, habe ich ihm geantwortet, ›dann hole ich die Polizei.‹ Daraufhin hat er sich bei mir entschuldigt und gemeint, er erhebe keinerlei Ansprüche auf mein Geschäft. Mit derlei Dingen habe er schon vor mehr als zwanzig Jahren abgeschlossen.«

Voller zwinkert mir zu und zeigt mit dem Finger auf mein Glas. »Nun trinken Sie schon! Stoßen wir auf unsere Väter an, auf dass sie ihre offenen Rechnungen dort begleichen, wo sie jetzt sind. Wo immer das auch sein mag.« Ich trinke ein paar Schluck. Es schüttelt mich vor Ekel. Mir wird schwindlig. Ich atme tief durch.

»Ob er seit langem wieder in der Stadt sei, wollte ich von ihm wissen. Er lachte mich abermals aus und meinte, in den letzten fünfundzwanzig Jahren sei er hunderte Male an meinem Geschäft, das eigentlich sein Geschäft sei, vorbeispaziert, ohne ein einziges Mal eingetreten zu sein. Ja, nicht einmal die Türklinke des Ladens habe er seit Dezember 1938 berührt. Ich habe die Augen niedergeschlagen und geschwiegen. Was hätte ich darauf sagen sollen? Die Frage, warum er sich denn jetzt, fast dreißig Jahre nach Kriegsende, untreu geworden sei, lag mir auf den Lippen, doch erschien es mir zweckmäßiger, abzuwarten.«

»Mein Vater hat sich wichtigen Themen meist langsam angenähert«, bemerke ich. »Spiralenförmig.«

»Er hat mir von seiner Arbeit in der Fabrik erzählt. Diese stumpfsinnige Tätigkeit sei ihm lieber als der noch stumpfsinnigere Kampf vor Gericht für einen Uhrmacherladen, den er nicht haben wolle und ohnehin wieder verkaufen müsste. Je länger ihr Herr Vater plauderte, umso unruhiger wurde ich. Sein Grinsen und der bittere Glanz in seinen Augen passten nicht zusammen. Ich hatte Angst, er würde etwas Beleidigendes sagen. Mit welchem Recht, dachte ich, raubt mir dieser Mensch die gute Laune eines schönen Sommertages? Sie wissen ja, wie das ist: je mehr Sie sich im Einklang mit der Welt fühlen, je positiver Ihre Stimmung, je edler Ihre Empfindungen, desto stärker ist Ihr destruktives Potenzial. Stellen Sie sich vor, Sie seien euphorisch, bereit, die ganze Menschheit in Ihr Herz zu schließen, und dann kommt irgendein Schweinehund und schleudert Ihnen eine gemeine Phrase entgegen oder wirft Ihnen einfach nur einen bösen Blick zu, und plötzlich werden Sie wütend. Ihr Hass ist so groß, dass Sie dem Übeltäter am liebsten mit einem Ziegelstein die Nase zertrümmern würden. Wären Sie in einer weniger gehobenen Stimmung gewesen, hätten Sie ihn ignoriert und wahrscheinlich sofort vergessen. Ist es nicht so?«

Ich schweige.

»Ich hatte mich an diesem Tag besonders wohl gefühlt. Es ging mir gut. Doch ich wurde wütend, als Ihr Vater mit einem bösartigen Kichern verkündete, ich solle das mir unrechtmäßig zugefallene Vermögen pflegen und mehren. Das waren seine Worte: Pflegen und mehren! Womit habe Westdeutschland denn sein Wirtschaftswunder nach dem Krieg finanziert, wenn nicht mit den Resten des arisierten Vermögens?«

In diesem Augenblick geht die Tür auf. »Um Gottes willen, Andreas!«, schreit Frau Voller und hebt theatralisch die Hände. »Willst du dich umbringen?« Sie hastet zum Tisch und nimmt die Flasche.

»Stell sie zurück, Julia!«, befiehlt ihr Mann. »Es gibt Momente im Leben, in denen man sündigen muss, weil es viel ungesünder wäre, auf seine Gesundheit zu achten.«

»Solche Momente hast du regelmäßig jeden Tag!«

»Ich möchte mit diesem Herrn allein sein, Julia.«

»Ich bleibe hier …«

Voller erhebt sich schnaufend von seinem Sessel. Er muss sich am Tischrand festhalten.

»Du bist ja schon völlig besoffen!«, schreit die Frau.

»Bitte Julia«, sagt er leise, »bitte lass uns allein. Oder willst du, dass ich einen weiteren Herzinfarkt erleide?«

Sie müht sich ein hilfloses Lächeln ab. »Die Flasche nehme ich mit«, sagt sie und geht.

»Wo waren wir stehen geblieben?« Voller versucht, meinem Blick auszuweichen. Ich erwarte, dass er aufsteht und wieder zur Minibar geht. Aber er bleibt sitzen.

»Mein Vater meinte mit einem bösartigen Kichern …, Sie sollen das Ihnen unrechtmäßig zugefallene Vermögen … pflegen und mehren«, sage ich.

»Ich glaube, dass ich mindestens dreimal hintereinander gefragt habe, was er von mir wolle, und dabei immer Richtung Tür geschielt habe. Ich weiß nicht, ob ich es als Erleichterung oder als Belastung empfunden hätte, wenn jemand in diesem Augenblick eingetreten wäre. Aber an diesem Nachmittag schien niemand Interesse an Uhren zu haben. Niemand, außer Ihrem Vater. Er zeigte auf die Uhr über meinem Kopf. ›Diese Uhr hat meinem Großvater und später meinem Vater gehört. Ich würde sie gern wiederhaben‹, sagte er. ›Tut mir Leid, aber sie ist unverkäuflich‹, erklärte ich. ›Ich hatte nicht vor, sie zu kaufen‹, zischte er. Es kam mir vor, als sei er von einem Augenblick auf den anderen um zehn Zentimeter gewachsen. ›Geben Sie mir die Uhr zurück, und Sie werden mich in Ihrem Leben nie mehr wiedersehen.‹ Ich zögerte, sagte aber schließlich mit einer Entschlossenheit, die mich selbst überraschte: ›Diese Uhr hing im Schlafzimmer meiner Eltern. Die Erinnerung an meine Kindheit ist untrennbar mit dieser Uhr verbunden. Nun, da mein Vater tot ist, kann ich mich noch schwerer von ihr trennen, weil …‹ Er ließ mich nicht ausreden: ›Schon gut‹, schrie er. ›Nennen Sie einen Betrag. Ich werde ihn bezahlen. Ich habe nicht vor, mit Ihnen zu feilschen.‹«

Voller versucht, aufzustehen, doch er kommt nicht hoch.

»Seien Sie so nett, holen Sie mir etwas aus der Bar«, keucht er und wischt sich mit dem Handrücken den Schweiß von der Stirn.

»Was denn?«

»Egal … Am besten den schottischen Whiskey. Die Flasche steht ganz hinten.«

Während ich mir an der Minibar zu schaffen mache, höre ich Vollers kurzatmige Stimme hinter meinem Rücken.

»Damit hatte Ihr Vater alles verspielt! Davor hatte ich, wie gesagt, noch gezögert, aber nun war ich fest entschlossen, die

Uhr auf keinen Fall herzugeben. ›Nicht alles auf dieser Welt hat einen Preis‹, habe ich gesagt. ›Ihresgleichen mag ja denken, dass alles käuflich ist, aber ich habe eine andere Lebenseinstellung!‹ Später habe ich diesen Satz bereut. Seine Antwort war entsprechend. ›Die Lebenseinstellung eines Ariseurs und Antisemiten!‹, schrie er. ›Fuchteln Sie mit den Händen nicht vor meiner Nase herum!‹, habe ich gesagt und begonnen, meine Brille zu putzen. Ihr Vater bebte vor Zorn. Ich hingegen versuchte, so ruhig wie möglich zu bleiben. Mein Enkel würde heute sagen, dass sein Opa damals ganz cool gewesen ist.

›Als Kind konnte ich nicht ahnen, dass diese Uhr arisiertes Vermögen ist. Ich bin Jahrgang Achtunddreißig und kann mich an die Nazizeit kaum erinnern.‹ Ich hielt die Brille gegen das Licht. Eine feine, wie ein Krummsäbel geschwungene Wimper klebte an der Innenseite des linken Glases. Durch dieses Glas, das ich nun etwa zwanzig Zentimenter vom Gesicht entfernt hielt, schaute ich Ihren Vater an. Er war in weite Ferne gerückt. Es kam mir vor, als würde der Säbel seinen Kopf in zwei Teile spalten.

›Mein Großvater ist von den Nazis in Dachau ermordet worden!‹, schrie Ihr Vater. Ich blies die Wimper vom Glas und setzte die Brille wieder auf.

›Was grinsen Sie denn so blöd?‹, fragte er mich. ›Amüsiert es Sie, dass mein Großvater ermordet wurde?‹ Aber ich lächelte in diesem Moment, weil ich plötzlich an den Krummsäbel, an die Türkenkriege und an den Türken im Kebab-Laden nebenan denken musste. Meine Gedanken führten mich von der Wimper zum Krummsäbel und schließlich zu der Schere eines SS-Mannes, mit der er einem alten Juden die Pejes und den Bart abgeschnitten hatte. Einige Jahre zuvor hatte ich ein solches Bild in einer Zeitschrift gesehen. Ein SS-Mann schneidet einem orthodoxen Juden Bart und Schläfenlocken ab und lacht. Um ihn herum stehen weitere SS-Leute und schauen amüsiert zu … ›Nehmen Sie doch eine andere Uhr‹, habe ich gesagt ›meinetwegen zwei oder drei. Ich gebe sie Ihnen gratis. Vielleicht findet sich noch das eine oder andere Stück, das Ihren Großeltern gehört hat …‹ Doch dieser, wie mir damals schien, vernünftige Vorschlag fand nicht die Zustimmung Ihres Vaters. Im Gegenteil. Er fuchtelte weiterhin mit den Händen und schrie noch lauter: ›Vergessen Sie nicht, mein Herr, dass dieser ganze Laden meinen Großeltern gehört hat und danach meinem Vater, der nach der Kristallnacht in ein Konzentrationslager eingeliefert und dort umgebracht wurde.‹ Er wolle keine andere Uhr. Andere Uhren hätten für ihn keinen Wert. Während Ihr Vater auf diese Weise auf mich einredete, betrat eine Kundin den Laden, eine ärmlich gekleidete Dame, die wahrscheinlich einen alten Wecker zur Reparatur bringen wollte. Kaum hatte sie die Worte Jude und Konzentrationslager gehört, lief sie wieder hinaus auf die Straße.

›Tut mir Leid‹, sagte ich Ihrem Vater. ›Ich werde Ihnen diese Uhr nicht geben. Sie können deren Rückgabe vor Gericht einklagen. Doch bevor ich sie Ihnen gebe, schlage ich sie in Stücke.‹«

Voller nippt am Whiskeyglas, das ich ihm gebracht habe, und verzieht das Gesicht. Er seufzt, kaut an den Lippen, hebt wieder das Glas, stellt es aber hin, ohne etwas getrunken zu haben.

»›So so‹, hat Ihr Vater gesagt, ›in Stücke schlagen … Wir werden weitermarschieren, bis alles in Scherben fällt. Das haben Sie bestimmt als Kind gesungen.‹ Daraufhin habe ich ihn angebrüllt: ›Werden Sie nicht unverschämt!‹ Jetzt geriet er in Rage. ›Was soll daran unverschämt sein?‹, schrie er. ›Ich habe gehört, wie Kinder dieses Lied gesungen haben, da waren Sie noch gar nicht auf der Welt!‹ Was danach geschehen ist, müssten Sie wissen, Herr Salzinger, denn nur wenige Augenblicke später sind Sie ja in den Laden gekommen. Sie sind hereingelaufen, nachdem Ihr Vater mit den Worten ›Jetzt hol ich mir meine Uhr!‹ auf mich zuging. Das Glöckchen über der Tür läutete, als ich Ihren Vater am Jackett packte. ›Papa!‹, haben Sie gerufen. ›Papa! Papa!‹ Ihr Vater wandte den Kopf in Ihre Richtung. Daraufhin – ich schäme mich dessen – versetzte ich ihm einen Fausthieb in den Nacken. Er torkelte, fiel, hielt sich an meinem Kittel fest und zog mich mit sich auf den Boden. Da haben Sie zu weinen begonnen.«

Ich sehe, dass Voller Tränen in den Augen hat. Ich hasse Rührseligkeit. Bei diesem Säufer kommt sie mir besonders abstoßend vor.

»Schließlich stand Ihr Vater wieder auf, nahm Sie bei der Hand und ging mit Ihnen Richtung Ausgang. Meine Wut war verflogen. Ihr Vater drehte sich noch einmal um, musterte mich mit einem traurigen und, Sie verzeihen, wenn ich das sage, diesem wehmütigen, typisch jüdischen Blick, und sagte mit ruhiger Stimme: ›Wie sich doch alles wiederholt. Als ich ein kleines Kind war, hat mich Ihr Vater einmal geschlagen. Seitdem habe ich viel Schlimmes erlebt, habe im Krieg Menschen getötet. Doch nichts hat mir so weh getan wie die Ohrfeige Ihres Vaters. Bis heute.‹ Ich stand da mit verschränkten Armen und habe geschwiegen. Aber Sie wissen ja, wie das ist: oft genug sind wir geistreich, aber wenn's darauf ankommt, finden wir nie die richtigen Worte. Im Unterschied zur gängigen Meinung, diesem landläufigen Selbstbetrug, ist nämlich kein einziger Fehler, den wir in unserem Leben begehen, wieder gutzumachen. Man kann etwas bereuen, man kann die negativen Folgen eines Fehlers verringern, doch der Fehler selbst ist wie Teer in der Lunge. Man kann nur hoffen und beten, dass er nicht zum Krebsgeschwür ausartet. Mit zunehmendem Alter komme ich immer mehr zur Überzeugung …«

»Herr Voller, ich danke Ihnen«, unterbreche ich ihn, stehe auf und strecke ihm die Hand entgegen.

»Sie wollen doch nicht schon..?«

»Doch. Ich muss, Herr Voller. Ich habe heute noch Wichtiges vor.«

Der alte Mann ignoriert meine Worte. »Wissen Sie, Herr Salzinger«, sagt er. »Während der Radiosendung haben Sie gesagt, dass Ihr Vater nach jüdischem Gesetz kein Jude gewesen sein soll. Na gut. Für mich war er der Jude schlechthin. Immer wenn ich etwas über Juden gehört oder gelesen habe, hatte ich Ihren Vater vor Augen... Ich hatte nie etwas gegen Juden.«

»Jetzt sollten Sie sich wieder ins Bett legen, Herr Voller.«

»Was hat Ihr Vater gesagt, nachdem er mit Ihnen das Geschäft verlassen hat? Haben Sie wirklich alles vergessen?«

Er hält mich am Ärmel zurück.

»Herr Salzinger!« Seine Stimme zittert. »Nehmen Sie sie!«

»Wie bitte?«

»Nehmen Sie die Uhr. Ich schenke sie Ihnen.«

»Mein Vater ist tot«, sage ich.

»Aber Sie sind sein Sohn. Ein Erinnerungsstück. Ich brauche Sie nicht mehr. Ich will sie nicht mehr haben. Nehmen Sie sie. Machen Sie mir die Freude.«

»Tut mir Leid, aber ich habe keine Verwendung dafür.«

»Dort hängt sie.« Er zeigt mit dem Finger auf die Uhr mit den roten Zeigern und den römischen Ziffern.

»Es ist zu spät, Herr Voller. Vielleicht, wenn mein Vater noch am Leben wäre...«

»Machen Sie mir doch die Freude, Herr Salzinger. Verkaufen Sie sie oder schenken Sie sie her, aber nehmen Sie sie mit.«

»Ich kann nicht, Herr Voller«, sage ich. »Diese Entscheidung steht mir nicht zu.«

»Ich bitte Sie, ich bitte Sie! Enttäuschen Sie einen kranken Menschen nicht!«, bettelt er, aber ich bin schon auf dem Weg zur Tür. Er schnaubt, versucht aufzustehen, starrt mich an, ohne zu blinzeln, und wiederholt, ich solle ihn doch von dieser Uhr erlösen, anderenfalls wäre er gezwungen, sie jemand anderem zu schenken, weil er sie nicht mehr sehen wolle, weil er stundenlang im Wohnzimmer verbringe und sein Blick immer zu dieser Uhr hinaufwandere. »Sie gehen doch nicht! Sie werden doch nicht einfach gehen«, murmelt er.

Im Vorraum wartet Frau Voller. Sie wirkt ernst wie ein Soldat auf Wache. »Sind Sie jetzt zufrieden?«, fragt sie. »Wenn er wieder ins Krankenhaus muss, dann ist das Ihre Schuld.«

Ich gehe wortlos an ihr vorbei, hinaus auf die Straße, wo ich mit einer schnellen Bewegung die Krawatte vom Hals reiße und das Hemd aufknöpfe.

6

Michaels Nacken ist unrasiert. Zwischen den Haaren haben sich eitrige Pickel gebildet. Das Aussehen meines Freundes hat etwas Anachronistisches: die ungepflegte Mähne, der Schnauzbart, die braune Kunststoffjacke, die Kordhose. Das ist weder Spleen noch Siebzigerjahre-Nostalgie. Vielmehr scheint Michael gar nicht zu bemerken, dass sich die Welt in den letzten zwanzig Jahren verändert hat. Allenfalls weiß er noch, dass es Handys und Heimcomputer gibt.

»Willst du dich nicht auf den Beifahrersitz setzen?«, hat mich Michael gefragt.

»Ich möchte mit meinen Gedanken allein sein«, habe ich geantwortet und auf dem Rücksitz Platz genommen. Michael hat mir zugelächelt und ist losgefahren. Auf der Patscher Seite des Flusses schlängelt sich eine enge Straße zum Uferviertel hinunter, wo Fachwerkhäuser stehen, die jahrzehntelang dem Verfall preisgegeben waren und seit ein paar Jahren restauriert werden. Hier soll ein Viertel mit teuren Mansarden und In-Lokalen entstehen, doch das Projekt will nicht so recht in Gang kommen.

Michael parkt den Wagen auf einer Kiesfläche zwischen zwei Baustellen. Das schiefe Haus, dem wir uns nähern, wird an der

Seite durch Holzbalken gestützt. Das Tor steht offen. Eine Gegensprechanlage gibt es nicht. Über eine Wendeltreppe gehen wir hinauf in den ersten Stock. Zapf wartet vor seiner Wohnungstür. Er trägt eine graue Windjacke mit Kapuze, eine blaue Trainingshose und schwarze Gummistiefel. Das passt zu ihm. In Anzug und Krawatte hat er auf mich immer verkleidet gewirkt.

Zapf schüttelt Michael und mir die Hand und hastet die Stufen hinunter. Seine Bewegungen sind fahrig. Er stolpert, dreht sich erschrocken um und entschuldigt sich. Auf der Straße erklärt er mir im Flüsterton, dass Hecht nicht mitkommen werde. Er wolle kein Risiko eingehen. Er habe ein Kind, für das er sorgen müsse. Erst Tage später werde ich erfahren, dass Hecht mit einem schweren Kopf im Bett gelegen sei, dass er und Zapf die halbe Nacht mit dem Kollegen Feistinger in einer Innenstadtkneipe durchgezecht haben und dass sich Hecht nach dem dritten Bier verplappert und dem Kollegen Feistinger alles erzählt habe, worüber wir strengstes Stillschweigen vereinbart hatten. Feistinger habe es als große Ehre empfunden, so wird mir Zach später berichten, unserer »konspirativen Gemeinschaft« anzugehören. Wäre er zehn Jahre jünger, würde er sich durch seine Teilnahme an unserer Aktion vielleicht einen Jugendtraum erfüllen. Er wollte immer schon etwas Verrücktes tun. Inzwischen jedoch sei seine Angst vor den Konsequenzen größer als der einstige Übermut.

Für Feistinger und Hecht ist das Ganze ein Spiel. Mir soll das recht sein. Heute, Wochen später, ist Feistinger längst zum Dauergast meiner Alpträume geworden. Aber das Finale hat noch nicht begonnen, und Feistinger bleibt der unsichtbare Dritte, der schweigt. Seit meinem letzten Tag in der Versicherung haben sich unsere Wege nicht mehr gekreuzt.

»Um diese Jahreszeit wird es nach Sonnenuntergang schnell kalt«, sagt Michael. »Wenn man schwitzt, kann man sich leicht erkälten. Ich hoffe, ihr habt was zum Umziehen dabei.« Er erhält keine Antwort. Ich sitze auf dem Rücksitz, Zapf auf dem Beifahrersitz. Wir fahren über die Hauptstraße von Patsch, rechts und links die dunklen Schaufenster. Die Stadt ist zu dieser späten Stunde wie ausgestorben. Sogar die Imbissstuben sind schon geschlossen. An den Ampeln blinkt das gelbe Licht. Ein Betrunkener torkelt über den Gehsteigrand, setzt den Fuß auf die Fahrbahn, zieht ihn wieder zurück, als wir auf seiner Höhe sind. Ich drehe mich um, gerade rechtzeitig, um seine trüben Augen zu sehen. Es kommt mir vor, als schreie er uns etwas nach. Er ballt die Faust und streckt den Mittelfinger aus. Kein gutes Omen, denke ich.

Kurz nachdem wir in die Straße nach Oberpatsch eingebogen sind, verkündet Zapf mit schwacher Stimme, ihm sei übel. Michael hält in einer Seitengasse neben einem Park, in dem ein paar Ulmen kreisförmig um einen Kinderspielplatz angeordnet sind. »Ich bin gleich zurück«, flüstert Zapf, steigt aus dem Wagen, murmelt, dass es ihm Leid tue.

»Wir haben's nicht eilig«, sage ich.

Ich sehe, wie Zapf die Kapuze über den Kopf zieht und in das Halbdunkel des Parks eilt, sich auf eine Bank gegenüber der Kinderschaukel setzt, die Beine ausstreckt und den Kopf sinken lässt. Von der Seite sieht er wie ein Halbwüchsiger aus. Ich schaue auf die Uhr. Es ist kurz vor Mitternacht. Michael öffnet das Handschuhfach und holt eine flache, etwa zwanzig Zentimeter lange und zehn Zentimeter breite Flasche aus glänzendem Metall heraus. Sie hat einen roten Drehverschluss und das Relief eines Skippers auf der einen und das einer Karavelle auf der anderen Seite. »Ein Vierzigprozentiger«, sagt Michael grinsend. »Hilft gegen alles. Magenverstimmung. Kopfschmerzen. Übelkeit. Depression. Und vor allem gegen Angst.« Das Metall ist nicht kalt und fühlt sich angenehm an. »Hab ich extra beim Büchsenmacher anfertigen lassen«, erklärt er. »Vor jeder längeren Fahrt nehme ich ein paar tiefe Schlucke. Das fördert bei mir die Konzentration im Verkehr. Bis jetzt hat mich die Polizei noch nie angehalten.«

Ich schaue in Michaels kindlich lächelndes Gesicht, in den Park, wo Zapf in sich zusammengesunken auf der Bank sitzt, auf die schlecht beleuchtete Straße, die in Serpentinen nach Oberpatsch hinaufführt. »Ich bin wahnsinnig!«, flüstere ich, während ich mit der Flasche in der Hand aus dem Auto steige. »Durchgeknallt! Abgefahren! Übergeschnappt!« Aber tanzen Verrückte nicht am Rande des Abgrunds, ohne abzustürzen? Finden sie nicht eine Furt, wo andere mitgerissen werden und untergehen? Sehen sie am aschfahlen Himmel nicht die strahlende Sonne? Wie oft bin ich auf die Füße gefallen und glaubte, ich falle auf den Kopf! Vielleicht ergeht es mir jetzt umgekehrt.

»Bist du dir eigentlich im Klaren darüber, was wir tun?« Der ernste Tonfall in der Stimme meines ehemaligen Kollegen erschreckt mich.

»Du hast die Möglichkeit, nach Hause zu gehen«, sage ich.

»Es geht mir nicht um die Angst. Ich bin ein Angsthase, aber ich kann über meinen Schatten springen.« Zapf greift nach meinem Arm. Ich setze mich neben ihn auf die Bank, öffne die Schnapsflasche, reiche sie ihm, aber er schüttelt den Kopf.

»Die Bilder dieser Nacht werden uns bis an unser Lebensende begleiten«, erklärt er. »Sie werden uns einfallen, wenn es uns gut geht, und wenn es uns schlecht geht, werden wir sie erst recht vor Augen haben.«

»Du musst nicht mitmachen. Wir werden es auch zu zweit schaffen.«

»Bevor ich in dieses Auto gestiegen bin, habe ich die ganze Zeit geglaubt, es handle sich bei dem Ganzen um einen monströsen Scherz. Als ich verstanden habe, dass du es wirklich ernst meinst, ist mir schlecht geworden. Ich wollte kotzen, aber mein Mageninhalt ist wie ein gefrorener Klumpen.«

»Hast du denn nicht bemerkt, in welchem Zustand ich nach dem Begräbnis gewesen bin? Mir war nicht zum Scherzen zumute.«

Da sagt Zapf etwas, was ich mir seit dem Moment gedacht habe, als ich sein nervöses und plötzlich sehr jung wirkendes Gesicht im Korridor seines Hauses gesehen habe: »Wir kennen uns eigentlich gar nicht.«

»Nein.«

Er legt den Arm um meine Schultern. »Wenn ich an deiner Stelle gewesen wäre, hätte ich nie einen solchen Entschluss gefasst.«

»Du hältst ihn für falsch?«

»Radikalität imponiert mir.«

Ich weiß, dass mich diese Nacht für immer an ihn binden wird und dass ich nie die Distanz überwinden werde, die zwischen uns besteht. »Geh nach Hause«, sage ich. Aber er steht auf und läuft zum Wagen zurück.

Auf der Straße nach Oberpatsch folgt uns ein Polizeiauto. Michael bremst auf fünfzig herunter. Er lächelt in seinen Schnauzbart, hüstelt, räuspert sich. Aus seinem Mund riecht es nach Alkohol und Zwiebeln. Kurz vor dem Oberpatscher Panoramapark biegt der Polizeiwagen in eine Seitengasse ein. »Hab ich's doch gewusst«, murmelt Michael. »Hier oben ist die Kneipe, wo sich die Polizisten treffen.«

Die Friedhofstraße mündet in einen kleinen Parkplatz. Früher befand sich hier die Endhaltestelle der Straßenbahn Nummer dreizehn. Noch heute erzählt man in Gigricht Anekdoten von der Fahrt mit dem Unglücksdreizehner zum Friedhof. Man sieht Pflastersteine, zwischen denen Grasbüschel wachsen, und Schienen, die unter dem Asphalt verschwinden. In der Mitte steht eine einsame Straßenlaterne mit zerbrochenem Außenglas.

»Hier können wir nicht parken«, sagt Zapf. »Das fällt auf.«

»Nicht einmal die Polizei kommt um diese Zeit hier herauf«, meint Michael.

»Und wenn doch?« Zapf wirkt nervös.

»Ich bin jahrelang als Taxifahrer kreuz und quer durch diese Stadt gefahren. Tag und Nacht. Ich weiß, wovon ich spreche.«

»Es gibt immer ein Restrisiko«, sage ich.

Im Wagen liegen Schaufeln, Seile, eine Decke, Jacken und Hosen zum Umziehen. Die Schaufeln trägt Michael auf der Schulter, die anderen Sachen stopft er in einen Jutesack. Hilfe lehnt er ab. Er sei kräftig und habe eine gute Kondition. Zapf und ich würden in dieser Nacht noch genug rackern.

Hinter dem Parkplatz führt ein Pfad an der Mauer des Friedhofs entlang, zuerst steil bergauf, dann im großen Bogen nach rechts und wieder abwärts. Ich gehe mit einer Taschenlampe voran, hinter mir Zapf. Michael bildet den Abschluss. Ich stolpere über Wurzeln und Sträucher. Im Lichtkegel der Taschenlampe kann ich nur Laub, Baumstämme oder die unbehauenen Steine der Mauer erkennen. Ein Ast knackt. Es muss ganz in der Nähe sein. Wir bleiben stehen, horchen.

»Bestimmt ein Reh«, sagt Michael. Ich höre, wie er den Drehverschluss der Schnapsflasche öffnet. »Oder ein Wildschwein.«

»Ich muss pissen«, flüstert Zapf. Ich schalte die Taschenlampe aus, um den Strom der Batterie nicht unnötig zu verbrauchen. Das Plätschern des Urins auf das trockene Laub wirkt beruhigend.

Wir gehen noch eine oder zwei Minuten weiter, dann erkenne ich leuchtende Punkte zwischen den Ästen – die Straßenlaternen von Gigricht unten im Tal. Hier muss es sein. Die hintere Mauer des Friedhofs, die ihn gegen den Wald abgrenzt, ist nur eineinhalb Meter hoch. Es bereitet uns keine Mühe, hinüberzuklettern. Ich richte die Taschenlampe auf die erste Grabplatte. Sie ist in die Erde eingesunken und schief. Poröser Sandstein mit kaum erkennbarem Schriftzug: *Theodor Löwenzahn 1869–1942*. Ein Kreuz. Mein Gefühl hat mich nicht betrogen. Wir sind an der richtigen Stelle. Auf dem Erdhügel über dem Grab meines Vaters steckt ein Holzstab, auf dem ein ovales, tellergroßes Schild befestigt ist. Mit schwarzer Schrift auf weißem Hintergrund sind darauf der Name meines Vaters sowie seine Geburts- und Sterbedaten eingetragen. Schilder dieser Art stehen auf allen frischen Gräbern des jüdischen Friedhofs. Großtante Elfriede hatte ein solches Schild, bevor ihr Grabstein aufgestellt wurde. Es amüsiert mich, dass die Kultusgemeinde auf einmal großzügig geworden ist. Schilder der jüdischen Friedhofsverwaltung sind zweifelsohne nur für jüdische Gräber vorgesehen. Ich ziehe den Stab aus der Erde und lehne ihn gegen die Mauer.

Michael bindet die Taschenlampe an eine Schnur und hängt sie sich um den Hals. Man sieht trotzdem wenig. Bald kann ich nicht mehr erkennen, wie tief wir gegraben haben. Manchmal hören wir Geräusche, die uns erschrocken innehalten lassen. Michael hebt die Taschenlampe, aber wir sehen nur Gräber, Bäume und Sträucher. Die Erde ist locker. Nach etwa zehn Minuten höre ich, wie ein Spaten auf Holz stößt. »Wir sind durch«, flüstert Zapf. Wir graben weiter, bis keine Erde mehr auf dem Sargdeckel liegt. Jetzt brauchen wir ihn nur anzuheben. Ein kaltes, lähmendes Gefühl erfasst mich, kriecht von den Füßen hinauf zum Magen, zu den Ellbogen und Fingerspitzen, zum Haaransatz. Die Hitze und den Schweiß spüre ich nicht mehr. Ich empfinde ein tiefes Gefühl von Traurigkeit.

Es kommt mir vor, als befände sich die Liebe meines Vaters, seine Erinnerungen und Träume sowie alles, was uns beide getrennt und aneinander gebunden hat, in einem Kristallgefäß, auf das ich mit einem Hammer einschlage. Mit jedem Schlag treffe ich mich selbst und füge damit meinem Vater Schmerzen zu. »Ich kann nicht«, flüstere ich Michael ins Ohr. »Ich kann ihn jetzt nicht berühren.« Ich drehe mich weg, um Vaters Gesicht nicht zu sehen. Zapf und Michael wickeln die Leiche in eine Decke, binden Seile um Hals und Fußgelenke, ziehen den Körper heraus. Zugedeckt und auf der Erde liegend, erinnert er mich an ein Unfallopfer, das man soeben aus einem Autowrack geschnitten hat. Man sieht solche Bilder im Fernsehen: ein grauenhaft verstümmeltes Wrack, Polizisten, Sanitäter und, in eine Decke oder Plane gewickelt, die Leiche am Straßenrand.

Wir schaufeln die Grube wieder zu. Ich stecke den Holzstab mit dem Schild an seine ursprüngliche Stelle, nehme Michael die Taschenlampe ab, mache eine Runde um den Erdhügel. Das geschulte Auge wird vielleicht einen Unterschied zu früher erkennen. Aber welches Auge wird schon auf so etwas geschult?

Meine beiden Helfer hieven Vaters Körper über die Mauer. Er ist steif. Ich merke, wie schwer sich die beiden tun, aber ich bin nicht in der Verfassung, ihnen zu helfen. Auf der anderen Seite fällt die Leiche auf die Erde. Ein dumpfes Geräusch, begleitet vom Rascheln des Laubes. »Pass doch auf!«, zischt Michael halblaut. Zapf flüstert etwas, das ich nicht verstehen kann. Ich klettere als Letzter hinüber, leuchte noch einmal zurück. Der Lichtkegel gleitet über die Gräber und den Erdhügel.

»Du hast den Stock falsch hineingesteckt«, sagt Zapf.

»Was?«

»Den Stock mit der Plakette. Der Schriftzug zeigt jetzt Richtung Mauer. Es war aber verkehrt rum.«

Es kostet mich viel Überwindung, noch ein Mal über die

Mauer zu steigen. Ich drehe das Schild um und beschließe, einen schönen Grabstein in Auftrag zu geben. Am besten aus schwarzem Marmor mit einer eingearbeiteten Photographie von Vater aus seiner Jugendzeit. Ich denke an ein bestimmtes Bild aus dem Jahre 1949, das ihn in israelischer Uniform zeigt. Plötzlich fällt mir ein, wie mich Vater vor langer Zeit gebeten hatte, nicht so zu werden wie er.

Meine Helfer legen den Körper in den Wagen und decken ihn mit Kleidern, leeren Kartonschachteln, Bootszubehör und Abdeckplanen zu.

»Wir sollten uns umziehen«, meint Michael.

»Jetzt brauche ich einen Schnaps«, sagt Zapf mit zitternder Stimme. Er trinkt hastig, hebt dabei den Kopf, nimmt zwei, drei Schluck. Die Haut auf seinem mageren Hals dehnt sich, sein Adamsapfel bewegt sich schnell auf und ab. Danach setzt er sich auf den Beifahrersitz und schließt die Augen. Währenddessen zieht sich Michael um, wechselt seinen blauen Overall und die Stiefel wieder gegen Jacke, Kordhose und Turnschuhe aus. Seine Bewegungen sind langsam, fast bedächtig.

Auf dem Weg hinunter in die Stadt gerät der Wagen einige Male auf die Gegenfahrbahn. Michael gibt Gas und schneidet die Kurven. Glücklicherweise kommt uns niemand entgegen. Ich schaue auf die Uhr. Es ist halb zwei. Kurz vor Patsch taucht eine Frau im Scheinwerferlicht auf. Sie trägt einen bauchfreien Oberteil und Minirock, hat dicke Beine, besonders die Waden – eigentlich nicht schön genug, um sie zu entblößen. Auf einmal bremst der Wagen abrupt. Ich werde in den Gurt und wieder in den Sitz zurückgeschleudert.

»Bist du wahnsinnig?«, schreit Zapf.

Wir fahren im Schritttempo an der Frau vorbei. Ihr rundes, kindliches Gesicht wirkt erschrocken. Sie bleibt stehen, macht dann unschlüssig ein, zwei Schritte, dreht sich um und läuft in die Richtung davon, aus der sie gekommen ist. Michael kichert und gibt wieder Gas.

»Was soll das?« Zapf rutscht nervös auf dem Sitz, schaut abwechselnd Michael und mich an.

»Ich wollte ihr Gesicht sehen«, erklärt Michael.

»Wozu?«

»Sie hat schon von hinten so geil ausgesehen. Das pralle Leben. Diese Beine!«

»Ich möchte mich betrinken«, stöhnt Zapf.

Wir setzten Zapf vor seinem Haus ab. Zum Abschied schenkt ihm Michael eine Schnapsflasche, keinen Flachmann, sondern eine Literflasche aus Glas. Es scheint, als habe er eine Bar in seinem Handschuhfach. Zapf nimmt das Geschenk und geht schnell davon, ohne sich zu verabschieden.

Auf der Autobahn überholt Michael die Lastwagen so schnell, dass es scheint, als würden sie stehen. Der Zeiger auf dem Tachometer pendelt zwischen hundertfünfzig und zweihundert. Manchmal tauchen Rückstrahler vor uns auf, kommen mit hoher Geschwindigkeit näher. Ich schließe die Augen und umklammere krampfhaft meine Knie.

»So ein blöder Trottel!«, schimpft Michael. »Was macht er in der dritten Spur, wenn er so langsam dahinkriecht.«

»Könntest du nicht etwas vorsichtiger …«, setze ich zaghaft zum Protest an, aber er unterbricht mich: »Mach wieder die Augen zu und lass mich fahren.« Die Wagen vor uns wechseln rechtzeitig den Fahrstreifen.

»Siehst du! Ich brauche nicht mal zu bremsen.« Michael lacht. »Ich tu ihnen einen Gefallen. Ich schicke sie dorthin, wo sie hingehören, in die zweite Spur. Dort werden sie auch bleiben. Den Schreck vergessen sie nicht so schnell.«

»Ich habe mir immer schon gewünscht, auf der Autobahn zu sterben«, sage ich. »Ich überlege mir nur, was man sich denken wird, wenn man außer unseren beiden Leichen auch die meines Vaters aus dem Wrack zieht.«

»Schade, dass die Kultusgemeinde in den letzten Tagen die Grabplatte und den Grabstein deiner Mutter wieder aufstellen hat lassen«, meint Michael. »Sonst hätten wir den Körper tatsächlich dort vergraben können, wo dein Vater seine letzte Ruhestätte finden wollte, und hätten uns diese Fahrt erspart.«

»Sie müssen den Arbeitern ein kleines Vermögen bezahlt haben, damit alles so schnell geht. Der Steinmetz hat von ihnen bestimmt ein ordentliches Trinkgeld erhalten, damit er ihnen den Grabstein übergibt. Eigentlich sollte er den Namen meines Vaters unter dem meiner Mutter einfügen – den Auftrag habe ich nie storniert. Aber welcher Steinmetz legt sich schon mit einer Friedhofsverwaltung an!«

Es ist noch dunkel, als wir in Dortmund ankommen. Onkel Robert wohnt in einem Viertel nördlich des Hauptbahnhofs. Ich bin nur einmal, vor mehr als zwanzig Jahren, hier gewesen. Mein Vater und Onkel Robert haben die ganze Zeit gestritten, und wir sind vorzeitig abgereist.

Ich muss den Stadtplan zur Hand nehmen. Schließlich finden wir die gesuchte Straße. Als Kind war mir aufgefallen, dass Onkel Robert an einem der wenigen hübschen Orte dieser Stadt zu Hause ist. Grüne oder beigefarbene Häuser mit Erkern und Stuckdekorationen. Zwischen Gehsteig und Fahrbahn wachsen Eichen und Ahorne. Eine ruhige Gegend abseits der Durchzugsstraßen. Allerdings wohnt Onkel Robert im hässlichsten Haus seiner Straße, einem Betonblock aus den Sechzigerjahren. Vater wertete dies als Zeichen für Roberts Hang zum »Unglück im Glück«. Mein Onkel war jedoch stolz auf seine Zweizimmerwohnung und den Fensterblick auf einen begrünten Innenhof.

Michael verspricht, mich in einer Stunde abzuholen. In der Zwischenzeit werde er uns etwas zu essen besorgen. Ob ich ebenfalls Lust auf Buletten hätte? Wenn er körperlich arbeite, bekomme er immer Lust auf Buletten oder auf Wiener mit Senf und Ketchup. Ich beteuere, keinen Hunger zu haben.

»In ein paar Stunden kippst du um«, sagt Michael. »Jeder kippt um nach einer solchen Nacht. Wenn dich der Magen nicht schafft, dann macht dich die Psyche fertig. Ich besorge dir Buletten, und du wirst sie essen! Punkt.« Es hat keinen Sinn, mit Michael zu streiten.

Ich blicke dem Wagen nach. An der nächsten Kreuzung biegt er Richtung Innenstadt ab. Erst jetzt, im Morgenlicht, bemerke ich, dass die Stoßstange mit Rostflecken überzogen ist.

Auf der Gegensprechanlage fehlt Onkel Roberts Name. Über allen Knöpfen außer einem einzigen stehen Namen. Ein Lämpchen leuchtet hinter einem zerbrochenen Glasplättchen. Ich drücke den Knopf: dreimal lang, dreimal kurz – ein Signal, bei dem mein Vater immer wusste, dass ein Verwandter oder Freund gekommen war. Vielleicht kennt auch Onkel Robert diesen Code.

Keine Antwort.

Ich drücke den Knopf ein weiteres Mal. Wieder nichts. Erst nach einer halben Minute höre ich die Stimme meines Onkels, verschlafen und ängstlich.

»Ja bitte?«

»Ich bin's. Gabriel.«

Schweigen.

»Gabriel!«, schreie ich in die dunkelbraune Scheibe aus Plastik mit Löchern. Sie wirkt genauso schäbig wie die zerkratzte und mit Graffiti beschmierte Haustür. »Gabriel Salzinger!«

»Du? Hier? Um diese Zeit?« Einen Augenblick später summt der Türöffner.

Im Flur ist die Decke so niedrig, dass ich sie mit den Fingerspitzen berühren kann. Auf die blau gestrichene Wand hat jemand mit schwarzer Tusche: *Doris, bald werde ich dich…* geschrieben. Die Zeichnung nebenan lässt keinen Zweifel aufkommen, was mit den Auslassungspunkten gemeint ist.

Der Aufzug knattert und zittert, als müsste er demnächst auseinander fallen. An der hinteren Wand hängt ein Spiegel. Auch auf ihm hat der »Künstler« seine Spuren hinterlassen. Normalerweise berührt mich so etwas nicht. Doch jetzt ärgert mich die Schmiererei. Ich lehne mich mit dem Rücken gegen den Spiegel und spüre plötzlich, wie müde ich bin. Mein Herz pocht. Ich befürchte, nach dem Treffen mit Onkel Robert keine Kraft mehr zu habe, mein Vorhaben auszuführen. Ich greife in meine Jackentasche und hole meine Zigarettenschachtel heraus. Im Aufzug ist ein Aschenbecher an die Wand geschraubt. Darüber klebt ein Rauchverbotsschild. Das würde mich nicht vom Rauchen abhalten, aber ich habe auf einmal kein Bedürfnis danach. Die letzte Zigarette habe ich nach dem Treffen mit Andreas Voller geraucht. Ich halte die Schachtel in der Hand, bis der Aufzug im vierten Stock hält, und lege sie dann in die Tasche zurück.

Onkel Robert ist nur mit einer Pyjamahose bekleidet. Sein nackter Oberkörper mit den spärlichen rötlichen und weißen Haaren auf der Brust, den schiefen Schultern und dem krummen Rücken ist mit Leberflecken übersät. Ich frage mich, was er in seinem früheren Leben verbrochen hat, um so aussehen zu müssen.

Es ist heiß. Ich ziehe Jacke und Pullover aus. Robert führt mich ins Wohnzimmer. Das Mobiliar ist so alt wie das Haus. Das letzte Mal habe ich ein Sofa und Stühle dieser Art auf dem Sperrmüll gesehen. An der Wand hängt ein abscheuliches Plakat, das eine verschleierte Tänzerin zeigt. Im Hintergrund sieht man die Silhouette des Taj Mahal.

»Strom und Warmwasser haben sie mir noch nicht abgedreht«, sagt Robert. »Deshalb habe ich die Zentralheizung höher gedreht als sonst. Ich liebe es, wenn es in den Nächten warm ist. Wer weiß, wie lange ich frieren werde müssen.«

»Das geht nicht so schnell. Zuerst kommt die erste, dann die zweite Mahnung. Erst nach der dritten drehen sie den Strom ab.«

»Am Ersten des kommenden Monats erhalte ich meine Rente. Bis dahin allerdings … Es wäre mir sehr peinlich, aufs Sozialamt zu gehen …«

Ich hole zwei Fünfhunderteuroscheine aus meiner Geldbörse und reiche sie ihm.

»Bist du deshalb gekommen?«, fragt er und nimmt das Geld.

»Ja«, sage ich.

»Mitten in der Nacht?«

»Es hat sich so ergeben.«

Er zuckt mit den Schultern. »Mir soll's recht sein. Eine Stunde später wäre ich ohnehin aufgestanden. In meinem Alter schläft man nicht viel.«

Es ist hell geworden. Durch das Fenster sehe ich die leuchtend roten Blätter eines Ahorns in den ersten Strahlen der herbstlichen Sonne. Mit einem solchen Baum im Blickfeld ist sogar in Dortmund das Leben erträglich, denke ich.

Mein Onkel bietet mir Kaffee an. Ich lehne ab. Ich sei weder hungrig noch durstig und müsse bald weiter. Er stellt trotzdem Brötchen und Marmelade auf den Tisch, fragt, wohin ich unterwegs sei. »Nach Holland«, sage ich, »ausspannen, Distanz gewinnen.«

»Das ist gut«, meint er. »In einem fremden Land hat man am ehesten die Möglichkeit, zu sich selbst zu finden.«

»Holland ist nicht fremd für mich. Ich habe dort Freunde.«

»Umso besser«, erklärt er. »Die schönsten Orte sind immer jene, an denen wir nicht leben. Wir freuen uns, wenn wir hinkommen, und freuen uns noch mehr, wenn wir wieder abreisen.«

»Ich weiß nicht, ob ich abreisen werde. Vielleicht bleibe ich dort. Ein holländischer Freund von mir, er heißt Marc, hat ein Zimmer in Amsterdam, das ich mieten könnte. Aber ich bin mir nicht sicher, ob ich das will.«

»Ist es im Leben nicht immer so? Der Mensch ist ein Wanderer. Die meisten sind darin Amateure, nur wir Juden sind Meister dieses Fachs. Und weißt du, warum? Weil wir gelernt haben zu stolpern. Die anderen stolpern, fallen und krümmen sich vor Schmerz. Wir haben gelernt, aufzustehen. Schau mich an. Ich bin das personifizierte Stolpern …«

Warum sagt er das?, denke ich. Merkt er nicht, wie lächerlich er ist? Drischt banale Phrasen. Warum hält er nicht einfach den Mund? Möchte er sich bei mir für die tausend Euro mit ein paar guten Ratschlägen bedanken? Ich habe in letzter Zeit genug Lebensweisheiten gehört. Gibt es niemanden, der mit mir einfach nur Trauer und Schmerz teilt? Sogar Michael möchte mich mit Schnaps und Buletten kurieren.

»Gott hat uns auserwählt, damit wir stolpern.« Ich beginne zu lachen.

»Nein«, befindet er. »Er hat uns auserwählt, damit wir den anderen das Stolpern vorleben.«

»Wenn das so ist, dann hat der Allmächtige sein Ziel längst erreicht«, sage ich und denke, dass unsere Gottsuche vielleicht genau bei dieser Phrasendrescherei endet. Dann wäre Gott die metaphysische Dimension des Unsinns. Der Rabbiner, der Präsident der Kultusgemeinde, Rabinowitsch und sogar Gerhard hätten Recht, ich hingegen wäre ein Narr.

Ich erzähle von Vaters Begräbnis auf dem Friedhofsteil für nichtarische Christen.

Ihn dort begraben zu lassen, sei vernünftig gewesen, meint mein Onkel.

»Mit Vernunft hat das nichts zu tun«, entgegne ich.

»Doch.«

»Warum?«

»Ich erinnere mich, wie er mit seinen kurzen Hosen und einem Köfferchen in der Hand am Eingang zu unserem Kibbuz gestanden hat. Meine Eltern und ich waren ja schon früher emigriert. Legal. Nach der beschwerlichen Reise und den Wochen im Internierungslager Atlit, das die Briten für illegale jüdische Einwanderer eingerichtet hatten, war er mager, litt an Avitaminose, konnte sich kaum noch auf den Beinen halten. Aber er war glücklich. Alle waren glücklich. Meine Eltern, seine Mutter, wir beide. Endlich raus aus Nazideutschland! Eine bessere Welt wartete auf uns und das große Abenteuer. Aber er ist nie angekommen. Wir sind beide abgefahren, aber nie angekommen… Glaub mir, er wird sich bei den nichtarischen Christen wohl fühlen. Für die Juden waren sie Gojim, für die Nazis waren sie Juden. Sie und dein Vater passen gut zueinander.«

»Er wollte neben Mutter begraben werden. Das waren seine letzten Worte vor dem Tod.«

»Na und?! Sind diese Worte deshalb heilig? Hast du deinem Vater vorher jeden Wunsch erfüllt? Ändert es etwas für dich, wenn ich dir sage, dass ich morgen sterbe und nicht erst in viereinhalb Jahren? Wird das, was ich heute sage, dadurch bedeutsamer?«

»Ja«, erwidere ich.

Er schüttelt den Kopf und wendet sich ab. »Dann respektierst du den Tod mehr als das Leben«, murmelt er. »Du solltest endlich wieder heiraten und Kinder haben.«

7

WIR RASEN RICHTUNG WESTEN. Michael möchte die Strecke bis zur Grenze »voll ausfahren«. Er sei stolz, in einem Land zu leben, wo es keine Geschwindigkeitsbeschränkungen auf der Autobahn gibt.

»Von der Freiheit in den Tod«, sage ich.

»Alles hat seinen Preis«, meint er.

Ich bemühe mich, nicht auf den Tachometer zu schauen und betrachte stattdessen Michaels Gesicht. Mein Freund wirkt angespannt, aber zufrieden. Sein Mund bewegt sich, als würde er kauen. Wenn er Gas gibt und zum Überholmanöver ansetzt, leuchten seine Augen auf. Mit der Zungenspitze streicht er über seinen Oberlippenbart von links nach rechts und wieder zurück.

»Schau mich nicht so an, das macht mich nervös«, sagt er. »Iss lieber was.«

Michael hat tatsächlich Buletten besorgt. Zwei dunkelbraune Fleischklöße mit grauen Flecken. Allein von ihrem Geruch wird mir übel. Ich verspreche, sie bei der nächsten Fahrtunterbrechung zu essen. Jetzt würde ich keinen Bissen hinunterbringen. Schon gar nicht im Auto. Das müsse er verstehen.

»Ach so. Du riechst es also auch?«, fragt er.

»Die Buletten?«

»Nein.«

Ich drehe mich weg und schaue durch das rechte Seitenfenster hinaus. Kein einziger Hügel. Felder bis zum Horizont. Von Pappeln gesäumte Chausseen, kleine Waldflächen, Backsteinhäuser mit weiß gestrichenen Simsen, Fenster- und Türrahmen. Ich bin froh, dass der Ruhrpott hinter uns liegt und die Nacht vorbei ist.

»Ich möchte vor der Grenze noch ein Pause machen«, sage ich.

»Gut… Die nächste Abfahrt ist in drei Kilometern.« Michael tastet mit der rechten Hand nach dem Handschuhfach. »Gibst du mir bitte mein Fläschchen.«

Ich reiche ihm die Schnapsflasche. Nach dem Alkoholkonsum der letzten Nacht müsste er längst betrunken sein, aber auf einmal ist es mir egal, ob wir gegen die Leitschiene krachen, mit einem anderen Fahrzeug kollidieren oder von der Polizei angehalten werden. Ich fühle mich wohl. Das Herz schlägt schneller. Am liebsten würde ich davonfliegen. Es kommt mir vor, als sei ich eins mit dem Fahrzeug, mit meinem toten Vater und meinem Begleiter. Ich weiß, dass ich für alles bezahlen werde, zehnfach, hundertfach. Doch an diesem Tag bin ich glücklich und unverwundbar. Das ist mir das Schicksal schuldig.

»Fahr schneller!«, sage ich zu Michael. »Du wolltest doch die letzten Kilometer der deutschen Autobahn ausfahren.«

Das erste Mal, seit wir losgefahren sind, macht er ein erstauntes Gesicht. »Wenn du das möchtest«, murmelt er und gibt Gas. Der Anhänger des Lastwagens vor uns kommt gefährlich nahe und gleitet rechts an uns vorbei. Für einen Moment blitzt die Sonne im Seitenfenster des Führerhäuschens, dann spüre ich, wie der Gurt in meine Haut schneidet und gegen mein

Schlüsselbein drückt. Eine ätzende Flüssigkeit steigt mir vom Magen in den Hals.

Das Schild am Ende der Ausfahrt verweist auf einen Ort, dessen Namen ich sofort wieder vergesse. In der Kurve schleudert es mich gegen Michaels Schulter. Das laute Quietschen der Bremsen übertönt seine Flüche. »Keine Angst, es kann uns nichts geschehen, nicht heute«, sage ich, als wir an einer Ampel am Ende der Autobahnabfahrt halten.

»Es ist dein Tag«, meint Michael. »Wenn du sagst, dass uns nichts geschehen kann, dann ist es so.«

Das Städtchen hat kein richtiges Zentrum und scheint aus einer einzigen langen Straße zu bestehen. Die Geschäfte sind geschlossen. Hinter einer Auslage sehe ich eine Frau an einer Schaufensterpuppe hantieren. Es ist noch früh am Morgen. Schließlich taucht auf der linken Seite ein kleiner Platz mit einem Kriegerdenkmal und einem Springbrunnen auf. Hinter dem Platz steht eine Kirche aus Backstein. Ein nüchternes Nachkriegsbauwerk.

Michael parkt den Wagen vor einem Supermarkt. Wir gehen in das einzige Kaffeehaus, das schon offen ist. In seinem Inneren hat alles eine rosa Farbe. Die Sitzbezüge. Die Tischdecke. Die Wände. Sogar die Schürze der Kellnerin. Nicht zu Unrecht heißt es Café Rosalia.

Außer drei älteren Damen sind wir die einzigen Gäste. Die Kellnerin, eine groß gewachsene Blondine, hat ein verschlafenes Gesicht. Ich bestelle mir ein Kännchen Tee mit Milch, Michael einen Espresso. Mein Freund holt aus einer Plastiktüte eine Lunchbox heraus, öffnet sie – der würzige und ein wenig süßliche Geruch von Hackfleisch und Zwiebeln sticht mir unangenehm in die Nase. Die Buletten sind in ein Brötchen gepackt. Als Michael hineinbeißt, tropfen Fett und Ketchup auf die rosa Tischdecke.

»He, Sie!« Die Kellnerin hat eine heisere Stimme. »Sie können hier keine mitgebrachten Speisen essen.«

»Daran habe ich jetzt nicht gedacht«, murmelt Michael. »Bei uns in der Kneipe war das nie ein Problem.«

Ich klopfe ihm auf die Schulter. »Iss nur weiter«, sage ich.

Die Kellnerin steht hinter der Bar. Ich gehe zu ihr. »Möchten Sie etwas zu essen bestellen?«, fragt sie.

Ich reiche ihr einen Fünfzigeuroschein. »Das wird wohl ausreichen, dass mein Freund bei Ihnen seine Buletten essen darf.«

Ein Ausdruck von Erstaunen und Freude glättet die Falten in ihrem Gesicht. Nur die Stimme bleibt unfreundlich.

»Dafür dürfen Sie bei uns sogar'n Huhn schlachten«, erklärt sie und steckt das Geld in ihre Schürzentasche.

»Sehr freundlich, danke«, sage ich.

»Kann ich sonst noch etwas für Sie tun?«

»Einen Aschenbecher bitte.«

»Wir haben Rauchverbot. Aber man kann ja eine Ausnahme machen.«

Als ich an unseren Tisch zurückkomme, hat Michael das Brötchen schon weggepackt. »Ich habe keinen Appetit mehr«, sagt er.

Die Kellnerin bringt einen Einwegaschenbecher aus dünnem Aluminium. Ähnliche sieht man oft auf den Tischen von Snackbars oder Bistros. Ich stecke mir eine Zigarette in den Mund, doch wie schon zuvor in Dortmund habe ich plötzlich keine Lust zu rauchen.

»Alles in Ordnung?«, fragt die Kellnerin, macht eine leichte Verbeugung und lächelt. Sie hat schiefe Zähne. Michael bestellt sich einen weiteren Kaffee und schaut auf die Uhr.

»Wir brauchen uns nicht zu beeilen«, meint er.

»Könnte der Geruch ein Problem werden?«

»In höchstens zwei Stunden sind wir am Ziel.«

»Spätestens am frühen Nachmittag ist alles vorbei.«

»Und danach?«

»Ich weiß es noch nicht.«

»Wenn du vorerst in Holland bleiben möchtest, bringe ich dich nach Amsterdam.«

»Vielleicht verbringe ich ein oder zwei Tage in Amsterdam oder in Utrecht. Das ist meine Lieblingsstadt in Holland.«

»Wenn du willst, bleibe ich bei dir. Für ein paar Tage kann ich Urlaub nehmen.«

»Danke.«

»Du wolltest, dass ich dir helfe, also tu ich das auch.«

Michael war immer schon hilfsbereit. Das war in der Grundschule so und später im Gymnasium nicht anders, wo wir durch Zufall wieder in derselben Klasse waren. Die Lehrer fragten ihn oft, weshalb er seinen Mitschülern bei den Hausaufgaben half, die Schultaschen nachtrug oder die Bleistifte spitzte. Er hatte für alles eine logische Erklärung. »Franz interessiert sich nicht für Mathematik. Ich habe die Aufgaben für ihn gelöst, damit er sich nicht plagt.« Oder: »Andreas hat eine schwere Schultasche. Wenn er sie tragen muss, schwitzt er sehr, weil er so fett ist.« Oder: »Ich wollte ohnehin meine Bleistifte spitzen. Warum soll ich die der anderen also nicht gleich mitspitzen?«

Michaels Eltern waren kultivierte Menschen – der Vater Primarius an der Gigrichter Augenklinik, die Mutter Französischlehrerin an einer katholischen Privatschule. Michael und seinen zwei älteren Brüdern, die beide wurden später Ärzte wie ihr Vater, fehlte es an nichts. Die Kinder hatten teure Spielsachen und Hobbys, die von den Eltern gefördert wurden. Michaels jüngere Schwester – sie wurde später Biologin – besaß sogar ein Reitpferd.

Ich hatte den Eindruck, dass Michael ein zufriedenes Kind war, obwohl er wenig sprach, kaum Freunde hatte und von seinen Geschwistern oft gequält wurde. Am wohlsten fühlte er sich in seinem Zimmer. Dort lagen drei dicke Alben mit Briefmarken, eine Schmetterlingssammlung sowie hunderte Streichholzschachteln. Außerdem interessierte er sich für Münzen und schon damals für Boote. Er bastelte sie aus Holzfaserplatten, Karton und Pappe.

Michael war ein schwacher Schüler. Nach der neunten Klasse verließ er das Gymnasium und machte eine Tischlerlehre. Zehn Jahre arbeitete er in einer Tischlerei. Dann entdeckte er seine Begeisterung für das Autofahren und beschloss, Taxifahrer zu werden. Nachdem er vier Jahre kreuz und quer durch Gigricht gefahren war, kehrte er wieder in seinen erlernten Beruf zurück. Er kenne inzwischen jede Straße und jedes Gebäude der Stadt, habe sie alle gezeichnet und photographiert, erklärte er mir. Der Job reize ihn nicht mehr.

Mit dreißig Jahren begann Michael, Segelboote zu kaufen. Es war eine teure Leidenschaft, bei der er auf die finanzielle Unterstützung seiner Eltern angewiesen war. Inzwischen muss er ein gutes Dutzend davon besitzen. Sie stehen in deutschen, holländischen, französischen und kroatischen Häfen, alles kleine Modelle, die von einer Person bedient werden können. Bei seinen Segeltörns möchte Michael allein sein.

Laut Verkehrsschild befindet sich die niederländische Grenze viereinhalb Kilometer vom Ortskern entfernt. Ich habe genug von der Autobahn und möchte auf eine der Nebenstraßen ausweichen. An einer Tankstelle kaufen wir eine Karte der Region. Michael bittet mich, die Route zu wählen. »Wie schon erwähnt«, sagt er. »Es ist dein Tag. Du entscheidest.«

Hinter einem Einkaufszentrum verlassen wir die Hauptstraße. Der Weg, in den wir einbiegen, durchschneidet eine Wiesenlandschaft, die vereinzelt von Fichtenhainen und Birkenwäldchen unterbrochen ist. Man sieht weder Häuser noch Menschen, nur grasende Kühe. Wir fahren einige Kilometer. Niemand kommt uns entgegen. Ich kurble das Fenster herunter und sauge den Geruch des Herbstes ein. Es ist angenehm, mit Michael, meinem toten Vater und dieser Landschaft allein zu sein. Es wäre schön, den Motor abzustellen und den Wagen im Wind gleiten zu lassen. Bis Arnheim oder sogar Utrecht können wir über Nebenwege fahren. Auf eine zusätzliche Stunde kommt es nicht an. Es ist mir wichtig, diesen Tag mit Haltung zu ertragen und stilvoll zu beschließen.

Wir fahren durch einen Wald. Der Weg ist kurvenreich und eng. Ein Schild mit verwittertem Schriftzug weist darauf hin, dass die rechte Straßenseite die Staatsgrenze bildet. Hinter einer scharfen Rechtskurve sehen wir ein Polizeiauto am Straßenrand stehen. Ein Uniformierter winkt mit einer Kelle. Ein roter Kreis mit weißem Rand. Wir halten an. Der Polizist nähert sich uns mit langsamen Schritten, beugt sich auf der Fahrerseite herunter, berührt mit dem Zeigefinger seine Mütze.

»Guten Morgen. Ihre Ausweise, den Führerschein und den Zulassungsschein, bitte.«

Michael streckt die Hand nach dem Handschuhfach aus, öffnet die Klappe aber nur einen Spalt. Ich denke an den Flachmann und die beiden Schnapsflaschen, die dort liegen. Durch die Heckscheibe des vor uns stehenden Polizeiautos kann ich den rasierten Nacken eines weiteren Beamten erkennen. Das Wageninnere ist mit bläulichem Tabakrauch gefüllt. Von hinten schaut es aus, als würde der Rauch vom Kopf des Mannes aufsteigen.

»Grenzkontrolle?«, frage ich. »Was ist mit dem Schengener Abkommen?«

Der Beamte, ein korpulenter Mann Ende fünfzig mit schneeweißen Koteletten und rötlichem Oberlippenbart, lächelt mich an. »Punktuelle Kontrollen werden trotzdem durchgeführt«, sagt er freundlich. »Besonders auf Nebenstraßen. Wegen der vielen Wirtschaftsflüchtlinge. Im Übrigen sind Sie trotz Schengener Abkommen verpflichtet, einen Ausweis mit sich zu führen, wenn Sie verreisen.« Er wirft einen flüchtigen Blick auf unsere Ausweise und die Autopapiere. »In Ordnung!« Er gibt Michael die Dokumente zurück. »Fahren Sie auf Urlaub?«

»Ja«, sagt Michael.

»Was haben Sie eigentlich hinten drinnen?«

»Allerlei Zeug... Bootsausrüstung... vor allem«, sagt Michael nach einigem Zögern.

»Und die Leiche meines Vaters«, ergänze ich und lache.

Das Lächeln schwindet aus dem Gesicht des Beamten. Michael wird bleich. Immer schneller streicht seine Zunge über seinen Oberlippenbart. Er klammert sich am Lenkrad fest. Seine Nägel werden weiß, dann blau.

»Scherze dieser Art sollten Sie unterlassen«, ermahnt mich der Polizist streng. »Ich kann auch eine Fahrzeugkontrolle nach Vorschrift durchführen. Das dauert Stunden. Bin mir nicht sicher, ob Sie das wollen.«

Ich spüre, wie das Grinsen in meinem Gesicht immer breiter wird.

»Los, fahren Sie weiter, bevor ich's mir anders überlege!« Er geht zu seinem Wagen zurück.

Nach einem halben Kilometer macht der Wald wieder Feldern Platz. Es kommt mir vor, als würden wir in leichten Schlangenlinien fahren. Der Zeiger des Tachometers pendelt zwischen vierzig und fünfzig. Schließlich erscheint rechter Hand eine Betonhütte, deren Fenster mit Brettern zugenagelt sind. Auf einem Schild steht mit weißen Lettern auf blauen Hintergrund *Koningrijk der Nederlanden*. Die zwölf Sterne der EU bilden einen Kreis um die Aufschrift.

»Wenn wir im Knast landen, weiß ich nicht, ob ich mit dir in derselben Zelle sitzen möchte«, murmelt Michael.

Zwischen Scheveningen im Süden und Petten im Norden liegen die schönsten Sandstrände der Niederlande. Bei Haarlem ziehen sich die Dünen kilometerweit ins Landesinnere. Dort, wo sie fehlen, schützen Deiche das flache Land gegen den Ansturm des Meeres. In Nordholland befindet sich auch jener kleine Badeort, in dessen Fischerhafen die Große Amphore, eines von Michaels Segelbooten, liegt. Da wir in Amsterdam eine weitere Pause eingelegt haben, sind wir erst am frühen Nachmittag an unserem Zielort.

An der Strandpromenade stehen Hotels und Pensionen aus der Zeit um 1900, dahinter die Kirche, wenige hundert Meter vom Meer entfernt, ein weiß verputztes Gebäude mit schmalem Uhrturm. Eine Mole teilt den Strand in zwei Teile. Sie wirkt wie ein langer, ins Meer hinausragender Schatten des Kirchturms, von dem sie durch einen kleinen Park und einen Musikpavillon getrennt ist. Nördlich des Badestrandes liegt der Freizeit- und Fischereihafen mit bunt gestrichenen Bootshäusern, Kneipen und Boutiquen, die rund um ein Hafenbecken angeordnet sind. Den Ort und den Hafen nehme ich kaum wahr. Michael erzählt etwas über die Geschichte der Region und ihre wichtigsten Sehenswürdigkeiten, aber ich höre nicht zu. Ich weiß nur noch, wie wir Vaters in eine Decke gewickelten Körper vor den Augen der Bootsbesitzer und Kneipenbesucher hinunter zur Großen Amphore tragen. Natürlich könnten wir damit warten, bis der Hafen am späten Abend menschenleer ist, und erst am nächsten Morgen losfahren. Aber ich bin überzeugt, dass uns niemand Beachtung schenken wird und behalte Recht. An diesem Herbsttag ist ohnehin nicht viel los im Hafen. Vielleicht denken die anderen, wir würden einen in eine Decke oder Plane gewickelten Motor tragen. (Trägt man eigentlich Motoren in Decken gewickelt?) Ich weiß es nicht. Wahrscheinlich denken sie nicht über uns nach, weil wir zu offen agieren, um Misstrauen zu erwecken. Der Bootshauswärter sitzt auf einem Klappsessel und stopft seine Pfeife. Als wir an ihm vorbei zum Steg gehen, schaut er kurz auf, nickt Michael zu, sagt »Tag« und wendet sich wieder ab.

Die Große Amphore hat nichts mit einer Amphore gemeinsam. Es handelt sich um einen vier Meter langen und eineinhalb Meter breiten Einmaster mit einer winzigen Kajüte, in der sich eine aufklappbare Koje befindet. Wir legen Vater in diese Kammer.

Das Segelboot ist mit einem Motor ausgerüstet. Aus einem Kanister füllt Michael Benzin nach. Ich möchte ihm helfen, aber er schüttelt den Kopf. »Lass mich nur machen!«, brummt er. Ich lehne mich gegen den Mast, verschränke die Arme und warte, bis wir losfahren. Dann setze ich mich im vorderen Teil des Bootes auf den Boden und schaue hinaus aufs Meer. Es ist sonnig und beinahe windstill. In der Ferne sieht man den Flaum einiger Schönwetterwolken, die Silhouette eines Tankers, zwei oder drei Masten weiterer Segelboote, den Kondensstreifen eines Flugzeugs am Himmel, der am Horizont im Meer zu versinken scheint. Die Sonnenstrahlen glänzen an der leicht gekräuselten Wasseroberfläche. Meine Augen schmerzen. Der Seegang ist so schwach, dass ich ihn kaum wahrnehme. Ich spüre nur die regelmäßigen Erschütterungen, die vom Motor herrühren, höre sein Schlürfen und Husten, aufgeregt, anschwellend, dann wieder leise, so als müsse er jeden Augenblick absterben.

Ich kneife die Augen zusammen und schaue auf die Wasseroberfläche, bis die grünen, blauen und gelben Farben mich auszufüllen scheinen, so als würden sie aus mir herausfließen, sich mit der Außenwelt vermischen und wieder zu mir zurückkehren. Bald verliere ich jedes Zeitgefühl.

Wir haben beschlossen, dass Michael die Stelle und den Augenblick bestimmen soll. Er kennt diese Gewässer und kann am besten abschätzen, wann wir uns unbeobachtet fühlen können. Mein Rücken schmerzt. Ich krümme mich zusammen und verschränke die Hände hinter dem Kopf. Gestern hatte ich Selbstzweifel und Angst, vor ein paar Stunden war ich glücklich. Jetzt bin ich traurig und müde.

»Ist es bald so weit?«, frage ich.

»Ja.«

Ich muss an die junge Frau in der Gigrichter Volksbank denken, an ihr langes Haar, die dünnen Pinselstriche der Brauen, die dichten Wimpern. Seltsam, dass sie mir gerade jetzt einfällt. Ob es heute in der Bank wieder einen Systemabsturz gegeben hat? Ich stelle mir vor, dass es schön wäre, mit Michael, seinem Boot und Vater unterzugehen. Wäre das nicht ein stilvolles Ende?

»Hier ist es günstig.«

Ich drehe mich um. Das Dorf ist in weite Ferne gerückt. Der Strand – ein gelber Faden, der Kirchturm – ein Zigarettenstummel, der in den blauen Spielzeughimmel ragt. Michael hat eine Gore-Tex-Jacke angezogen und eine Sonnenbrille aufgesetzt. Gut, dass ich seine Augen nicht sehen muss.

Wir holen Vater aus der Kajüte.

»Du wirst nicht wollen, dass ich dabei bin«, sagt Michael, während er Vaters Körper auf die Seite rollt und die Decke wegzieht.

Ich nicke.

»Ich werde in der Kajüte warten.«

Das erste Mal seit dem gescheiterten Begräbnis in der Vorwoche sehe ich Vaters Gesicht mit den bleichen, aufgedunsenen

Wangen und blauen Lippen. Es kommt mir vor, als wären seine Haare länger, grauer und dünner geworden. Wieder habe ich das Gefühl, dass Vaters Seele längst an einem anderen Ort ist. Ich empfinde keine Wehmut. Sogar meine Hände zittern nicht mehr.

Das weiße Tuch, in das Vaters Körper gewickelt ist, harmoniert mit dem Blaugrün des Wassers und der weinroten Farbe des Bootes. Ich stelle mir vor, wie jemand, der in einiger Entfernung unsichtbar über dem Wasser schwebt, von uns ein Photo macht oder – besser noch – ein Bild malt. Zwei Männer in einem Boot beugen sich über einen Körper, der in ein Leichentuch gewickelt ist. Sonst sieht man nur die ruhige See, Möwen und den strahlend blauen Himmel. Alles ist so friedlich, wie der schönste Tod, den man sich vorstellen kann.

Wir legen den Körper auf eine Bank im Heckteil neben dem Ruder. Michael holt einen alten Anker unter dem Sitz hervor – ein rostiges Kreuz –, zieht ein faustdickes Seil durch den Ring, bindet ihn mit einem Seemannsknoten an den Knöcheln des Toten fest, klappt den Ruderbalken zur Seite, um Platz zu schaffen, und begibt sich schweigend in die Kajüte.

Ich lege meine Hand auf Vaters Stirn. Sie ist kalt und hart wie Stein. »Verzeih mir!«, sage ich. »Verzeih mir, dass ich deinen letzten Wunsch nicht erfüllen konnte. Ich habe es versucht, leider vergeblich. Aber ich weiß, wie sehr du das Meer geliebt hast. Wie oft hast du mir von der Überfahrt nach Palästina berichtet und davon, wie glücklich du damals warst. Die Erde hat dir kein Glück gebracht. Nicht die deines Geburtslandes, nicht jene von Erez Israel oder die geweihte Erde, in der Mutter liegt. Ich hoffe, ich handle in deinem Sinne, wenn ich das Meer zu deinem Friedhof mache, deinem Haus des Lebens. Verzeih mir bitte, dass ich deinen Körper heimlich in der Nacht entwenden musste, aber Seebestattungen sind nur nach Einäscherungen erlaubt, und du wirst verstehen, dass ich dich nach allem, was unserer Familie und anderen Juden angetan worden ist, nach Auschwitz und Treblinka, in keinem Krematorium verbrennen lassen wollte.«

Die Bordkante reicht nur zehn Zentimeter über die Höhe der Bank hinaus. Ich greife nach dem Anker. Er ist schwer. Es kostet mich einige Mühe, ihn hochzuheben und über Bord zu werfen. Dann geht alles sehr schnell. Michael hat mir gesagt, ich solle den Körper ins Wasser stoßen, bevor sich das Seil spannt und das Boot aus dem Gleichgewicht bringt. Ich beeile mich. Das Meer kippt nach unten. Für eine Sekunde habe ich den Himmel vor Augen. Ich höre ein saugendes und gurgelndes Geräusch. Dann sehe ich nur die leicht gewellte Wasseroberfläche und die Umrisse des Tankers am Horizont.

»Jisgaddal wejiskaddasch«, flüstere ich, »sch'me rabbo, beolmo diwro chiruse w'jamlich mal'chusse, bechajechon uwjomechon uw'chaje d'chol bes jisroél, baágolo uwisman koriw; w'imru: Amen!« Ich werde lauter, schreie. »Jehe sch'me rabbo me'worach leolam uleolme olmaju. Jisborach we'jischtabach w'jispoar w'jisromam, w'jisnasse, w'jishadar w'jisale w'jishallol sch'me d'kudscho, b'rich hu, l'e'lo min kol birchosso w'schirosso tuschb'chosso w'nechomosso, daámiron b'olmo, w'imru: Amen! J'he' scholom rabbo min schemajo w'chajim oleno w'al kol jisroél, w'imru: Amen! Os'ze scholom bimromov, hu jaásze scholom, olenu w'al kol jisroél, w'imru: Amen!«

Ich klopfe gegen die Kajütentür und wende mich ab, als Michael herauskommt. Ich möchte weder ihn, noch den Himmel, das Meer, die Küste oder die anderen Schiffe sehen. Am liebsten wäre ich blind und taub, doch das erste Mal seit langer Zeit habe ich das Gefühl, ganz bei mir zu sein. Eine leichte Brise zieht auf und beschleunigt unsere Fahrt zur Küste. Als wir uns dem Hafen nähern, schlägt die Kirchturmglocke drei Uhr.

Glossar

Thora
Das hebräische Wort Thora bedeutet im allgemeinen Sprachgebrauch »Lehre«, in der Sprache des Rechts aber eine absolut verbindliche Anweisung im Sinne geoffenbarten Gotteswillens. Dies bezieht sich sowohl auf die so genannte »schriftliche Thora«, die fünf Bücher Mose, als auch auf die »mündliche Thora« in einer seit Mose kontinuierlichen mündlichen Überlieferung, die schließlich um 200 u. Z. in der so genannten Mischna kodifiziert wurde. Die gesamte hebräische Bibel wird hingegen als Tenach bezeichnet, sie inkludiert neben der Thora die Bücher der Propheten (Newiim) und die Hagiographen (Ketuwim), insgesamt 24 heilige Bücher.

In der Auseinandersetzung mit dem Christentum, das die Heilswegfunktion der Thora durch Werk und Person Jesu Christi ersetzte, und dann mit dem Islam, der die Prophetie des Mohammed als abschließende Offenbarung rangmäßig über die Thora setzte, sah sich das mittelalterliche und neuzeitliche Judentum zu einer energischen Betonung der Unaufhebbarkeit der Thora, der jüdischen Gesetze, genötigt. Für orthodoxe Juden gilt der im Jahre 1564 publizierte »Schulchan Aruch«

(hebräisch für »wohlgeordneter Tisch«) des Rabbiners Josef Karo als die endgültige und verpflichtende religiöse Gesetzessammlung der mündlich überlieferten Thora und bestimmt das Leben bis ins kleinste Detail. Durch das Reformjudentum erfolgte eine Umwertung der Thora. Rituelle Gesetze sind nach den Vorstellungen der Reformbewegung von Menschen entwickelt worden, um den religiösen Bedürfnissen ihrer Zeit zu entsprechen. Diese Gesetze können von Generation zu Generation neu ausgelegt oder sogar aufgehoben werden, um so das religiöse Leben zu bereichern und das jüdische Volk zu einigen.

Talmud
Das hebräische Wort Talmud bezeichnete zunächst die schriftlich überlieferte Lehre, die Bibel, und deren Studium. Heute versteht man darunter die ganze rabbinische Lehre, die aus der Mischna, der »mündlichen Thora«, und den auf ihr fußenden Interpretationen der Gesetze (entstanden hauptsächlich zwischen dem 3. und dem 8. Jahrhundert u. Z.), der so genannten Gemara, besteht.

Die Mischna ist in 6 Einheiten aufgeteilt, die 6 große Lebensbereiche umfassen. Diese so genannten Sedarim – Ordnungen – bezeichnen Bestimmungen zur Landwirtschaft (Zeraim), zu den Festen und Feiern (Moed), zu den Rechten und Pflichten der Frauen (Naschim), zu Bestimmungen des Rechtslebens (Neziqim), zum Bereich des Heiligen und Profanen (Qodaschim) und zu den Fragen der Reinheit und Unreinheit (Toharot). Die Sedarim sind in insgesamt 63 Traktate unterteilt. Die talmudischen Gelehrten haben diese Bestimmungen ergänzt und kommentiert. Der Kommentar nennt sich Gemara, was ebenfalls »Lehre« bedeutet, vor allem aber aufgrund der Sprachwurzel »gamar« als Vervollständigung und Vervollkommnung der Mischna verstanden wurde. Das heißt aber nicht, dass die Gemara die Mischnakommentierung abschließt, weil im Judentum Kommentar immer wieder neuen Kommentar nach sich zieht. Nach rabbinischer Meinung macht erst die Kommentierung eine Schrift, Lehrmeinung oder Aussage vollkommen. Der Talmud ist daher von seinem Ansatz her keine in sich ruhende endgültige Lehräußerung, sondern vielmehr die beständig neu zu interpretierende und auf den jeweiligen Sachverhalt hin auszulegende Basis.

Der Talmud ist in Israel und in Babylonien entstanden. Der so genannte Palästinische Talmud ist die wesentlich kürzere und unbedeutendere Version, weshalb sich der Begriff Talmud üblicherweise auf den Babylonischen bezieht.

Der Babylonische Talmud ist das Ergebnis jahrhundertelanger Auseinandersetzung mit dem Judentum in einer nichtjüdischen Umwelt. Fast 6000 Seiten Folio sind entstanden. Sie enthalten alles den Rabbinern in Babylonien wichtige Material und beschränken sich keineswegs nur auf die Kommentierung der Mischna. Insgesamt kann man eher von einer Enzyklopädie sprechen. Neben ausführlichem Material zu den jüdischen Gesetzen finden sich darin Legenden, Anekdoten, Wissensstoff aus allen wichtigen Disziplinen wie der Mathematik, Biologie, Medizin und vieles mehr. Ein eindeutiges Verbot für die gemeinsame Bestattung von Juden und Nichtjuden kann aus dem Talmud nicht abgeleitet werden.

Halacha

Das hebräische Wort Halacha bezeichnet im weiteren Sinne die gesamte gesetzliche Tradition des jüdischen Rechts. Konkret bedeutet sie das gängige, jeweils gültige jüdische Recht, das auf der Basis der schriftlichen und mündlichen Thora von den rabbinischen Autoritäten laufend aktualisiert wird. Verbindliche Halacha kann jeder durch eine Ordination zur Anweisungserteilung autorisierte rabbinische Gelehrte (Reb) bzw. jede rabbinische Körperschaft (durch Mehrheitsbeschluss) erteilen. Doch zur allgemeinen Verbindlichkeit einer solchen Regelung oder Entscheidung muss ein Mindestkonsens von Autoritäten erreicht werden. Im Prinzip entscheidet die Halacha wie schon die Thora die strittigen, offenen Fälle. Trotz des verbindlichen Charakters verdrängt sie aber nicht ohne weiteres altes örtlich-regionales Gewohnheitsrecht und überlieferten Brauch, so auch jenen bei Begräbniszeremonien. Die konkrete Praxis bestimmte darum von Anfang an die einzelnen halachischen Entscheidungen und bedingt eine gewisse Unausgeglichenheit in den Überlieferungen.

Nicht alle gläubigen Juden halten sich immer streng an die aktuelle Halacha. So darf, um ein Beispiel zu nennen, die »Keriah«, die religiöse Pflicht des Einreißens der Kleider nach dem Tod eines nahen Verwandten, gemäß der Halacha nie mit einem Messer oder einer Schere erfolgen. Die Praxis des »Einschneidens« statt »Einreißens« ist jedoch bei jüdischen Begräbnissen in Deutschland belegt.

Mitzwot

Jene 613 Gottesgebote und Verhaltensmaßregeln, an die sich ein orthodoxer Jude zu halten versucht. Sie bestehen aus 365 Verboten entsprechend den Tagen des Jahres und 248 Geboten entsprechend den Gliedern des Menschen.

Chewra Kaddischa

Die »heilige Vereinigung« ist ein ehrenamtlicher Männer- und Frauenverein, der Sterbenden Beistand leistet und nach dem Tod die notwendigen Schritte für die Bestattung einleitet.

Kaddisch

Dieses Gebet in aramäischer Sprache bedeutet »Heiligung«. Es ist ein Akt der Bestätigung vor der versammelten Gemeinde, dass man Gottes Urteil in Liebe aufnimmt, seinem Charakter nach also ein Hymnus auf Gott. Der Kaddisch wird beim Begräbnis vom nächsten männlichen Verwandten des Verstorbenen gesprochen. Der Tod selbst kommt im Gebet nicht vor. Der Kaddisch für Mutter und Vater wird von der Beerdigung an ein Jahr lang jeden Tag und danach am Todestag des Elternteils gesprochen, und zwar in Anwesenheit von mindestens zehn männlichen Gemeindemitgliedern, dem vorgeschriebenen Quorum (Minjan), ohne den es keinen Gottesdienst geben kann.

Ein Jude hat allerdings keine religionsgesetzliche Verpflichtung, das Kaddisch-Gebet für einen nichtjüdischen Verwandten zu sagen, auch wenn es sich um den eigenen Vater handelt. Doch kann er dies freiwillig tun.

Mikwe

Hebräisch für »Wasserbecken«. Das für das rituelle jüdische Tauchbad nötige Becken befindet sich oft im Gebäude der Synagoge. Das Tauchbad ist für Frauen nach Ende von Menstruationsperioden und nach Geburten verpflichtend. Ein rituelles Tauchbad nimmt auch die Braut vor der Heirat und ein Proselyt, wenn er zum Judentum übertritt.

Mesusa

Einzelne Thora-Gedenktexte werden auf kleine Pergamentstreifen geschrieben und in kleinen Behältern (meist aus Metall) am rechten Türpfosten (Mesusa) eines Hauses bzw. eines Wohnraumes befestigt. Traditionsbewußte Juden berühren beim Eintritt die Kapsel und rezitieren ein spezielles Gebet.

Agudat Israel
1912 gegründete orthodoxe Bewegung zur Bekämpfung des Zionismus, deren Mitglieder sich jedoch schon 1923 für eine Besiedlung Palästinas durch orthodoxe Juden entschieden. Ein Vertreter von Agudat Israel gehörte 1948 zu den Mitunterzeichnern der Unabhängigkeitserklärung des Staates Israel. Ende 1996 behauptete Pinchas Horowitz, stellvertretender Präsident von Agudat Israel, bei einer Pressekonferenz seiner Organisation in Jerusalem, die jüdische Reformbewegung in Deutschland sei für die Schoa, den Massenmord an den Juden während der NS-Zeit, verantwortlich. Der Versuch, das Judentum zu reformieren, sei eine große Sünde gewesen, die den Zorn Gottes auf das jüdische Volk gelenkt habe. Pinchas Horowitz drückte damit die Meinung vieler, allerdings nicht aller ultraorthodoxen Juden aus. Die jüdische Orthodoxie ist in sich gespalten. Die einzelnen Richtungen stehen einander oft ablehnend gegenüber.

Lubawitscher Rebbe
Rabbiner Menachem Schneerson (1902–1994), genannt der Lubawitscher Rebbe, wurde in der Ukraine geboren. Er lebte in Russland, Polen, Frankreich und seit 1941 in den USA. Sein Sitz in Brooklyn war für viele das spirituelle Zentrum des Judentums. Der Lubawitscher Rebbe übte einen enormen Einfluss auf den Chassidismus in Amerika und der ganzen Welt aus. Viele seiner Anhänger halten ihn für den Messias und erwarten seine Wiederkehr.

Der Chassidismus ist heute ein Teil der jüdischen Orthodoxie. In seiner Entstehungsgeschichte verbanden sich volkstümliche Vorstellungen der mittelalterlichen Mystik und der Glaube an »Wunderrabbis«, die so genannten Zaddikim (»Heilige«), mit klassischen Elementen des thoratreuen Judentums.

Die Chassidim drücken ihre Gottesfreudigkeit oft durch Tanz und Gesang aus, der sich bis zur Ekstase steigern kann. Die Lubawitscher sind weltweit die größte chassidische Strömung. Sie glauben an den absoluten Wert von Thorastudium und Spiritualität, lehnen wissenschaftliche Erkenntnisse ab, wenn diese mit der Thora nicht in Einklang stehen, haben kein Interesse an interkonfessionellen Initiativen und sehen die Zusammenarbeit ihrer Anhänger mit »Häretikern und Nichtgläubigen« – konservativen und liberalen Juden – als Sünde an.

Rabbi Soloveitchik
Joseph D. Soloveitchik (1903–1993) wurde in Weißrussland geboren, promovierte 1931 in Berlin, emigrierte 1932 in die USA, war Rabbiner in Boston und Professor an der orthodoxen Yeshiva-Universität in New York. Er versuchte, die beiden Welten des Talmud und der modernen Philosophie zu vereinigen, und war der Vertreter einer aufgeklärten Orthodoxie, die sich nicht sektiererisch abschließen, sondern gegenüber der modernen Welt offen zeigen wollte. Dennoch beruht seine Theologie auf dem Ideal des »halachischen Menschen«, der sich streng an die Gesetzesbestimmungen der Halacha halten soll. Der jüdische Lebensstil und die jüdische Lebensmoral seien vor allem durch das Gesetz und dessen Befolgung bestimmt – dies sei das eigentliche Wesen des Judentums.

Quellen

S.Ph. De Vries: *Jüdische Riten und Symbole*. Fourier Verlag, Wiesbaden 1981

Leo Prijs: *Die Welt des Judentums. Religion, Geschichte, Lebensweise*. Verlag C.H. Beck, München 1982

Hans Küng: *Das Judentum. Die religiöse Situation der Zeit*. Piper Verlag, München 1991

Rabbiner Ahron Daum: *Halacha aktuell. Jüdische Religionsgesetze und Bräuche im modernen Alltag*. Haag und Herchen Verlag, Frankfurt/Main 1992

Günter Stemberger: *Der Talmud. Einführung, Texte, Erläuterungen*. Verlag C. H. Beck, München 1994

Alfred Paffenholz: *Was macht der Rabbi den ganzen Tag? Das Judentum*. Patmos Verlag, Düsseldorf 1995

Gabriele Tergit: *Im Schnellzug nach Haifa*. TRANSIT Buchverlag, Berlin 1996

Patricia Steines: *Jüdisches Brauchtum um Sterben, Tod und Begräbnis*. IDCIV-Vorträge, Wien 1997

Yaron Ezrachi: *Gewalt und Gewissen. Israels langer Weg in die Moderne*. Alexander Fest Verlag, Berlin 1998

Theodor Much/Karl Pfeifer: *Bruderzwist im Hause Israel. Judentum zwischen Fundamentalismus und Aufklärung*. Verlag Kremayr & Scheriau, Wien 1999

Gilbert S. Rosenthal/Walter Homolka: *Das Judentum hat viele Gesichter. Die religiösen Strömungen der Gegenwart*. Gütersloher Verlagshaus, Gütersloh 2000

Johann Maier: *Judentum von A bis Z. Glauben, Geschichte, Kultur*. Verlag Herder, Freiburg 2001

Gal Ben-Ari: *Die Saat des Hasses. Juden und Israel in den arabischen Medien*. Hänssler Verlag, Holzgerlingen 2002

Folgenden Personen möchte ich meinen besonderen Dank für ihre Hilfe bei der Arbeit an diesem Buch aussprechen: Martin Amanshauser, Gerhard Bodendorfer, Helga Embacher, Walter Friedl, Mel Greenwald, Christa Gürtler, Michaela Hasenauer, Albert Lichtblau, Anna Ofner, Anna Rastbichler, Jevgenija Rotmanskaja, Martina Schmidt, Sofia Vertlib und Ilse Walter.

Mit freundlicher Unterstützung
der Brauerei Kapsreiter

www.deuticke.at

Gestaltung, Satz: typic®/wolf
Umschlaggestaltung: Studio Hollinger
Umschlagfoto: © Hertha Hurnaus
Druck und Bindung: Ueberreuter Buchproduktion, Korneuburg
Printed in Austria
ISBN 3-216-30678-X